人民文学出版社

「青春文学」
QING CHUN WEN XUE

图书在版编目（CIP）数据

2012青春文学／人民文学出版社编辑部编．—北京：人民文学出版社，2013
（岩层书系）
ISBN 978-7-02-009577-3

Ⅰ．①2… Ⅱ．①人… Ⅲ．①小说集—中国—当代 Ⅳ．①I247

中国版本图书馆CIP数据核字（2012）第297059号

责任编辑　程天翔
美术编辑　赵　迪
责任校对　刘光然
责任印制　王景林

出版发行　人民文学出版社
社　　址　北京市朝内大街166号
邮政编码　100705
网　　址　http://www.rw-cn.com

印　　刷　三河市鑫金马印装有限公司
经　　销　全国新华书店等

字　　数　229千字
开　　本　710毫米×1010毫米　1/16
印　　张　25.5　插页4
印　　数　1—8000
版　　次　2013年5月北京第1版
印　　次　2013年5月第1次印刷

书　　号　978-7-02-009577-3
定　　价　33.00元

如有印装质量问题，请与本社图书销售中心调换。电话：01065233595

出版说明

我社多年来坚持出版各类年度文学选本，在文学界和读者中具有广泛影响。这些选本，视线多集中于成年作家队伍，在青年作家、青春文学这一领域，一直较少涉及。新世纪以来，80、90后群体的创作渐成一股引人注目的潮流，从中发掘新人力作，为富有潜力和才华的作者搭建展示平台，成为我社亟待完成的工作重点。基于此，我社决定推出"岩层"年选，以便及时总结年度青年文学创作的成绩，向读者集中推荐优秀作品，也为新世纪的文学积累做出贡献。

"岩层"年选拟每年出版一本，以小说为主。所选为年度最具代表性的青年文学作品，力求反映该年度青年作家队伍最主要的创作流派、题材热点、艺术形式上的微妙变化。更多关注成名作者以外的新人，探索青年文学新现象、新发展、新风貌。坚持精品至上原则，不排斥网络等非专业机构作品。

"岩层"年选的编选工作得到许多著名文学评论家和编辑家的支持和帮助，他们应我社之邀，对当年的青年创作状况进行深入、广泛的研讨，提出许多极有价值的选目。我们在广泛阅读的基础上，充分参考专家们的意见，严格进行编选。在此，谨向诸位专家深表谢忱。

人民文学出版社编辑部

听盐生长的声音 / 王威廉　003

河　边 / 马金莲　029

山中客 / 李　晁　049

京　腔 / 宁以安　069

驯　虎 / 吴　纯　093

知更鸟女孩 / 哥舒意　107

铁骨铮铮 / 宋小词　129

相　生 / 孙　频　159

不存在的婴儿 / 郑小驴　179

木　器 / 草　白　193

目　录

目 录

我们夜里在美术馆谈恋爱 / 文　珍　209

苏州夜 / 甫跃辉　235

在西湖奔跑 / 骆　烨　259

空间密码 / 且　东　275

屠　夫 / 曹　永　293

仪式的继续 / 李　唐　309

唤笑记 / 顾文艳　329

阿　幸 / 王唯州　347

小孩因此沉默了十年 / 普鲁士蓝　365

虚　构 / 一　啼　381

序

是该他们登场了
——《2012青春文学》

白 烨

新世纪以来，青年作家的队伍既在逐步扩大，又在不断分化，是一个越来越显见的事实。

我于2005年间曾在《"80后"的现状与未来》一文中说到，"80后"群体中的一些写手尤其是他们中的偶像作者，"走上了市场，没走上文坛"。此文曾遭到韩寒等人的大力挞伐，此话便是主要把柄之一。现在回想起来，觉得此话在表述上确有不够周全之处。这不周全，就在于即便是如韩寒这样的偶像型作者，他们既然携带着作品信步而来，并日渐拥有大量拥趸，就不能说他们"没有走上文坛"，只能说他们走上了并非传统意义的文坛，而主要是一种市场形态的文坛。当然，三分天下有其一，这也是文坛之一，因而也理应把他们当成作家之一类来看待。

但我越来越看重的，是与他们有着明显区别的另外一些"80后"作家。这些作家，不大去走市场路线，也不太靠近主流杂志，他们大多都本着自己的文学理念，照着自己的写作路数，默默地自我奋斗，不事张扬，不露圭角。这些作者真有文学理想，也真有创作才情，但因主要写作中短篇小说，又不常在主流文学杂志显身露影，还不为更多的人们所知晓。显而易见，这样一些青年作家，实在需要一个显露身手的平台，一个映现身影的窗口。这对于他们来说极其必要，对于文坛来说也十分重要。

正是在这样的一个背景之下，人民文学出版社推出这部《2012青春文学》，就具有了一种非同寻常的意义。用多人作品汇集的方式，集纳他们的最新创作成果，搭建他们写作演练的活动舞台，由此，他们就多了一个走向读者的出口，有了一个属于他们自己的窗口。而这一切出自于国家级的人民文学出版社，无疑既令人欣喜，又令人钦佩。因为，这需要远大的眼光，也需要博大的胸怀。

入选这部作品选的20位作者，多数为"80后"作者，少数为"90后"作者；收入的20部作品，全部为小说作品。我集中阅读了这些作品之后，确实感到了几多欣喜，也感到了几分锐气。觉得伴随着他们而来的，是属于他们的青春气韵与文学风采，而他们和他们的作品一并而来，显然给当下文坛增添了新的色彩，带来了新的气息。

首先，所选作品在题材取向上，不仅具有多样性，而且具有贴地性，过去人们由青年作家们的长篇小说得来的印象是，"80后"的写作，不是长于青春校园，就是耽于都市恋情，似乎视野既不开阔，兴趣也不广博。但收入这部作品选里的作品，却完全不是这样。孙频的《相生》，草白的《木器》，宋小词的《铁骨铮铮》等，写的是城乡交叉地带的故事，曹永的《屠夫》，马金莲的《河边》，郑小驴的《不存在的婴儿》等，写的是乡间农家的生活，而哥舒意的《知更鸟女孩》，骆烨的《在西湖奔跑》，王唯州的《阿幸》，宁以安的《京腔》，虽然以都市生活为场景，但却把眼光投向底层社会的小护士、拾荒者和普通学生。问题还在于在这种看取生活的视点下沉的同时，新人们更为关注的，是人际关系的底里与人的状态的内在，作品因而普遍具有各自的人文温度与人性深度。如哥舒意的《知更鸟女孩》，通篇充满相怜相惜的理解与情意，虽事关青春男女，却"与爱情无关"，那是同为"知更鸟"的一种关切与关怀。孙频的《相生》，写精神病家族的唯一正常人阎小健，因痴迷摄影和在意获奖，过度的沉迷于高度的计较，使得他最终也加入了精神病人的行列。由此想说明的，是精神病的表现是个人性的，但精神病的诱因却可能是社会性的。

以写农村题材见长的马金莲,在《河边》里写了顺儿无意中窥知名叫刀背的壮汉跋河涉水地与寡居的母亲暗中幽会,他先是无比愤恨,后又逐渐化解,甚至再后来还生出为他们"造桥",以不使他们的会面那样艰辛的念想。这里不只有同情,还有超越其年龄的懵懂的人文关怀。这些作品都告诉人们,"80后"等青年作家,看取事象的视点并不飘忽,表现生活的文笔也不轻浮,他们以他们的方式,切入着当下的社会现实与人们的心理世界,由此也显现出他们自己的人性探悉与人生感悟。

其次,给人印象深刻的,还有他们的叙事方式的虚实杂糅,叙事文笔的庄谐并举。这让人们分外真切地看到,他们在艺术手法上,也是有备而来,各有千秋。骆烨的《在西湖奔跑》,先写虎跑围着美丽的西湖长跑,后写虎跑被逼进水里之后还在西湖水面上奔跑,前者是真有的实事,后者则是梦幻中的想象。而顾文艳的《唤笑记》,写常以笑作为武器的表姐廖奕婷,突然失去笑的功能,从而痛苦万分,并由此好运不再,显然也是在现实手法里揉进了荒诞的元素。而曹永的《屠夫》,由曹毛狗丢钱的起因,找钱的经过,讲述一个人赔了夫人,又折了自己的故事。曹毛狗家里丢了两千块钱,怀疑曾来家借过斧头的曹构,便去找曹构索要自己的钱，曹构由此被曹毛狗讹走了一千元，又去寻机强暴了曹毛狗的妻子，气不过的曹毛狗便愤然杀了曹构。故事从具体情节上看，都不无真实，但整体上的感觉却又不无荒诞。而草白的《木器》，文珍的《我们夜里在美术馆谈恋爱》，则显示的是另外一种功夫，那就是语言的独到把控与细切玩味。《木器》以亦庄亦谐的老到笔法，把老小孩一般的爷爷描述得活灵活现；《我们夜里在美术馆谈恋爱》以"你"的第二人称视角，用对话的形式诉说了一段感人的校园恋情。这些在艺术手法上各施所长，各具妙韵，也使这些作品因有细部的营构与内在的风景，而经得起阅读，耐得起咀嚼。

当然，20位作者的20篇作品，在思想与艺术的统一上，在内容与形式的谐和上，互有参差，并不齐整。有的作品因功力不逮，或描写零乱，作品让人读来难明就里，甚至不知所云；有的则读得进去，也略知其味，但却没有什么值得玩味的意义与意味。这一切也无可回避地表明，在文学写作的高远追求与艰难跋涉上，青年作家们都还有很长的路要走，还有很多的事可做。

我希望这样的以活跃于当下的和蓄势待发的青年作家为主的作品选，能够一年一本，长期接续下来。以这样的选本荟萃他们的年度创作成果，展现他们的艺术才情，显示他们的写作进取，也由此让人们了解这个正在崛起的作家群体的成长状况，目睹他们日益走向成熟的具体进程。

      2012年10月20日于北京朝内。

王威廉

1982 年生。

毕业于中山大学。创作小说、散文与评论,在《作家》《花城》《山花》《中国作家》《散文》《读书》《书城》等刊发表作品,并收入多种选刊与选本。现任职于广东省作家协会文学院。

听盐生长的声音

午后四点，我从厂房里走出来，看着白花花的盐碱地一直铺展到天边，我就想哭。这股冲动最近越来越频繁了。我刚刚接了个电话，是小汀打来的，他说他去西藏，路过这里，想见见我。从来没有人是专程为我而来的，都是路过这里，顺便见见我。我早已习惯了。这个地方，即便只是路过，都够你受的。我走到化验室门口的台阶前坐下，听到房顶的高音大喇叭里宣读着安全生产的细则，夏玲的声音不再像我们刚认识那会儿动听了，她的嗓音充满了干涩与生硬，和我们在厨房吵架时一模一样。

我不知道夏玲在念这些东西的时候，是种什么样的心情，虽然那件事已经过去一个月了，可我还是无法接受。原本嗜酒如命的我，竟然不再喝酒。我不是改过自新主动戒酒，而是不敢碰酒了，一碰酒就会想起老赵的那张脸。那晚我们喝多了，老赵掉进了卤水湖里，等到有人发现的时候，老赵满脸都析出了盐花，眼珠上面蒙着一层细密的白色，仿佛那些盐获得了诡异的生命。我只看了一眼，就把喝了一晚的酒全都吐了出来，直到胸口火辣辣的烧痛。那些秽物向盐碱地的深层慢慢渗去，形成了一个脏兮兮的凹坑，像是怪兽的嘴巴，就那么凶狠地大张着。我不敢再看，我觉得它会扑上来，吃了我。

　　现在，小汀要来看我了。他略带兴奋地说，想看看传说中的盐湖。我看了看白花花的四周，不知道这里有什么好看的。当然，这么多年了，能再次见到小汀，我还是很高兴的。小汀是我的高中同学，我们俩的学习成绩一个比一个差，被班主任安排在教室的最后一排，我们上课的时候龟缩着脖子，属于永远被遗忘的那几位。说起来，我的驼背就是那时落下的。小汀的性格比我好，他从不自卑，对待冷落也不以为意，上课的时候不是发呆就是画画，记得他把一位女生的侧脸画得栩栩如生，可惜，我忘记那位女生的名字了，小汀应该是暗恋过她的。就在小汀画画的时候，我躲在一边构思着我的歌词。我略懂一点儿简谱，心里哼哼着旋律，然后寻找着合适的词句，经常才写了一两句就下课了，这时大家跑来跑去，吵吵嚷嚷，我的构思只得停止了。因此，我对安静的课堂充满了向往。

　　多年以后，我对着空旷的盐碱地，有了整天整夜的寂静，却写不出一句歌词来。我的悲剧就是这样注定的。当我发现内心连一点儿旋律都没有的时候，我就开始了酗酒。老赵就是那个带我入门的人，只要他敲敲我家的窗户，不管多晚，我都会穿上衣服和他跑出去。我们喝十元一瓶的青稞酒，经常也没什么下酒菜，一人一瓶就那么碰着喝着，一瓶喝完，基本上就失去意识了。第二天我发现自己躺在家里床上的时候，总是感到很惊奇。我不记得自己怎么走回来的，但我的一双鞋整整齐齐的放在床下，鞋尖对外，像是在港湾整装待发的军舰编队。刚开始我以为是夏玲帮我整理的，但后来我发现即便夏玲回了娘家，我的鞋依然如此整齐，我这才信了别人说我喝不醉的话。其实，我早已喝醉，只是别人和自己都分辨不出罢了。有时想想这样也很恐怖，好像自己的体内还有另外一个人，自己只是代替那个人活着，当这个自己丧失意识的时候，另外一个人就出来掌控生命了。

  我不再喝酒，但生活并未因此而有什么好转，我和夏玲的冷战变得越来越难以忍受。我们常常半躺在卧室的床上，瞪眼，拌嘴，然后各自发呆，客厅里电视兀自响着，那声音空荡荡的，和我的生活一样。我们在客厅里倒是很少吵架，因为大家都在看电视。以前喝酒，我从不用担心睡眠的问题，我最长一次睡了一天一夜才醒来。可停酒后我竟然会失眠，不管白天怎么劳累，晚上躺在床上，非得翻来覆去几个小时才能睡去。有一晚我熬不住了，去厕所撒完尿后，走进厨房把一整瓶料酒灌了下去，然后躺在床上昏昏睡去。早上的时候我就被噩梦给惊醒了，我梦见老赵站在盐碱地上，空中还飘着雪，天地间白茫茫一片透着刺骨的寒意。老赵说："兄弟，干杯！"白色的盐碱或是雪花从他的脸上剥落，露出里边腐烂的黑色。整整一周我都吃不下饭，脑袋的深处有种撕裂的疼痛。我宁愿失眠，也不想再做噩梦了。

  再说一遍，小汀来看我，我还是高兴的。而且，我越想越高兴。我决定请几天假,一直呆在城里,和他好好玩几天。小汀让我帮他买后天去拉萨的车票,我站在火车站的售票窗口,迟疑了一下,买了五天后的车票。我打电话告诉小汀:"后天的车票卖完了,你得在我这儿多住几天了。"小汀倒也干脆,说:"那也好,我们兄弟正好多聚聚。"我把家里清扫了一遍,腾出了客房,准备好了卧具。小汀说他们两个人,我听得出来,另外一个是女人,就没再多问。

夏玲对我的表现感到好奇,她问了我好几次:"小汀是你很好的朋友吗?怎么以前没听你提起过呢?"我说:"你也没听我提起过其他人吧?除了那些同事。"夏玲点点头,脸上又不高兴了,说:"你什么时候才能把一切都告诉我呢?你一点也不信任我。"我说:"这和信任有什么关系啊?我自己都很少想起他。"夏玲摇摇头,说:"你这个人真是无情无义。"我没再吭声。我知道自己并不是无情无义的人。

"这个小汀是干什么的?"夏玲突然警觉起来。

"听说在家乡的煤矿里工作。"我和小汀已经很久没联系了,很久以前似乎是这样的。

"挖煤?"

"不至于吧,应该是干些文职工作。"这个是我想象出来的。连我都能混个技术人员,何况小汀呢?

"看来你这个朋友混得也不怎么样。"夏玲撇撇嘴,去市场买菜了。

夏玲是我们厂最漂亮的女人,这样说的时候我没有半点骄傲,因为我们厂只有十个女人。我无法忘记第一次见到夏玲的样子,她拖着笨重的行李箱,从中巴车上下来,脸蛋红扑扑的,像是在周围的荒凉中突然升起的太阳。我立刻就爱上她了,这种爱饱含着功利的成分,我渴望不计一切地得到她,和她结婚生子。因为在这里能认识一个好女孩的机会与发现一小块绿色植物的机会一样渺茫。也许是缘分,她被分到了我所在的工作组,我们得以有更多机会交往。可从一开始,我就知道她是很难追到手的。她的大眼睛总是充满了忧郁,即使小孙、小李他们嬉皮笑脸说笑话的时候,她依然是忧心忡忡的样子。她甚至都没认真看过我一眼。我理解她的心思,我当年也是一样的,那些盐碱地的白光让我的眼睛生疼,我的泪水经常会失控,我一时弄不清自己是否真的在伤心难过。老赵对我说:"春天到了就好了,到时风沙就把白色盖住了。"当春天的风沙真的到来的时候,我躲在被窝里认真哭了一场。妈的,我从没有见过这样的春天,那些黄褐色的沙尘暴把这里变成了地狱。

小汀打电话来,说已经到了,我赶紧下楼去接他。即使多年不见,我还是一眼就认出了他,那圆圆的胖脸上还是挂着淡淡的笑容。他的身边站着一个穿黑色短裙的女人,那女人披着长头发,戴着墨镜,看不清她的模样,感觉倒是很好。小汀和我热情拥抱了下,然后介绍那个女人叫金静,是他的女朋友。"你还没结婚呀?"我脱口问道。他笑着说:"是的,还没有。"他的笑容意味深长,让我深感自己的生活乏味不堪。我带着他们向家走去,在楼梯口遇见了买菜回来的夏玲,我对小汀说:"这是我老婆，夏玲。"小汀热情地抢过夏玲手中的菜，叫道："嫂子，这次麻烦你们了。"夏玲表现得很得体，说："哪里麻烦，就怕你们不来。"

进了房间，小汀他们逐个参观了房间，发出客套的啧啧声，然后在沙发上坐定。金静随手把墨镜摘下来了，她的美如一柄锋利的匕首，在出鞘的瞬间就把我刺伤了。我有些慌张地给他们倒茶，然后坐在小汀旁边。我看了看自己的房子，觉得好不容易收拾像样的一切变得黯淡起来。

"好久没联系了，你……不在煤矿那里做了吧？"我忍不住问道。

"是的，我受不了了，跑出来了。"小汀说得很平淡。

"那你现在做什么？"我好奇起来。

"我画画。"小汀看着我微笑起来，说，"记得吗？我一直喜欢画画。"

我使劲点着头，说："当然记得。"

小汀眯缝起眼睛，陷入了回忆的诉说："我在煤矿干活的时候，那种黑能把人憋死！大白天的却要一直呆在黑咕隆咚的地下，夜里回到地上，又是一片漆黑，我有时怀疑自己的眼睛是不是快瞎了。有一天，我重新开始画画了，我看到五彩斑斓的色彩就像是快要渴死的人喝了一大杯水！我用最鲜艳的颜料画画，要画出最鲜艳的画。在几百米的地下，只要一休息我就画，我画出的画艳丽无比，工友们看到都兴奋得要命，比平日里他们谈论女人还兴奋。"

小汀噼里啪啦说了一大堆，整个人神采飞扬起来，屋子里的气氛也变得活跃了，真正有了老友重逢的欢快感。

"这么说……当时你还真的挖煤啊！"我感叹道，对他的画画却不知如何回应。

"是的，真挖。我爸当了一辈子煤矿工人，他的肺早就坏掉了，可还是叫我去挖。在我爸眼里别的什么我都干不了。"

"幸亏你会画画。"

"是啊，幸亏我会画画。"

谈话到了这里，有了一个短暂的停顿。小汀感怀起了过去，而我则对自己目前的生活感到了更深的绝望。夏玲炒好了第一盘菜，端了过来，让我们先吃。金静站起来说："我来帮忙吧。"夏玲连连摆手，却拗不过金静，于是她们一起走进了厨房。我盯着她们的背影，替夏玲感到自卑起来，我第一次意识到，不知道从什么时候起，夏玲已经不修边幅了，她的背影如此臃肿不堪，像是一位进城务工的保姆。这让我感到疼痛和尴尬。我不敢看小汀的表情，径直走到客厅的柜子前，取出一瓶酒来，对小汀说："难得重逢，咱们兄弟好好喝一场。"小汀皱了一下眉头，眼神里掠过一丝阴影，可还是点头说："好。"

两个明显不愿意喝酒的人，硬要喝酒的确匪夷所思，但我心中有个执拗的声音，要求我不得不如此。夏玲和金静几乎同时往这边投来关切的眼光，但我和小汀还是硬着头皮，带着僵硬的微笑，将第一杯酒喝下了肚。她们收回了目光，什么话也没有说。

饭后，我安排他们去午休。我自己坐在沙发上看电视，夏玲在厨房里收拾着残局。不知怎么回事，我想起了我们的孩子，那个来不及出世的孩子。就是这样一个午后，夏玲在厨房里洗碗，突然说下腹痛，我赶紧扶着她往楼下走，然后叫了辆出租车赶到医院，还是来不及了。流产，我直观地体验到了这个词。这是一次看不见的死亡，一次突然的袭击。夏玲哭了，她哭得那么难看，却没有声音，我的心都要碎掉了。后来，夏玲咬牙切齿说："一定是那该死的盐碱地害的。"我说："你找到什么依据了？"她说："还用找吗，那方圆十里还有其他生命吗？除了他妈的我们。"他妈的，夏玲居然说"他妈的"，我不习惯她说脏话，可我觉得她说得很有道理。

这时客房的门忽然开了，小汀走了出来。他打着哈欠说："睡不着。"我问："怎么了？"他看了一眼窗外，说："太亮了，怎么这么亮啊。"我说："这里海拔三千多米，能不亮吗？"小汀颓然坐在沙发上，说："我原来痛恨黑暗，可等到我逃离煤矿之后，我却像鼹鼠一样怀念黑暗。我的房间大白天也拉着窗帘，我呆在黑暗中画画。"我笑了，说："欢迎你来到我的世界，一个过分光明的世界。"

小汀闭着眼睛在笑，浑身像触电一样颤抖。我走过去把客厅的窗帘拉上了，房间里暗了下来，但那强烈的光依然从缝隙里钻进来。一年到头呆在黑暗里？那是种什么样的感觉？我无法想象。

"听说你所在的盐矿是全国最大的？"小汀问。

"何止，或许是全世界最大的。"我自嘲道。

"带我去看看。"小汀突然来精神了。

"你是说……现在？"

小汀点点头，抬手看了看表，说："还早，不远的吧？"

"要坐车过去，一个多小时呢。"我真的不想去，我上午才坐车从那里回来，但我不好说出来，尤其看到他满脸的期待。

"你每天都来回一趟？"

"不，有时太累就住厂里了，那边有宿舍。"

"很辛苦吧？"

"还好，我做技术的。"

"记得当年你化学还不错。"小汀笑着说。

"是吗？"我真的不记得了，我只记得我各科成绩都不怎么样，最后考试运气不错，考上了一所大专。而小汀在高考前夕就离校了。他告诉我，他已经完全失去了信心。原来，在他波澜不惊的外表下，内部早已是断壁残垣了……这些往事，今天没必要再提了吧？

"我们再喝点？"小汀居然主动提议。

刚才我们喝了三杯就停下来了，这让两个女人都很放心。现在她们都在休息，还真是个喝酒的好时机。我拿出酒瓶，我们又喝了起来，聊了很多中学时候的事情。我并不怀旧，不觉得那时候有多好，但那时候作为一个话题可以这么慢慢聊着，还是挺温暖的。其实我一直想问问关于金静的事情，这么漂亮的女人小汀是怎么找到的？可我无法率先说出口，我不想暴露男人的那点心思。喝着喝着，我感觉到困意浓重了起来，终于我和小汀就那么半躺在沙发上昏昏睡去。毫无意外，我又梦见了老赵，他说："兄弟，干杯！"他满脸都是白色的盐碱，坐在采盐船的甲板前，水面上没有他的影子。我说："老赵，有个朋友来看我了。"他说："和你朋友多喝几杯。"我说："他混得不错。"老赵咧开空洞的嘴笑了："你混得也不错。"我惊醒了，看到夏玲和金静坐在阳台上窃窃私语，仿佛她们才是多年未见的老朋友。而小汀，正半躺在我的身边，很响地打着呼噜。我重新把眼睛闭上了，尽管睡意全无，却装作熟睡一般。我有些后悔擅自买晚了几天的票，我根本就没想好多出来的这几天该如何处理。

　　晚上，我们随便吃了点中午的剩饭，然后夏玲提议，大家去楼下散步。我们来到街上，此时虽是盛夏，可太阳的威力已经随着白天结束了，凉风从旷野的深处吹来，让人有些微微发冷。小汀感叹道："好凉快，真舒服啊！"金静附和道："是啊，真好。"我的目光在她漂亮的脸上稍作停留，然后滑了过去，跌落进幽深的夜色中，我看到街道的尽头有几个醉汉摇摇晃晃走了过去。这座冷落的小城，让我暗自忧伤，而金静带着她惊人的美貌，像一道过于明亮的闪电，让我忧伤的阴影愈加浓厚了。

　　"你还写歌词吗？"小汀忽然问道。金静和夏玲都扭过头来看着我。我写歌词的事情从来都没有对夏玲说过，夏玲的眼睛瞪得老大，我笑了起来，打着小汀的肩膀说："你这家伙胡说什么啊！"小汀说："虽然你从来没对我说过写歌词的事情，但我早就发现了，我还听见你嗓子里哼哼唧唧的唱着那些词。"我难为情地摆着手说："都是闹着玩的。"小汀说："什么不是闹着玩的？我画画也是闹着玩的，人活着也是闹着玩的。"我嘴上没再说什么，心里说："可有的人玩不下去了。"

第二天我考虑是不是该带他们去盐湖参观了，但是参观完后怎么办呢？我在犹豫中又度过了一天。这一天阳光灿烂，一切东西的边缘都散发着明亮的光晕，我们待在房间里，无所事事地消磨着时间，直到黄昏后，才去美食城里吃了烧烤。他们对这里的羊肉赞不绝口，这让我稍感欣慰。吃烧烤的时候，金静正好坐在我对面，我便多看了她几眼，发现她很少笑，眼睛里深藏着看不透的忧郁。而且她和小汀之间也谈不上多么亲密，不过我转念一想，夏玲不也是忧郁的嘛，我和夏玲看上去也没多么亲密吧。

几打肉串下肚后，大家似乎有了心满意足的情绪，聊天的气氛再次热乎起来。夏玲笑着问："小汀，你怎么追到金静的？给我们讲讲。"没想到夏玲替我问出来了。

小汀嘿嘿笑了起来，说："这可是个秘密。"

我说："你别卖关子啦，讲吧。"

小汀看了金静一眼。金静说："其实也没什么秘密，我是他的顾客，我们是在画像的时候认识的。"

"嗯，是这样的，"小汀说，"我从煤矿里跑出来后，一直靠给人画像为生，有一天就遇见了金静。我对她说，我不收你的钱，但你能不能让我多画几张？没想到，她同意了。"

金静望着我说："主要是他画得那么认真，我第一次看到有人那么专注地看着我。"我回视着她，我们对视了最多一秒钟，我就装作低头吃东西，躲开了她的美。也许只有画家可以借着艺术的盾牌与那种美直视。

小汀说："那我画得好不好？"

金静说："你画得很好。但那不是我。"

小汀吃惊得张大了嘴巴："不是你，那是谁？"

金静微笑着说："是你的梦想。"

我和夏玲笑了起来，我看着金静："虽然艺术家创造的都是自己心中的梦想，但这个梦想也是你给他的。"

"就是，就是！"小汀连连点头，喝下去一大口啤酒。

金静扭头看着小汀说："能把我给你的梦想还给我吗？"我们都愣了一下，然后笑了起来。原来金静说了一个冷笑话。金静的微笑像流星，一闪而过，这个女人身上有种说不出的神秘，她既深深吸引着我，又让我感到恐惧。我无法摆脱对她的好奇。

小汀嬉笑着说："不止这个，把我自己全部给你都行！"

大家又笑了起来。夏玲突然叹口气,说:"看你们这么开心,真好。"

"你们难道不开心吗?"小汀问道。

我无言以对,但又必须有所表示,便只好呵呵笑了笑。

"兄弟,我敬你!"小汀端着一满杯啤酒一饮而尽,然后他擦着嘴巴说:"其实我不能喝酒的,但我们久别重逢,我很高兴。这件事我和金静说过的,有一次我摆摊的时候,被城管打破了肝,在医院缝了几十针,才保住这条小命,呵呵。"

小汀的脸上浮着微笑,眼窝陷在阴影中,我看不清楚。尽管他只是三言两语,但这意味着什么,我懂。我也倒了一满杯酒,敬了他,一饮而尽。

"明天我们去盐湖吧?"小汀突然朝我嚷嚷道。

这个家伙,为了避免再谈下去的尴尬,在这个时候说起这个来。我扭头,发现金静看着我,眼睛里充满了期待的意味。

"好吧,明天带你们去。"我举起酒杯说。

这就是盐湖了。

坐了一个小时的通勤车,走过一栋栋呆板的厂房,一转弯,眼前就是盐湖。小汀大张着嘴巴,喃喃地说:"真是奇妙的景色啊……"他的表情与我想象中的一模一样,这个场景我在脑中早已预演很多遍了。只不过我没想到夏玲也来了,我原以为她不会来的。以前有朋友来,我每次都拉她一起去当盐湖的"导游",她总是严词拒绝,说:"那个破地方能少去一次就少去一次。"这次我干脆没叫她,她不去的话我在面对金静时会更轻松呢。可是,当金静要她作陪时,她居然毫不犹豫就一口应承了。一个漂亮女人的魅力是同性也难以抵挡的吗?此刻,她站在金静的旁边,挽着金静的胳膊,风同时吹乱了她们的头发,有一瞬间我觉得她们像是亲姐妹。

我们往湖边走去,板结的盐粒在脚下发出咯吱咯吱的声音,像是踩在雪上。周围寸草不生,也看不见一只飞鸟。尽管天空湛蓝,但是湖水依然是沉郁的墨绿色,湖心的部分还混杂着青色与黄色,像一张饱含心事的阴沉沉的脸。金静说:"来到这里,像是冬天突然来了。"我搭腔道:"你知道这种感觉叫什么吗?"金静看着我,想了想说:"是荒凉吗?"我觉得她的话像一枚精准的子弹,穿透了我心中那个预备好的答案。我叹息说:"没错,是的。荒凉。"夏玲的脸色被风吹得很难看,她说:"所以我很怕来这个地方。"这时,走在最前面的小汀回过头来说:"不会啊,我觉得这里非常美!"

当然,这里当然有它独特的美。湖边那积雪一般纯净的盐层,以及湖水里沉淀出来的盐花,都堪称难得一见的奇景,一个画家对这些风景不可能无动于衷。但是,正如火星的风景也有其独特的美,却没人愿意在那里生活。我打起精神,对小汀半开玩笑说:"你一定要画画这里的风景,绝对会震撼世人的。"小汀蹲下来,把手泡进盐水里,说:"一定会的。我要好好感受下。"我说:"小汀你有脚气的话,泡泡脚吧,会好的。"他听了我的话,当真脱了鞋袜,走进了盐水中。金静对他喊道:"你在做盐焗猪脚吗?"我们哈哈大笑起来。

不远处有一艘蓝色的采盐船在工作,它发现我们后,朝我们驶了过来。那应该是小马了,我认识的人当中只有小马是开船的。

果然是小马,他把脑袋探出驾驶舱,朝我挥着手。我也挥挥手。小汀很兴奋,说:"我们上船去好吗?"说着他就已经朝船走了过去。"这个傻瓜!"我骂道。小汀说:"这里和死海一样,是淹不死人的。"他干脆一个鱼跃,整个人扑进了湖里,向船游了过去。我和夏玲带着金静向不远处的简易码头走去,等我们走到的时候,小马已经捞了变成落汤鸡的小汀,朝我们驶了过来。小汀站在船头上,依然兴奋不减,举起双臂朝我们快乐地呼喊着。

我们上了船,小马很高兴,说:"你这朋友真逗啊!"我说:"可以理解。你猜他干吗的?"小马摇摇头。小汀笑着说:"在几百米的地下,黑洞洞的,一年到头不见阳光。"小马说:"挖煤的啊!怪不得!我们这里光明太多了!看来,我们真是两个世界的人啊!"大家大笑了起来。小马把船开到了湖中心,说是湖中心,其实只是这一大片卤水池的中心。为了便于管理,巨大的盐湖像稻田一样,被分成了一块块的。

"我带你们参观下盐湖的夕阳,你绝对一辈子都忘不掉。"小马胸有成竹地说。

"是吗？"小汀瞪大了眼睛，向西边望去。

我无数次看过那样的风景，夕阳像是破裂的肝脏一般，鲜红的血流满了白色的绷带。我觉得就像有门看不见的大炮在向太阳轰击，就像有挺看不见的机枪在向我的生活扫射，我和夕阳一样血红一片……这样的伤口欣赏起来也是很美的，即便这伤口疼在自己身上。夕阳无限好，只是近黄昏，太美的东西离死亡都太近了。我看着金静，晚霞落在她的身上，将她变成了光彩四射的仙女。她坐在那里，望着远处的风景。看上去，她对自己的美无动于衷。小汀似乎完全沉浸在盐湖的风景当中，忘记了对金静的陪伴。

"来，喝起来！"小马从船舱里拿出了一瓶青稞酒。

在这里，没有不酗酒的男人。

同样，这里的酗酒邀请是不容拒绝的。

我们三个男人围坐在甲板上，金静站在船栏前，只剩下夏玲忙前忙后给我们倒酒，她还去船舱里找出了一袋花生米，给我们当下酒菜。小马对我感慨道："你小子有福气啊！"我看着夏玲，点点头说："喂，小马一直喜欢你。"夏玲白了我一眼，怒气冲冲地说："有这么拿自己老婆开玩笑的吗！"我说："这证明我老婆好。""切！"她一转身进了船舱，再也没有出来。她应该是看电视去了，她无法再欣赏眼前的这些"美景"，这对她已经是一种折磨。啊，想当年，我和小马同时追夏玲，最终还是我成功了。我靠的就是我那唯一的爱好：写歌词。不过我没法把歌词唱出来，只好当做一首诗送给夏玲。在这个没有生命痕迹的地方，一首诗的浪漫比其他的东西都顶用，第二天，我收到了夏玲给我的回信，里边有这样的话："是你的诗，让我发现了这里的美，也许只有这个让我有勇气呆下来。"我觉得她的这些话，比我的诗强多了，很长一段时间里都深深打动着我，让我看着她的时候，几乎满心都充满了看着一个小女孩时的悲悯。我们曾经这么彼此温暖着走来，可是，终究被这旷古的荒凉给打败了，我们都变成了这荒凉的一部分，然后彼此为敌。

几杯烈酒下肚，傍晚的凉风迎面吹来，我不禁有些眩晕。看到小马被灼伤的紫黑色的脸膛，那仿佛是一面镜子，映照出了我自己的脸，我的眼泪不受控制地流了下来。小汀见状十分吃惊，可我已经来不及拭去泪水了。

"没事，没事，呛的。"我又敬了小汀一杯酒。然后我对小马说："好好招呼我这个兄弟，他没喝好就是你招呼不周了。"小马听我这么说，更是频繁地对小汀展开了劝酒的攻势。几个回合下来，小汀的眼神就有些迷离了。小汀不甘示弱，又反过来劝我的酒，我又一连和他喝了三杯。我感到心间的恐惧在蠢蠢欲动，不能喝了，我对自己说。

"老赵的事情不怪你，真的。"小马突然这么来了一句，我感到胸腔里涌出一股血腥味，让我说不出话来。

"不……"我想解释自己流泪的原因，可如何解释得清楚呢？

"什么事？"小汀拉着小马非要问清楚。小马看着我，满是懊悔的神色。

"没事，小马你告诉他。"我摆摆手，扭过头去。

我发现金静在看我，我们的眼光交汇在了一起。就在这时，夕阳落了下去，因为旷野的缘故，显得非常突兀，地平线上的那一片惨白转瞬就变成了一片漆黑。这种黑在天空深处的微亮反衬下更加密实，像是某种沉重的金属。我一时看不清金静的脸了，不知道为什么，我突然很想看到她的脸，我并非酒后怀有不可告人的欲念，而只是单纯地向往，仿佛那是某种在我生活中从来难得一见的希望，不，不，是一种比希望还美的梦幻。

小汀在黑暗中痛哭失声，也许老赵的故事伤到他了，也许，他只是为了自己而哭。我早已习惯了男人的哭泣，我说的不光是自己，还包括每一个呆在这里的男人。小马继续向哭泣的小汀劝酒，他很有经验，一般遇到这样的情况，再多喝几杯，人不但不哭了，反而就开始笑了，止不住的笑。我站起身来，走到船栏处，站在金静旁边。这样我就能重新看清她的模样了。金静那睫毛浓密的眼睛里似乎闪着波光，像不远处的湖水一般，我受到了不可阻挡的诱惑。和这样的女人在一起生活会是怎样的感觉呢？我忍不住遐想了起来，把夏玲替换为金静，自己的生活究竟会有什么样的不同？我一时有些迷惑，不由叹息起来。

"怎么了？"金静终于开口问我了。

"你爱小汀吗？"我突兀地问道，出乎自己的意料。

"我不知道,应该不爱吧。"金静的回答倒是果断,没有丝毫迟疑。

"那你还和他在一起?"

"我也不爱自己,还不是要和自己呆着。"

"你不爱自己?"

"嗯。"

"为什么?你那么美!"

"因为我是个逃犯,我杀了人……"

我不敢相信自己听到的,由于过度惊惧,酒醒了大半。金静的神情却依旧平常,仿佛说的是家常话。但她的泪水流了下来,这让我确信她讲的是真的。

"小汀知道吗?"我感到嗓子干痒,咳嗽了起来。

金静摇摇头,说:"他从没问过。"停了一会儿她又说:"问的话,我会说的。"

"那就不要说了吧。"我叹口气。

"尽管那个人罪有应得,但我知道自己罪孽深重,我从没想苟活下去,我四处游荡,走到哪里算哪里。"

"我什么都不知道。"是的,我一点追根究底的兴趣都没有,仿佛金静给我讲述的是一部电视剧里的故事。

"只要有人问我都会说的,可从来没人问我。只有你问了,你问了我为什么不爱自己,我很感动。很多人都爱我的美貌,但很少有人问我爱不爱自己。"

"我理解。"

"你真的理解吗？"

"真的。刚才他们说老赵的事情你知道的吧？"

"夏玲和我说了。"

"老赵死的那天，只有我和他两个人。我常常怀疑自己，是不是自己害了他。"

"那天你喝醉了？"

"是的，我喝醉了。但奇怪的是，我喝醉后还可以像正常人一样行动，他们都误以为我酒量好，其实不是的，我经常酒醒后完全不知道自己做过些什么。"

"我想知道的是，你为什么会怀疑是自己……"金静紧紧攥住我致命的线索，逼着我说出来。

我想了想，看着不远处厂房里亮起的灯光说："其实，我很喜欢老赵这个人，我们在一起喝酒谈天说地，时间过得很快，日子也好过些。但我讨厌这种生活，想反抗这种生活，而老赵就是这种生活的代表……所以，我才有这样的想法。不过，自从老赵走后，我的生活更苦了。"

"那你就认为自己杀的老赵好了。这样想，你会舒服些。"金静轻声说着，往我这边挪了挪，用胳膊紧紧挨住我。

我感到了她的慰藉，但还是喃喃说道："会吗？"

王威廉 | 听盐生长的声音

"你都不知道我多羡慕你现在的生活。假如你真的是一个杀人犯，呆在这个荒凉的地方岂不是一种心安理得的赎罪？你还有个那么爱你的女人，她一直想给你生个孩子。"

"她告诉你的？"

"当然。"金静说完笑了起来，她的笑容在昏黄的灯光里有着圣洁的光晕，我几乎被她融化了。

"喂！你们聊什么呢？快来喝酒呀！"小汀朝我们这边吼了起来，他已经醉了，像个傻子一样幸福地大笑着。

那天后来的事情我不记得了，因为我和小马，还有金静，我们三个人继续喝了起来，我喝醉了。奇怪的是，那天晚上我没有梦见老赵。不过我还是做了一个梦，我一个人走在夜晚的盐湖边，黑暗压得我喘不过气来，我绝望得闭上眼睛，却听见周围充满了细碎的声音，像是什么东西在生长，我害怕极了。早上醒来，我想到，那不就是盐生长的声音的吗？在这里，盐是会生长的，那些美丽的盐花会不断地开放。这样说来，这里除了我们，还有别的生命，盐就是没有生命的一种生命吧。在造物面前，我们和盐真的有本质的不同吗？我们和盐都是生长与衰败着的一种变化罢了。

小汀他们走后，大概过了两个多月，我收到了一个挺大的包裹，看它的形状，应该是一幅画。打开后，与我猜想的一样，是一幅订好边框的油画，是小汀以盐湖为题材创作的。这幅画中的盐湖与盐花十分怪异，初一看上去，像是外星的风光，或是超现实主义的风格，不过看得久了，却发现这其中的变形夸张正是凸显了盐湖最重要的特点。我放在客厅里，等夏玲回来后，我让她欣赏，可她只看了一眼，就惊呼了起来："快收起来，我再也不想看第二眼！""为什么啊？"我大惑不解。夏玲说："和我梦中的盐湖一模一样，吓死我了！"这的确太诡异了，我只好将画包好，放起来了。也许在盐湖以外的地方重新拿出来看，应该会别有一番风味。

我给小汀回了一封信，对他的画表示感谢，告诉他我会珍藏起来的。我一句也没有提及金静，我想，他也不乐意我提吧。我不再羡慕小汀，也许是因为金静并不爱他，也许是因为自己认可了自己的罪孽，从而也发现了自己的幸福，我打算老老实实呆在这里。小汀没有再回我的信，他就这样消失了，像盐湖飘走的一粒盐，消失在了一场大雨里。

生活就这么重新平静下来了，那段涟漪逐渐恢复了平静。我不再酗酒，倒不是因为怕梦见老赵（偶尔还会梦见），而是为了"封山育林"的孕前保健。夏玲有了身孕后，就停薪留职，去了省城的姑妈家里。我们分隔两地，争吵少了，感情慢慢修复了，我已经无法想象自己和别的女人一起生活的景象。在第二年的秋季，她顺利产下了一个健康的男孩。当了父亲后，我还在盐湖的厂子里上班，期间也曾想过辞职，但奇怪的是，当我一个人呆在无垠的盐碱地上，心情反而逐渐平静了下来，离开的念头变得不是特别迫切。我走在盐湖边上，看着这外星一般奇异的景

王威廉 | 听盐生长的声音

色时,经常会想起小汀的画,想起金静的美貌。那种感觉很恍惚,仿佛我从没在现实中见过他们,而是在某个奇幻的梦中。

冬季来临的时候,刮了一场罕见的北风,我发现盐湖表面居然结了一层薄薄的冰,与晶莹的盐层混在一起。这种景观很罕见,盐湖可是很少结冰的。我专门去看了厂里的温度计,最低气温达到了零下二十五度。可头疼的是,这样奇寒的冬天,却一直没有落雪,干燥得要命,每天早上起来嗓子里都火辣辣的。一天,我早上起来后,收到了一封信。好像是寄自国外的,我用有限的英语水平分辨了半天,应该是尼泊尔。我猜到十有八九是金静的,一封来自梦中的信?我一时怀疑自己是不是真的醒来了。

金静的字和她的人一样漂亮,她在信里告诉我,她一切都好,给我写这封信是因为在加德满都的博达纳特大佛塔前忏悔的时候想起我了。佛塔的塔基上绘满了无数的佛眼,那些慈悲的眼睛注视着她,让她终于不再惧怕死亡。她说加德满都很漂亮,四周青山环绕,鲜花长开不败,希望以后有机会我也能去看看,那是和盐湖截然不同的一种风景。她还告诉我小汀的下落,他去深圳开了一家画廊,据说经营得还不错。最后,她说,以后死亡来临的时候,她会选择死在盐湖那样的地方,与万古洪荒融为一体。她查了资料,知道世界上最大的盐湖不是我这里,而是在南美洲玻利维亚西南部的高原上,叫做乌尤尼盐湖。她说她以后会把乌尤尼盐湖作为自己的葬身之地。她不厌其烦地罗列了些数据:"……

那里的海拔在三千米以上,绵延一万两千五百平方公里。每年冬季,盐湖都会被雨水注满,形成一个浅湖;而到了夏季,湖水干涸,便留下一层以盐为主的矿物硬壳。那里的盐层很多地方都超过十米厚,总储量约六百五十亿吨,够全世界人吃几千年。当地人利用旱季湖面结成的坚硬盐层,加工成厚厚的盐砖盖房子。房子除屋顶和门窗外,墙壁和里面的摆设包括床、桌、椅等家具都是用盐块做成的。"

我在给她的回信里写道:"将乌尤尼盐湖的几个数据降低一点,再把季节换成北半球的,与我这里就没什么区别了。在给你写这封信的时候,我就趴在盐砖垒成的桌子上面,盐砖上面铺着玻璃板,玻璃板上还铺着温暖的蓝色丝绒,给人温暖厚实的感觉。我抚摸着这样的桌子,它们的构成尽管很奇特,但与一张普通的桌子其实并没有什么不同……"

我再也没收到过她的信,时间一久,我觉得就连收到的那封信也像是虚幻的臆想一般,因为没有了物证——我怕夏玲看到,看完就烧掉了。春天来临的时候,夏玲又来电话了,催我回去看看孩子,顺便去面试,说是某个亲戚帮我留意了一份新的工作。我收拾行李的时候想道:也许,从来就没什么人来这里看过我,只有那不停生长的盐陪着我——啊,是的,现在即使在喧嚣的白天,我也能分辨出那种细碎的声音。我抬头看了看窗外惨白的盐碱地,不知道自己还会不会回来。

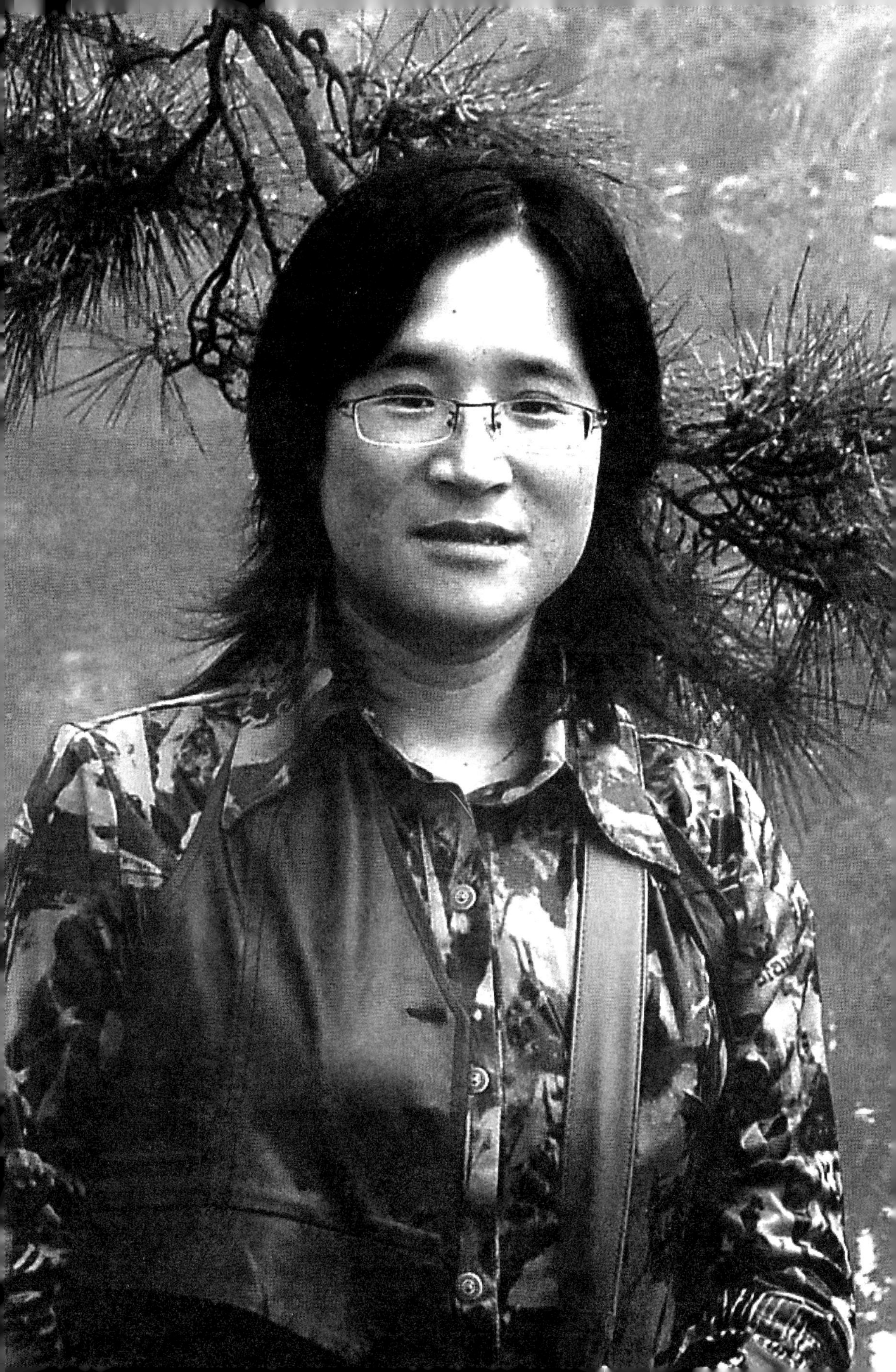

马金莲

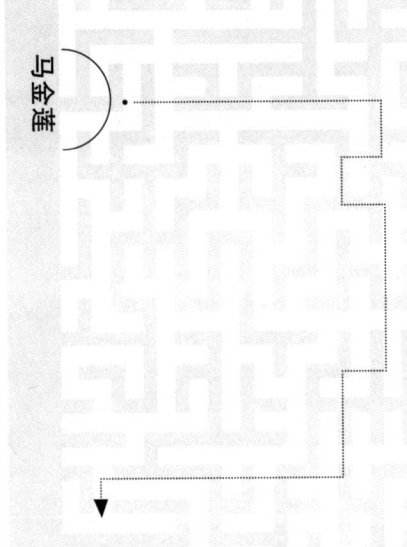

1982年出生于宁夏西吉，回族。

作品以短篇小说为主。曾在《回族文学》《黄河文学》《朔方》《民族文学》《作品》《十月》《芒种》《散文诗》《花城》《飞天》等杂志发表作品九十余万字，部分作品被《小说月报》《小说选刊》《北京文学·中篇小说月报》《新华文摘》《作品与争鸣》《中华文学选刊》等选载并多次入选各种年度选本。出版有中短篇小说集《父亲的雪》《碎媳妇》。

曾获中国作协少数民族创作优秀奖。宁夏文艺评奖短篇小说二等奖。2010年《民族文学》年度小说奖。中国少数民族题材剧本遴选一等奖（与人合作）。宁夏作协会员。

河　边

　　河两岸的杨柳，在寒冷中直挺挺地立了整整一个长冬，等到初春来临,风里带上了丝丝和暖的感觉。杨树寡白的皮上呈现出淡淡的青色来。柳树要比杨树敏感得多，那些枝条儿最早就感受到春风的呼唤，随风拂动，像女人脱下棉袄后的腰身，一天天柔软俏丽起来，远远望去，枝头甚至隐约显出星星点点的翠绿色彩。向阳的山坡上，枯草下面探出点点嫩绿来。仔细察看，竟然是小草发出了新芽。河面上的冰早就一天比一天薄下去。终于有一天，顺儿看着河对岸那几株柳树发呆时，听到了一串串的咔嚓声。是薄冰破裂、粉碎的声响。他知道，冰封了两个多月的小河化冰了，解冻了，春天真正来临了。

　　薄冰破开，刀背便掉进了河里。小河原本是一条浅河，刀背又长着一双硕长的腿，一对粗大的脚板，冰面破开，刀背就直挺挺站在了河水里。顺儿直眼看着，看着一河的冰，原本白晃晃清亮亮的，一瞬间，就被刀背的大脚破坏了。冰层一大片一大片地破裂，下陷，塌毁，浸透了河水，在河心里悠悠打转。刀背的鞋完全陷进了冰层，他愣了愣，提起裤腿口，急慌慌往前趟。虽然是条小河，这时却显得分外宽阔，刀背高大的身子一栽一晃，看来他想几步跨出河水，快快到达岸边，偏偏难以走快，冷水灌满了鞋子，棉裤的腿脚也吃满了泥浆。冰还在哗啦哗啦作响，顺儿觉得好像整条河的冰面都破开了，正不断下陷。这个男人，就这样破坏了满满一河的冰。

刀背终于爬上岸来，样子像个落汤鸡，他弯下腰拧裤脚的水，水混合着泥浆，拧下来不少。然后，他斜着肩，目光向四下里扫扫，随之晃着身子进了河边一所土院子的白木门。

顺儿早就把自己隐在羊群里。他看着刚才的一幕，刀背却没有发现他。他想和刀背藏猫猫。他喜欢这样和刀背藏着玩。他喜欢这个大个头的男人，心里盼着他能常来。刀背并不常来。少则六七天，多则十天半月，才能看见河对岸的芦苇丛中，一个人大步赶过来，一路不断弯腰低头，分拂着挡路的芦草。有时他头戴草帽，手里攥着镰刀粪叉之类，可见是在田里干活，抽空儿跑过来的。有时候，他会穿戴一新，肩上挎着条褡裢，风尘仆仆的，顺儿就知道，他这是刚从集市上转悠了一圈儿，又赶来这里的。每次来了，刀背都会把大手伸进兜里摸索一阵，变戏法似的，送给顺儿一颗糖，一个苹果或者几粒花生。总之都是叫顺儿欣喜不已的好东西。顺儿是个馋嘴的孩子，口里吧唧上糖果，身子还缠着刀背，不愿意走开。刀背总是不恼，呵呵笑着，伸出大手在他头上不停地摸索。这时的顺儿变得羊羔一样温顺，使劲贴住这高大的身子，在他怀里腻歪。要是新剃的光头，顺儿就不愿叫他摸了，他长着一双什么手啊，老耙子一样，带着粗刺哩，直扎得人头皮生疼。刀背还喜欢扒下顺儿的

马金莲 | 河边

裤子，摸他裆里的小牛牛，说检查检查，长大了没有，被狼叼去了没有。弄得顺儿又羞又气又痒，笑着挣扎，有时简直能把气笑断。

母亲在一个瓦盆里洗手脸。刀背一来，不管多忙，她都会将手头的活计停下，把温水兑进瓦盆里，蹲在灶前，开始洗手脸。用的是搁在塑料盒里的香胰子。顺儿记得清楚，这胰子是刀背买的。刚拿来的时节，外面包着一层柔柔的油光纸。母亲从刀背手里接过胰子，红了脸。刀背的神色也不大自然，两个人都扭扭捏捏的，做了贼一样。母亲轻轻揭下纸，一股子很特别的香味就飘散开来，钻进每个人的鼻子。大家顿时被这新奇的味儿给迷醉了，尤其刀背和母亲，他们脸上的颜色越来越红，连耳朵背后也变了色。那张油光纸当然归了顺儿。他将它凑在鼻子下面嗅，好香啊，长到这么大，他还从来没有闻过这香的味儿。浓郁，刺鼻，香喷喷的。河滩里，那些野生的冬花芦苇每年都会开花，好多叫不上名儿的野草也开花，可是，他敢保证，没有哪种花香能这么集中，激烈，真切，醉人。这是把世上所有的花都集中起来，才做出了香胰子吧。

那天，母亲拿着香胰子端详了一阵儿，就急切地舀了水，在瓦盆里洗起手脸来。她头一回将洗脸这平凡的事儿，进行得很不平凡，动作缓缓的，柔柔的，神色严肃，凝重，显得那样投入，那样沉醉。她先洗湿手和脸，再拿香胰子搓一搓，在手上搓搓，在脸颊上搓搓，手心里便起了泡沫。她揉搓着那些泡沫，越搓越多，满掌心都是，然后两手托起，将泡沫都抚到脸上了。顺儿看见，母亲的脸蛋、鼻翼，甚至脖颈下面，都泛起一层层细密的泡沫来。香味更浓了。母亲的五官变得模糊不清，隐在一堆细碎的粉色泡沫后面了。

那一刻，刀背和顺儿都有些发呆。他俩定定看着这个女人，连门口的黄狗也呆了，趴在门槛上，痴眼望着女主人。这香胰子，很贵吧？顺儿攀住刀背的胳膊，好奇地问。刀背不答话，一把将他揽进怀里，紧紧搂住了。紧得顺儿都要喘不过气来了。顺儿没有挣扎，他头一回产生了一种奇异的感觉，觉得自己小小的身体被这样有力的怀抱搂着，四肢骨骼隐隐发疼的同时，有一种说不出来的快乐，这快乐水波一样，在全身流淌。母亲撩起水，轻轻拍到面上，冲洗着泡沫。等到冲干净后，手和脸完全露出来了。母亲不看别人，慢悠悠擦干水，打开雪花膏瓶，对着镜儿往脸上摸雪花膏。刀背从背后瞅着她，说亮堂多了，你这脸盘子，这肤色，就得这洋东西伺候！看看，看看，就洗了一回，这就有了变化！

母亲重新红了脸，眉毛却高挑起来，眼梢儿浮满了笑。顺儿上下打量母亲，他看不出刀背所说的变化在哪里，正惊异着，母亲猛然记起了什么，说这半天了，还没去放羊？该饿死了！顺儿便乖乖地吆上羊出门。

等把羊赶出门，扔在河边的林子里，顺儿一个人躺在河滩上，悠悠地想心事，回味刚才在家的一幕。慢慢地回想起来，还真觉得母亲是有变化的。香胰子水洗过的脸，至少添了一层神采，有了娇羞，好像她一下子变年轻了。

其实，那时的母亲真的很年轻，才三十出头。顺儿记得，打那以后，

马金莲 | 河边

每天早起,母亲都会花上一阵时间,正儿八经洗一回脸。她细细地耐心地揉搓着那张脸盘,深深沉浸其中的神态,似乎不仅仅是清洗,而是抚摸,在摩挲着一件很珍贵很脆弱的磁盘子。抚摸着,清洗着,无端的,她会发出一声叹息来。叹息不是从身体里发出来的,而是来自另一个悠远的看不到的地方。顺儿心头就有了恍惚的感觉。门外,河水淙淙作响,麻雀们在林子里吵成了一锅沸水。他静静地倾听着。河边的各种响声,不会叫人心烦,相反,一种更加幽静深远的感觉浮上心头。顺儿不知道,母亲的叹息因何而来,会不会与刀背有关。刀背有好些日子没来了。不光母亲的脸一天天暗淡下来,顺儿也开始想念那个高大结实的身影了。母亲坚持洗脸,细细地投入地洗。顺儿便有一种感觉,觉得那香胰子的味儿早就穿透皮肉,浸入到母亲肌肤的深层下去了,使得她身上始终散发出一股幽幽的香。这香味儿,让人沉醉,也让人心神不定。已经有人在嚼舌根了。他赶着羊,到河下游渡口上放牧时,撑筏子的大胡子盯住他笑嘻嘻地看,直看得他心里发毛,浑身不自在起来,心里说我又不是大姑娘,值得这么呆眼看吗?大胡子嗤嗤地笑着,笑够了,才说瞧顺儿这脸,多细白多炫目呐!像个女娃子的脸!是香胰子洗的吧?顺儿一听这话,莫名地红了脸,顿时恼了。母亲叮嘱过他,刀背送香胰子的事,不准到外头乱说。谁知这大胡子知道了。瞧他这坏坏的笑意,就能断定他已经知道了。顺儿是正儿八经的小男子汉,小河边长大的孩子,经年被河风吹着,河水泡着,他的骨子里有着北方河流特有的气质,他可不愿意被人称作黄毛丫头,更受不了莫名的奚落!他不理大胡子,赶上羊继续往河的下游走。大胡子将一把木桨撑得哗哗作响,他冲着顺儿的背影嘿嘿笑,喊道:尕小子脾气倒倔,像头犟驴!一句耍话,还真就毛了?告诉你尕娃,那香胰子不是买给你的,给你妈的!哎呀呀,小寡妇的门前走三遭啊……嗨呀呀……声调拉长了,变成了高唱。顺儿停住脚步,脸扑哄哄地烧起来。十一岁的少年,大人言语里的山高水长,他好歹能听懂一些了。一对夫妇过河,大胡子载上他们走远了。顺儿望着河心里一片片扩散开来,不断后退着消失的水花,心里头像有了一河水,这水被一把破桨翻搅着,划拨着,溅起的水花,一圈圈扩散着,向后,再向后。

母亲再洗脸时,顺儿不看,他原来趴着的炕墙那里趴上了一只猫。顺儿坐在门口,目光投向门外。门外的小河,水流日夜不停地淌着。从他记事起,小河就是这样,一刻不停地向着前方赶路,赶路。它这样不辞辛苦地奔波,究竟为了什么?要去哪儿?

母亲把洗脸水端出来,泼进河里。一点带着粉色泡沫的水,汇进了河心,一眨眼就消散了,被巨大细密的流水携裹而去。河面还是那么平静。

刀背终于露面时,已经初冬了。就在这段日子中,母亲的香胰子在一天天消瘦,几乎瘦成了一弯月牙儿,顺儿才看到一个高大的身影晃悠悠绕过一片片收割后的田地,向着这边而来。河边的芦苇早就衰了,河畔泥浆里跳跃的青蛙也不见了,它们可能提前感到了冬天的寒意,早早躲起来了。像往常一样,刀背停在河边,向四下里瞧瞧,脱下鞋,高高

马金莲 | 河边

挽起裤腿,将鞋揣进怀里,大步趟进了河水。顺儿登时咬紧了牙关,心头连着打了几个寒战。这时的河水,虽然还没有结冰,却冷得刺骨,他这只有名的水鸭子,也早不敢下水游耍了。只能将羊群赶在河滩上,任由它们啃食那些干枯的衰草,他侧坐在河边,看着河水向下流淌。看着看着,莫名地,心头就起了忧伤。院子里,母亲在赶着料理一年当中最后一点活计,把割倒的高粱捆子晒干,把玉米秸秆码成垛,把谷子草摞成圆锥形的摞子。寒冬一来,大雪封门,它们便是喂养羊群的上好草料了。房门口的草帘子,也要及早补补。娘儿俩过冬的棉袄棉鞋,他放羊戴的羊毛手套,脚上穿的窝窝暖鞋,都得拾掇拾掇,该翻新的翻新,该补缀的补缀。小河边的寒冬尤其难熬。就在等待寒冬来临的这段日子,母亲很不开心,脸上显出深深的忧郁来,也不和他说话,一个人闷闷地忙这忙那。在顺儿心头,这段日子便蒙上了阴影,难以驱遣,他只能盼着这凉飕飕干巴巴的日子快点过去,迎来一场大雪。等到大雪将小河两岸的世界完全覆盖,母亲准会活过来,心里的郁结化解了,眉目间重新浮上欢笑。因为每当大雪封门的时节,刀背便会借着出门耍赌博的机会,抛开河那岸家里的女人,来这里多住上几天。等天放晴后,大雪化成水,女人的眼泪一样缓缓流淌,他才会起身离去。

然而,这些日子,深秋过渡到初冬的日子,似乎要比从前的任何一年都长。顺儿知道,刀背不来,母亲心头的阴云越积越厚,沉沉地压着,她情绪坏透了,超过了任何时候。都是刀背害的啊。洗脸时,母亲把香胰子放在鼻子下闻，深深吸一口气，忘了吐出来，整个人完全沉醉在那气息里。顺儿明白，她又想刀背了。她以为顺儿还小，什么都不懂。可顺儿懂了，尽管这种懂是稀里糊涂的，生涩艰辛的，顺儿多少还是明白一些的。他盯着缓慢移动的河水，痴痴作想，娘和刀背，两个人认识好呢，还是压根就不相识好一些？他们这样来往着好呢，还是从此了断了好一些？想来想去，想到自打刀背经常光顾这里，母亲变年轻了，脸上有了活色，像一截子原本枯死的木头逢到了春天，重新发了芽长了叶，还像伞一样撑开了一片阴凉。刀背为这个家里添了那么多的活力，更不要说农田里的力气活，他只要碰上了，挽起袖子就干，像这个家里的男人一样，尽心尽力。可是，刀背他是有女人的，也有娃娃。就在小河那边，据说趟过那片苇子林，越过几片农田，就能到达，在一片杨柳掩映下的村庄里。因为有着家室，刀背就不能常光顾这里，更不便久留。每次都是抽空儿来的。来了就来，去了就去吧，母亲说这个家不指靠着他，要指靠的是顺儿。有一天顺儿长大了，长成大男人，就能撑起里里外外的担子，她这辈子就算熬出了眉目。

顺儿便对未来产生了憧憬，他希望自己快长大，长得高高的，壮壮的，像刀背一样，留满腮的黑胡子茬，走路大踏步，身上常带股子旱烟味儿，干活打赤膊，天再热也不穿汗衫子。他觉得这样才像男人，像刀背一样的男人。顺儿没见过父亲，不知道父亲长什么样，在他少年的心眼里，总觉得父亲一定像刀背，和刀背一样强壮结实，宽厚温和。可是，

马金莲 | 河边

摆渡的大胡子说他爹是个痨病鬼，活活让病给拖死了。临死前那模样瘦成了一只猴。顺儿不爱听这话，认为一定是大胡子的乌鸦嘴在呱呱地胡叫，在故意损坏父亲的形象。所以顺儿下了决心，长大了绝不做大胡子那样讨人厌的男人，要做，就做刀背。

刀背给母亲掏出香胰子的那个下午，顺儿看着母亲娇羞的脸，心头暖烘烘的，直到他躺在河滩上时，也觉得河边的泥沙中也散发出一股香味儿来。

那么香的胰子，被母亲日复一日地使用，终于洗成了一弯细瘦的月牙儿，眼看着月牙儿就要从腰间断裂的时节，刀背来了。他总算出现了。趟着淹过脚面的冷水，渡过了河面。顺儿站在门口看呆了。渡过这条河的路径，有好几条。上游有桥，一道石板桥，再往上走，还有一道木桥。下游河面宽，没法架桥，有大胡子的筏子，只要花上两毛钱，他就会把这岸的人送往那岸，或者将那岸的人载到这边。从哪种路径过来，都不比这样光脚趟水受罪。奇怪的是，刀背从不走桥，也不去坐筏子，他分开岸边半人高的苇子草，就直接趟过河来。是为了什么，顺儿思索过这个问题。其实这不是什么难懂的问题，顺儿觉得刀背一定是为了省事，哪条路都没有直接趟过河来近便。过桥得往上游去，跑不少冤枉路。坐筏子吧，得给大胡子掏钱。一次就是两毛，来来去去的，那得要花上多少钱呐。细想下来，只有这横渡河水最来得便捷省事。

可是，初冬的河水凉了，凉得刺骨。刀背光着脚一步一步赶过来，顺儿觉得刀背为了看一回他母子二人,真是遭罪得很。刀背草草上了岸,竟不穿鞋袜,小跑着进了河边的小院子。顺儿看到他刚从水里拔出的脚不是正常的肉白色,而是红色的。泛着粉红的光泽。枯燥乏味的日子,那些活跃在夏秋的粉嫩的鱼儿、青蛙都不见了,钻到河底温暖的地方去了。只有刀背傻,还踏着冷水而来。不知他兜里又揣了什么好吃的。顺儿坐不住了,无心放羊,也无心看河了,他将羊群聚拢在林子里,把羊鞭直直插进土里,警告那只带头的老羊,要它带领大伙乖乖吃草,千万不能乱跑!老羊听懂了似的,望着顺儿重重咳嗽出两声,顺儿便飞一般跑向家门。

　　单扇白木门紧紧关闭着。他推了推,沉沉的,从里头闸上了。这不要紧,难不倒顺儿。其实,他家这大门,大多时间都是紧紧关闭着的。母亲不愿意和上游那些喜欢说三道四的女人们来往,更不欢迎吊着膀子、老是喝得醉醺醺的大胡子。任何闲人杂狗都被这独扇木门儿和母亲的冷脸给挡回去了。顺儿略一思索,脱下外衣,推开门槛底下几块石头,刺溜溜扭动一阵,身子已经在门槛里头了。他又探出胳膊来,把外衣拉进去。穿好后,拍拍土,全身上下干干净净的了。和走大门进去的没什么两样。母亲常说,她的顺儿呐,就是一只小猴子!她还担心,这钻门槛的小本事,长大后发展成扒屋上墙的大毛病,那可就成贼了。为这,母亲常给刀背念叨,说这娃娃哪都好,就这点叫人担忧,万一将来变成个贼娃子,叫她还怎么活。说着,她就会伤心起来,感叹都是缺爹的下场,

马金莲 | 河边

儿子娃娃，总该有个爹来管教管教才好。看她的意思，分明是希望刀背出面，替她教育儿子。刀背果然咳嗽一声，变了声调，极严厉地给顺儿讲起做人的大道理来。顺儿不大服气，小嘴撅起老高，只是碍着母亲的面不敢吭声。等到母亲出去，刀背从兜里摸出两颗糖，含着讨好的微笑向顺儿赔罪，说刚才的事都是假的，是做给你妈看的。顺儿嘴里噙上糖果，大度地摇摇头，只要有糖吃，他"小人不计大人过"。

好几年过去了，顺儿钻门槛的毛病没改，只是怕惹母亲生气，不敢那么明目张胆了。这次，他钻进门槛，兴冲冲走向屋子。这好些日子没见，刀背会带好些零食来吧。不知道为什么，刀背一个大男人，在顺儿面前却分外胆怯，所以常常遭到顺儿的"欺负"。那是一个孩子所能想到的没有恶意的恶作剧。有时候，顺儿觉得刀背像父亲，像这个家里的掌柜的。有时又感到一点也不像，而是他的哥哥，母亲的一个稍大一些的儿子。真是古怪的念头呢！他苦恼地甩甩头。屋门开着。门口换上了春天才挂的薄门帘。真是一张很好看的门帘。而被它取代的，是一条破旧不堪的灰布帘子。这新门帘，是母亲用他们穿过的旧衣裳缝起来的。她先将衣裳洗净，拆开，拆成一片一片布料，捋得平平顺顺的，然后剪成块儿，再把各色布块拼凑起来，一样一样缝到了一起。红的，黄的，黑的，颜色搭配得很匀称，站远点看，像是一朵朵菱形的花开放在门上。这些颜色各异的花朵，形状简洁，线条流畅，大家一齐以黑色为背景，争相斗艳。秋冬时节的河边，日子漫长，苦闷，单调，野外全是灰白色的枯草，母亲用她的巧手拼出了这一张门帘，让原本灰暗、清苦的日子增加了不少亮色。可见，随着刀背的到来，母亲的心情终于好转了。

顺儿忽然来了玩心，他决定先不进屋去讨零食吃，而是悄悄地，趴在门帘下溜进门，然后猛地站起身，吓刀背一跳。那个大男人，有时候，那胆子可比老鼠还小呢，尤其来到这个家里，老是提防着什么，似乎冷不防，就会有人冲进屋，捉老鼠一样捉住他。

没弄出一丝儿声响，顺儿就凑近了门口，掀开了门帘。屋里光线暗，加上两个大人都在沉默，使人觉得屋里闷闷的，顺儿有一种喘不过气来的感觉。他一双眼咕噜噜转动着，还是看不清，便慢慢直起腰来。费了好大劲儿，他才算看清了炕上的情景。他被人当头打了一闷棍似的，立时呆住了。刀背的一双大脚，就是先前赤裸着趟过河水的脚板，这会儿被母亲揣在怀里，不，是高高擎起来，搁在母亲的肚皮上。母亲完全敞开着怀，搂着那两只脚，一双手还不停地揉搓着，抚慰着，好像那臭脚就是她的儿子，她挨了冷冻的顺儿。大脚的主人，刀背，他靠墙躺着，一脸陶醉的神色，显得很受用。大脚已经被暖得活过来了，不再通红通红，红萝卜一样。而是转出血色来，淡淡的血色，像一个人害羞时微微发潮的脸。

顺儿慢慢红了脸。同时，脸颊那里烧起来，火烤一样，一直烧到耳朵背后去了。就像有一盆火挨在他眼前。他的眼里几乎喷出火来。他一直呆呆看着，看着那一个男人和一个女人。他做梦也不会想到，一个男

马金莲 | 河边

人和一个女人待在一起,会做出这样的举动来。况且,这个女人不是别人,是他的母亲。他所敬爱的母亲。

顺儿想喊叫出声音来,冲刀背凶凶地吼上一嗓子,你的臭脚,那么冷,为啥要放在女人的肚皮上?这么雪白的肚皮啊!刀背你就是个混蛋!大混蛋!

母亲许是累了,换了个姿势,将大脚从左边挪到了右边,继续给揉着,搓着,紧紧抱着。想不到母亲的肚皮会这么白,在昏暗的屋子里,白晃晃的,像一团发得眩白的面。顺儿记起小时候,他有尿炕的毛病,每次尿湿了,母亲疼他,将他放在自己肚皮上睡觉,她则将身子睡在那尿痕上,等到天亮后,湿痕才被母亲的身子给暖干。回想那时节,只模糊记得母亲的肚皮软绵绵的,像绸子被面一样,却没留意过会这么白,白得让人眼前发黑。在母亲肚皮上睡觉的日子,随着长大,早就过去了,他也慢慢儿改了尿炕的毛病。在他的印象里,母亲的肚皮是一片神圣美好的地方,除了小时的他,别人谁也不能睡上去,更别说将一双臭脚压在上面。顺儿眼里干巴巴的,揉进了沙子那样,又涩又疼,他分明觉得,自己心里珍藏的一件贵重器物,突然掉在了地上,碎成了片。他打量着脚下的残片,不知道该如何是好。

悄悄儿的,顺儿的眼里蓄满了泪。他没有去擦,默默退出屋子。门帘还是那么低低地垂着,没风,它不动。他从门槛下爬出,隐隐觉得今天这门槛变得狭窄了,要不就是他的脑袋忽然变大了,往外钻时,脑后尖利地疼了一下，被门缝夹住了狠狠挤压的那种疼痛。好歹是爬出来了。他吐出一口气，感觉头脑里一片混沌，就信步来到河边。身后，羊群还在林子里，他无心去理会它们。河滩上的泥土坚硬，生冷，硌得人屁股疼。他强忍着疼痛，坐下看河水。看它们缓慢又匆忙地奔流的情景。河水真是有趣，当你盯住某一点去看，发现水流是那么急促，跌跌撞撞地向着前方奔跑，像个性急的少年。可当你将目光放开，拉长，铺开在整条河面上时，感觉河水慢悠悠的，像个上了年岁的老人，不急不躁地温和地往前走他的路。顺儿的目光远了近了，深了浅了，河水跟着远了近了，深了浅了。顺儿一颗心就完全扑在河面上了。这么多年过去了，小河似乎没有发生什么变化，没有伤心过也没有欢喜过，永远这样波澜不惊地流逝着。但是，现在，顺儿不这样认为了。他想，小河肯定也是有心事的，像少年的心事一样，猛然之间就会长大，就明白了人事，就有了无尽的烦恼。他捡块石子，抡圆胳膊甩出去，石子落了，在河心里激起一团浪花，浪头不大，起伏几下，化为一堆泡沫，碎了。河水恢复了宁静，还那样流淌着。就像用一把很小的刀子，在河身上划出了一道伤口，这伤口不用谁去抚慰，自己弥合了。这个平凡的午后，少年顺儿头一回发现了小河的不平凡。它从哪里来，一路越过了多少村庄、山谷和沟坎，接下来又要流到哪里去呢？这样日夜不息地赶路，一路上，它都经见了多少人间故事，遭遇了多少创伤？谁说得清呢？谁又可怜过它呢？河流无声地承受了这一切，以永不停歇的方式抚平伤痛，永远向前而去，去

马金莲 | 河边

了少年所不知道的远方。

顺儿忽然产生了一个想法,去远方!跟随河水,向着河流奔去的方向,一路走下去,河到哪儿,他去哪儿。去遥远的未知的地方,去落日沉没的地方,去晚霞消逝的地方。哪怕去一个没有人烟,比河边小屋的日子还要枯燥的地方,他也愿意。他只想离开。离开这段熟悉的河,小河边的土院子,还有院子里那个曾经和他相依为命的女人。那粉色的泛出无数泡沫的香胰子,精心拼凑的花门帘,那一切,他都愿意抛在身后,他想一个人走。只想一个人走。

顺儿慢慢躺下,睡在冰凉的河滩上。水流在身畔无声地流逝。天上没有云,蓝天像一片没有边际的幕布,扯开来,将头顶的世界兜在其中,包括日月星辰,全在它的怀抱里。他陡然觉得鼻子酸得厉害,一股辣味直呛得他想放开声哭上一场。天永远都这么蓝,河水一刻不停地奔走,只有他,守在小河边原本快乐简单无忧无虑的日子,怎么就一去不回了呢?是被小河还是时间带走的呢?他不知道。也不知道该去问谁,向谁讨教这个难题。他心头满是迷茫,伤感,憎恨,甚至感觉人活在世上,是那么多余,没有一点儿意思。

这个下午,顺儿在河滩上待到很晚很晚。落日徐徐下沉,沿着河水消逝的方向,沉下去,沉下去。晚霞的余晖映红了半边天,也映红了顺儿的脸,还有羊群。羊等得不耐烦了,不见主人吆喝,就自己往家的方向跑去。顺儿远远目送着它们。它们每一只身上,雪白的毛色被染成了灿烂的红色，好像披上了一件件红红的霞光的衣裳。

夜色很快就浮上来，它们白天无影无踪，这会儿出乎意料地神速，说来就来了。带着浓浓寒气的夜雾，在河面上降临下来，接着又缓缓升腾而起。小河两岸完全被浓雾包围笼罩了。河流的速度似乎完全缓下来了，被雾色掩映的河面，隐约闪耀出梦幻般不真实的光泽来。流水声淙淙的，透着白天所没有的清亮。顺儿静静地听着水声，禁不住深深沉浸在这清凉的声响当中。

母亲在远处呼唤，顺儿你回来——天黑了——回来吃饭——吃饭——

顺儿不应声，躺着默默地流眼泪。暮色里，这个女人的呼喊那么熟悉，带着他所熟悉的柴烟味儿，汗渍味儿，甚至还有幼年记忆里乳汁的香味儿。他没有爹。母亲一手拉扯了他。脑海里回忆起这些，沉寂的记忆像闸门一样打开了，往事流水般往外涌，他重新看到了一个年轻女人寡居的艰难与辛苦。他缓缓爬起身，冲破暮色，奔向母亲站立的方向。

几天之后，刀背又来了。河水越发寒冷，顺儿将身子隐在羊群里，看着那个男人脱下鞋，涉水而过，然后赤脚走进了白木门。尔后，木门紧紧关闭了。顺儿不再从门槛下钻进去，只是扒着门缝瞧里头，门帘低低垂着，微风吹过，它下摆轻微地晃一晃，又安静了。安静的样子，让人觉得门内蕴藏着一件很大的秘密。顺儿的心里也有了秘密。不能说的秘密，像一枚种子，生了根，发了芽，并且疯了似地往高长，向下的根

马金莲 | 河边

系也越扎越深。他越来越不想见到刀背,只要看见就远远地躲开。

春天来了。河水一天天暖和起来,少年顺儿却一天比一天消瘦下来。这异样,刀背没有发现,母亲也没有。刀背毕竟不是亲爹,他可以忽视顺儿。而母亲,新近得到了刀背送的一根白光闪闪的银项链,便沉浸在她的喜悦里,竟然也忽略了顺儿。任由顺儿在她眼皮底下一天比一天沉默寡言,一天比一天脸色苍白。

顺儿原本是个寡言的孩子,慢慢的,他不再缠着刀背讨糖果吃了,而是远远地躲着,躲在羊群里,树林里,芦苇丛中。没人的时候,他脱下鞋,赤脚在河里试,河水还是很凉,凉得瘆骨。他便禁不住去想,刀背蹚过河水的大脚板,一定还会搁在母亲的肚皮上取暖吧。那么雪白的肚皮!母亲依旧会充满柔情不无爱怜地紧紧搂住那对大脚吧?这想法,让人心里横了块冰一样,冷得慌,堵得慌。他的小脚被河水泡得发红,泛白。他痴痴看着河水,望着它掀起的一缕缕无声细密的波纹,它们多么像一个个卑微而短暂的生命,来不及挣扎,就散开了,化成另一种形状,这过程,轻微,急促,让人措手不及,仿佛是一声声无言的叹息。

河水浅了,满了。满了,浅了。起伏荡落间,又一年过去。初冬来临了,河水又开始转冷,结出了薄薄的冰。转眼,严冬过去,冰消了,满河都是碎成残片的浮冰。河对岸的男人刀背,一趟趟蹚过河水,来与河这边的寡妇相会。

这年初春,顺儿梗着细长的脖子,告诉母亲,等长大后,他要在小河上架一座桥，通往对岸去。这话来得突然，母亲似乎一时醒不过神来，呆了呆，她伸手爱怜地摸着儿子的头，说瓜娃，等你长大了，你就会明白，凭咱娘俩的气力在河上架桥，那有多难！说完，她丢下一声很轻的叹息，转身忙家务去了。顺儿一个人看着河水，痴痴地看了半天，他不知道，自己一直那么急切地盼着长大，这愿望，到底是对的，还是错了？

　　顺儿还是跟着他的羊群，沿着小河向下或向上逐着水草奔跑，这期间，他的羊群壮大过，不过不久就又减少了，他们母子的生计，就靠着变卖羊只来维持。那是五年后吧，初春，一个彩霞染红了大半边西天的傍晚，归栏的羊只排着不成形的队，一只一只走进河边的白木门。牧羊的少年，将一把羊鞭直直插在家门外的河滩上，拍拍身上的土，沿河岸向下走去。他经过了平日里放羊的地方，经过了大胡子摆渡的地方，走过了许多浅滩与河湾。河水还是向着前方奔流，他便向着前方走。他想，只要小河不歇步，他就不会歇下步子。

　　他这一走，一定是要到河的尽头去吧。

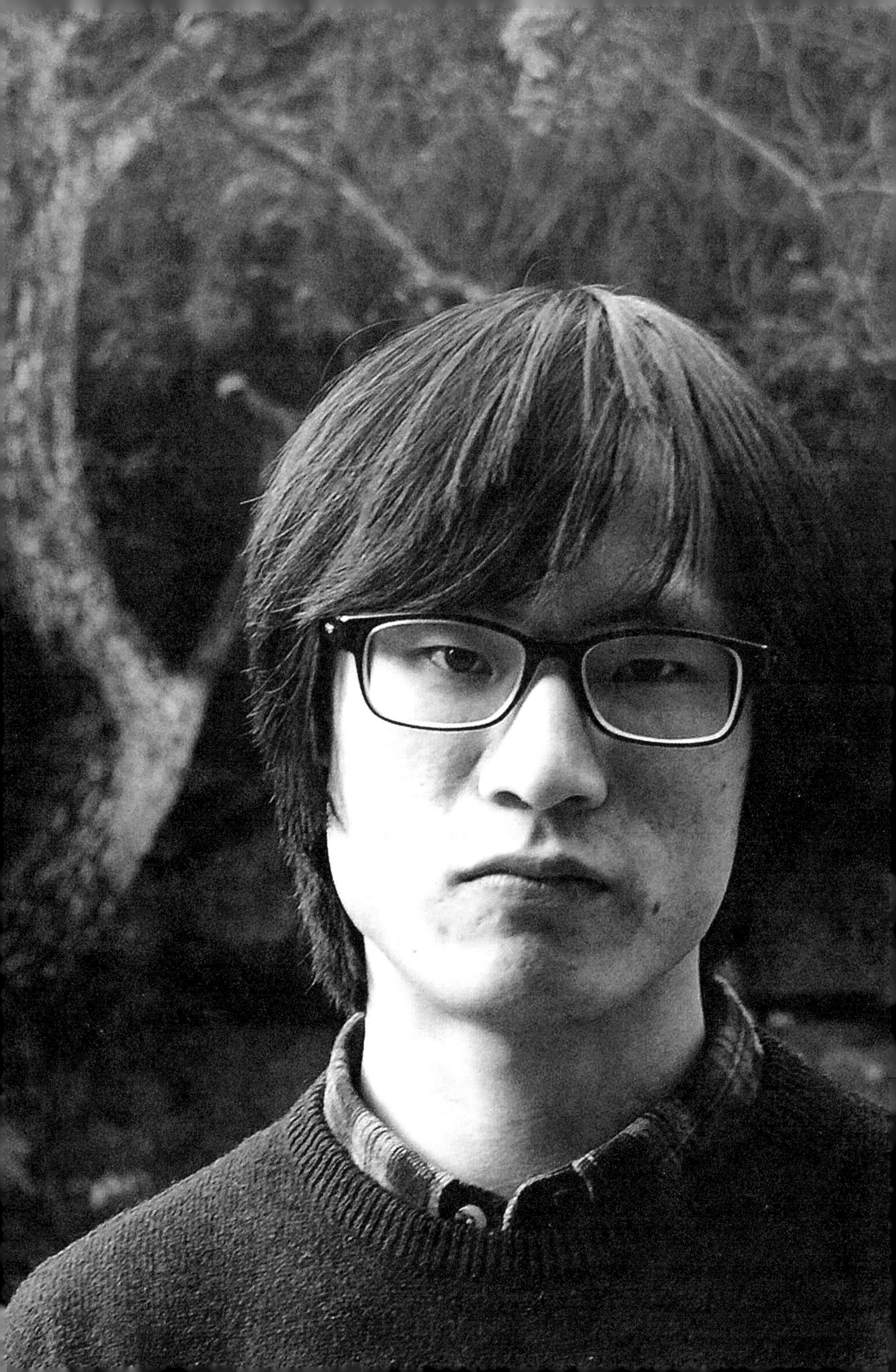

李晁

1986年10月生于湖南，现居贵阳。
2006年于京郊开始小说创作，发表小说四十万字，获第三届《上海文学》新人奖，小说散见《上海文学》《山花》《青年文学》《福建文学》等刊，作品入选多种文集及年度选本。

山 中 客

老张扛一捆稻草,从山上下来。稻草干燥而蓬松,在清晨清冽的空气中香味依旧不散。下了几日冻雨的山路变得湿滑,一旁的粟米草上还留有细微的霜粒。其实从昨天起,天就阴干起来,像块风吹肉。谷地里的风硬硬的,打落了不少枫香的叶子,扎入脖子,有几分像稻草豁人的边沿了。

午夜时分,一阵沙雪吵醒了屋顶。

下班时,老张还对本家叔叔老老张说,看来要下雪了。

老老张抽着烟斗,寡淡的烟雾迅速盖过了那顶黄色安全帽,帽檐上还印有施工局的字样。老张自己也有一顶这样的帽子,那帽子正在他头上,几个月下来,他几乎感觉不到它的存在了,那坚硬的弧形仿佛已成为脑袋的一部分。

老老张咳嗽了一声,喷出一口浓烈的烟团,烟味老辣。他吼了一嗓子,啐掉一口痰,哼出一个调门。老张知道他要开唱了。熟悉的曲调,抑扬顿挫、清亮悠长。从自填的词中,老张知道,天,是要下雪了。

雪,说飘就飘起来。

钻出油杉与汝兰杂交的山沟,老张跺跺脚,踢掉鞋上的泥,接着耸耸肩，把稻草送到一个更舒适的位置，腾出一只手来，才歪头看了一眼天。是个晴天，很亮，说明雪下不大，也下不久。雪细得如缕缕稀薄的棉线，连起来似乎也缝不了什么，更别说把身旁的溪流盖住了。老张叹了口气，知道女儿起床该失望了。

　　走出那道群羊出没的坡，拐一个弯，六尺河的身影与喧哗便扑面而来。工地就在河谷中。两岸，左坝肩与右坝肩被一层青灰的水泥所覆盖，绿色的防护网像掩体一样包围着打钻的人，空压机轰鸣着。而谷底，六尺河水改变了千百年来的流向，被迫一头扎进北边的导流洞，再打下游冒出来。基坑正在开挖，炸药和挖掘机把那里弄得像个硝烟弥漫的战场，运渣车辆来来回回，一派忙碌景象。

　　老张原本不在基坑上班，一开始只是打打零工，修修堡坎什么的。施工局不大用当地人，再加上自己只不过是个过时的泥瓦匠而已。直到认识小孟，由于小孟爸爸的关系，老张的身份才正式确定下来，得到了一份为期两年的合同。

　　走下最后一片松林，溪流开始与小径平行。雪还是似有若无的样子，直到那棵巨大的枫香出现在眼前，老张才确认这雪是捱不过中午了。在走近那栋有着瓦蓝屋顶的工作间时，老张不知为何学起老老张来，起了一个调门，声音不大响，但也很像那么回事儿，歌声在雪中扩散。

　　最先出来迎接他的是那条耳朵立得像天线的狼狗，那是小孟养的狗，

李　晁 | 山中客

他唤它的名字有些古怪——虎汁儿。这个名字老张总也叫不好，只好叫它虎子。那狗认得他，一路慢悠悠地踱过来，摇着幅度不大的尾巴，很有几分矜持，酷似村干部了。老张打算摸摸它，可它跳开了，叼起一根散落脚边的稻草，像得到什么宝贝似的，又蹦了回去。

那门关着。

老张想，这会儿该有八点半了，小孟还没起床吗？老张把稻草搁在门旁，门旁的窗下有一个小棚子，用空心砖和石棉瓦搭建而成，虎汁儿就睡在那里。此刻，它正在窝里撕咬那根稻草呢。放下那捆几乎没什么重量的稻草，老张本想就走，该去上班了，可一想到还下着雪，便对门内喊了一声，小孟，还没起床啊，我给你拿稻草来了。

果然，门内传来一声含糊的回应，老张，是你呀。

老张说，你睡吧，我走了。

没走出多远，门吱呀一声开了，小孟套一件黑色羽绒服钻了出来，头发乱糟糟的，边边角角都翘了起来，像庙里的飞檐。小孟一边挠头一边望着稻草，说，谢啦，老张。一根烟递了过来。老张还是那句话，你抽嘛，你抽嘛。烟却接了过来。小孟的烟总是好烟，不是玉溪就是芙蓉王，最次的也是十块一包的云烟了。老张想起，他和小孟的关系就是从抽烟开始的。那还是夏天呢，物资仓库还未修建起来，小孟还住在山巅上的职工宿舍里，每天只是过来监监工，带一本厚厚的书。老张们干活，他就在枫香下读书，累了，才踅过来，瞧瞧进度闲聊几句给每个人发烟。

老张说，不够的话你说一声。

小孟随手抽了一根稻草，捏在手里转，说，应该够了，不够再说吧。

老张说，好。就走了，顺着公路往上，渐渐越过了那蓝瓦白墙的工作间。回头，远处的小孟正把稻草往狗棚里送，整个身体也跟着缩了进去。说起来，小孟要稻草已经好几天了，老张几次都把这事给忘了。小孟提起时，老老张也在场，他说，狗还睡什么稻草，金贵，冷不了，我们这的狗连个窝也没有——

不等老老张说完，小孟直言说，那不一样的，我这是工作犬。

私底下，老老张十分不屑小孟的说法，说一条狗还有工作，现在这世道，人都没活路做了，狗倒神气。

老张不太同意叔叔的看法，他为小孟辩护，仓库里都是物资，还是需要狗的，不看着不行嘛。

看着？防谁？还不是防我们！老老张说，一口烟就喷在了老张脸上，老张后退几步，有些让步的意思。他还抽不惯烟斗，自然也闻不来烟斗呛人的味道。他知道叔叔是有些脾气的，当初为施工局建仓库时，有三个人，可最后只有自己和单位签了合同，与临时工拜拜了，工资固定下来不说，每月还能领一些劳保，虽都是些肥皂洗衣粉手套什么的，但也聊胜于无。而其他两位，包括老老张在内却仍是临时工的身份，有活儿了干上一天，没活儿就只能呆在家里搓搓麻绳。老老张认为这一切都与小孟有关，他父亲是机物部的负责人。

李　晁 | 山中客

　　小孟一个人看守一大间摆满电机缆线钢筋铁板的仓库。仓库就建在溪流边上一块干旱的农田里，四周被围墙围着，墙头还插有墨绿的啤酒瓶片，一根避雷针直指天空。在铁门的上端，微微俯视整个仓库的地方，小孟的工作间就在那里，分左右两间，工作起居都在里头。几个小巧的探头对准了仓库的各个角落，老张见过监控器，哪怕库内有只麻雀飞过，屏幕右上角的地方都会显出一个红色小人来，以示提醒。老张觉得这样的设备了不起，仓库的情况一目了然，但又觉得这一切过于森严了，甚至有些侮辱人的意味。老老张的话不禁浮现心头，防谁？还不是防我们！

　　这样，小孟平时足不出户，只有领料人来时，才抱着账本，风风火火去开门。老张不懂小孟为什么会选这么一个工作，年纪轻轻的，这完全是老家伙干的嘛。要到后来，老张才从别人口中得知原来小孟身体有问题，是来山中调养的。可小孟不说，谁也不好问他是身体哪部分出了问题。老张就没问过，只对小孟说，这里空气好，比城里强，只是你们年轻人，寂寞了点。

　　说到寂寞，老张觉得小孟多少有些不同寻常。远离原来生活的城市，又患有一种身体疾病，甚至远离单位宿舍。在这个山坳里，连个说话的人也没有，难免会感到无助。老张从未见过其他人来到这里。

　　曾有人在小孟面前说，这个地方可不好，阴气重，死过一个人，女人。说这话时，老张们还在给物资仓库封顶，而小孟则坐在溪边的岩石上看一本书。见他毫无反应，那人把话又重复一遍，为了引起小孟注意，还大肆渲染一番，说你看没看见，那棵枫香，就是吊死过人的，你一个人住这里，不怕吗？

老张很怀疑那人的说法，他在这里住了好些年，从未听过这坳口吊死人的消息，还是个女人。他悄声向老老张求证，老老张用一双诡谲的目光回视他，说，好像有这么回事。

他们盯着小孟，期待他的反应，可小孟只是动了动嘴角，似笑非笑，顶多算张半途而废的笑脸。他把目光从书页上移开，对三人说，我不怕鬼，我只怕人。

你不怕鬼？你不信？晚上可有鬼夜哭啊，路过就能听见。那人说。

小孟神情淡漠，老张说不清那是种什么表情，只听他说，那是风声，山谷里的风就是这个样子，你说它是鬼夜哭，那就是鬼夜哭吧。

那人还想说什么，可一时组织不起语言攻势，加上小孟很快又将视线转移到书上，那人只好转而坐上一堆空心砖，掏出烟丝抽起烟斗来。好半天，当所有人都忘了此前的话题时，小孟才又缓缓地说，人比鬼可怕多了，世上的坏事哪一件不是人干的？就连鬼也是人造成的嘛。你们说，到底谁更可怕？

那一次，老张对外表孱弱的小孟刮目相看了。

老张真正和小孟熟络起来还是因为儿子的事。今年夏天，在大坝举

李　晁 ｜ 山中客

行开工典礼后，老张的儿子也高中毕业了，考取了一所远在北方的专科学校。对于山里人来说，这不啻是个天大的好消息，用他们自己的话讲——祖坟冒了烟。等好不容易凑齐学费，让儿子班车转火车去了远方的学校，还来不及喘口气，老张就接到了儿子的电话，说钱用完了。

那可是八千块啊！真金白银，放手里都有厚厚一打了，两个月就没了，这让老张傻了眼。儿子在电话中的口气犹犹豫豫，但更多的是焦急。由于山中信号不稳，老张还没来得及细听儿子说钱怎么就没了都花在了哪些方面，电话就断掉了。断掉前，老张记得儿子一再说，钱，明天一定要汇过来。语气毋庸置疑，甚至有些命令的意味。老张不记得儿子什么时候跟他这么讲过话了，如果不是数目的缘故，老张都觉得这是绑架了。

第二天，老张就惴惴不安地上路了。妻子赶着牛，在身后一路嘱咐，给他们好好说，请个假，要是单位有车去镇上，你就跟着去。老张摆摆手，表示知道了。走出好半截，才回头望妻子。妻子消失在山间的田坎上，在一片松林后，传来数道悦耳的铜铃。

老张路过小孟房前时，小孟正在吃一碗面。老张这才想起，为了儿子的事，自己连早饭也没来得及吃，醒来就陷入儿子要钱的困境中了。去哪里筹钱呢？施工局有三个月没发工资了，干部职工都一样，老张也不好这么去要。用老本吧，又被妻子听信信用社的人存了死期，一时取不出来。妻子提议去借，老张还有两个姐姐嫁在镇上，借上两个月生活费应该不成问题,只是老张不愿去,之前为了儿子凑学费,他已经见识过姐姐们的脸色了。

正在发愁之际,小孟突然打招呼说,老张,这么早啊。

老张抬起头,瞧见小孟苍白的脸露在还未散尽的晨雾中,似乎比晨雾更加苍白。老张回答,你也早啊。说完就走,但又想起来,才犹犹豫豫地说,小孟,你给孟部长说一声,今天我有事,不能去了。

那你直接给他打电话,你不是有他号码吗?小孟边说边挑出面条来喂狗。

哦,好。老张才想起似的。他怎么把手机也忘了。这东西还是二姐夫给他的,虽是个二手货,但好歹也是手机啊。

看老张心不在焉的样儿,小孟随口问了一句,老张就把儿子的事说了出来。

我以为什么事呢,不就是汇钱嘛,不用你去,再说你也不一定搭得上局里的车,那几个司机我知道,只带熟人的。小孟说。

听小孟这么一讲,老张也困惑起来,要是别人的事,他或许还可以缓一缓,可那是儿子,一个人在那么遥远的地方,虽然他还不知道他怎么就把那笔钱花没了,但他也不能让他过于委屈。没钱寸步难行,这个道理老张还是懂的。

见他愁眉不展,小孟想起什么,掏出电话便打,简单聊过几句之后便对老张说,账号,把你儿子账号给我,我叫人帮你汇。

李　晁　｜　山中客

　　老张很快摸出手机，打开短信，一串数字冒了出来。他给小孟看，小孟就念给那人听，还没念完，老张突然说，我现在没钱，怎么还你啊。小孟没在意这句话，接着问老张，你儿子叫什么？需要多少钱？

　　直到小孟通完电话，老张才又忐忑地说，我，我身上没这么多钱，我还是去镇上吧。

　　不用，小王正好在镇上，已经给你办了。小孟说。

　　小王，哪个小王？

　　新来的会计。

　　哦。那钱，那钱怎么办？我怎么还你？

　　没事儿。小孟说，那点钱，没关系，你又跑不掉的，发了工资再说。

　　那是一千二百块钱，儿子两个月的生活费，不是笔小数目了。在上班时，老张几次看见小孟父亲的身影，都想上前去说几句，可始终没有勇气，只是卖力地干起活来。

　　只要还有活干，老张的心就踏实多了。

　　老张是之后几天见到小王的，在午后上班路上，在小孟房间门口。那是个晴天，阳光洒下几许难得的暖意。从山上下来，老张微微出了身汗，背上油腻腻的，发痒，抓一把，指缝里都是油垢。老张用黑亮的指甲去弹这些黑亮的污垢，却就此发现一个灰色的身影。

　　小孟也在门前，正握着一把钳子，对虎汁儿的耳朵鼓捣着什么。那个灰色身影蹲在小孟和狗之间，俩人像是合伙做一台手术似的。老张悄然走近，才发现，小孟正给狗拔虫呢，蜱虫。

小孟说，找到了，我要拔啦。

灰色身影说，等一下，我不想看。说着转过身来，与老张的目光对上。

老张看见一对娃娃般清澈的目光。他笑着对小孟说，在忙啊。

小孟没有转过头来，他全神贯注地握着钳子，拨开狗耳朵上的毛发，对准吸饱了血的蜱虫，一夹一拔，迅如闪电，那犹如扁壶般的虫子就从狗皮肤下剥离出来，细小的头部还舞动着，一副贪得无厌的样子，来不及逃，只听夹钳一阖，一小点污血就涨破了肚皮，噗地一声。

好恶心啊！灰色身影说。

虫一拔掉，狗就痛快地跑掉了。小孟这才有空说话。老张说要过几天才能还他钱。小孟说，没事儿，对了，这是小王，上次就是她帮的忙。

老张惶恐地说，谢谢你啊，妹儿。

小王露出一个好奇的表情，你们这里都这么叫人的吗？

老张点点头。

妹儿。小王调皮地学着舌，对小孟说，快，喊我一声妹儿。

小孟没搭理她，递出烟来抽，没等吸上一口，就被对方摘掉了。小孟说，别闹，还给我。

不行。小王手一松，烟掉到了地上，她跟上一脚。

你还管我！我又不是你——小孟欲言又止。

李　晁 | 山中客

在我面前抽烟，我就要管。

小孟把目光对准了老张，老张正吞云吐雾，见状，笑着摆摆手，走了。走出老远，还听见一个女孩的声音在山坳中回荡。不知为什么，看见这一幕，老张心情舒坦起来，为小孟而高兴，他终于有一个朋友了。

自从那次见到小王后，老张见她的次数就多起来，往往在下班后，小王的身影就出现在小孟的房前屋后。有时两人去爬山，在视线不离仓库的地方；有时就在溪边抓螃蟹，翻开一块块石头。

小王长着一张圆圆的脸，秀气的五官，留着一头参差不齐的刘海，脑袋后还甩着一根马尾，俏皮的样子。说话却柔声细气，很有些南方的味道。她的出现也迅速吸引了老老张的注意，他对侄儿说，看见没，那个妹儿，我看她和小孟不正常，像在搞对象。

老张毫不奇怪，说，搞对象也很正常嘛，年轻人。

老老张对老张的淡然显得诧异，诡异地说，我看小孟吃不消。

老张也没问老老张是什么意思，只是暗想，搞个对象还有什么吃不消的？

没多久，小孟的母亲出现了。那是个忧心忡忡的妇女，不用交谈，老张就能看出对方脸上的忧戚之色，只是老张不知道这忧戚是生活本身造成的还是小孟的身体。

小孟母亲没来几天，单位就有人结婚。那天，老张下班回来，被小孟叫住，递给他一包糖，喜糖。老张不知谁结婚，十分诧异，狐疑地问，小孟，你要结婚啦？

　　小孟呵呵一笑，说，不是，是我们罗局。

　　老张这才恍然大悟，讪讪地说，我还以为你和小王——

　　和她什么？小孟问。

　　我还以为你们要结婚了。

　　我们？哈哈。小孟笑得更厉害了，但笑容短促，很快就纠正道，我和她怎么可能，人家有男朋友的。小孟说，把糖给你女儿吧。

　　回去的路上，老张曾片刻地想到，要是小孟和小王在一起，该多好哇。

　　第二天，是婚礼举行的日子。一早，小孟就向老张交代说，下午我要上去，拍照片，你帮我看一下仓库，这里不能离人，你知道最近东西被偷得厉害，等我回来，你才能走啊。

　　老张一口答应，没问题，我帮你守着。

　　婚礼办得紧凑，小孟奉命端着相机给新人拍照，连同把小王也拍了进去。小王干上了迎宾，在充气拱门下，端一个印有喜字的搪瓷盘子，盘子里整齐码着烟和糖。小孟在拍照间隙去拿糖，拿了一颗，却被小王打掉了。小王说，要拿双的，拿两颗。

　　典礼结束后，小孟也拍了好几打照片，有一些还是小王的特写。开宴时，小孟不想和父母一桌，正准备找个清静点的位子，就被小王叫住了。

李　晁 | 山中客

　　她在自己身旁给他留了个位子。席间，小孟没动几筷子。小王问，怎么，不舒服？小孟说，没什么，饿过了。饭吃到一半，天黑起来，小孟就走了。走前才想到要给老张带点东西，小王不知什么时候已经给他备好了，两包烟两包糖，成双成对，还有留给他的两个烧卖。小王说，这是我帮忙做的，你晚上饿了可以吃。

　　走前，母亲也对小孟说，快点回去吧，人家还等着呢，可能要下雨了。果然，走到一半，雨就下起来，一开始是零星的几粒。小孟还想，不会下大吧，酒席就摆在项目部的停车场上，下大了就麻烦了。就在他看见山坳中的灯火远远传来时，雨势渐大起来，小孟衣服上落满了雨珠，头发已经湿掉。他跑了起来。到了门口才发现，老张和老老张在屋檐下避雨。小孟说，不好意思啊，让你们久等了。

　　老老张开口便问，上面热闹吧？

　　小孟点点头，回道，这下更热闹了。

　　三人都笑起来。他们看着这雨，听雨点狠狠砸在蓝铁皮屋顶上的声响。等雨声稍微细下来，老张才向小孟告辞，小孟掏出烟和糖。老老张很快把那包芙蓉王揣进了兜里，还调皮地问，什么时候吃你的喜酒啊？

　　小孟开始没听清，老张帮着重复了一遍，小孟这才仓皇地笑了笑，没有作答。

　　婚礼后，不知是老老张的态度发生了天然的转变还是那包芙蓉王的作用，总之，老老张对小孟友好起来，还主动扛了一捆稻草给小孟铺狗棚用。俩人在那棵枫香树下聊起来。小孟让老老张唱山歌来听，老老张也不小气，一连唱了好几首。高山流水、峰回路转般的曲调让小孟啧啧赞叹。后来，小孟对老张说，你家叔叔真厉害，都能上电视了，比那个什么阿宝还强。

老张嘿嘿地笑，想小孟还不知道年轻时老老张的风光史呢。

小孟一个人听老老张唱歌还不过瘾，把小王也叫了过来。小王在时，老老张的歌声更是飙升了好几个高度，洪亮的声音一直传到很远的地方。

在老老张动情歌唱时，小孟给他拍了好几张照片，还说洗出来要送他几张。老老张更加得意了，仿佛找到知音，好几次一反常态地在老张面前提起小孟，提起他的不凡来。说他一个年轻人还喜欢听山歌，真真了不得，对歌词也很在意，一句句问，比那些整日横行乡里骑摩托车放流行歌曲的年轻人不知强多少倍。

老张乐于见到老老张对小孟态度的转变，虽然这转变来得如此之快，让人毫无准备。此前，他知道叔叔对小孟是有些成见的，认为他来路古怪（甚至联想到他是个犯了事的人），让人捉摸不透。

小孟母亲到来后，小孟就真正空闲起来。饭有人做，衣有人洗，要干点什么，当妈的还不让，就连小孟抱着账本去给领料人开门，她的目光也是一路跟随的，仿佛担心儿子在此过程中也能遭遇不测。

李　晁 | 山中客

而对小孟来讲，母亲的到来是喜忧参半的。喜的是，理论上他有更多的时间自由调度了，可以远远地离开仓库，去别的地方。忧的是，母亲的唠叨是无处不在的，且控制欲强，尤其在生活方面，最直观的变化是，小孟不抽烟了。当老张试图给他发烟时，小孟也是连连摆手的样子。老张觉得这是件好事，对于身体不好的人来说，烟有害无益，只有老老张觉得不妙。他指出，小孟的身体不会越来越差了吧。

小孟母亲在，小王并没有减少来这里的次数。在老张看来两个女人相处得还算融洽，至少表面如此。她们能在午后，在那块巴掌宽的过道上，坐在马扎上剥焯过水的板栗，一问一答，行云流水。而小孟就在一旁观望她们，不时搭几句话，有时三人说着说着就笑起来，形同一家人。

小孟母亲在抽水房上班，老张不常看见她，基坑还未抢出来，大坝浇不了混凝土，水用得少，只偶尔几个水池出现低水位时，小孟的母亲才在那里露一面，其余时间大多在小孟那里。

一天，老张午休前回家，在前方的抽水房遇见了小孟母亲，她向他打听附近村里有没有母鸡卖，她想买几只。老张知道这是为了小孟的身体，就一口应承下来，说，我帮你问问。小孟母亲还让老张给小孟带个话，中午让他别等了，午饭就在前方吃。

老张点点头，来到小孟门前时，虎汁儿不知跑哪儿去了，也没来迎他。老张走得慢吞吞的，肩上扛一根扭曲的钢管，前方用不上了，自家或许还能使使，就捎了回来。他把钢管卸在田坎上，然后朝房间走去，路过窗口时，听见一阵奇怪的声响。老张想，屋内有女客？小王在？但仔细一听，声音不对，不是小王的声音不对，而是小王发出的声音与平时截然不同，那是一种低沉的声调，起初老张没明白过来，这是干吗呢？后来一道尖锐并余音袅袅的叫喊才让老张徒然醒悟，小王说，慢点，你弄疼我啦。

老张悄悄走掉了，心里七滋八味的，小孟和小王——不是说小王有男朋友吗，怎么又——老张一路走一路琢磨，心里还是不舒服，总觉得别扭，最后居然隐隐不安起来。别出什么乱子吧。他想。

果然，日子只平静了一段。

某天，某个青年男子出现后，被老张渐渐熟悉起来的生活画面才发生改变。那事发生后，那个坳口似乎迅速荒凉下去，像迎来一个真正的残酷的冬天，万物萧条，枫香落光了它的叶子，溪水也在那一刻开始断流。

青年男子是作为小王的男友出现在大家视野里的。谁也想不到一个文质彬彬的学生模样的人居然一见面就把小王打了，前来围观的都是小王一个科室甚至隔壁部门的人。他们都是被一个男人高声的斥责声吸引出来的。大伙都有些莫名其妙，谁会对温柔的小王发火呢？直到和小王关系不错的陈离离低声对众人说，那是小王的男朋友，众人才恍然大悟，才迅速把矮胖却白净的男子拉开。

男子一味说些难听的话，咄咄逼人，小王则木头人一般杵在一旁，

李 晁 | 山中客

一语不发。大伙看不下去了，七嘴八舌劝起来，说了一通不明所以的话，直到青年男子突然抖出了小王和小孟的"奸情"，大伙才受到伤害似的，一时语塞，几个不好意思的男人悄悄溜回了办公室，只留下几个对此极为敏感的女人还在极力劝慰男子。可男子的脾气已经爆发出来，他扬言要废了小孟，还拉过一旁的陈离离说，那个人在哪儿，你带我去找他。原本一言不发的小王这时说，你找他做什么？小王这么一说，男子的情绪越发激动了，脸上的神情千变万化，从愤怒到不屑到讥笑，最后怪腔怪调地说，哟，这下知道心疼人了，我偏要去，看谁他妈把你搞了。话就这么难听，俩人正僵持着，还是陈离离站出来说，看什么看，他已经走了。小王感激地望了一眼室友。男子也愣在了那里，随后才冷冷地说，你骗我！

谁骗你了，人家走了好几天了，不信你随便问问。陈离离神情严肃、义正辞严地说着，说得身边几个女人频频点起头来，她们像一群麻雀一样围着男子叽叽喳喳。虽然有女人们的化解，但男子还是不解气的，找不到小孟，就拿小王出气了，极尽讽刺，说她水性杨花，就是个做婊子的料，话说得极其难听，还出手打了小王一巴掌。小王哭了出来，捂着带有指印的脸一溜烟从众人的视线中跑掉了。即便如此，青年的话还是如影随形跟了上来。

婊子、婊子、婊子。

这话传到小孟耳朵里是两天之后的事了，那时，小王和男子已经离去，没人知道他们是否和好如初或者分道扬镳。总之，从财务部传来的消息来看，小王请了长假，收拾了所有物品，看来是动了真格。工地上辞职的人都这么干，请了长假就不回来了。

知道那出闹剧后，小孟郁郁寡欢，很快也离开了这里，没和任何人打招呼，老张也是几天之后才从小孟爸爸口中得知这一切的。他问，怎么几天没见到小孟了？小孟爸爸面无表情地说，他走了。也没说干什么去了，是否还回来。这些信息都隐藏在了那张黄色又倦怠的面容下。

老张很快把这个消息告诉了老老张，老老张丝毫不惊讶，带着一种预言家的口吻说，小孟再也不会回来了。

这之后，再路过那个坳口，老张恍然觉得小孟还在上头，在水泥过道上读书或给狗拔蜱虫，要么正对着层层叠叠的山间景色拍照。而一旦虎汁儿呜咽的叫声或蓝铁皮屋顶在风中哗哗作响时，老张的落寞感就更深了。这才觉得，好像丢失了一个朋友。

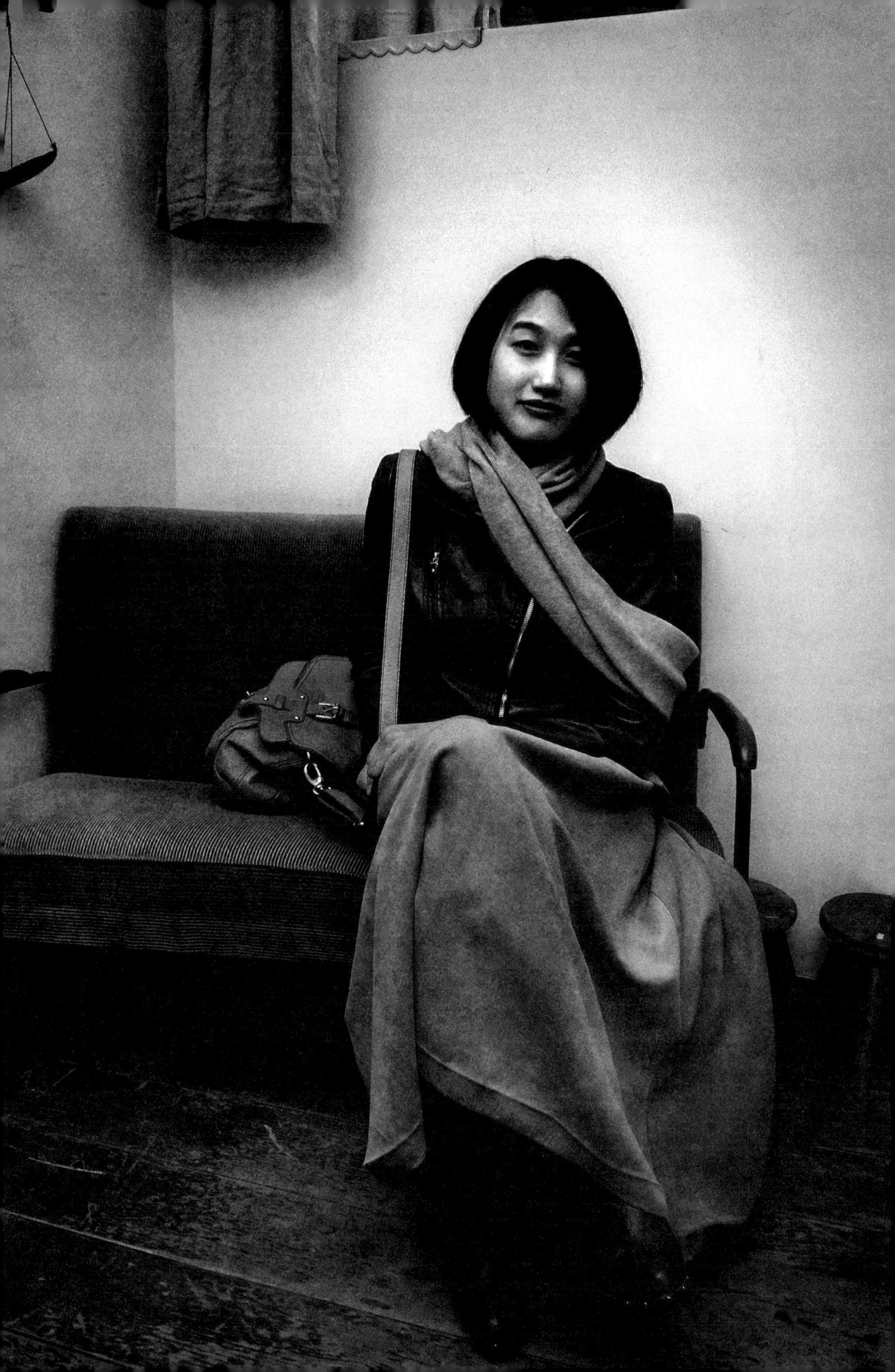

本名崔秀霞，1988年10月生。中国人民大学文学院在读研究生。入选第一届"THE NEXT·文学之新"全国新人选拔赛全国二十强。曾在《鲤》编辑部担任主编助理。作品散见于各类期刊及青春文学文集。

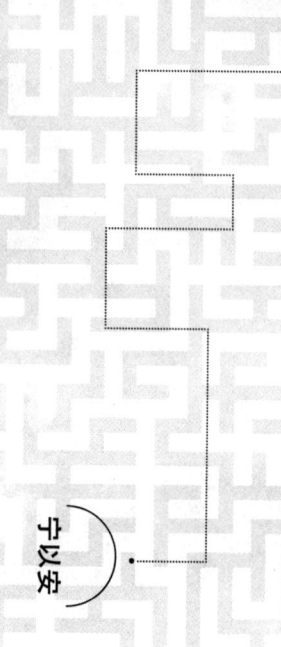

宁以安

京　腔

　　阿雅在夜色里坐起身来，侧耳听着隔壁房间的动静，妈妈还在睡，发出有节奏的呼吸声。她穿好衣服，把床铺理好，环顾一下卧室，确认身份证、钱包、火车票、手机充电器等物件都没有忘带。她怕拉杆箱拖出声响来，所以就费力地提着，小心翼翼地打开家里的防盗门，一步一步地挪下楼梯的台阶去。

　　好不容易下了楼，穿过一条小胡同，胡同的尽头通向一条小街道。阿雅停下来，站在路边招出租车。凌晨的寒气一点一点地透过薄薄的衣服渗到骨头里去，阿雅咬咬牙，想，她是要奔赴他的，重重的阻力都阻挡不住她。她甚至从这里面体会到了一种舍身的壮烈。

　　大概是四五点钟，天还未明，小城的街道上空旷沉寂，一两盏路灯昏昏地亮着，似乎千年万世地就是这样昏昏地亮着过来的，也将千年万世地这样昏昧不清地亮下去，印着灰白的水泥路面上静寂不动的梧桐树影。她心里莫名地浮上一层哀凉来，这哀凉是来自后一个她的。她提前就拿来了过去一段时间之后的那个她该有的眼光来看现在的自己。

　　阿雅是玲珑城医院的护士。护理学校毕业便开始上班。

　　从小一起长大的发小森森，当年高考时在小城的五所中学里拔了头筹，报了北京的医科大学，那时候这是多么让阿雅羡慕的呀。森森暑假结束，临去报到前的同学宴她都没去，一个人在自己的小房间里闷了整整一个晚上，她想，她的人生，五十年六十年就这样敲定了，再也没有什么新鲜的期待，再也没有引着她兴高采烈地奔向前去的"盼头"。她是站在十八岁就看到了她人生的尽头。随后的四年，她也没跟森森联系过，曾经也那么好过，两个人一张桌子，在最后一排，她得感冒，拿一大叠卫生纸每隔五分钟擤一次鼻涕，她自己都觉得恶心，然而森森把她用过的纸巾攥在手里。上课时被老师点名起来回答问题，额头上都是冷汗，桌洞里森森的手紧紧握住她的手，也握出汗来。

她想，她不再跟森森联系是因为一点属于自尊的东西。

前段时间，听她妈妈说，森森毕业回家来了，进了小城第一医院做大夫。

阿雅听着就有些懵，说不出话来。

"大城市终归是不好混的，房价高，生活压力又大。现在年轻人不是都喊着'逃离北上广'么？"

她妈一径喋喋地说着。她坐机关，喝茶聊八卦的间隙，每天尚有大量的空闲时间看报，对世界大势有着最及时权威的掌握。虽则这些与她每日的生活并无什么相干。

森森承载了她的梦想，然而他最终作了叛逃者。这是阿雅觉得无法被饶恕的。就好像，她寄存在森森那里的一件珍贵瓷器，从高处摔下来，

宁以安 | 京腔

摔得粉碎。阿雅那段时间情绪有些低落，除了上班的时间，就宅在家里上网，跟一个叫宝爷的网友聊得火热。也就在那段时间，森森结了婚。晚上饭桌上，她爸叨来叨去地跟她说："阿雅，你该去看看新娘子。"

森森娶的是个比他年长的女人。据说，这个女人为了森森及她与他之间的伟大爱情，跟森森一起从京城回到了小城玲珑，甘愿在这儿定居。这里面有一种为爱情的舍身和贤良的妇德，而这正是为玲珑城的人们所欣赏和羡慕的。他们觉得新娘是一个重情义更胜过重浮华的女人，而这种品质在今天的社会是多么不多见呢。因此那些向来苛刻的亲戚邻里甚至都原谅了新娘显然要超大的年龄，臃肿的腰身，和布满褐色雀斑的脸。可是阿雅想，什么事情都没有表面看起来的那么简单。阿雅觉得自己是小城中唯一的清醒者。

阿雅站在她的窗子前，遥遥地看出去，掠过夜晚天幕下新旧参差的建筑，她像是一下子也看到了森森生命的尽头。她放在森森那儿的东西被森森摔碎了。她是恨铁不成钢的，对他生出一点不屑、一点怜悯来。当然那怜悯是有着居高临下的姿态的。

阿雅已经二十七岁，在中学里留过两次级，开始工作也已经快五年。眼看着一起玩的姐妹淘们都已经结婚，孩子一点点学会了走路说话，每次同学聚会的时候口齿不清地喊她"阿姨"，也许是"雅姨"。谁知道呢。

阿雅妈妈也急起来，同事邻居亲戚，在她可能的每一个圈子里打听年龄相宜的男人，隔一两月的周期给阿雅安排一次相亲。比阿雅的生理期都准。相亲的位置也都是千年不变的那家茶馆,旁边座位上喝茶的老头们转过头来打量什么稀有动物一样打量阿雅,还有她不断变换的相亲对象。

过了春节,小城里新开张了一家披萨店,阿雅想,这次相亲总算有个新的地方好去了。刚通过三姨的婆婆介绍的小伙子,叫林志聪,看起来要比阿雅小一点,问起来,说是二十八岁,比阿雅长一岁。阿雅本来就显老,又天天板着脸,不大笑,越发显老相。

披萨店第一天开业,下午刚过三点钟,离晚饭的点还差好久,门前就排起长长的队来了,有家长带了孩子,也有情侣头靠着头,叽叽哝哝地说着话。阿雅和林志聪就夹在这些人中间,两个人也就刚见过一两面,夹生夹熟的,做什么动作都显得不相宜。北方的晚冬又冷得要命,两个人各自裹一件铁青的羽绒大衣,壁垒森严的,更觉得遥遥的远。

旁边两个六七岁的孩子追着打闹,撞到阿雅身上,她本来就心里烦躁,眉头皱起来,嘴里嘟嚷着骂一句:"有点教养没有?"

林志聪木木地在那儿,觉得不给点回应不合适,说:"别跟小孩一般见识。"

阿雅看着他的嘴唇翕动着,一蓬蓬的白气冒出来,腾腾地上去,把他的一张方脸都糊得看不清了。

排到四点半,终于轮到他们,阿雅的一双脚踩在冒牌 UGG 棉靴里都冻透了,十个脚趾头冰渣渣的没有知觉。他们进去,找好二楼一个靠窗的座位坐下。店面刚装修好,浓重的油漆味,混在热蓬蓬的暖气里兜

宁以安 | 京腔

头兜脸地罩下来，熏得阿雅有些头晕。他们点了一个十二寸的什锦大披萨和热饮。两个人相对坐着，坐一会儿，林志聪想起什么来了似的，找一个话茬，开了口，问她："周末在家都做什么？"

她答："看看电视绣绣十字绣什么的。"顿了一会儿，觉得该礼尚往来，问他，"你呢？"

他笑一下，五官都很吃力："我挺喜欢运动的。踢踢足球，打打游戏。"

阿雅答一声："哦。"抬起手将一将头发，也就没话了。

沉默一段时间，谁又想起来，没头没脑地开了另一个话题的头。说不上几句，就接续不下去了。没话说的时候，阿雅就转头去看外面的街景，扭得脖子生疼。

吃到中途，正发怔呢，有人过来打招呼："嘿，你倒来得早呀！"吓阿雅一跳，抬头一看，是医院里的同事韩晶晶，也是赶了开业过来吃，和未婚夫一起。为了说话方便，决定把两张桌子并作一起，韩晶晶嗓门不小地张罗着："并过来并过来，并到右边！"

有了韩晶晶就不怕冷场，一句一句地把林志聪的家底都套出来。而林志聪有一句答一句，倒像个小学生回答老师提问。阿雅在对面看着，就有点可怜他，而这"可怜"算是对他动的第一点算得上是真的感情。她作势揪一下韩晶晶的耳朵："查户口查够了没？这么多吃的还堵不住你那张嘴！"

吃到尾声的时候，又碰到阿雅爸爸的同事，说家里的淘气小子非闹了要来。于是又说了好一会儿话，看见旁边的林志聪，又是免不了的一番问。

在这儿，横竖不过十多条街，低头不见抬头见，见到的十个人里就有八个是亲朋好友故旧。阿雅想，明天又免不了谣言满天飞了。又想，这儿实在是待不得了。

拉拉杂杂地遇见一帮熟人扯了无数闲话，她和林志聪付账出来的时候都已经快九点了。

外面天阴起来，又飘起来零星的雪花，林志聪问她："用我送你回去吗？"

阿雅说："不麻烦你再跑一趟了。"

林志聪说："那也好。"

阿雅应了一声，说："好，那再见。"转身招手叫了一辆出租车，打开车门坐进去。跟林志聪坐的那辆的士往两个方向去了。

刚回到家，推开门，妈妈就迎出来，也不看阿雅脸上没情没绪的，劈头就问她："那林志聪你觉得怎么样？"

阿雅答一句："不怎么样。"一边脱了大衣，自顾自走到卫生间去洗刷，妈妈也一径跟进来："什么叫不怎么样？你给我具体说说。"

见阿雅没话，于是就絮絮地叨叨下去："我说阿雅，你年纪也不小了，你不知道大家都说三道四的？我和你爸养你也不图别的，也不指望靠着你荣华富贵，也就想你过得安安稳稳的。你现在是这个看不上，那个看不上，我就想天下好小伙子都死绝了，没个配得上你的了？我天天伺候你们爷俩，操心这操心那我容易么？你倒好，天天下班回来摆出脸子来给谁看呢？"

宁以安 | 京腔

阿雅僵僵地站在洗脸池前刷牙，嘴角边涌起一大堆白色泡沫来，她瞅一眼镜子里的自己，觉得滑稽，弯起唇角自己对自己笑了一下。妈妈的话是水龙头里的自来水，哗哗地从她的大脑皮层流过去，然而也并不留下什么痕迹。

她洗完澡，回自己房间的床上躺下来。瞅着旁边床头柜上果绿色壳子的小闹钟，还差五分钟十一点。

十一点是阿雅一日的高潮，隐秘的保留剧目。

闹钟的秒针在滴滴答答一个小格一个小格的地向前挪动，一点一点敲在阿雅的心上。

阿雅认识康宝是半年以前的事，混一个论坛的时候碰见的。阿雅晚上下班回来，并没有别的什么更有意思的事情可以做，一天一天地在论坛里潜水，点开自己觉得有意思的帖子浏览，然而从不发言。这符合她在生活里的性格，一个旁观的潜水者。

康宝是后来出现的。用的是一个叫"宝爷"的ID，每天在论坛上很起劲地发帖灌水，发一张搞笑图片，讲一则冷笑话，说他今天刚碰到的一件好玩的事……

阿雅一边点着鼠标，一边撇撇嘴想，有这么能说的人么。

第十五天的时候，宝爷在论坛里转了一个帖子，是一则寻人启事，里面的母亲说自己的女儿走丢了，希望广大网友们帮忙寻找她的女儿，并附了照片。

宝爷转来之后，并且在原帖后面用大号的红色粗体字作了呼吁："哪个母亲没有孩子，哪个母亲失去了自己的孩子不会心急如焚。为了亲情，为了人间的真爱，兄弟姐妹们把这个帖子转起来吧！！！"

阿雅点开看了，宝爷的帖子都发布了好几个小时了，而后边并没有谁来回应。阿雅就觉得，宝爷满腔的激情都很没有着落。

她一直沉默的手指下意识地在键盘上动起来。于是经常混那个论坛的网友就会看到，宝爷那条帖子沙发的位置上，一个叫"雅的梦"的ID在下面作了回应，也只有简单的两个字"祈祷。"

然而阿雅按了发送键，自己坐在那儿，瞅着屏幕，也觉得很讶异，她一个万年隐身潜水者竟然浮出水面来了。

还没有五秒钟，便有回复的提示，是宝爷，写"真是好心的姑娘"。后面跟一个握手的小图标。

阿雅唇角不自觉地就翘了一下，想有这么寂寞的人么，回复得这么快，敢情一直在这儿候着。

"有你好心吗？"阿雅敲出几个字来，想了想，又在后面加个圆脸小人吐着舌头眨眼睛在笑。

"我肯定姑娘你是百分之百的好心仗义无敌，可要说是跟我比，我可就不敢打保票了。"后面加送一枝玫瑰花。

两人一来二去也就聊开了，带点谑笑，百无聊赖，没话找话，当事人还觉得这里面有一点微妙的调情的意味。

宁以安 | 京腔

在论坛上混到第十一天，东拉西扯过各种嘴瘾，宝爷是不管有没有听众自己说话都会说得很 high 的人，有了阿雅更起劲。到十一天上，两个人似乎都觉得，该有些更私人的话题要讨论，宝爷跟阿雅要了 QQ 聊天号，加了她好友。

在 QQ 聊天的第二十天，他们互相交换了手机号码。

电话是那一天晚上十一点钟打来的。那天阿雅在医院值夜班，挨个病房查房，她负责的是骨科病房，有出了车祸刚送进来的病号，两条腿骨折，腰部以下完全没有知觉，头上密密匝匝地缠着绷带，渗出殷红色的血迹。

所有的人都睡着了，她带上门出来，长长的走廊只开了一两盏灯，暗沉沉的，像是没有尽头。某个房间里睡着的病人梦里仍在痛，发出含糊不清的呻吟。卫生间里水龙头没拧好，每隔两秒钟就滴答滴答地落下水珠来。

阿雅就怔在那里，想，这走廊什么时候能走到头呢。

口袋里的手机就是在那个时候响起来的，隔着白色护士服闪闪地发着荧绿色的光，阿雅按了接听键，说："喂？"声音在走廊里空旷地响，带一点颤颤的回音。

那边顿了一会儿，一个男声传过来，说："我是宝爷。康宝。"

宝爷的声音，很特别。这种特别，像某种黏性甚好的糖浆，粘住了阿雅的耳朵，让她不想主动放下手机来。阿雅想了一晚上，也没想出来粘住她的这一点特别是什么。

第二天晚上饭桌上吃饭的时候，正播新闻联播，她想，对了，宝爷的话音里面就带着一股北京腔，当然这跟新闻联播的男主播播音的正宗普通话是有差别的，然而又是更有着特别的吸引力的。宝爷的腔调带着一股生野的气息，没有被同化规训，没那么字正腔圆，而且里面总带着一股怠懒，是对什么事情都不那么在意，都可冷嘲热讽地调侃一番的。

凭着这股腔调，阿雅脑子里就有了一个宝爷的形象，他不是她身边那些奶油小生的样子，他是爷们的。当然这个爷们是得有着特定的背景的，那背景得是北京城更加旷阔的街道，更加广阔的人生，旷荡的大风在楼群间呼啸着席卷而过。阿雅觉得凭着这说话的腔调，她对宝爷心动了。她在森森那里摔碎了的东西在宝爷这里捡起来了。

此后康宝几乎是每天固定的点都会打过电话来，给阿雅讲各种故事——

"我开车的时候就喜欢去想各种各样的事儿，你说，每天在我的车里进进出出的乘客可得有多少，那可是三教九流无所不包。"

"你每天从后视镜里看着他们，跟他们搭讪，有一句没一句地聊上几句，观察观察他们的神情，琢磨琢磨他们的身份职业，嘿，这可有意思着呢！"

"昨儿在后海，上来一男一女两个人，女的喝得有些醉了，后来头渐渐地就靠在旁边男人的肩膀上。后来两个人就在太阳宫那儿下了车，要说没什么事情发生，我可不相信。现在是春天呀，对吧？"

宁以安 | 京腔

    这样几十天电话粥煲下来，即使没有明确地约时间，似乎也成了惯例。那天晚上六点钟阿雅正吃着饭，收到康宝的短信，说："今天晚上要给朋友庆生，会玩到很晚，不能给你打电话了。"阿雅一边吃着饭，唇角就撇了一下，想，你打不打电话管我什么事？也太把自己当回事了吧。然而整整一个晚上，她竟坐立不安起来，到了最后，竟然把眼泪都憋出来了。满心满肺的都是怨气。阿雅想，当她开始对一个男人有类似于"怨"的感情的时候，是不是就是开始喜欢他了呢？

    手机被阿雅攥在手心里，都攥出汗来，十一点半的时候，阿雅终于闭一闭眼睛，按了康宝的电话。那边嘈嘈杂杂的都是音乐声、笑闹声。阿雅说："康宝，我去找你吧。"

    于是就有了我们故事的开头，在凌晨的街道边等车的阿雅。尚是春寒料峭，凌晨气温又低，阿雅两只手冻得像冰块。寥落的街道上没有一个人影，出租车更没有要来的迹象。阿雅站在那儿，望着街口，康宝说的某句俏皮话浮到耳边来，就像是康宝贴着她的耳朵在说话，不管他说的是什么，说话的声腔里面早就有一种熨帖人心。阿雅无声息地就笑起来了。

    等到快五点钟的时候，天才蒙蒙地亮起来，浓稠的夜色一点点地被稀释开来。有一两个清扫街道的环卫工人在附近开始活动。阿雅拉着箱子，顺着二十多年走了不知多少遍的小街走到前面十字路口去。在那儿站久了，两只脚站得发麻，刚走路的时候，简直要晃晃地跌到前面去，走了几步路活动开才渐渐地好了。

在前面街口好不容易拦到一辆出租车。阿雅上了车,坐在副驾的位置。车窗摇下来,清晨的风带着一些凛冽的气息拂到她脸上去。阿雅深深地吸一口气,又深深地呼出来,仿佛在这一呼一吸之间,她就可以脱胎换骨做一个新人。

六点钟阿雅进了火车站,在候车室坐到六点半,过检票口检了票,走进车厢找座位坐下。七点钟火车开动。算起来这是阿雅第一次出远门。阿雅把头靠在车窗上,看长长的火车一点点驶出她生长了二十多年的小城玲珑。那一刻,她心中有一点不舍,但很快也就一闪而过,为一股走向新生活的喜悦所代替。

长长铁轨的另一头牵系着的,是阿雅全心全意要奔赴的康宝。康宝的那伙死党都喜欢喊他宝爷,康宝当年也是好顽劣的,高中只上了一半,就因为聚众打架被学校开除,而他也乐得没有人管他,倒落个自由。所做的职业几个月换一次,后来就做定了出租车司机。

宝爷的爸爸是一家男装店的经理,妈妈是一所高校后勤上的职工,他们一家就住在校园东南角职工宿舍的筒子楼里。那是一座五六十年代建的旧楼,迈进门洞里去,眼睛一下子会黑下来,需要好一会儿才能适应建筑内光线的落差,外面是斑驳的红砖墙面,去年校方为了校容校貌的考虑,把外面破败黯淡的墙面用红漆刷成朱红色,所以从外面看着,也还甚可观。

宝爷今年二十九岁,对象还遥遥地没有着落。家里谁都在催,康宝被催急了就说:"娶媳妇儿行啊。你把房子拿来,我立马把一堆媳妇儿给你领回来。"

康宝是一个很现实的人,因为这儿的每一个姑娘都很现实。

而阿雅似乎是他遇见的那个不现实。他们在网络、电话上叽叽咕咕地说话,也拌嘴,已然是小夫妻的那种阵势。他跟阿雅视频过,在一楼全家人客厅兼卧室兼厨房的二十平米小房间里,康宝在上网,康宝妈从放在冰箱顶上的微波炉里向外端一碗汤。康宝喊:"妈,过来看看这姑娘怎么样。"康宝妈手上托着一钵汤,转身打量了一眼屏幕,是一个微长脸的姑娘,脸上并没有什么表情,显得很呆板,就说:"这姑娘看起来倒像有三十岁,脸上也没什么活气。"

康宝本来是带着满腔的热情向妈妈炫耀一件属于他的物件,他活了二十九岁,这房间里、这院子里,没有哪一样东西是真正属于他的,被妈妈泼了冷水,稍微愣怔了一下,随即就撇撇嘴说:"是,不见得有多好的一个老姑娘,每天还扯着我煲电话。"

阿雅在火车上看了一路风景,恍恍惚惚地跌入睡梦中去,又从一重一重的梦境中醒过来。十多个小时后,路两旁楼群渐密,已然是北京周边郊区的景致。阿雅从挎包中取出化妆镜来,在脸颊上补了一点 BB 霜,又抹了一点唇彩。她觉得那一点，就是点睛，她整个人可就此鲜亮起来，就可以有足够的信心来面对一切未知。

　　车进站后，阿雅从行李架上拿了包，随着出站的人流一路走出来，一边低头看康宝的短信。康宝说，穿紫色T恤的就是他。她在台阶上站住，整个人一下子暴露在北京的似乎随时会劈啪作响燃起来的猛烈日光里，就有些愣怔，一时半会儿地回不过神来。她抬头四处张望着，有些无措的样子。人堆里远远的一个紫色影子向她招手，阿雅迟疑着走上前去。面前的男人冲着她笑起来，说："你就是阿雅吧？"阿雅点点头，眼前的这个康宝，和她根据照片勾勒出来的那个康宝不一样，照片上二十岁出头的康宝还是甚可观的一个小伙子，而眼前的这个，像是一团结实的面团放了酵母发酵过的。

　　康宝递给她一瓶水，说："我们出站去搭地铁。"两个人并行着走了一段路，老被来来往往的人流冲散开，康宝犹疑了一会儿，伸手握住了她的手腕，阿雅脸上一股红就蹿上来，手腕被康宝一只大手扣得好紧，倒感觉自己像被他挟持，低头在后面跟着他，一路走得有点跌跌撞撞的。康宝给她拉着行李箱，而她肩上背的灰色帆布旅行包，却没有意识到要替她拿。

　　他们转了地铁，又换了出租车。在地铁上的时候，康宝站在她面前。两个人之间没太有话说，似乎一时都不知道说什么好。隔着网络、隔着电话线已经无比亲昵的一个人，突然放到你眼前来，手脚就无所不在地有一种突兀的气息，总觉得他与周围的空气也有一种格格不入之感。阿

宁以安 | 京腔

雅向来就是一个反应有些迟缓的人，有时候走着路，不小心脚趾头撞到了什么东西，她也得等一段时间，才等到那股疼痛从脚趾头的末端神经传到大脑中枢中来。这时候更需要时间来接受这里面的落差。

终于到了康宝家所在的学校，阿雅跟在康宝后面，一路走过长长的楼道，眼睛过了好一会儿才适应了里面昏暗的光线，看到楼道里面拉拉杂杂地堆满了杂物。各家炒菜的油烟气息直往口鼻里冲，呛得阿雅直咳嗽。走到一家门前，康宝停下来，撩开门帘进去，康宝妈迎出来，腰上围着围裙，手中还拿着搅稀粥的勺子，看到康宝身后的阿雅，一朵笑就浮上脸颊来，说："这就是小刘呀？坐了这么长时间车累不累？"

阿雅笑笑，叫一声"阿姨"，说"不累"。

康宝妈心下想，真人倒比照片上那张僵僵的脸看起来要好些，一边张罗着让她在床沿上坐下来。舒开折叠饭桌，把做好的菜用微波炉热一热端上来。在桌旁加几把凳子，几个人坐下来吃饭。

康宝这时候倒安静下来，只是低头吃饭，时不时又停下来，给阿雅夹菜。康宝妈一边吃饭一边拣着话说，没一会儿也就把阿雅的个人情况全部掌握。

吃完饭，康宝妈收拾碗筷，阿雅站起来要帮她。康宝妈摆摆手，说："快坐下坐下。你是客人，哪有让你插手的道理。"

阿雅呆愣愣地弯着腰在那儿站了一会儿，也就没再多坚持，依旧在床沿上坐下来。康宝垮垮地叉腿坐在凳子上，右手里握着遥控器，嘴巴微张着盯着电视屏幕看。是一部香港警匪电影。阿雅坐在那里，一双眼睛似乎实在是没地方放的样子，于是也只好栖落在电视机上，然而脑子里一片空白，非常寡然。节目终于打出片尾字幕来，康宝拉直身子伸个懒腰，才想起来了的样子，问阿雅："到上面我的房间去坐坐吧？"

　　阿雅摇摇头。康宝就送她去晚上住的地方，是康宝提前预订的学校里的招待所，跟康宝家住的职工楼隔了一游廊的紫藤花架。两人走过重重的花影，夜露清凉，阿雅感受到身边暗影里的康宝，恍然有错觉，过去的一百多个夜晚跟她煲电话的那个康宝就在这儿啊。但一会儿就走到走廊尽头，迈到路灯昏黄的光里去。康宝于是依旧还是眼前这个康宝。

　　房间在五楼，开了门进去，房间倒也还整洁。她简单地冲了个凉，出来的时候，康宝正伏在桌子上认真地写着什么。她擦着头发走过去。他是在制定接下来几天陪着她玩的行程计划，抬起头来冲她笑笑，似乎有一点不好意思的样子。书写这样的动作，于康宝这么壮硕的一个人，显得非常不相宜。

　　她规整好旅行包中带来的物品，走到窗前去看外面的夜景，五楼的视野不算开阔，眼前楼群错落，每一个小格子里都是一盏灯火，夜色里璀璨地连成一片。她想，这就是北京了。

　　又觉得有些不可置信的样子，昨天清晨她分明还站在玲珑城那条寂寥的街道上无望地伸手招出租车。

　　她正看着窗外出神，康宝走到她身后，伸手过来揽她的腰，手指触到她腰上去，隔着一层层的衣服烫着她。阿雅哆嗦了一下，随即身体一闪，就躲过去了。她脸上堆起笑来跟康宝说："我这次过来真是麻烦你了，坐了一天车真是又困又累的。"

康宝讪讪地笑笑，说："那你早点睡吧。"右手在脑勺后面挠着那缕看不见的头发。

她送康宝出去，右手抵着门站在那儿，看着康宝嘴巴一动一动地跟她讲明天的行程，说明天八点钟会过来叫她吃早饭。

康宝回到家里来的时候，妈妈还没有睡，问他："怎么这么快就回来了？"顿了一会儿，接着又讲，"这人也没点眼色。吃完饭我洗碗刷盘子，她就呆愣愣站在那里。"康宝心里一直憋着一股气，从饮水机里接了一大杯水，就重重地关门出去，到上面自己的房间睡觉去了。

第二天吃过早饭，康宝带阿雅去了香山和故宫，正好碰上周末，身前身后的人都是泱泱的多，天气又热，康宝的衣服湿答答地黏在身上，又要跟阿雅开玩笑，扯扯她的衣角问她："看看这像不像只落水狗？"阿雅扭头看他一下，咧起嘴来笑笑，暑气和人群中的汗酸气蒸腾着，熏得她头发晕，有些没情没绪的。风景没看到多少，两个人好不容易从层层叠叠的旅客中突围出来，坐地铁回到家的时候康宝妈还没下班，一楼的房间还锁着门。康宝说："上去到我房间歇歇吧。"

阿雅也就没再推辞，跟在康宝后面一级一级的台阶走上去，走到最顶层的七楼，康宝说："到喽。"又领着阿雅穿越楼道。楼道尽头的窗户透进来傍晚的一点幽暗天光，阿雅看到地面上汪着一摊一摊的水，心想大概是从公用水房漫溢出来的。她踮着脚小心翼翼地迈着步子，但是依旧沾湿了鞋子，想着那些来路不明的污水贴着自己脚上的皮肤，周身感觉不舒服起来，开门在康宝房间的椅子上坐着时，心中依旧很懊恼。康宝却一点都没有觉察，显宝似的向她介绍着对面小书架上他收藏的几十辆汽车模型，又把他最珍视的一辆特地拿下来给她看。阿雅低着头，手里摆弄着那辆汽车模型，把车门拉开又关上，跟康宝说："我明天就回去。"康宝愣了愣，说："好不容易来了，就多住两天。"阿雅说："赶回去周一还得上班呢。"康宝也就没有话说了。

　　外面夜色一点点地黏稠起来，从未关紧的窗户缝隙里一点点地涌入室内来。随着逐渐胶着的暮色，两个人的身体不知道怎么地也胶着在了一起。康宝闭着眼睛，找着她的嘴唇亲她，阿雅只听到他沉重的鼻息喷在她脸上。一会儿两个人身上的衣服也都一件一件地褪下来，滚到旁边的单人床上去。康宝蒙了被子，伏在她身上。她只觉得他炽热如一块火炭，她自己被烤得燥热难耐，身体里面有一只小野兽在横冲直撞没头没脑地四处奔突，让她想大声地喊出来。他们都很努力地做了尝试，但康宝最终还是颓然地伏到她身上去，懊丧地说："还是不行。"阿雅伸出手来一下一下地抚摸着搭在她肩膀的那只头颅，茂盛的汗湿的头发。只觉得眼睛里有一种欲哭的怆然，她想，这是她跟康宝最亲近的时刻。他真切地把自己最惨重的失败曝露在她面前了。他们同病相怜。

宁以安 | 京腔

第二天，天刚蒙蒙亮，阿雅就醒了，睡不着。一个人坐在熹微的天光中，呆呆地发着愣，瞅着自己光裸的赤足，白得发出幽蓝的皮肤。觉得这几天的经历，倒和这只蓝色的脚一样有一种不真实之感，而且完全不像是她自己的。

她起床收拾好行李。定的是晚上的火车。康宝打过电话来，说，晚上就要走了，趁着还有一整个白天的时间，再带你好好转转吧。阿雅说，自己感冒了，只想在房间里呆着好好休息。康宝要过来看她，她也不让。

黄昏的时候，康宝过来接她。依旧是那只灰色的帆布旅行包，阿雅把它扔到后面的座位上，自己拉开前面的车门坐到副驾的位置上。康宝开着窗户，沉默地抽着烟，隔着出租车中间的金属护栏伸过手来，是帮她买的火车票。

阿雅接过票来，低头看一眼，是站票，没说话，掏出钱夹来，数出几张钞票要塞给康宝。康宝瞪了她一眼，嘴里叼着烟，脚下猛踩一下离合器，发动了车子，阿雅没提防，身体往后一仰，紧紧地被钉在了椅背上。

开了一段时间车，康宝抽完最后一口烟，说："你昨天说非得要今天走，我凌晨起来去火车站排队，今天晚上的票就只能买到站票了。"

阿雅点点头，也没有什么话。

康宝先在附近的全聚德停了车，要请她吃晚饭，说："来北京一次，无论如何要尝尝烤鸭的。"

油腻腻的一只烤鸭摆在面前，阿雅一点胃口都没有，又不好拂了康宝的好意，就象征性地夹了几筷子。吃完饭，康宝又在旁边的便利店给她买了在火车上喝的饮料，还有一购物袋杂七杂八的零食。车子经过鸟巢和水立方的时候，康宝说："就要走了，再看看北京吧。"然而阿雅低着头。她知道窗外掠过的这一切灯火璀璨都是与她无关的。

到火车站的时候才九点钟。火车十点四十五才开，康宝说："带你去旁边的天安门广场转转吧。"

外面下了雨，广场上也没什么人，康宝从后备箱里拿了一把伞，撑起来。阿雅抬抬头，看到康宝一只粗壮的手臂擎得高高的，在她头顶上为她举伞遮着纷纷而下的冷雨。空气冷冽，泛着潮湿。两个人在广场附近走了几圈，阿雅双手抱住自己的手臂，身上穿的衣服又少，两片嘴唇冻得泛出青紫的颜色，康宝要把身上穿的格子衬衫脱下来给她，但阿雅坚决地摇头。康宝无奈之下，说："那我们就找个地方避避雨吧。"

附近有一处地下通道，两个人一步一步踏下湿滑的台阶走下去。通道里有三三两两的避雨的人，阿雅想找个地方靠一靠，然而墙上全是各种斑驳的广告传单和灰黑的不明黏稠物，脚边是环卫工人放在那儿的一只垃圾桶和笤帚，还有一大摊呕吐物。阿雅俯下身去，觉得胃里一股酸酸的东西也要从喉咙里翻江倒海地泛出来。康宝替她拂着背，问她："你还好吧？"阿雅干呕了一会儿，什么也没呕出来。长发都盖到眼前去，她觉得自己真像一个披头散发的女鬼。

恍惚间，听到通道那头传来的歌声，一个女孩子的声音伴着吉他，

宁以安 | 京腔

在寂静的雨夜里显得很寥落。阿雅抬起头来，看到不远处一个卖唱的女孩子，平凡无奇的长相，抱着一把吉他，面前地上是一只用来盛钱的帆布宽檐帽。雨天通道里仅有的几个人也是步履匆匆，根本没有驻足的听众，女孩的歌声和神情里有一种旁若无人。

阿雅跟康宝站着听了一会儿，康宝走过去，往女孩前面的吉他盒里放了十块钱。阿雅靠在墙上看着康宝的背影，一点点地往通道那头走过去，又背着光向她的方向走过来，心里就泛起了一点微微的酸楚。

第二年的春节，阿雅和妈妈包饺子的间隙，扫了一眼电视上正在播的春晚，上面弹吉他的女孩，阿雅总觉得面熟得很，主持人介绍说这是"西单女孩"的时候，阿雅才想起来那个北京雨夜地下通道里卖唱的女孩，又想起来康宝渐远又渐近的身影，有些走神，手中正在包的饺子就掉在了地上。被妈妈看到，免不了又是一番数落："还是没头没脑的！马上就要结婚的人了。"当然这些都是后话。

两人站在那儿，也都没有话，只是各自站着，听歌声在空旷的通道里回荡出的声响。阿雅抬起手臂来看了几次表，终于张了张干涩的口唇说："快十点了。走吧。"

康宝点点头，他们走出地下通道，雨还没有一点要小下去的样子。两个人撑伞找到停车的地方，上了车，往旁边的火车站开去。在车站，康宝投币买了月台票，执意要送她进去。阿雅接过康宝手中替她拿着的旅行包，拉着来时的那只行李箱，往车厢入口的地方走去,她走得很缓慢，康宝感觉随着她一步一步走远,自己的心也在一点一点地往下沉。他似乎在那一瞬间才恍然醒悟到这个道理,这辈子他们再也不会见面了。

旁边有小贩手臂上搭着可以折叠的金属架小马扎过来推销,他转头瞥见,拿过一只来,说:"一会儿给你钱。"就向她跑过去。

阿雅在车厢入口处检票的间隙回了一下头,正看到举着一只马扎跑过来的康宝,大熊一样的康宝奔跑的形象滑稽得很,催得她要笑,但不知为何,最终反应到脸上的表情却是一副非哭又非笑的样子,她就以那样一副她自己也说不清道不明的表情面对着气喘吁吁的康宝。

她上了车,这一班夜车里堆堆叠叠的都是人,她好不容易挤进去,从人缝里挤到里面靠近窗户的位置,扶着一个座位的椅背站定下来。口袋里手机震动起来,她好不容易空出一只手掏出手机,摁了接受键,是康宝发过来的短信,说:"你外套的最后一颗扣子开了。留心手里的马扎不要砸着别人的头。一路顺风。"

她看完短信,抬起头来,康宝站在正对着她这边车窗的站台上,定定地看着混杂在人堆里的她。他的身影,在月台那么空旷的背景里,显得空寂又寥落。

她想,这一刻,她是真的在爱他了。这一刻,她有冲动要挤出人群跳下火车去。

但火车却也开动起来了。

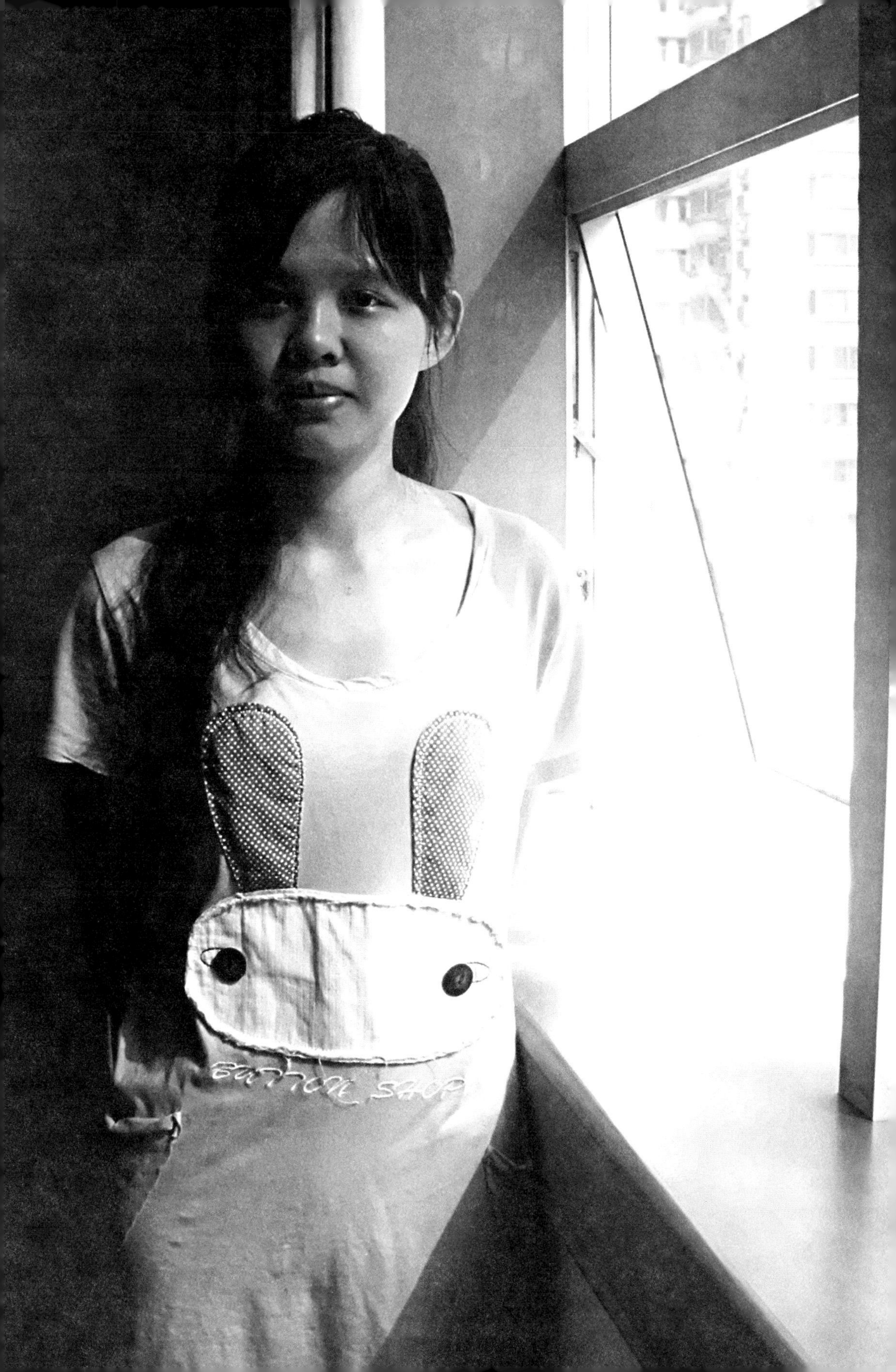
SHOP

吴纯

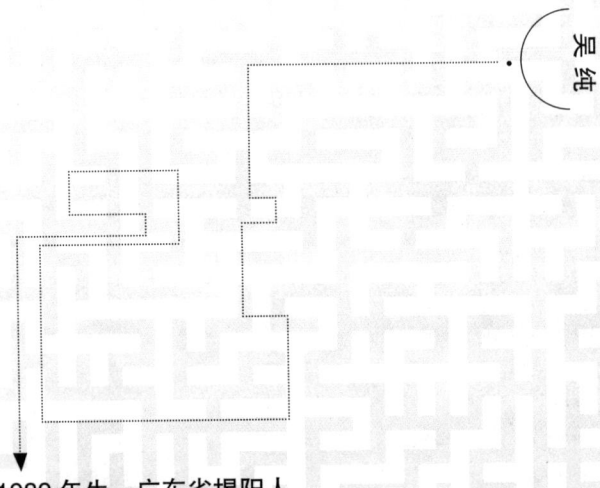

笔名舒猫,1989年生,广东省揭阳人。现供职于东莞《文化周末》报社。短篇小说《驯虎》获得第36届台湾联合报文学奖小说评审奖。

驯　虎

1

这次新来的是一头孟加拉虎。

他擅自称它为孟加拉,把它牵入笼中,结束了疲惫训练的一天。然后搭公交车回家,吃晚饭,检查女儿的作业,看电视新闻,一头虎的到来并没有改变一如既往的生活。

看完电视,他蹑手蹑脚地上了床,以为美云已经入睡了。

"如果我和她掉进了水里,你会救哪一个?"

是什么久经不散的梦魇,成了她心里一条坚如固体钙的刺。通常发生在午夜睡梦降临之前,她就如醉酒的妇人喃喃不休,宽大的更年期骨骼在日渐疏松,入夜后却如发育期的海鱼,生长迅猛,尖锐,且没有规则。他惊异于她充沛的执问能量,他明白又是来源于对记忆的过度想象。这次是防不胜防,冷箭般刺着了他的脊椎和腰。他一般背着睡,是唯恐一转身就睹见一副森森的白骨架。

他想转移注意力,便想象起白天那头孟加拉虎吃一块巴掌大,血管遍布的生肉时,会不会用密布着刺针的舌头,挑拣着肉里可能不存在的骨针。他对自己说,明天记得帮孟加拉做体检。

这个"如果"是谁,是多年前差点溺死于羊水中的女儿,关系失和的母亲,还是婚后五年不期幽会的情人。连她口中的"ta"是什么性别都不清楚。不知道,他想转个身,想起只能翻到另一侧时,他翻到一半的身体便选择了仰面躺着。他摸着自己的额头,顺着宽阔的额骨上去,毛发日渐松软的天灵盖,在四十岁之前还能拔到几根早生的白头发,他对此便无所抱怨了。他很想敲一下自己的脑门,听听这个脑袋里搅动的零件声。现在怎么样了?唉,给个回音吧,但是又怕出来的是空荡的闷响,又怕吵醒她。休眠中的海鱼如同岿然不动的教堂,他便轻贴着她的腿,安抚的鼻鼾如同年久失修的钟声。

第二天,他带体检完的孟加拉虎走出了铁笼。今日的训练重点依旧是游泳,他在水下指导它做一系列的动作。这头虎会潜水,他用绳子拴着肉块,引导它作各种各样的浮游,曲线型路线滑动,控制撕咬的频率。它有着极高的识水天赋,优美的潜游仿若深海不曾被发现的水怪,在水下,孟加拉依旧是一头虎的动作和神态,他在游泳池里安置的摄像机都完整地记录下了这些。

午饭时间,他没有把虎放进围栏的参观区,他拿着装肉的袋子走到池边,那头生灵正趴在池边舔舐自己的皮毛,闻到了肉的气味,它瞬间转身,双目炯炯地盯着他,肌肉顺着肺部抽动,咻咻的鼻息喷出水花。

这是一头发情期的虎,没有及时安排配偶,让它在饥饿之后焦躁不

吴　纯 | 驯虎

已。它的毛孔发热，汗水扑哧扑哧地冒着。和一对湖蓝色的眼睛对视，驯兽师感觉自己的心脏已被五花大绑，他不禁赞叹这紧张着的肌腱，对称的花纹三角头颅，带着一种不咆哮不足以表达的美感。他顿时不敢轻举妄动，他知道它的一念之差就能跃出一条流畅的弧线，把他彻底撕碎。他从塑料袋里随手取一片肉，不符常规地扔过十米见外的地方，他看见了时间定格时虎跃起的身姿：颀长秀丽，纹路毕现。

　　虎把注意力转移到了食物上。他观察了虎撕咬一块猪里脊肉，毫不留情，力道凶狠，生物界对猎物的直觉和本能宣泄在了一块块死肉上，动物的吃，睡觉和交配，都野蛮而合乎常理。人不也是动物么？

　　他躺在游泳池边，枕在四方形浅绿云母石阶上，头发沾着水，孟加拉很快将那几块肉咀嚼殆尽，它开始在水池边踱步，一声不响走到他的身边，他看见它阳光下蓝冰般的眼神，再次对视他心无恐惧。虎蹲坐在一米开外的地面上，气定神闲面朝水池，呼吸浑重，背脊起伏，带着空气热浪的兽气又让他警觉起来。他摊开四肢，远远望过去，棕色的皮肤就像被惨烈撕开的猎物。他摸着孟加拉在瓷砖上的侧影，一阵风过来，瓷砖上的阴影依然冰冷安静，而他和虎的影子在水中破碎交织，就像一只虎就此走进了自己的身体。

　　他安心地睡了一觉，就像睡在一只大家猫旁边一样。风疾疾地吹过水面到达脸颊，鼓胀的耳膜发出闷实的嗡嗡声。专用的池水漂白剂的气味贴着瓷砖逶迤而上，能让人梦见医院、阳台和给动物治疗感冒的粉末等等。他梦见学生时代某个踢球的晌午，女友洗好的球衣在阳台上被风扯得嗤啦响，一张写着数字的白布，宽得可以装下一个年轻力壮的身体。他打了个冷噤，池水过滤过的风太冷了。

他的驯兽本领，是从一个叔父那里学的。叔父在村里的一个小马戏团里训练猴子，周末到他家做客。小时候见面，他会偶尔带来一小撮猴毛做成的毛笔、毽子，或者其他小玩意给他。那时候觉得好神奇，在同学的中间，只有他一个人有猴毛做成的玩具，那时的叔父虎背熊腰，万千猴子在麾下，就像他无比崇拜的美猴王。他求着叔父带他去看猴子，放弃了继承家里的商店事业，跟着叔父去了乡下。

美猴王在两年之前去世了。他继承了他的一手耍猴绝活，动物园的猴子不在表演范围，他就从饲养保育员做起，跟大体型的动物做接触。孟加拉醒了，伏在他的身上，头对准他的腹部猛地一击，咬他的喉咙，长刺的舌头粗粝地划了他向上跃起的脸，它气定神闲地挖开一块棕色皮肤，嗅了嗅组织液和血，内脏发出摔破塑料泡的声响。

被袭的梦没有阻止他自顾自地睡去。虎发出一声咆哮，跳入水里，涌起的水浸向了他的额头和眼睛，他大叫一声，跳了起来。

2

他在计算机前看着录像，女儿跑过来看。

吴　纯 | 驯虎

"这是游泳的老虎吗？"

"它是新来的，叫孟加拉。"

"你们太残忍了。"

"为什么？"他看着女儿说。

"老虎不会游泳的，"她盯着他一字一句地说，"是你们教它的，而且又让它一个人孤零零地去表演，这样它不开心的。"

女儿十岁，一副大大咧咧的样子，连走起路都给人同手同脚的感觉。"什么时候可以看表演呢？"她转移了话题，忘记了刚才对老虎的同情。他们一齐坐在屏幕前，看虎潜游在水底。她不时问他一些"是会游泳的虎妈妈生的吗""它们憋气的时候肚子像气球吗""虎妈妈生了十只虎，里面有一只虎会游泳，请问不会游泳的老虎有几只"诸如此类的问题，他抱她坐在腿上，拉慢了播放的速度，画面中的孟加拉变成一只缓慢飞翔的斑纹肉蝴蝶。她毫不惊惧地看完它的整个捕食过程，最后一个镜头，是虎凶猛狰狞的眼神的近距离定格。

"虎妈妈生了一只会游泳的小虎崽，有九只不会游泳的小老虎。当然，她还会生很多的老虎。"

"虎爸爸呢，是不是也会游泳？"

"那我就不知道了。"

"爸爸，什么是偷生？"

他的下巴抵着她柔软的褐色头发，虎在镜头里的影像，慢速的分解比真实的情景更为骇人，但他不是被虎吓到，她冷静无知的发问让他发怵，犹如抱着怀中温软的小东西不应有的背脊发凉，犹如在某个有漂白味道衣服嗤啦啦响的晌午灾难。

"阿坏说的，你也不知道是什么吧？"她伸手熟练地关掉录像窗口，"你还是带我们去现场看吧，这样我都看不到你。"

"好不好？"她抬头揉揉疲倦的眼睛，曾抱着她去看小丑气球和金鱼的小眼睛，装满了素未谋面的孟加拉的样子。她还没见过真正的老虎，虎对于她来说，是和饼干盒上的浣熊和迪斯尼跳跳虎同个概念吧。黑色背景的计算机屏保像胶片，映出父女依偎的自照像。几年前带出去的时候，还有人说长得像他，后来都只说越来越像美云。他摸摸她的鼻子，额头，根本就是他的骨架摹本，他的这层皮正逐渐松弛得脱离肉身，终有一日，他会穿着自己松懈如球衣的棕色皮囊在街上走来走去，一个女人走过来指认出他，这是父亲，所有人纷纷掉头，是父亲，她站在他的旁边比对，同样的五官轮廓和走向，他像秋叶般蜷曲伛偻的身体，她毛茸茸的微微冒汗的脸的侧光，他别无所求，要的也就是这么一幅可以被命名的父女之像，就算那时他的皮囊已经长出了鸡皮一样的疙瘩。

她呼呼地睡起了大觉，他像往常一样抱着她到卧室的婴儿床。从小有认床的习惯，那张床便一直容纳着那副瘦小的身体，那张床好像是树，可以贴合着她的身体生长而生长，还是他们之间，一直都只是摇篮与婴

吴　纯｜驯虎

孩的关系。

愿你无虎入梦，他亲吻她的额头说。

3

他想起了乡下耍猴的叔父。

他翻起了抽屉底的旧相册，里面有一张他们的合影。叔父的体毛奇长，肤色黝黑，隆起的颧骨，活像一只大体型的黑色猴子。他一手搭在他尚是瘦弱的肩膀上，是父亲搭着儿子的姿势，一手擒着耍猴的链子，背景是一片假山，千万猴子猴孙的王国。他到晚年的脸色越发黧黑，像极了一位德高望重的猴王，在他的一只手被一只猴折断之后，他也不再耍猴，每天在那些假山之间来回踱步，有的猴子躲开他，有的径直拿起水果皮扔他，他站在它们中间，漠然看着它们长大，称王，繁衍，然后衰老，他带着一个鬼魅般金靴凤衣的美猴王影子，影影绰绰地踱步，他担任着这个监护人的闲职一直到他死去为止。

"猴子还是比较通人性的，"他觉得叔父是在为猴辩解，"你要记得，步入社会，要学会忍让三分，三十年河东三十年河西，子子孙孙无穷尽，野兽和人都同个道理。"他指着石头上一只年轻气盛的新猴王说，它不满地向他龇牙咧嘴，啐了他一脸的口水。

叔父去世的时候，村里正在做一场孙悟空大闹天宫的戏。他相信那些温饱无忧的猴子们一定在叽叽喳喳，面朝西方，念着这位死去的猴王。

他把照片合上，耍猴的行当已经不时兴，在某个清晨，在猴王的一声长啸中，被放生的那群猴子投奔了莽莽的山林。之后，他再也没见着它们，它们的生死去向再也和他无关。而他的记忆也在那个时候，开始投入了一场私奔式的逃亡之中。

他翻着相册，叔父的容颜在相片的顺序中发生了神奇的回溯，六十，四十，三十五，他默念着他的年龄，仿佛跟着他走过了时光隧道。他二十八岁，他还是个新生的婴儿，躺在褓褓里接受这位长辈的检视。嗯，骨骼不错，可以当个领袖，统领什么的角色。他在他高处的眼睛里，看到了一场皮影般的猴戏。

后面一张是和美云的合照，那时候女儿在她肚子里已经呆了三个月，他们的背后是海水和白云，有畅游的人和鱼，有椰子树。

叔父执拗地挽着他的手，将他拖离了眼前的场景。走，走，跟我到乡下去，他高大沉重的背影是无可违背的旨意。那个时候他也认为，去乡下的决定是正确的。他的家族出了事故，超生了的哥嫂一齐逃到了娘家避难，却让他的孩子变成了一个非法的存在。顶包，这个已经放出了风声，让他想起来就连发噩梦的说词。他们连夜丢了魂一样收拾了行李，匆忙逃到了叔父庇佑的大山里。

那时候的马戏团还没有倒闭，他继承了叔父的事业，为的只是挣钱

吴　纯 | 驯虎

糊口，计划生育的热潮也扫荡到了这个乡下，村里的长老们因为他叔父的关系，对他照顾有加。而怀孕的美云对乡下生活感到咬牙切齿，她知道这根本不应该由她来承担，她坐在发黑的煤油灯下抱怨连连，妊娠的反应和盗汗让她几近抓狂。

他像哄小女孩一样将她搂在怀里，跟她讲小时候抓萤火虫和偷瓜的趣事，跟她讲没有灯火的村落能看到牛郎织女星，猴子们在井里捞月的故事。"猴子，你不要跟我讲猴子！"她一把推走他，"你不知道那些猴子有多烦，他们窜上窜下钻进房间，叫个不停，简直就是魔鬼，生下那么多魔鬼干什么！"她尖叫着捂住耳朵，他也捂住了耳朵，阻止这个世界的尖叫。

"火车，你没搭过火车吧。"在一个清晨里他对她说，如果你不愿意呆在这里，我们可以坐火车离开。

"我哪里都不去，我要回家。"

他们搭火车回家，在道听途说了他们所在的镇的还在严抓计生的时候，他动摇了回家的信心，然而美云不肯回头，在他看来，那是一种和魔鬼做交易的坚决。

"就算死，我也要回去，孩子不要就不要了，我不生了。"

他几乎是用拖扯的方式挽留住了她，到了火车中转站的时候，他意识到第一次搭火车的沿途并没有让她感到快乐，相反是无休止的争执，呕吐，和对恐惧的描摹。他穿过站台，为她买一个蒸玉米，转过身时却发现，长椅上的美云不见了。

　　他的眼前是巨大的蒸汽火车，延伸出去的铁轨尽是钢铁和煤灰的路，四周都是没有去向的山林，美云是逃走了，跑进了山林里么？他瘫坐在椅子上，听到火车长鸣催命剂般的笛声，像是猴的嘶叫。一群一群的猴经过山坡，停住了脚步，双目炯炯地盯着他，他泪水涟涟地问那些路过的猴子，美云是跟着你们进了山，还是已经被山里的老虎吃掉了？

4

　　她最终还是生下了孩子，爱她如珍宝。

5

　　表演的日期到了，动物园的表演会场上装点着气球和彩条。他穿着平日里穿的深蓝色训练服，而孩子穿上了亮色的连衣裙，让他一眼就从观众席中认出了她。来，和爸爸挥挥手，她挥挥莲藕般的手臂。孟加拉虎从铁笼里放了出来，引起在场者的惊呼。他们先做暖场表演，捡球，跳铁圈，他指挥着它做着各种高难度动作，激动得热血沸腾。这头万兽之王正向他屈膝，他才是王，他能让虎兽都为之低头。这头

吴　纯 | 驯虎

野兽带着刚从山林里出来的气息，他勇猛地拽住了它的脑门，虎没有丝毫的反抗。于是他伐倒了整片山林的命脉，大地瞬时是一片赤贫的光明。

那只是瓷砖的反光，他对自己说。接下去便是压轴戏：水中漫步。他和虎一同跃入了水中，会场中央的 LED 屏放映着他们的水下活动，一切进行得井然有序，虎记住了所有的流程，动作完美无瑕。相对于陆地上的绝对控制，水下更讲究平衡与协调。不少观众看到了水下人虎共舞的场面，伴随着煽情的音乐声纷纷落泪。

表演收尾的时候有一个设计好动作：虎在水中向他扑了过来，水之外的世界，是观众铺天盖地的惊呼。他看见的是一个婴孩向他敞开了怀抱，他在水中哭了，哭着抱住了孟加拉虎。

他走出游泳池，接受鲜花和掌声，看台上的女儿高兴地噘着嘴，似乎在连续发着虎的读音。是的，我带你看到了老虎，他欢呼着向她招手。接着，他在瞬间像中暑发作般倒下，生命牵扯出了剧烈而不明就里的痛。

她在看台上向他喊道，爸爸，有虎。

6

他有惊无险地度过了危险期。虎被囚禁了起来接受审判。后来他听到的说法是,孟加拉虎因为成功地接受了人工授精,被秘密送往了其他动物园进行休养。

"我才不要你死呢。"坐在病床前的美云递给他一个削好的苹果。

而他知道的另一种说法是,趴在病床前做梦的美云对他说,其实你是救我的,是么,但是你会和她跳下去。

他不知道跳下去是哪里。

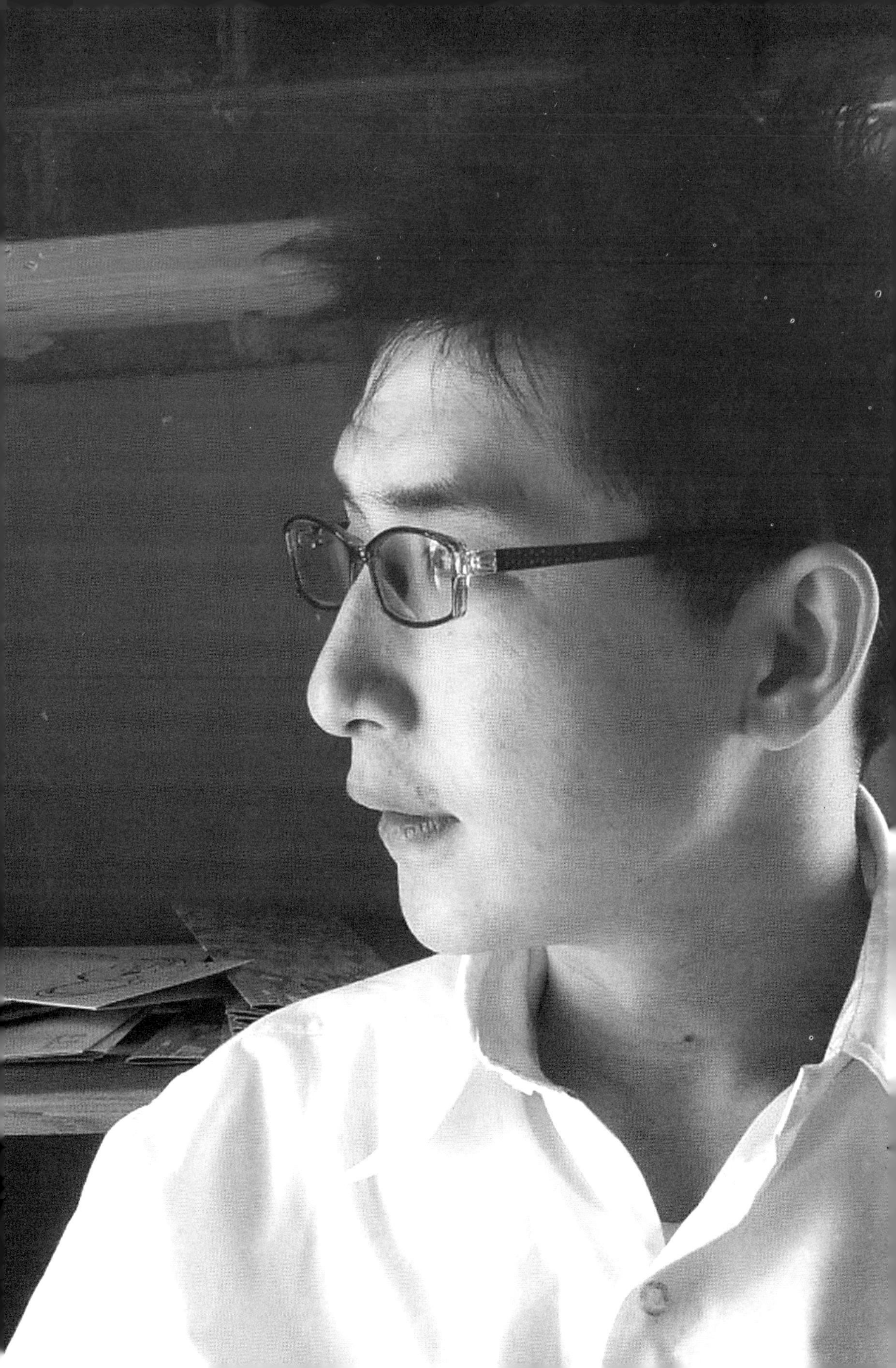

哥舒意

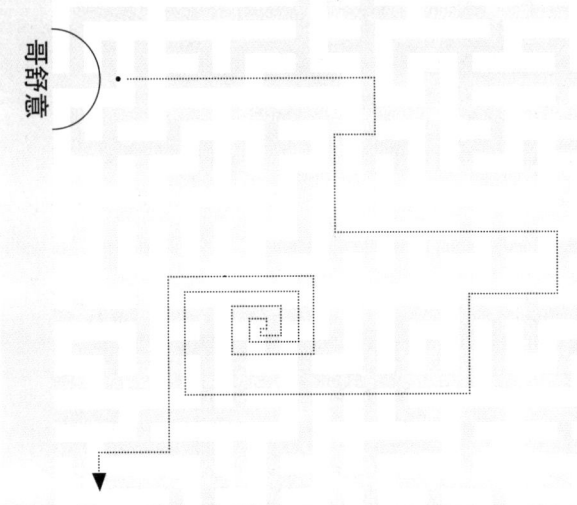

不是 80 后的 80 后。
中国作家协会会员，鲁迅文学院第十四届中青年作家高研班学员，上海作家协会签约作家。作品有《恶魔奏鸣曲》《夜之琴女与耶稣之笛》《秀哉的夏天》《沉睡的女儿》等。长篇和短篇作品在《收获》《萌芽》等文学杂志均有发表，开有报纸专栏。获得首届99读书人"世界文学之旅"长篇小说金奖，首届"新小说家"文学比赛新锐奖。

知更鸟女孩

很久以前,在我还很年轻时,我遇到过一个知更鸟女孩,这是真的。那时我对未来还有很多憧憬,那憧憬又有很大一部分是和女孩有关的,和漂亮女孩约会对我来说便是人生梦想的一部分。

但我不知道对方是知更鸟女孩,真的,我不知道。如果知道了,我断然是不会去约会她的,更不会在约会之后喜欢上她,从而落入糟糕透顶的恋爱悲剧里——或许我喜欢看悲剧小说,但如果成为了悲剧小说里的人物,那是很煎熬的事。尤其是,还仅仅身为一个配角的时候。

我是在大学的图书馆遇见她的。那段时间,我去学院的图书馆是每天必做的功课。虽然是这样,但我以前从来没有看见过她。我大学已经读了两年,图书馆至少已经去过两百次,却从来没有遇见过她,这真是一件奇怪的事。

这是三月的一天,忘了是星期几了,但肯定不是周末,周末很少有女生会来看书,我也很少来。总之是个平平淡淡的日子,除了她以外,简直无足挂齿。

好像当时我正捧着一本德国古典哲学书在看,要么就是一本和哲学家有关的传记。记得里面有尼采和莎乐美的情事。整本书也就这么点可读的东西。所以当我读完了这段八卦以后,就失去了继续阅读的兴趣。我合起书本,先是仰头,视线无目的地落在天花板的古老吊灯上。这吊灯从来没有见它亮起过,如果不是因为学校吝啬电费,那就是本来就是坏的,仿佛只是一个纯粹的装饰品。从它那犹如破落贵族的古典设计上,我推测它大致是三四十年代的产物,有一种离乱岁月中才会得以体现的哀伤感。不过,也可能我的推测都是错误的。这个吊灯仅仅是几年前装上去的,只不过是长年无人打扫积尘而显得陈旧。

  我对一个脏兮兮的吊灯浮想联翩,可见我确实是感到了无聊。我自己也很明白。然后,我低头,视线随之落在了桌子的斜对面。那一瞬间,我的头脑变得一片空白,视线无法在任何目标上聚焦。耳朵听不到一点声音,却又迷迷糊糊觉得有人在远处轻声哼着歌曲。我得了最迅速和最致命的心脏病,它紧缩成一团,然后像铁锤一样从身体里重重捶打胸腔。

  我看见了一个女孩。

  女孩很简单地坐在那里,是一种其他女孩无法模仿的简单,身体微微前倾,头略略地侧向一边,左手放在书本的页面上,右手轻轻捧着脸。她身上有柔和的光,不过这应该是我的错觉,是傍晚的光线,图书馆的安静一起导致的错觉。女孩穿着白色衬衫,外面套了一件深灰色的绒线大衣。也许是最简单的搭配,但即便到了现在,我也没能再次看见如此简单又如此让人难忘的装扮。她的头低着,耳轮很动人。头发在脑后随便系了个马尾,我还没见到她的面孔,但我似乎已经知道了她的样子,我也不明白为什么。

那一刻,也许我看见的是自己的悲剧。

她是个清秀的女孩。可能不是所有人都觉得她漂亮。但漂亮是一种很含糊的概念。她的清秀是那种罕见的,只有很少的女性在很年轻的时候才会显露的清澈,只有这么一刻短短的时间。而我就看见了这个时候的她。

实际上也没法不注意到她,因为我所在的长桌在图书馆的角落边,桌边只有我和她两个人。可为什么直到现在我才感觉到她的存在呢?我想了想,记得在自己坐下时对面确实没有人的。她是在我读书以后才来到这里的。

她换了一个坐姿,改为右手翻页,左手支着脸颊。阳光照在她的侧脸上,她的头发和皮肤都成了金黄色。女孩大概感觉到了光照,所以抬起右手遮住了右边的面孔。右腕的衬衫袖口沾了一点蓝色的钢笔痕迹。我想她应该是个用功读书的女孩。

正当我猜测对方看的是什么书的时候,忽然察觉她的身体在轻轻颤动,从头发到肩膀,再到遮着脸的双手,都在不规则地颤动着。我不明白她怎么了。后来,当我听见眼泪滴在书页上的声音的时候,我才明白发生了什么。

她在哭泣。

我不知道世界上还有没有人遇到过我正在遇到的事。在一个寂静到仿佛其他人都不存在的地方，看见一个你一见就为之心动的女孩，但那个女孩却显然在哭泣，那种不出任何声音的哭的方式。

她安静地在书桌那边流着眼泪，双手合起来遮住了面孔，眼泪从腮边滑下，她用手背擦掉一次，过了会儿又擦掉一次，然后低下头，两只手垂下去伸进口袋里，但什么也没有拿出来，最后还是抬起手背抹拭脸颊。

我默默地坐在椅子上，想了很久，才从外套口袋里翻出条白色手帕。我没有带手帕的习惯。男生带手帕出门总让人觉得蛮古怪的。可能我那天正好是个古怪的人，带的还是条大得足以当飞行员颈巾的白色方手帕。

我把手帕从桌面上递过去，放在女孩的书边，然后低头看书。她似乎感觉到了，身体有那么一下短短地僵硬，迟疑了片刻后，她还是把手帕拿了起来，用它擦掉泪痕。又过了一会，她显然止住了眼泪。后来她就一直把手帕紧紧攥在手里，继续读她的那本东西。

我翻了很长时间的书，一页一页地翻过去。实际上头脑空白一片，眼睛里什么也没有看见。等到天花板上的日光灯跳亮了起来，我才站起身。

女孩有点不知所措。她握着白手帕，可能是不知道应该还给我还是继续留着，于是抬起面孔看着我。她的眼睛带着一丝不安，让我想起受惊的小鸟，很明亮，有一种我熟悉的东西在里面。可我一时还不明白。

"我去还书,不想看了。"我说,"你还要继续?"

她想了想,也摇了摇头,随即合起书本,随我站了起来。她的性格似乎很随和。

还书时,我留意看了看她的那本书。埃里奇·西格尔的《爱情故事》。银行家的儿子在大学里爱上了面包师的女儿,超级简单的情节,结尾是悲剧。我也看过这本小说,不过没有哭就是了。有谁会为了一个爱情故事哭泣呢,而且还是远在美国的,七十年代的古老故事。

我和她走出图书馆,两个人都默默的,毕竟都不认识。我们一直走到了门口。在门口,她停了下来,可能想和我说再会什么的,然后各走各的。但我不想这样。就在她开口前,我鼓起勇气先开口了。

"你留着好了。"我解释了一下,"手帕。"

"谢谢……"她小声说。

"其实不用谢。"我说,"你请我吃晚饭好吗?"

我话说得很快,她一开始很可能没有听清楚。但过了两三秒钟,从她多少带着惊异的表情来看,虽然她完全听明白了我的话,但还是不明白我的意思。所以我只能低声再重复了一遍。

"请我吃饭好吗?"

"为什么啊?"她多少反应了过来。

"我饿了,饭卡里没钱了。"我说,"在图书馆等了一下午,没有碰到认识的人。"

我知道这个理由牵强到犹如火星人入侵地球，可实在想不出别的借口。女孩看了看我，表情多少有点莫名。接着她耸了下肩膀，表示可以。她确实是个随和的姑娘，而且显然很善良。

接着我们就去了食堂，现在就吃晚餐稍微早了点，但也别无他法。中途我们只说了两句话。她问我吃什么，我说和你一样吧。结果她打了两份同样的套餐。

吃饭时也没怎么说话。她有些闷闷不乐，饭也只吃了一小半。由于相处同等气氛里，于是我闷闷地吃光了自己的那份饭。

"你的那份，可以么？"我搭话问。

她点了点头。于是我又吃光了她的那半份。实际上这已经超出了我的饭量。我并非饭桶，此举纯粹是为了拖延时间。我暗暗希望她没有看出来。

"我也读过《爱情故事》。"我说。

"哦。"

"中学时读的。"

"嗯。"

我有些泄气，于是闭口不说了。女孩好像自己觉得态度过于冷淡，有点抱歉地看了看我。

"我不太适应……"她轻轻解释了句，"……和不熟悉的人说话。"

我默然点头，表示理解。

"我也不太适应,蹭陌生同学的饭。"

她偏了下头,笑起来,脑后的马尾辫也调侃似的跳了一下。之后她整个人仿佛放松了很多。

吃过晚餐,我和她去退了餐具。

"我说,你没看过电影吧?"我说。

"电影?"

"阿瑟·希勒导演的,女主角艾尔丽·麦古奥还得了金球奖。编剧倒还是埃里奇·西格尔。"

"哦,小说改编的么?"她摇了摇头,"是没看过。"

"嗯……那么……"我犹豫了一会,问,"等下你有事情么?"

她从旁边看了我一眼。我专注地望着前面的地面。

"事情是没有,不过,你到底想说什么?"

"学校的电影厅正在放这个片子,所以,我……想请你看这个电影,晚上。"

她有一阵没说话。我不敢去看她的表情,只能继续专注于地面。

"我没听错吧,你是要请我看电影?"她问。

"是这个意思。"

女孩叹了口气。

"这位同学,我们不是很熟吧?"

"不是不熟,而是根本不认识。"我也老实说。

"那为什么你要……？"

"为了报答刚才的晚餐。"我勉强回答说,为了加强说服力,又补充了一句,"而且你又刚看过小说。"

"……"

"电影拍得不错。1970年的奥斯卡最佳原创音乐奖,音乐很动人。咖啡店里经常播放。"

"知道得蛮多的么。"女孩漠然将双手插在大衣口袋里,"问个问题,你不是没钱了么,还要我带你吃晚饭,怎么还能请我看电影的?"

"这个……管理放映厅的是我的朋友,所以很好办。"

"是么?"她瞥我一眼,语气很难说是相信。

"是的。"我硬撑着肯定。

"可是,我……"

女孩发了会怔,似乎足足有一分钟没有说话。我觉这一分钟里我随时会因心脏病发作倒地死掉。

一分钟后,她再次轻微地叹了口气。

"那么,电影什么时候开始?"她问。

我觉得她真的是随和而善良的姑娘。

说电影放映员是朋友,倒也并非完全是谎话。我算是个电影迷,在大学前两年时间里是电影放映室的常客,有时会在那里混到半夜,如此就和管理员混熟了。半夜我们常一起吃泡面。遇到难得一见的片源，对方也会主动告知，就是这样的交情。

实际这天晚上本来不是放《爱情故事》，但因为有这样的交情存在，所以，我们来到放映室后，看的就是这部七十年代美国著名的爱情电影。放映厅没几个人，大概大家对老片子并不感兴趣。其实是非常好看的，始终有一股淡淡的哀伤感。伤感的爱情才感人。

电影仿佛是在哭哭啼啼中进行的。尽管身边是我这个陌生人，尽管她看过了小说，但当那句著名的台词"Love means never having to say you are sorry"出现时，她已经泣不成声。

我知道她一定会哭的。很久前我第一次看时也很狼狈。我条件反射似的伸手入外套口袋，找了一会，才记得手帕已经给了她。女孩大概也想了起来，于是从口袋里拿了出来，抹消脸上泪水。

在她擦去泪水的时候，我在旁边一直纳闷，感觉就好像从前某天，也曾带她来看过电影，就是这部《爱情故事》，而且，她那时也哭了。我对她就有这样一种熟悉的感觉。

我们默默坐在座位上，在伤感的结尾曲中看着片尾英文的演职员字幕一页一页翻过。直到音乐结束很久后，我们仍然没有离开。

"你是不是想……再看下去？"我问。

她摇头。

外面天已经全部黑了下来。学生们或去教室自习，或者已经离开教室回宿舍,天气有点偏冷,路上有点冷清。我把手插在裤兜里,慢慢陪她往前方走,内心惆怅,因为觉得她随时可能告别离开。

"你好像无动于衷的样子,"女孩说,"刚才看电影的时候。"

"看了很多遍了。"我回答,"第一次看时最难过,后来就习惯了。"

"你看过很多次,那为什么还要带我去看?"她有些疑惑。

"每一次和不同的人去看时,觉得都像是一部新的电影。"

"经常带女生去看?"

"大学里你是第一个。"我说,"另外去年带同寝室的一个男生去看过,情人节的时候。"

"男生?"

"哭得太厉害了。我假装不认识他。那天他失恋。"

女孩笑了起来,但很快就不笑了,低下头去。

"你有事么?"她轻声问,"陪我走一段好么?"

我点头。这正是我祈祷的。

我们绕着学校的操场行走。操场旁的篮球场仍然有男生在打三对三篮球。旁边有几个女生坐在栏杆上看着,脚下有一堆书包,有一个女生在抽烟,黑夜里烟头伴着篮球拍击的节奏一亮一亮的。走过篮球场便来到了河边。这是条人工河,一直通往校外的湖泊。我们从拱形石桥上走到河的另一边。夏天河边是谈情说爱的好地方,常被很多情侣占据。不过现在春寒料峭，路灯又远又暗，天黑后也没什么学生在河边背外语单词。倒是有微微的风掠过河面，一些水草样的植物不时拂动。

  她慢慢走到河边，立在那里望向对面有灯光的地方。她穿着一条深蓝色的牛仔裤，很简单的白运动鞋，裹着灰外套的身子显得很单薄。后来，我们在河岸上坐了下来，就坐在岸边的木椅上。木椅旁的灌木抽着绿芽。女孩把手插在大衣口袋里，稍稍弯腰，仿佛在仔细看着河水下面的景色，眼神茫然。

  "在想电影？"我问。

  "不，不是。"她说，"今天心情不好。"

  "哦。"

  我默然。

  "看了电影反而好多了。"隔了很大一会，她说，"问你个事情可以么？"

  "可以啊。"

  "嗯……你失恋过没有？"

  "……当然。"我说，"经常还没有开始就失恋了。"

  "……"

  "每次对方说对不起的时候，我就想起那句台词：Love means never having to say you are sorry. 可惜一直没用上……"

  我忽然感觉到有点异样，转过去看她时，发觉她的眼圈已经发红了。

"对不起,我只是在开玩笑……"

"没什么,不关你的事。"

她抽出手捂在眼睛上。很弱的吸气声。我则看着河面上月亮的倒影,倒影模模糊糊的。

"不想再哭了。一天两次已经够多了。"

"……三次也可以的。"

"……图书馆里的时候你就看见了吧……"

"那时我以为你在看悲剧小说,觉得女孩看《爱情故事》流泪是正常的。"我停了一下,问,"是因为感情问题?"

女孩很安静地点了点头。她安静了好一会。

"其实是昨天收到的分手信。不过之前已经冷淡很久了。晚上睡觉还没觉得什么,可是今天在图书馆里,不知道为什么越来越难过。觉得太委屈了,怎么会这样呢,怎么说分手就分手了呢?之前那些喜欢都到哪里去了?为什么我会一个人孤零零地坐在图书馆里呢?"

我不知道她是在问我,还是在自言自语。但我觉得我的心同样裂了开来。一个中意的女孩在谈论让她伤心的恋人,而我只是听众。那些话好像冰水一样灌入我心脏的裂口。

"原因是什么?性格不合?"我平静地问。

"我不知道。他提出来的。"女孩想了想,"应该不是性格不合的原因。我们认识很久了,小学就在同一个学校。中学也是。虽然后来文理不同班，但始终很合拍，几乎没有谁对谁表白过，就自然走在了一起。家里住得也近，高中最后两年我常去他家复习功课的。性格上，他虽然有点大男子主义，却很照顾我。"

"那为什么分手？"

"大概上了不同的大学吧。他喜欢北方，而我高考却要回到这个城市。因为父母说总要回来的。于是我就考了回来。从小城市回到这里，感觉都不适应了……"

她还没有说完，可是一下子我全都明白过来了。他们为什么分手，我又为什么觉得她熟悉。我早就该知道这种感觉，早在看见她的那一刻时就应该知道。

"你是知更鸟的孩子吧？"我轻声说。

她怔了一下，脸向我转了过来，眼睛里带着些疑惑。但那疑惑很快消退了，她几乎立刻明白了这个称呼，眼睛都亮了起来。

"是的，我是知更鸟的孩子。"女孩说，"我是知更鸟女孩。"

也只有知更鸟的后代能这么快理解这个名字的含义。她确实是的。她是知更鸟女孩。二十多年前，她的父母们接受某种上天的启示，接受了某种命运，离开了我现在所处的这个城市，背井离乡，迁徙去了别的什么地方，并在那些地方留下来，生活，组成家庭，生育后代。他们成为了第一代的知更鸟。而他们的后代，就成为了标准的知更鸟的孩子。这些孩子又接受了自身的命运，在长大后，总有一天会离开那些地方，迁徙回这个原来的陌生的故乡。

"你怎么知道我是的？"她问。

"我有朋友也是知更鸟的孩子。"我解释说，"知更鸟的孩子感觉都很像。"

"很像？"

"说话的方式，看东西的眼神，对待人的态度，总之是气场吧。"

"是么？"她看了我一会，转回脸去，"那么，你理解怎么会分手了的吧？"

"能够理解的。"我说，"我来说吧，如果不对你再补充。"

她点点头。

"你们原来是在一个小城市，从小在一起，互相熟悉，互有好感，所以自然而然成为了恋人。那时，你没有意识到自己知更鸟孩子的身份，也许你们以为这点并不重要。可这恰恰是最关键的。有一天，你会从那个小地方回到这个城市，这是命运的安排，你根本无法抗拒。如果他可以接受这一点，那他也许会跟随你的迁徙。可是，他有自己的飞行方向，和你的恰恰相反。即便你们可以忽略遥远的距离，两地奔波，一起度过大学的几年时间，两人最终还是会分隔开，这是由气候，生活习性，对栖息地的适应所决定的。谁都没有过错，就是无法违抗。总之是，爱情敌不过距离。哪怕你会飞行。更何况不是距离这么简单。"

知更鸟女孩一动不动坐在我旁边，感觉像极了收拢翅膀的小鸟。

"是的。就是这样的。你全说对了。"她轻轻叹息,"本来我很难过的。可是听你这么一说,我倒觉得平静极了。就是很孤单,从小一直就感到孤单极了。"

"可能是累了吧。"

"可能。看电影时哭累了。"

我们不再说话,默默地看着河面。河面被风吹起了涟漪,一圈圈地漾开。夜里有点冷。她身体都蜷缩了起来。

"你真的和很多人看过那部电影?"

"也不是很多。"

她微微一笑,把头靠在我肩膀上。也许她真的觉得疲倦了。我很想抱一下她,可我动都动不了,连个手指头都抬不起来。我的心都快跳出来了。

"就靠一下,可以么?"

"当然。"

"不知道为什么,觉得你很亲切。"她悄声说,"可是我们明明才认识。"

"……"

她闭上了眼睛。我觉得她像是快要睡着了。可是感觉只过了一小会,她就又睁开了眼睛。而且坐直了身体,不再靠着我。我怅然若失。

"我在想你的话,确实,我是知更鸟女孩。那么,我是不是应该找一个知更鸟男孩才是最合适的呢?"

"……我不知道，也许吧。"我说。

女孩抬起手腕看了看时间。

"已经很晚了，我想我要回去了。"

"哦，好的。"

"谢谢你的电影，哦，对了，还有手帕。"

她把手帕从口袋里取出，勾在指头上。这时，正好有风吹过，手帕飞了起来，很缓慢地飘落到了河面上。我和她目送手帕像白色的水鸟一样漂向远处。

"啊，对不起……"

"这是我唯一的一条手帕……"

"你又在开玩笑，是吧？"她看了看我，微笑起来，"我会送还你一条的，放心。"

"手帕没关系。不过，"我说，"我还能见到你么？"

"当然。"

女孩站起身，整理下衣服。

"明天图书馆见吧。我还你一条手帕。"

"图书馆？"

"我不太去那里，不过明天我会去的。"她说，"那么，再见？"

"不用我送了？"

"不用了。我不住学校里，家住挺远的。"

"哦,好的,再见。"

"明天见。"

她向我扬了扬手,转身走了。

我坐在木椅上看着她走远了。直到她苗条的身影消失以后,我才意识到,我居然还不知道她的名字,连她学什么专业的都不知道。不过,既然明天约好了在图书馆见,那就明天再问她好了。

然而我从此再也没有见过她。

当天晚上我因为急性阑尾炎发作进医院动了手术。一个星期后才出院。

出院后第一件事就是去图书馆找她。但她不在那里。我在图书馆守候了一个月,却始终没有见到她的身影。

之后两年也是同样。

直到我毕业为止,我再也没有在学校里见过她。就好像她从来没有存在过一样,或者是,仅仅存在过那么一个下午和晚上,正好被我看见了。

我只遇见她那一次。

我想再次遇见她,我有一些话想对她说。我后悔那天晚上没有告诉她。如果告诉她了,也许一切就都不一样了。也许她也就会一直在图书馆里等着我了。

是的,我想告诉那个偶然遇见的女孩。你是知更鸟女孩,而我也是知更鸟的孩子。我很抱歉没有在那个晚上告诉你。因为我一直小心地掩饰自己的身份。连我自己都忘了。但看见了你,我才想了起来。

事实上《爱情故事》我只看了三遍。第一遍是中学时在初恋女友的家里看的。看完了电影后,我有了第一次接吻的经历。我和初恋的女孩都以为只要相爱就不会有悲剧。但两人都忘记了一件事。我是知更鸟的后代。在我必须迁徙回到现在这个城市的时候,她一遍又一遍地问我为什么离开她。她是很柔弱的鸟类品种,离开出生地就无法存活。而我却不能不迁徙。没有为什么。我对她说,因为我是知更鸟的孩子,所以无法留下。

我害怕迁徙,害怕离别,害怕那种撕扯内心的东西。我害怕自己的命运。别人也许不能理解。可是你一定能理解的吧。因为你是知更鸟女孩,背负了同样的东西。我们都是知更鸟的孩子,知更鸟的孩子在一起会相亲相爱的。应该是这样的吧。

可是我再也没有遇见她。

时间渐渐过去,我毕业,工作,去了别的地方,又离开别的地方,回到了这个城市。在旅途中,我也遇到过另一些知更鸟的孩子。我们在茫茫人海中认出了对方,然后擦肩而过。孩子之间很容易就互相认出对方。但我们都学会了掩饰自己,不轻易表露自己的真实身份。

奇怪的是,越是时间流逝,我就越是想念那个在图书馆里哭泣的女孩。可我已经记不得她的样貌，只能回想起那依稀的清秀。那种清秀非常罕见。

只有一次，我在看一部日本爱情动作片时，在里面那个不怎么有名的女优脸上发现了它。

我收集了所能找到的几乎所有这名女优的电影。

有一天，我的新女友在电脑里发现了这些影片。怎么都是一个人的啊，也太乏味了吧，她笑我说。

不，你不明白的。我喃喃地回答她。

因为你不是知更鸟的孩子。

是的，我现在的女友并非和我一样是知更鸟的后代。她生长在这个城市，普普通通地长大，普普通通地生活。在我看来，她是普通鸟类抚育出的普通小鸟。但这并不妨碍我喜欢她。我喜欢和她在一起的安详和轻松，喜欢她笑起来的样子。我已经在天空飞行了很久，一个人飞行是很累的。我想降落在她身边。如果可能的话，以后我也不想离开她到别的什么地方去。

可是，在我的内心深处，始终有翅膀扇动的声音。它提醒着我，自己和别人的不同。

我还是会经常想起那个知更鸟女孩，但那已经和爱情无关。我只是希望有一天能在某处和她再次相遇。然后告诉她，这个世界上还有很多像我们一样的知更鸟的孩子。我们并不是孤单的。

  我们四处迁徙，我们随遇而安。我们从一个地方飞到另一个地方，在熟悉的城市，在不熟悉的城市，有一天，当我们飞累了，我们便会降落在某处，把翅膀收拢起来。但我们的心永远都在别处，在这里，在那里。在每个地方，在我们的心里。

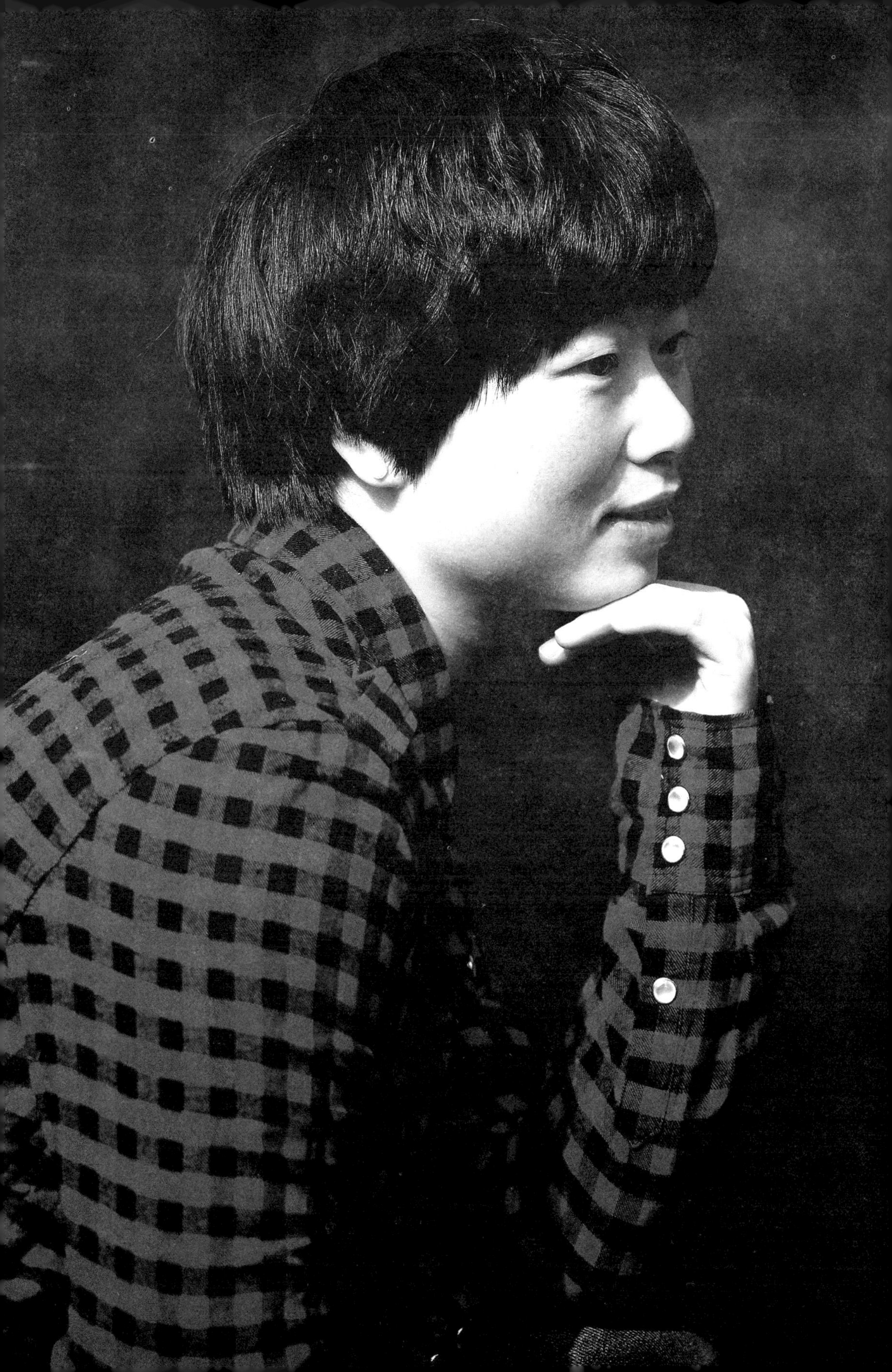

本名宋春芳,生于 1984 年春天。

在《芳草》《长江文艺》《山花》等文学杂志发表《滚滚向前》《天使的颜色》《还是一家人》《铁骨铮铮》《声声慢》等中长篇小说,其中《天使的颜色》被《小说月报》转载,长篇小说《所有梦想都开花》由长江文艺出版社公开出版发行,现为武汉市第八届签约作家。

宋小词

铁骨铮铮

秋风起，寒意渐浓，眼睁睁看着墙上十月的日历就要被撕完了，又到了一年一度的征兵时节。以前的征兵跟小歌没有半毛钱的关系，除了丈夫马翔要滚蛋一个多月外。三年的军嫂当下来，丈夫偶尔的滚蛋已经对小歌的生活造不成任何威胁。疏通水管、换灯泡、背大米、重装电脑系统，甚至是用试电笔查电线短路，她哪样不会？她巴不得他多滚蛋几个月，耳根落个清净。但今年的征兵跟小歌就有大大的关系了，因为她要把老家的黄虎子弄到部队来，这是她三年前就夸下的口。

小歌行事谨慎，从不乱吹嘘，人生中有限的几次海口都是在老家夸下的。老家那日渐瘦弱的田地和满脸沟壑的左邻右舍们，在小歌跟前形成了一个泥沼，小歌每回去一趟，就往里陷一次。没办法，谁叫她是以在省城坐办公室的形象衣锦还乡的呢。她在端东家碗吃西家面的时候，大手一挥，仿佛天下事没有她搞不定一样。每次从老家离开，坐上回省城的车，小歌就止不住的头疼。小歌在电脑里专门建了个文件夹叫老家作业。好在作业不难，就是费工夫，比如到同济医院打听某种治疗糖尿病或者高血压的特效药啊；比如打听省城的家政行情，给一些乡亲们找点活儿做做啊；比如在春运期间弄几张紧俏城市的硬座火车票等等，小歌统统都将它们存进老家作业的文件夹里，然后等时机成熟时一个个击破。

　　黄虎子跟小歌的关系不一般。黄虎子是被小歌抱大的。小歌大黄虎子十岁。小歌虽然家在农村，但是那会儿，教书的父亲已经把母亲带到了中学里，在学校有了事做，家里的田地就退了，小歌留在村里上小学，跟奶奶作伴。村里半大孩子中就数小歌最闲，有了孩子的人家都把孩子丢小歌家，让小歌跟她奶奶一起照看孩子。于是小歌家就成了不要钱的托儿所，一天到晚鬼哭狼嚎。这么多孩子中，小歌对黄虎子很偏爱，因为两家屋檐挨屋檐关系不错，加上黄虎子看着机灵又干净，不像别的孩子那样，鼻涕长长的，恨不得流到嘴里去。小歌经常把黄虎子抱在怀里，不光抱着，还时不时地抖一抖、摇一摇，转着圈儿地逗他笑。到了晚上他们家来接时，恨不得给小歌作揖，说，小歌姑姑，别惯着呢，我们一天事做了，哪还有力气摇啊耸的，不摇，这小祖宗又不依。小歌就哈哈大笑，说，我就要惯着他。待虎子长了牙后，小歌得了一毛两毛的零用钱就全用来填了虎子的嘴。

　　黄虎子在小歌稚嫩的臂弯中娇惯了六年，直到小歌彻底离开村子去外地上学。黄虎子对小歌也亲，到最后喊小歌时主动把小歌二字去了，直接叫姑姑。每次这个姑姑回到村里，黄虎子都会撇下惊心动魄的枪战游戏和头戴柳条圈手拿纸枪的伙伴们，飞快跑到她身边，无比亲热地叫声姑姑。叫得小歌心里肺里像是点了炉子一般热烘烘的。有次，小歌他们一家去邻村走亲戚，回来路过老家，见黄虎子家大门紧闭没人，正准

宋小词 | 铁骨铮铮

备走，黄虎子回来了，小大人般忙前忙后，从屋里为他们搬椅子，拿茶杯倒开水，知道小歌父亲爱喝茶，将半袋茶叶全部倒进小歌父亲的杯子里。小歌他们起身走时，他送他们到大路上。大路旁是他家的西瓜田，他跳到田里摘了个西瓜上来，时值四月天，那西瓜只拳头大小还带着毛，他非要小歌他们带着路上吃。小歌母亲哭笑不得，说，虎子，这还是生的，你摘了，你妈妈等会要说你的。虎子说，我跟他们说，说是摘给姑姑吃了，他们就不说了。小歌母亲说，真是人念恩情狗念食。那时节，虎子才七岁，小歌想起当年抱他时，胳膊足足疼了一个多月才缓过劲儿来，但是值啊！

还有一次，小歌也是到他家落脚，到了吃饭当口，他们家苦留中饭，小歌就被留住了，屁股刚落座，就听得他家竹园里一阵鸡飞狗跳之声，不一会儿，虎子就提了只肥母鸡出来了，头上顶一脑袋鸡毛，身上毛衣沾满灰尘。虎子把鸡朝他妈一扬说，杀给姑姑吃。他妈一脸酱色，显然在他妈的眼里，年不年节不节和小歌单薄的分量，远远达不到宰杀一只鸡的地步。小歌也精明，赶紧地将那只鸡给放了，说，姑姑吃鸡吃厌了，就想吃你家菜园子里的菜呢。

生西瓜和肥母鸡小歌都没吃着，但这份情小歌却深深记下了。再以后，小歌就很少回老家了，但是也大致知道黄虎子的一些情况，上学了说读书不怎么行，经常被老师留到办公室写作业，好歹上了初中，但却是镇上网吧的常客，新学期发的书不到一个月就读破了，半学期后，书皮就把书身给休了，再以后书就死不见尸了。

黄虎子初三那年，小歌回了趟老家。那时，小歌老家的房子跟一九九一年的苏联一样解体了，几片残砖破瓦横七竖八躺在地基上。老家的屋虽然没了，但老家的情还在，得走动。虎子他们家多半是落脚的地儿。

　　小歌坐在他们家的稻场上。那时小歌初嫁了，雌姿英发，一脸好气色，跟他们家屋前屋后开的美人蕉一样。虎子他爷爷奶奶、爸爸妈妈围坐在她边上，看着这个新媳妇，眉梢眼角都是笑。虎子从小歌的口袋里搜出小歌的手机在一边把弄着玩。小歌问，虎子成绩怎么样？他妈鼻子都快哼掉，说，你看他那吊样子就知道，月考总分排全校倒数第二。还不知道以后有什么出路？高中都考不取，更别谈大学，学手艺，他一嘛吃不起苦，二嘛也赚不了几个钱。

　　还怕没活路，实在不行就到部队来，锻炼锻炼，无论你是什么样的孬铁，也能给你锻铸成块好钢来。小歌不以为然，又带着显摆得瑟的神情接过他妈的话。

　　姑姑说的话可是当真？虎子一家人眼睛如铜铃一般瞪着小歌，小歌顿时就觉得这一家人的目光如同一个陷阱，像是早就打好的一个埋伏，青山绿水的在此守株多时，终于，兔来了。他们是早就知道小歌嫁了个部队的，还是军官。

　　是陷阱也好，埋伏也罢，都没有退路了，话是她说的，她只有当场拍胸脯的份儿。回到家后，小歌也问过马翔，说弄个老家的人来当兵，有没有问题？马翔说，能有什么问题？小菜一碟。那时，马翔的肩上已经有了一条杠杠两颗星星，比别人早半年的提拔，令他忘乎所以。

三年时间晃眼就过去了，昨天虎子的妈就来了电话，说虎子想到部队来，问姑姑当初许的诺能不能兑现。小歌说，没问题，到时候问准了信儿跟你联系。

这准信儿当然得问马翔了。虽然以前问过，但是现在仍然要问，以前问跟现在问不一样，现在是刀架在脖子上，成不成要一锤定音的时候。

门铃响，是马翔回来了。小歌开门，堵在门中间说，跟你说个事儿？

马翔把小歌一推，说，你能不能让我先进来换个鞋，再喝口水，门板样立着，说个事儿，一天到晚事儿事儿，烦不烦？三年前马翔可不是这性子，如今人肩上又多了颗星，脾气也就水涨船高了。

小歌立刻殷勤起来，赶紧提壶倒水，可开水瓶拿架子，空的，又赶紧去接水烧，可水龙头又撂挑子，突突突地打了个摆子就熄了火，停水了。小歌顺势将壶往台子上一墩，说，还巧了呢！

马翔说，什么巧了，就是懒，你早干吗去了？

小歌将怒火吞进肚，从冰箱拿了瓶水递给马翔。说，上次跟你说的那个事应该能成吧，我好给人回话。

马翔说，哪个事？你事儿太多。

小歌说，就是我老家黄虎子当兵的事，这不马上要征兵了吗？

这有什么问题？马翔喝了口水，警惕地问，他本人没有问题吧？品德、作风、残疾、没参加什么法轮功之类的?

小歌说，当然。但是想想还是给黄虎子的妈打了个电话，一来表示她对此事已经上心了，二来征兵毕竟是件严肃的事儿，多了解一下情况总是不错的。电话接通后，小歌怕对方东扯葫芦西扯叶铺垫太多，就开门见山地问，姐，虎子身高几多?

只怕有一米七四、七五，比他爸爸还高一头。

眼睛不近视吧?

不近视，一点五的视力，书没读好，眼睛又去了，那不是亏死了。虎子妈在电话那头呵呵笑了起来。

似乎没什么好问的了，其他的，小歌心里都清楚，黄虎子是她抱大的，又是一个地方的人，老家那地方民风淳朴，人都实在，像黄虎子打小就知道待人接物、知恩图报，只是读不进去书而已。读不进去书又不是什么缺陷。小歌便挂了电话。

她朝过道的墙上瞄了一眼，挂历上的日期已经是十月二十九日了，各支队的接兵干部估计都已经定了。虽然马翔说得板上钉钉，但小歌还是有些不放心。部队的事瞬息万变，很难说准，马翔跟小歌计划得铜铜铁铁的事儿，比如双双回家过年、比如看准了地儿去旅游等，临骑上马了，忽然一个电话，说是蹲点、说是接待、说是戒严，说黄就给黄了，黄得你连点脾气也没有。黄虎子一天不进新兵名单，小歌的心一天也不得进肚。

马翔朝小歌看了一眼，便从兜里摸出手机打电话，听那话像是打给总队警务处的某个熟人，马翔问对方，接兵干部的人选和去向定了没有？又问去西南边S县的干部是谁？小歌朝马翔眨了下眼睛，破天荒地赏了他一个笑脸。西南边S县是小歌所在的县，看来马翔已经正式把小歌的事儿当事儿了。

电话打完后，小歌殷切地望着马翔。马翔说，去你们县城接兵的是十支队的赵德茂。

什么级别？熟不熟？

马翔咬牙切齿地说，正营，不熟，你满意啦？马翔最烦小歌这点，只要是部队的，她总是迫不及待地关心别人的级别，级别比自己低的，就得瑟，级别比自己高的，就没劲，就莫名其妙地郁闷。这无形中让马翔觉得有压力。这几年来，马翔的进步比上虽然不像别人那样坐了动车，但比下也不像别人坐的绿皮车啊，他是坐的K字头的，以正常速度在前进，农村来的娃子，没背景没后台也没个好爹，一步一个脚印，够可以的啦。

次日下班，马翔的电话就追了过来，说，下班后坐的士赶紧到红高粱酒店来。

小歌问，干什么？

马翔说，请赵德茂吃饭，就是去你们县接兵的那个。

哦。小歌顿时明白过来。

小歌前脚到的红高粱，赵营长后脚也就到了，部队的人就这点好，准时，约会啥的，从不让你久等。刚落座，一个女的抱个孩子，大大咧咧走到桌旁。赵营长说，这是我那口子。小歌跟马翔双双站起，说，嫂子好。那嫂子鹭鸶望鱼般扬扬脖子算是回应了，那神情像是小歌两口子前世就欠了她五斗米一样。孩子是个男孩儿，一岁多，胖嘟嘟肉坨坨的一张脸，小鸡鸡耀武扬威地朝小歌露着。小歌堆着笑替桌对面的嫂子打开了消毒餐具，将盘碟碗筷一一挓清。

当兵的人都不懂曲径通幽，特别是这种搞军事的干部，吃饭就整酒，杯子一端，话就直奔主题。赵营长肩上那多出的一道杠杠，立刻就把马翔的气焰给灭了。

赵营长说，小马，你让我接的那个兵是农村兵吧？

马翔立刻就觉得不好意思起来，像是亏欠了赵营长一般，谦卑地说，是的，农村的孩子，是我爱人老家的，我爱人三年前就许了人家的。昨天小歌从马翔的嘴里知道赵营长的一些情况，此人刚在 CBD 地段一步到位买了套四室两厅的房子，是在样板间里，受售楼小姐蛊惑，没摸后脑勺的情况下买的，缺钱缺得紧。他一张嘴说农村兵，小歌就警犬般嗅到了赵营长话里的味儿。农村兵，少油水，甭想从他们身上捞到一星半点好处。

马翔干了杯中的酒，暗地捅了捅小歌，小歌仰头也干了，又躬身给小家伙倒了杯牛奶。赵营长说，没问题，我负责给你接来，等新兵三个月训练后，我负责安排在省城的部队，跟领导当个公务员、文书啥的，将来转士官也方便点。

宋小词 | 铁骨铮铮

马翔又干了一杯。赵营长说，不过，我给你接个兵，你也帮我接个兵，知道你是到浙江接兵，我那个兵源在嵊州，城镇户口，是我本家。他们家有钱，小孩子不想读书，大人就想着送到部队来磨砺磨砺。你接这个兵，有得赚。

接城镇兵的好处，小歌是知道的。部队对城镇户口和农村户口的青年服兵役的待遇是不一样的。农村户口的青年兵役期满后就各回各家，各找各妈。城镇户口的青年退役后按照规定地方是要安排工作的。很多城镇兵都是奔那工作分配去的。两年服役，吃部队的，喝部队的，完了还能落一稳定工作，多美的事儿啊。虽然如今地方将义务兵分配工作的规定当皮球样踢来踢去，但是对于有关系的家庭来说，那"皮球"踢不到他们面前。征兵的门道很深。城镇家庭的子女为了能顺利入伍，得做一番打点，两万、三万，花五万、六万的也有，相当于买了个铁饭碗。

小歌的心里一阵暗喜，有得赚，多肥沃多醇厚的话啊。小歌看看桌上，一盘烧牛尾、一盘蒸鱼、一盘茄子、一盘野菜糊糊和一罐排骨藕汤。什么席面，多不成敬意，多对不起人啊，一个农村兵跟人家换一个城镇兵，人家亏死了。小歌顿时拉住一个倒水的服务员说，加菜，大闸蟹来四只，再来一盘三杯鸡。营长客气道，够了，够了。马翔说，应该的，现在正是吃螃蟹的季节。小歌又叮嘱了一句，大闸蟹，要母的。

大闸蟹上来时，饭已经吃得差不多了，那四只螃蟹被小歌张罗着打了包，很自然地交付到了嫂子的腕上。小歌觉得，这顿饭吃得太好了，黄虎子的事儿基本可以板上钉钉了。

十月三十一日早上出门时，马翔跟小歌说，明天，接兵干部就要动身走了，你早点回。小歌说，我知道。对于年轻夫妻来说，出长差的前一个晚上是用千足金做的。部队也会让这些接兵干部提早下班，一来收拾行李，二来跟家属做一番交代。在马翔这里就简化成了吃饭、温存。温存这词用的很雅，但被马翔说得很粗俗。

想起当年谈恋爱时的马翔，脱下衣服后，俩臂膀这么一抬，就跟八十年代君健香烟的标志一样，每一块肉像被吹过气似的，鼓鼓的。尤其两块胸肌像两块钢板。让小歌无端就有种想敲打的念头。马翔示意她往上捶，小歌真捶了，小歌出拳的时候，马翔咬紧牙骨，剑眉倒竖，昂首挺胸地将自己的胸部抬出来。小歌一拳捶上去，那声音像菜刀落在牛棒骨上，铮铮作响，震得她倒退好几步远。小歌心里感叹，硬汉啊硬汉，这才是男人！小歌的心里升起千张帆，她跳到马翔的身上，两条腿绕在马翔的腰间，像藤蔓缠在大树上，马翔一把接住，双臂跟老虎钳一样将小歌牢牢钳住，纹丝不动。

但这铁塔一样的汉子，在结婚后就一点点软化了，婚姻繁衍出的琐碎与庸杂像一片死海，带着腐蚀的特质，让一切都生长出锈迹。供房子、供日子、供人情，工资入不敷出，便向外快打主意。钱伟大了，骨头就软了。马翔一天到晚为生计发愁，不谋正事谋人事，交际应酬，都是为

宋小词 ｜ 铁骨铮铮

了多得点好处。整天一副被生活重担压迫的苦大仇深的样子。身体也渐渐发福，零七式新军装，带腰掐的剪裁将他以及他的若干战友们的身体裹成了一只橄榄，突出来的肚子一步登天当上了将军。传说马翔当年跑步，空手跑不赢，得在他身上挂重，越重跑得越快，一个班的战友拉出去训练，战友跑不动了，他一人把他们的八一式自动步枪全卸了，那枪一支就有八九斤重，挂在自己身上，跑了全军校第一。如今，用小歌的话说，让他在床上下点力，都哼哧哼哧的，两块钢板样的胸肌，早急流勇退，归隐到脂肪山去了。

　　看着那副韬光养晦的身板，小歌就觉得没劲，她觉得垮下去的不只是马翔的两块胸肌，还有隐藏在心底深处，没好意思说出口的梦想与激情。

　　自马翔接兵去后，小歌就开始掰着指头算日子，该报名了、该体检了、该走访了。黄虎子的妈妈打电话来说，村里的名是报上了，听村长说，今年报名参军的人还不少，但指标却不是很多，兵源足。虎子妈还说，县武装部在各乡镇都拉了横幅，说现今当兵的待遇提高了，新兵一个月就有四百多，转了士官后是两千，再过一年就三千多，退役后一次性给三万，这比他爸爸在外面做漆匠划算多了。就看当不当的成。

　　你放心吧，我们都已经跟接兵干部打好招呼了。

　　一个星期后，马翔打电话来，说麻烦了。

　　什么麻烦了？

马翔开口骂了句"个比卵子",又添了个"操"字。当兵的嘴糙,从建军那天起就落下这毛病,一直传承到现在,似乎还有将传统发扬光大的趋势。小歌问,哪个比卵子?马翔说,还哪个卵子?赵德茂!他叫我接的是他妈的什么兵?

　　按照马翔的说法是,本来这兵马翔已经上上下下都打了招呼了,人家父母表示了一个厚厚的红包,两万。晚上还请马翔到当地最好的饭店吃饭,就是这顿饭给吃出问题了。一家人对马翔千恩万谢,叫他家小子给马连长敬酒。那小子酒量不大,但倒酒的架势很猛,一口一杯,三杯白酒下肚,就找不着北了,便在一旁的沙发上躺下了。可能是觉得冷,便从脚头的衣架上随便取了件衣服盖上,那是马翔的军装。马翔当时的脸色就沉了一下。但看在人家两万块红包的面子上,忍下了。两万块,八个月房子的月供啊。但是,那小子竟兜不住酒,给吐了,吐在了马翔那身军装上。这时,马翔就发作了,他妈的,什么东西!马翔从包里将那两万块的红包啪地拍在桌上,说,这兵,我不接了,谁爱接谁他妈接。说完从地上拎着军装就走了。

　　啊?小歌没想到事情会是这样子。马翔对军装很看重,家里的三开门大衣柜,小歌就只占了一门,其他的全是马翔的。马翔的军装都不兴叠,连体能作训服都是用衣架挂起来的。他的柜门一打开,哗啦啦一片绿,从礼服到迷彩服全是竖着的,一件挨一件,列队似的。三个大抽屉就放了仨帽子,冬帽、迷彩帽和大檐帽。小歌说,浪费空间啊,严重浪

宋小词 | 铁骨铮铮

费啊。属于小歌的那扇柜子，衣服那是见缝插针地放着，比上班高峰期的公交车还挤，小歌每次拿衣服不叫拿，叫拽，拽着个袖子或者裤腿使劲扯，跟扯条肠子似的。小歌曾把自己的几件T恤叠整齐了，码在马翔大檐帽的下面。马翔看见了，将小歌的衣服全扒拉到地上去了。把小歌给气得，好几天都不想跟他说句话。还有一次，小歌没注意，将自己的袜子搁在了马翔的夏常服上面。马翔看见了，眉毛一纵，对小歌说了一个字，滚！小歌火了，骂道，日你妈，我就那么脏吗，我脏，你他妈不娶我啊！马翔说，这是军装，你拿我的便装擦屁股都可以。马翔对军装的感情不一般，妻子不尊重他的军装，他都可以让她滚蛋，何况是个还没迈进部队门的应征者，让他滚蛋太正常了。可是，那小子滚蛋了，黄虎子能在那名单上待多久？

马翔还在那愤愤不平，说，什么城镇兵？他妈的，高中没毕业，就谈恋爱，把人家女同学肚子搞大了没办法，退学了，肚子搞大了就搞大了，他妈始乱终弃，把人家女的给甩啦，弄得女的现成了神经病，他本人就是一社会混混，除了家里有几个臭钱，他妈样样都缺，尤其缺德。

小歌也气。赵德茂，真是他妈的"卵子"，让接这样的兵，不是害人吗？这样的兵弄到部队来就是个祸患，日后不出事还好，出了事，接兵干部是要负责任的，你就是检疫那一道关口，无论你做得多好，一夜间，肩上的杠杠星星全给你扒光。去年，九支队一个当兵的晚上偷跑出来，坐出租不给钱，还劫了车，一追查，说这兵入伍前就有前科，当地口碑很差，后来，他的接兵干部受了很重的处分，当年就转业了，刚刚提了正营啊，正是大有作为的时候，就这样栽了。这是一个警钟，马翔他们接兵前，总队在会上又重重敲了一次，领导说，同志们，要注意兵源啊，跟采购原材料一样，材料好，质量才高啊。可是，这个城镇兵当初是作为私底下的一个交换条件的啊，他进不来，那黄虎子也进不来的啊。

小歌问，你跟赵德茂说了没？他知道不知道那个兵有问题啊。

马翔说，我跟他说了，我说你这个兵我接不了，他妈的肯定知道，他自己都说过，他跟他是本家。

小歌说，那怎么办？你得罪他了，黄虎子怎么办？他一定会把他从名单中揪出来，然后又把他踢出去的。

马翔说，你现在急也没有用，只有等等看。

次日，黄虎子的妈妈就打来电话，说，黄虎子刷下来了。

小歌心里一惊，就势打了一哆嗦。已是立冬节气了，窗外几株女贞树黄肥绿瘦，几串黑籽在寒风中瑟瑟发抖。小歌觉得现在真是天人合一了，人跟这天一样，说冷就冷。头日回话说兵接不了，次日这边就刷下来了，太有效了，立竿见影啊。

小歌问，怎么回事？

虎子妈说，体检，说虎子是罗圈腿。

罗圈腿？小歌愣住了，说，他是我抱大的，我怎么不知道他有这毛病。

虎子妈说，是啊，十八年了，这还头一次有人跟我说他是个罗圈腿。

小歌知道内幕，她不想就罗圈腿这个问题跟虎子妈一直圈下去，她是好心办了件坏事，不能说的。小歌只得反着说，不过，也不是没可能，我还是个外八字脚呢，我妈还不是没看出来，是别人说了，她才注意的，自己的孩子嘛，哪看得这么仔细。

那怎么办？虎子就算是罗圈腿，那也不是很见形啊，就为这个不能去当兵，冤死了，他体育很好的，俯卧撑可以做一百多个。

小歌说，我知道了，我再想想办法。

小歌给马翔打电话，告诉他虎子已经被刷下来了，原因是罗圈腿。马翔说，傻啊，你老家人真傻，事先应该打点下医生，就一条烟的事儿。小歌咬着牙道，你怎么不早说？马翔说，我怎么早说，你跟我说的，说是他身体条件没问题的啊。小歌说，这个罗圈腿还没到视而就见的地步，这是个捕风捉影、夸大其词的罗圈腿，其症结在哪？你应该清楚。眼下怎么办？赶紧想办法。

马翔那边沉默了，过了半晌说，我能有什么办法？花点钱呗。

小歌恨不得脱下鞋来抽他。花钱，花钱人家会找你吗？三年前自己的胸部给人拍得山响，现在你跟人说自己搞不定了，得花钱，花多少钱？一个农村家庭，上面俩老人，就虎子爸一个人在外面做漆匠挣点活钱，刷得身上长一身漆疮，到处流脓。家里几亩薄田，盖的新房欠一屁股债。别说人家没钱花，就是有钱花，小歌也开不了这口。口一开，在老家织的偌大一张锦，瞬间就成了麻，今后还好意思回去？老家的路就封了。

马翔有些不耐烦，说，非得要当兵么？当不成算了。

小歌说，滚！就挂断了电话。

如果这会儿马翔在面前，她一定将这个王八羔子大卸八块。黄虎子不当兵不会死，可是在你当年许诺的时候，人家已经把这个当成了一个盼头。加上虎子妈说的武装部的宣传又到位，部队津贴高，退伍还能得个三万块钱，这年头一个农村人到哪去挣个三万块钱去？一家人都已经把虎子当兵当唯一一条道了，就打算在这条道儿上走到黑的。怎么办？怎么办呢？小歌急得恨不得跳楼。

电话响，马翔打来的。小歌没好气地说，什么屁，放！

马翔哈哈大笑，说，你干脆回去一趟，你们老家人实在，又不精明，你亲自到武装部去跑跑，或者你去给那个卵子塞钱，钱算我们的，你去跟他当面锣对面鼓地敲一下。

眼下，还有比这下策稍微上一点的策吗？没了。只能这样办了？胡乱睡了一觉，满脑子都是黄虎子的身影和老家那一张张被风霜欺负的脸。小歌心里发誓，再回老家，一定老老实实做人，本本分分说话。又不是像项羽分了半个天下，怕锦衣夜行，怕家乡人不知道，自己只不过两脚进了省城，有了个炕席而已，能什么能？

一个饿死有余撑死不足的班，请假还不好请，条子一层层递到一把手跟前，才准了两天，时间还是一个星期后。一个星期后，那还来得及吗？从应征到体检到核对到走访到审查到身披红花上军卡，总共才一个多月的时间。

一个星期后，小歌足足折腾了五个小时才到村口，都已经是大中午了。太阳阳痿了似的，有些不举，寒气一个劲地往小歌身上侵袭，乡村比城里冷。初冬的农村，黛色多于绿色，收割过的田地光秃秃的，树叶子也黄了，红蓼花倒是很给面子，开得热火朝天。田地边的几垅火粪土冒着青烟，空气里散发着一个烧土疙瘩和稻草的味儿。这就是农村的味儿。

黄虎子家很热闹，村支部书记和村里一些重量级人物都在。当小歌进门后，他们都站了起来给小歌让座。村支书说，就等你了。虎子妈给小歌接行李，虎子奶奶给小歌打来洗脸水，虎子爷爷在一旁端着香皂盒。这是隆重的礼遇。小歌心头一热，她说，伯，快放下，我自己来。虎子爷爷说，你看，你还为虎子的事专门跑一趟，虎子遇上你这样的姑姑，他走运了。虎子妈说，谁说不是呢，小的时候就抱在怀里摇啊抖啊，现在又为他跑前程，虎子要是出息了，是不会忘记这个姑姑的。

小歌左右看了看，问，虎子呢？

虎子奶奶将洗脸盆搁在三角架上，说，在楼上，我来去叫他，他现在自己跟自己上了刑法。

正说着，虎子一蹦一蹦地蹦出来了，叫了声姑姑，说，我从楼上就听出你的声音来了。虎子妈说，你蹦下来的？你也不怕摔跤，这个时候你要摔一跤，那越发没指望了。

小歌看了看虎子的腿，虎子的两条腿被两根麻绳密密缠住了，所以走路就跟港片里的僵尸一样，一蹦一蹦的。小歌心里震了一下，问，这有用吗？

虎子妈说，这谁知道呢？缠了总比不缠要强一点吧。

虎子说，我们有个同学是个龅牙，排列也不齐，她就在牙齿上拧了一圈钢丝，天天戴着，戴了半年，我看她那一口牙差不多让她给掰正了，连牙都掰得过来，我这应该没问题，我本来就不是很明显。

开饭了，席面很丰盛，整的还是十碗，碗碗都见荤，当中一个炉子，是鸡。他们把小歌推到了上席跟村支书坐了个并列，小歌推让，说，不行不行，伯来坐。虎子爷爷呵呵一笑说，你坐吧，今天你是主客，他们都是来作陪的。小歌推托不过，只得坐了。刚端碗，虎子奶奶一双筷子伸了过来，一只肥鸡腿立刻就落在了小歌的碗里。小歌的脸一下子红了，这番殷勤与其说是客气还不如说是敦促，这是一种无声的压力，他们对虎子当兵这事是很重视的。

小歌心里一阵打鼓，这沁着八角桂皮花椒和酱汁的香喷喷的鸡大腿不好吃啊，但不好吃也要吃下去。小歌这次来，带了个大信封，里面有五千块钱，这是她两个月的工资，一个农村兵花个五千应该够了，花再多就失去意义了。

上路前，虎子才将腿上的麻绳解开，小歌撩起虎子的腿一看，腿上全是紫红色的勒痕，陷进了肉里。小歌说，你别缠太紧了，气血不通畅，淤积了，到时候有你受的。

虎子说，不要紧，我读书读不好，又不想跟我爸爸学漆匠，若是连兵也当不了，那我不真的一无是处了。

一路上，小歌跟虎子话倒不多，只是呼哧呼哧赶路。小歌从虎子后面仔细盯了盯他的两条腿，确实有一点罗圈，小腿与小腿之间的缝隙是有点大，两条腿的膝盖也并不到一起。体检医生和赵营长也不是完全捕风捉影、夸大其词。小歌一路上盘算，包里带的五千块能不能将虎子这两腿间的缝隙填上。若填不上，小歌心里也惋惜。虎子心性好，身板直，又爱枪，是个当兵的好料子。

县城里征兵氛围挺浓的，街上重要道口的横幅拉了一条又一条，什么"致富不忘国防，和平不忘忧患"，什么"你保卫人家两年，人家保卫你一辈子"，小歌站在红绿灯路口，看着那条在风中打滚的标语不禁笑了起来。

小歌突然问虎子，虎子，你妈说你能做俯卧撑？

虎子说，是啊，我的俯卧撑可以做一节体育课，连我们体育老师都佩服我。

小歌说，那你胸肌不是练出来了。

虎子说，姑，俯卧撑不是练胸肌的，是练臂力的，我现在胳膊这么一抬，我能把你吊起来。

小歌笑了笑，说，你吹吧。

虎子说，真的，我们班好多女生都试过呢。

小歌与虎子走在川流不息的大街上。在县武装部的门口，小歌停下脚步，虎子也停下了。县武装部大门口的国徽高高地悬在小歌的头顶。小歌昂着头看了看，虎子也顺着姑姑的眼睛看了看。小歌望着虎子问道，虎子，你怎么就对当兵这么上心呢？虎子说，姑姑，你大概忘了吧，小时候你教我唱过一首歌。

小歌问，什么歌？

虎子清了清嗓子，轻轻地唱了起来，我穿上一件小军装，我背上一支小木枪，我高高挺起胸膛，一二一二上操场。

小歌想起来了，这是她小学一年级时学的一首歌，她教虎子唱的时候，虎子才三岁半，连字都唱不清，总是唱成挺起公堂，把小歌的牙都快笑掉了。小歌跟着虎子记起了后一段，我天天锻炼身体强，我听从指挥守纪律，我长大要当解放军，保卫祖国守边疆。小歌呵呵地笑，说，你那时总是唱成保卫祖国守边边。

虎子说，那是我第一次学唱歌，你教的，这歌我记得太深了，后来，当兵就成了我的梦想。

小歌吐了一口气。

在县武装部征兵办公室，小歌打听到接兵干部住在县城的白云大酒店里，又费了番周折才打听到赵德茂所住的房间。小歌跟虎子赶紧打的赶过去。下了车，在酒店门口，小歌买了三个锅块。她一个，虎子两个。小歌说，吃！吃完。

已经晚上六点半了，赵德茂还没回来。小歌跟虎子从走廊这头走到走廊那头，窗外已是华灯初上，霓虹灯跟幽灵似的开始出洞了，一会儿便渐成气候，令这个穿江而过的小小县城也现出了喧哗与骚动。对街的几家卡拉OK厅里，传出声嘶力竭的歌声，狼爱上羊啊，爱得疯狂……小歌记得，这个酒店对街的位置曾经是一座大礼堂，上小学时，每到六一儿童节，全县的小学就会在这里举行文艺比赛。小歌他们曾在大礼堂里合唱过"我们是共产主义接班人，继承革命先辈的光荣传统"，现在大礼堂早拆了，改成了县城的娱乐中心。娱乐中心胆子粗了许多，狼都爱上羊了。

虎子打了一个饱嗝。小歌看了看表，七点半了，都一个小时了，干吗去？虎子说，今晚又不回去，你急什么？好事总是要多磨的。

正说着，走廊楼梯间传来低声哼唱的声音，歌声在爬楼梯，越来越近。小歌循声看去，一个身穿军装的男子正向走廊这里走来。这不就是那秃顶的赵德茂吗？小歌轻轻咳了一声。赵德茂抬起头，仔细看了看，一拍脑袋道，你不是那个什么，小马吗？继而又很警惕地问，你来这干什么？真不愧是侦察兵的家属，连这个地儿你也知道？小歌心里有些不满，按套路，他该称呼她弟妹，以示客气，但是他称呼她小马，他在称谓里跟她打官腔，距离一下子就拉开了。小歌恭敬地说，赵营长，我们进去说话吧。

赵德茂把掏出来的房卡又装回了兜里，说，你有话就在这儿说。

门都不让进,还说什么。小歌觉得自己这张脸像是被人揭了层皮,朝一旁的虎子看,虎子神情也很尴尬。小歌心口猛地一撞,有些怒气,挺了挺腰说,我说的话很难听,怕对你影响不好,最好进去说。

　　赵德茂朝小歌身旁的虎子瞟了一眼,虎子顿时把头低了下去。赵德茂沉吟了一会儿,便打开了房门。小歌对虎子说,你在外面等我。虎子说好。

　　插卡后,房里的吸顶灯抽搐了几下,猛地就亮了。赵德茂叫小歌随便坐。小歌准备一屁股塌在床上的,但塌了一半就迅速转了弯,拐到了旁边的椅子上。小歌注意到,赵德茂把部队整理内务的那一套带到这儿来了。雪白的床单抹得一条褶皱也没有,被子叠得棱角分明,平平整整,仿佛那些包裹着的真空棉长了骨头一样。那被子摆放在床头,上面放着大檐帽,帽徽朝外。这样的床,让人觉得在上面塌一屁股就是一种亵渎,一种罪过。这绝对不是酒店服务员的水准。比马翔还扎实,马翔只是看重他那一身军装,他对家务事特别是对铺床叠被这事从来是不屑一顾的,结婚几年来,她从没有见识过马翔叠豆腐块的本事。她以为部队被子叠成豆腐块只是个传说呢,没想到软绵绵的被子,真的可以叠得这么刚硬。小歌问,你家里的被子也是叠成这样?

　　赵德茂说,只要我在家里过夜了,被子基本就是这样的。

　　小歌问,不累吗?费心费力地叠,晚上睡觉照样一脚就蹬了。

　　赵德茂说,蹬了再叠嘛,多大个事儿。顿了顿,问道,你来干吗?

宋小词 | 铁骨铮铮

  小歌哦了一声,从包里拿出那个鼓囊囊的牛皮信封,往桌上一搁,说,这是一点心意,我的事嘛,不说,你也应该知道。

  赵德茂两个手指在牛皮信封上敲了敲,敲得小歌心里鼓声阵阵。赵德茂将信封还给了小歌,说,我还真不知道你的什么事儿。

  赵德茂,真是个比卵子。小歌在心里一阵咬牙切齿。小歌说,刚那个男孩子叫黄虎子,就是上次马翔托你接的那个兵,他好好的被刷下来了,希望你高抬贵手。

  赵德茂摆摆手说,什么叫好好的被刷下来了?既然是好好的,能被刷下来吗?

  小歌彻底火了,说,你就别跟我绕圈子了,怎么被刷下来的,你心里应该清楚,头日里马翔跟你回话,说嵊州那个兵接不了,次日里,虎子就被踢出了名单,你觉得这是巧合吗?

  赵德茂也火了,说,那你以为呢?

  小歌说,这是有意为之。

  赵德茂霍地从椅子上立起来,说,放屁!你觉得你那个什么虎子进不了部队是我他妈的使的绊子?你不要以什么什么之心度什么什么之腹。

  小歌说,那你觉得我是小人,你是君子?小歌鼻子里喷出一丝冷气。

  赵德茂说,对,就是的。马翔不接兵,是讲原则,是守底线,我他妈不接兵,就是打击报复,就是为了你那个牛皮信封?马翔不接兵有他的说法,我不接这个兵,也有我的道理,他是个罗圈腿,道德品质不好是不能进部队，可是身体条件不合格部队的门照样进不去！没人给他使什么绊子。

　　小歌愣住了。赵德茂的话她不知道该怎么接下去。赵德茂这会儿脑门上青筋都冒出来了，看来是动怒了。一副随时准备下逐客令的样子。小歌想把气氛缓下来，她不能跟他弄僵，毕竟这人还是马翔的上级，马翔对他那身军装这么器重，他可是舍不得脱军装的。小歌从椅子上站了起来，冲门外喊道，虎子，虎子，黄虎子！

　　莫非走了？小歌去把门打开，虎子就站在门外。小歌说，喊你怎么不答应？虎子说，我想扭门，可扭不开。小歌说，瞧你这老实样。

　　小歌说，虎子，把裤子脱下。

　　虎子眼睛一直，望着小歌，像没听明白似的，姑姑！赵德茂也一愣，脖子也朝前伸了两三寸。

　　小歌说，叫你把裤子脱下，脱裤子。

　　虎子便乖乖松了皮带，将裤子秋裤一并脱下，褪到脚踝处，只剩一条裤衩。虎子的双腿已经不是刚解绳那会儿的紫红色了，从小腿到大腿一片淤青，像中了蛇毒一般，看着让人头皮发麻。赵德茂倒抽一口凉气。他走到近处，看了看，问道，这是怎么回事？

　　小歌说，怎么回事？从听说自己是罗圈腿被刷下来后，他就在家里给自己上了刑法，两条麻绳从大腿一直缠到小腿这里，整整一个多星期，就没松过绑。小歌突然哽咽了，她觉得这样显得动情一些，她开始培养

宋小词 | 铁骨铮铮

泪水，此时，是以柔克刚的最佳时机。虎子不知道姑姑的良苦用心，看见姑姑流泪，他眼睛也红了一圈。小歌心里想，虎子，傻孩子，姑姑这是在演戏啊，姑姑一定要把你送到部队。小歌继续说，是的，他是有点罗圈腿，可是也不怎么见形，黄虎子心地善良，身高、年龄、视力和身体其他条件都符合征兵要求，更重要的是，他把当兵当成了自己的梦想，为了能当兵，他把这双腿都绑成了这样，他不是像其他应征者，把部队当跳板，动机不纯，人家是把进部队、穿军装当成崇高而神圣的理想。这样的兵，不能进部队，祖国跟人民都不答应。

赵德茂从衣架上取过一条毛巾，朝小歌扬了扬，递给虎子。虎子将毛巾放在小歌手里。小歌擦了擦眼睛，看见虎子还一条裤衩立在那里，便用毛巾捂住脸，偷偷笑了一阵。虎子说，姑姑，别哭了。小歌说，把裤子穿上。

小歌平复了一下情绪，说，赵营长，虎子身体素质真的不错。小歌说，虎子，你给赵营长做俯卧撑，营长不喊停，你就一直做下去。

虎子环视了一下房间，便在床与电视柜的过道里趴下了。

小歌对着做俯卧撑的虎子说，虎子，我在西街的山水旅社订两间房，你弄完了就打我手机，啊？虎子边撑边说，好。

虎子一夜没回。天刚蒙蒙亮，小歌就起床了，赶到白云酒店赵德茂的房间。门开后，赵德茂衣着整齐，床上依然收拾得一丝不苟。虎子在床与电视柜的走廊上趴着，身上盖了件军外套。小歌上前推了推虎子，说，哎哎哎，起来。虎子睁开眼，看到自己身上的军装，懵了，半天才回过神来，赶紧起来，将那身军装拍了又拍。然后，把那件军装搁在床上，仔细折叠起来。小歌赶紧制止，却被赵德茂给拉住了。虎子将那件军装捋得十分仔细，完后逢中一折，将衣服双手托着交给赵德茂。赵德茂双手提着领子，一掸，然后穿在了身上。赵德茂嘴角抿抿一笑，虎子挠着脑勺也跟着傻笑。小歌也笑了。

路上，小歌问虎子，你做俯卧撑，赵德茂就没喊停？

虎子说，没有，我后来实在撑不住了，就趴在地上睡了。

小歌问，他就没跟你说句话？

虎子说，说了，我快睡着的时候，他俯下身在我耳边说的，他说，三个月的新兵训练，你要还是罗圈腿，我照样把你送回去。

三个月后，小歌去了趟新兵连。马翔接完兵后，就被抽调到新兵连任主官去了，连着接兵算起，已经有近四个月没回家了。新兵连远在郊区，四面环山，在营里放一枪，回声隐隐，像放了很多枪似的。

已是阳春三月了，绿茵茵的阔大草场上，绿色的方阵像件袈裟铺满了整个营区。马翔远远地就看到了小歌，朝她挥了挥手。接着，队列里出来一个新兵蛋子，穿一身迷彩服，肩上啥都没有，腰上扎着皮带，跟着马翔的口令，做了一个"向后转"的姿势，然后便向小歌这里跑步前进了。马翔跟在后面也跑了起来。新兵蛋子在距离小歌三米远的地方，马翔吹响了口哨，喊了声"立定"，新兵蛋子立刻收住脚步，双拳垂下，左脚抬起后有力地往地上一跺，身子昂首挺胸地立在了小歌的面前。

虎子！黄虎子！小歌认出来了。

虎子朝小歌笑，却不叫她。小歌对马翔道，你带的什么兵，怎么把人带傻了。

马翔脸一板，说，马小歌同志，请你尊重我的兵。

马翔对虎子说，卧倒！虎子啪一下，栽到地上。马翔对虎子说，后倒！虎子张开双臂，门板一样往后倒下。马翔对虎子说，跃起前扑！虎子猛朝前跑几步，张开双臂，像青蛙一样跳起，然后扑在地上。小歌像看好莱坞动作片一样，目瞪口呆。

黄虎子，抬头、挺胸、收腹！马翔对小歌歪了歪脑袋，示意她上拳头。黄虎子微微将胸部抬了出来，一样的剑眉倒竖。小歌握起拳头，又朝拳头上呵了口气，然后一拳过去，被黄虎子给弹回来了，黄虎子一动不动，小歌反倒后退了几步。

马翔对小歌道，这是我的兵！马翔对虎子说，归队！虎子又朝小歌笑了笑，便跑步进了队列。小歌说，他怎么不喊人啊。

马翔说，这小子，刚下新兵连，头天跟我打照面就大声叫我姑爹，我一拳就把他给揍翻了，我说，这里没你的姑爹，只有马连长。那一老拳揍了他一人，但等于揍了整个新兵连，新兵蛋子，你就得给他们露一手。

小歌说，这下好，你一个下马威，揍得他都不认我这个姑姑了。

马翔没理小歌的话，说，黄虎子，是个好兵料子，他到部队啥都没带，就带了两根麻绳，我问他带这玩意干吗，他说晚上睡觉绑腿，还别说，他那个罗圈腿差不多已经完全绑直了。

小歌跟马翔围着草场边走边聊，不远处一个方阵，人人手里拿着一杆枪，方阵旁站着一军官，吹声口哨，战士们就弓一次腿倒一次枪，口里跟着喊一声"杀"。小歌说，杀杀杀，弄得整个军营杀气腾腾的。杀谁呢？

马翔说，军营要的就是这个味儿，咱们肩上还有任务呢，解放军解放军，解放二字还没给去掉。

小歌四下里看了看，问马翔，那个吹口哨的是谁啊？

马翔说，还有谁？赵德茂那个比卵子，他下来蹲点的。

小歌笑了笑说，其实那个卵子挺帅的。

马翔在小歌面前站定，昂首挺胸，胸部前倾，剑眉倒竖。小歌猛地发现马翔的将军肚不见了，军装的腰掐也现出来了，这么站着，一如三年前那个精神抖擞、英姿飒爽的马翔。小歌握起拳头在空中划了个大大的圈，然后以神七的速度朝马翔的前胸冲去。一拳下去，小歌蹲在地上了，拳头散开了，一只手甩了又甩，疼得说不出一句话来。

马翔哈哈大笑。

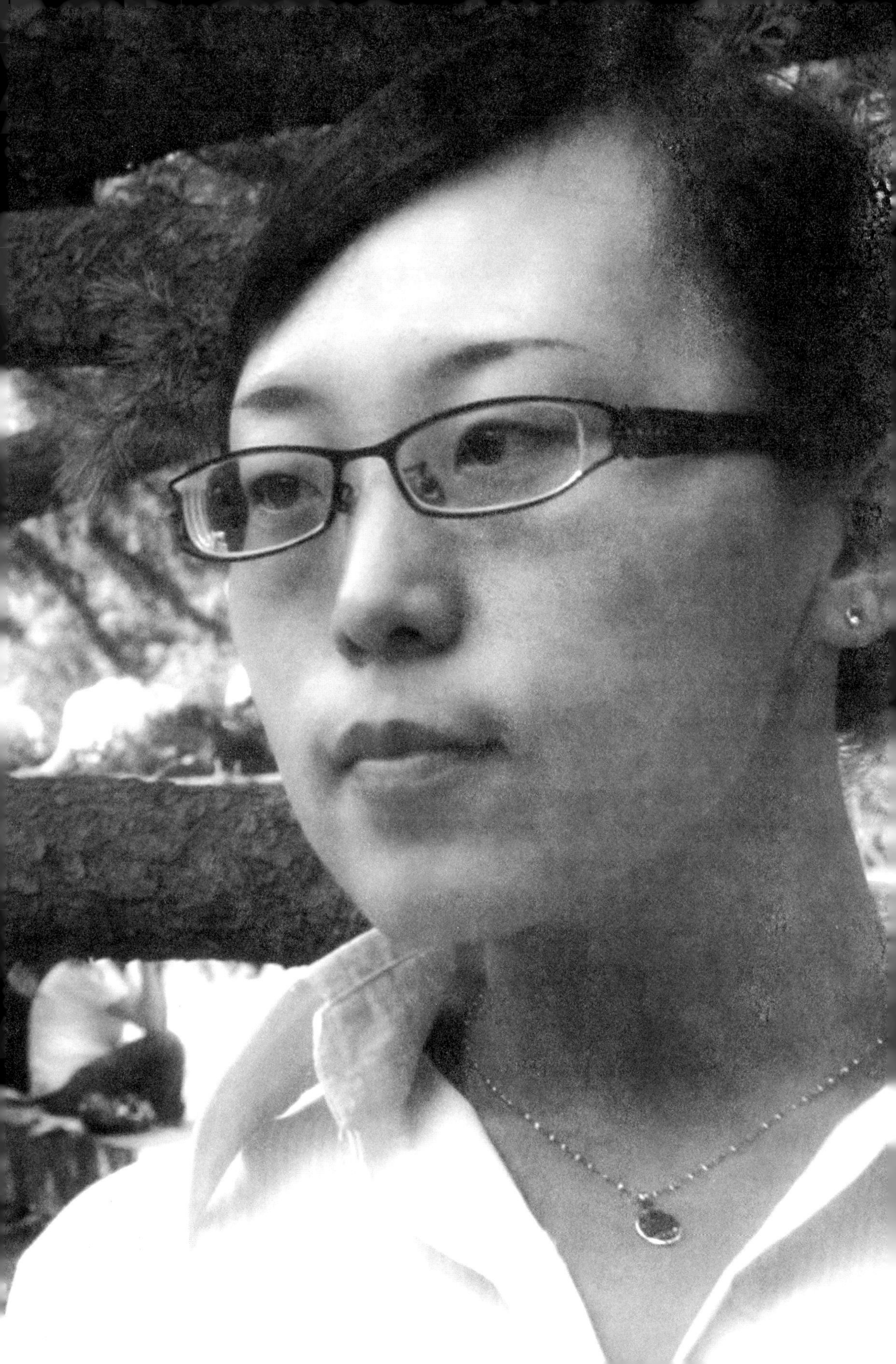

孙频

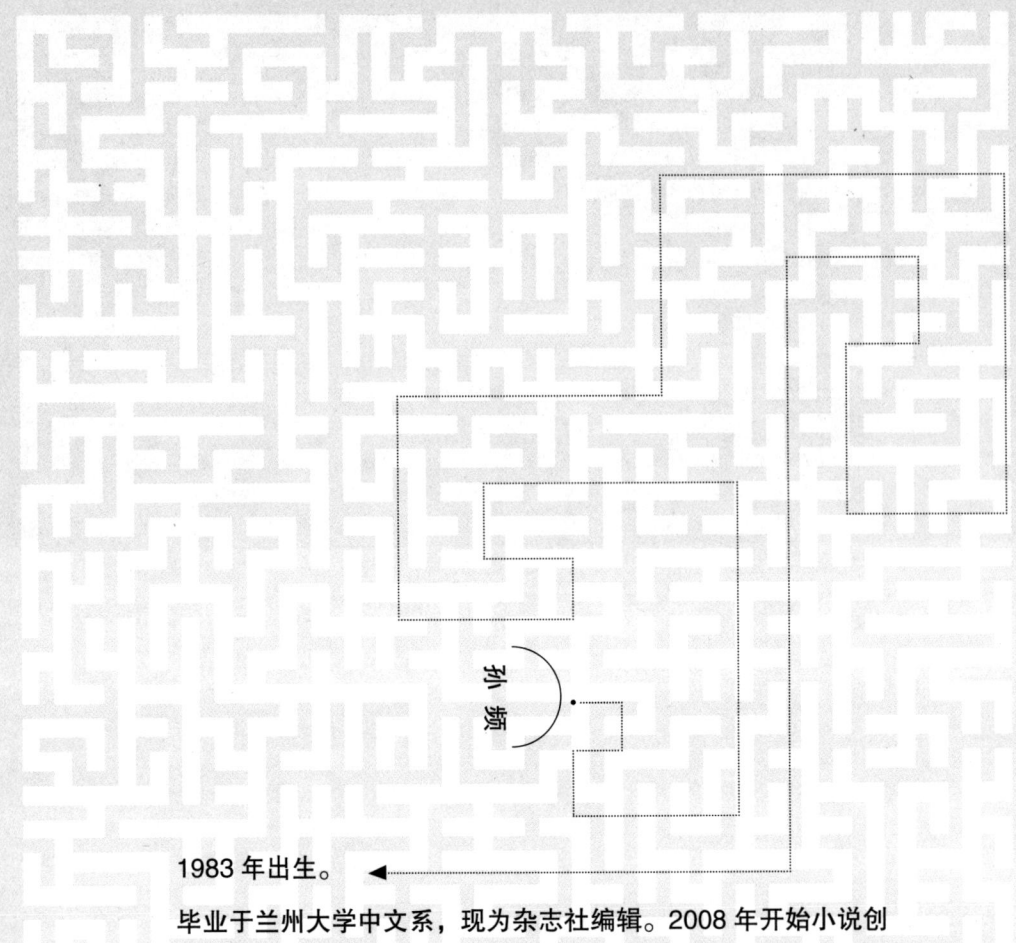

1983年出生。毕业于兰州大学中文系，现为杂志社编辑。2008年开始小说创作，在《人民文学》《十月》《钟山》《上海文学》等刊物发表小说一百余万字。中国作家协会会员。

相　生

　　一天中最后的光线血淋淋的，正在一寸一寸地消失。

　　阎小健跟在这阳光后面，像个被阳光扯着的牵线木偶，阳光稍微移动一点，他就跟着腾挪跌宕。他抱着相机，眯着眼睛，凶狠地捕捉着阳光在这两扇木门间移动的脚步。阳光的脚步是隐形的，像一个魂魄正在这腐朽的雕花木门间穿行，但他就是要用相机捉住它的脚印。他要让它现形。

　　最后一点余晖在即将沉没的时候，忽然变成了一种玫瑰色，整个县城像枚黑白印章一样被拓在了玫瑰色的天空里。四合源皮坊大门也只剩下了黑白的剪影，好像一堆被清洗过的记忆，萧索、干净、喑哑。这时他突然看到，皮坊大门上的那角飞檐像动物巨大的角一样高高地优雅地伸向了天空，肃穆安详。飞檐上生锈的铜钟正发出斑驳的钟声，整座皮坊忽然像废墟中长出来的佛境，邈远、宁静、不真实。

　　最后一缕光线也消失了，整座皮坊跟着暗下去了，暗下去了，像一艘沉船正向着深不见底的大海沉下去。他跪着，趴着，站着，蹲着，不顾一切地疯狂地按着快门。在四合源皮坊彻底沉进海底之后，他才停了下来，黑暗中，他久久地趴在地上，像条生病的狗一样，大口喘着气，浑身抽搐着。相机像刚刚打过子弹的机关枪，通体发热，他紧紧抱着它，把脸贴在上面，泪哗哗地就落在上面了。

天色已经黑透了，阎小健终于从地上爬起来，抱着相机，蹒跚着向家里走去。每次拍摄完这些皮坊，他都像把自己榨干了一样，不休息上半个小时竟连路都走不了。为了拍这黄昏将近时的皮坊，他像千里迢迢缉捕犯人一样，已经整整跟拍了两个月了。每天黄昏的时候就开始捕捉一天中这缕最后的光线，他知道，就那么一缕。这一缕幽灵似的光线，就藏在这破败的皮坊大门上，那角优美的飞檐里，那些青砖青瓦之间。刚才，就在那一瞬间里，在捉到那玫瑰色光线的一瞬间里，他几乎瘫倒在地。在捉到它的一瞬间里，他疯狂按着快门，然后便再也没有多余的力气了。

回家的路上，他走得安稳笃定，好像把整个世界都抱在自己怀里了。他忽然之间就无所畏惧了。他想，这张照片，应该能得奖吧。他拍皮坊已经拍了整整三年，三年就为一张照片，为这一缕光线，也该到时候了吧。三年前，他偶尔在县志上看到："从清道光以来到清末，交城皮毛盛极一时，一些名牌字号远近驰名，客商年年争相订货。交城滩皮成品，各家皮坊均盖有商标戳印，四合源的'八仙庆寿'更是著名商标，客户从不挑剔，且从不开包检验，有'交皮甲天下'之说。……清乾隆五十四年，境内已有自成号、庆丰源、五合皮店、义源长、兴盛源、广兴昌、四合源等117家字号，交城皮商是为晋商的重要分支之一……"县志上记

孙　频 | 相生

载说皮坊主要集中在县城的下关街。他家就住在下关街。他就是从那时候开始拍这些旧皮坊的。

他拐进下关街一条幽深的胡同，胡同尽头是一处破败的旧四合院，四合院门口有一眼枯井。他看了看东厢房，已经熄灯了，他的三个姐姐一到天黑就睡觉，连灯都不用点。只有正房里亮着一盏昏暗的电灯泡，是他母亲在等他吃饭，他父亲肯定也睡了。他进了正房，果然，父亲已经在炕上睡下了，像一卷行李一样皱巴巴地无声地缩在炕角。他母亲正神情呆滞地坐在炕头上等他回来。饭就扣在锅里，一大碗和子饭上面还漂了一层油葱，这说明他母亲最近犯病不是很厉害，还知道做饭时要炸点油葱。当然，在她犯病厉害的时候，别说做饭了，她会变得六亲不认，一个人在街上没日没夜地晃荡。阎小健经常得到街上找她，像领小孩子一样把她领回家。

他母亲倒不是天生的精神病人，听人说是长到十八九岁才得的病。他父亲却是一生下来就是个精神病人，家族遗传。他母亲到二十七八岁了没人要，他父亲是个四十多岁的老光棍，为了整合资源，便有人做媒让他母亲嫁给了他父亲，两个疯子结了婚居然也生了四个孩子。先是生了三个女儿，最后才生了一个儿子。因为计划生育，县城里很少见到两个孩子的人家，即使有，第二胎也一定是躲到什么地方偷偷摸摸生的，生了还好多年不敢往家里接，搞得像私生子一样。唯独阎小健的父母，因为都是精神病患者，没人管他们，他们便由着性子生，想生几个生几个。

他们在自己的领域里自由得近于跋扈,可以把任何事情都做到极致去。

当初,他母亲一口气生完了三个女儿,一年一个,都不带喘口气的。把交城县的男女老少都镇住了,大家都有些忧虑,照这个速度生下去那还了得?一年一个,最起码得生到五十岁才能打住?不是刚刚听说西街有个妇人五十五了愣是生了个老闺女,据说还聪明伶俐得很。生二十年就是二十个孩子,关键是这二十个孩子将是一支由疯子和傻子为主力的加强连,杀伤力极强。然后这二十个孩子再结婚繁衍下去,将变成四十个六十个八十个疯子和傻子。用不了多久,交城县就将被这个精神病家族慢慢蚕食掉,像巴比伦古城一样,这个千年古县将被蚀成一座废墟,只有疯子和傻子在里面歌舞升平。于是有人向计生办反映,疯子是不是也应该实行一下计划生育?计生办的女人一边打毛衣一边翻起眼皮冷笑,你说得倒是轻巧,有本事你教疯子去,教教他们怎么用避孕套?你要能教得了,咱俩就把工作换过来。我给你腾地方。

但是疯女人在生完第四个孩子之后居然再没有了动静。因为第四个孩子是个男孩子,大家一时议论纷纷,有的说疯子也知道重男轻女,原来是不生出个男丁誓不罢休,还是为着要延续香火嘛。另有知情人士说,哪里,阎疯子是什么人你们还不知道?他要是租双靴子那就熄灯了连睡觉都要穿着走路。要是租个帽子那就连睡觉都要戴上喽。他要是有和女人睡觉和女人生孩子的权利他会闲着不用?那根本就不可能。原来是计划生育的风声渐紧,上面下了硬性指标,一个县的妇女上环要上够多少

孙　频｜相生

才达标。有的女人因为还没有生出儿子，婆婆不让上环，怎么办呢？婆婆就替儿媳去上环。一个儿子就罢了，要是碰巧有四个儿子的，那婆婆的名堂就像奥迪车标了，再惨点有五个儿子的，那简直是奥运会会标了。计生干部们为了完成任务捞取政绩，便把疯女人也算进去充数。在一个月黑风高的晚上，一伙人上门捉住疯女人硬是给结扎了。干部们倒不为此内疚，这是为民除害嘛。生一窝疯子傻子出来，以后都是祸害。

　　疯子夫妻生出的最后一个儿子便是阎小健。他的三个姐姐无一例外都是疯子，只是疯的程度有轻有重。她们都没有名字，外人把她们依顺序排列下来分别叫女女，二女女，三女女。阎小健的名字还是小学老师给起的。女女性情温和但终日沉着一张脸，往哪里一坐就是一天，像袋土豆一样蹲在那里，不说话也不动。二女女最俏丽，又到了怀春的年龄，终日在脸上糊厚厚一层雪花膏，砌墙似的，把脸上的每个毛孔都砌得平平整整。然后用红染料在额头上点一个大大的红痣，再把嘴唇也染得血红。小孩子见到她就吓得哭。她一看见男人就想过去拉人家的手，把县城里所有的男人吓得避之唯恐不及。三女女疯病最轻，经常会训斥自己的大姐二姐，但终究也还是个精神病患者。唯独到了阎小健这里，怪事发生了。他像个阀门一样堵住了血液里的精神病毒，在这个家庭里，他像一截从淤泥里跳出来的洁白的藕。洗去外面的淤泥，里面竟然一尘不染。他居然是个正常人。因为他是个正常人，县城人便用更加怪异的目光看着他，似乎他是个比他父母更加怪异的生物，似乎他才是个畸形儿，一定是基因突变了，他才变成了看起来像正常人一样的人。

　　他们长年没有稳定的收入，就住在县城一处废弃的四合院里。那院子多少年没有人住，阴森可怖，他们愣是像动物一样住了进去，并牢牢地长在里面，居然还越长越大，由两个人变成了六个人。他们简直像一只巨大的坚固的木耳长在这个县城的边上，没有人能把他们割下来砍下来，就是放把火，也烧不死他们。很多年里他们全家人就是以参加丧事班子来养家活口。县城里谁家死人了，抬着棺材去坟地的时候就用到他们一家子了。父亲给人抬棺材，母亲带着四个孩子走在棺材边上，手里拿着纸做的童男童女、纸牛纸马纸房子纸元宝。阎小健手里每次都是捧着一只食盆子，这盆里的饭是用来堵死人的嘴的。他跟在三个姐姐后面捧着这盆可怖的饭，一直跟着走到坟地里。这样跟一次丧事，人家给他们一点钱几个馒头就把他们打发了。每次赚来的钱都是由他母亲保管起来，人们便说，看来疯子也是知道怕老婆的啊。看来男人都差不多。

　　他家五个精神病人，发病的周期都不一样，而且都是间歇性地发病。这阵子你犯病了，过阵子她犯病了，一年到头都不消停。疯病最厉害的时候他们会打人，会抽自己耳光，会大叫看见猫狗狐仙看见死人了，会跑到街上脱光衣服，会把鸡粪塞进嘴里。阎小健只上完小学就辍学了，一是他家出不起学费，他也不想成天像个病菌一样被人追在后面笑话，便退学去玻璃厂做起了学徒烧瓶子去了。后来，他年龄渐渐大了一些之后，便做主开始轮流把家里人往精神病院送。这阵子谁犯病最厉害，就

孙　频 | 相生

把谁送进省城的精神病院，其他人就在家里挣钱供这个人住院治病。过阵子这个出来了再把另一个送进去，就这样，一年到头周而复始轮着住院。

有一阵子把他母亲送进了精神病院，他们要凑够他母亲住院的钱。他在玻璃厂早出晚归恨不得分身变成八个人。他父亲就靠给人拉棺材赚点钱，但也不能指望天天有人死，于是便到地里帮人挑粪浇菜。就是这样，钱也还是不够。有一天阎小健晚上回家的时候，突然发现东厢房里拉着帘子，有男人的声音，他一惊，站在窗下静静地听了一会儿，明白了。心中一阵惊恐，简直像亲眼看见了杀人一样。但他还是一声不出地钻进了正房。不一会儿，男人出来了，二女女也披头散发地跟着出来了。男人走了之后，他怔怔地站在二女女面前，抖着嘴唇嗫嚅了半天，却最终说出来一句，他给你钱了没？二女女把钱交到他手里的时候，他手抖着，几乎接不住。他心里惊恐地乱喊着，她怎么知道做这种事情的？谁教她的？她一个疯子怎么会知道做这种事情？她居然会用这个来挣钱？

转过身去，他的泪就下来了。

这个家需要钱。就这样，好几年里，他们全家人像一群驴子一样就这样长年累月地绕着一个磨盘转，这个磨盘就是治病。他曾暗暗发誓要让他们有一天变成正常人，让他们全家突然都变成正常人。可是他渐渐发现，与疯病做斗争简直就像堂吉诃德在挑战那只大风车，根本就没有终结。住院期间稍微好一点了，出院了，就又会犯，于是再塞进精神病院。父亲越来越老，虽然还不到六十岁，但满嘴的牙已经掉得一颗不剩，只剩下光秃秃的荒凉的牙床，因为长年抬棺材的缘故，一只肩膀耸起来，另一只肩膀塌下去，看起来倒像八十岁都不止了。于是家里的经济收入主要就靠他和二女女了，但二女女也只有在病情轻的时候才能做一做妓女，病情一重就连妓女都做不了，把客人都打跑了。而这五个精神病人还是在不停地轮流犯病，没有谁看起来真的有康复的迹象。

　　这样又过了几年，他已经二十五岁了，自然没有人会嫁给他。他的三个姐姐只有三姐勉强嫁给了一个老光棍。因为常年给家里五个疯子看病，他到二十五岁的时候还没有一点积蓄，一双手因为常年碰玻璃，被割得像老树皮一样沟壑纵横。

　　一天下午他下了班，骑着自行车从玻璃厂回县城。他骑得很慢，忽然不想回那个家。后来他便干脆停了车子，躺在了路边的地里。躺了一会儿，他忽然听到了异样的声音，就在离他不远的庄稼地里。他一阵紧张，一动不动地在那里听了半天。原来是一对年轻男女在地里野合。他像枚插进了地里的钉子，牢牢地躺在那里不动。

　　就是从那个晚上开始，他决定，不再送任何人到医院了。这样下去根本就是一个无底洞，他将再不会有出头之日。他会像个殉葬品一样，陪着这五个疯子提前死了。活到二十五岁了，他过过一天人应该过的日子吗？他真正活过一天吗？从十二岁进工厂做学徒到现在，二十五岁了，他挣的每一分钱都是给别人挣的，他从来不舍得在自己身上花一分钱，

孙　频 | 相生

就是因为他一直幻想着有一天他们能好起来，好起来。现在，他的这些幻想忽然就像只玻璃器皿一样碎在了脚下。他有一种从没有过的巨大愤怒，他想报复，想报复这二十五年，二十五年里，他根本没有真正为自己活过一天。

　　此后，阎小健不再把父母和姐姐往精神病院送了，疯得厉害了就先捆起来，过几天疯劲就自己弱下去了。就像一把刀一样，哪能一个劲地寒光逼人，总有钝下去的时候。这样，他开始能攒一点钱了，可是，就算是他能攒下一些钱了，照旧没有人给他提亲。到二十九岁的时候，他明白了，在交城县，他已经坐实是要打光棍的了。其实有些人天生就是做光棍的料，比如他。就连他的疯子父亲好歹还有个女人呢，而他呢，却是连女人的荤腥也沾不到一星半点了。他已经提前看到了他和女人绝缘的前景，忽然悲从中来。连个女人都娶不到，他攒钱又有什么意思？娶女人的幻想本是他自己一手制作出来的，像制作玻璃瓶一样，他一手选的原料，一手烧好保存好的，心里总惦记着，猛然有一天打开一看却发现，它早已碎了。他居然为一堆碎玻璃苦心孤诣了这么多年。

　　于是，第二个幻想也破碎了，而且碎得比第一个还彻底。他看着那堆碎片，大有一种上当受骗的感觉。于是心里更是发了狠，他一定要补偿自己。不补偿自己便不足以报复自己，同样，不报复自己便不足以补偿自己。对于他来说，这两者已经没有什么区别了。而对于他来说，最好的补偿和最好的报复都是一件事，那便是花钱。

趁着腔子里的这口毒气没有散尽,他花光了几年里所有的积蓄,买了架相机。他想,他不能买个老婆,那还不能买个相机啊。相机不实用?他前三十年实用得够够的了,现在,他就是要任性,就是要由着自己的性子,就是要玩虚的。谁敢拦着他?谁敢不让他玩?把相机挂到胸前的时候,他简直都有些不可一世了。

他决定在后半生里和这架相机相依为命,它虽不是女人,但比女人可靠。女人嘛,哪个不是嫌贫爱富的,哪个是能和他同甘共苦的?他一边意淫着女人一边却同时看透了女人,然后像踩蚂蚁的尸体一样把她们踩到了自己脚下。无生命的东西才是最能不离不弃的东西。他强塞给了自己这样一个生硬的真理。

其实阎小健买相机还有一个更隐秘的理由,但是他是不会和任何人说起的。他在一本过期的杂志上看到过一句话,这句话像惊雷一样炸进了他的眼睛里。这句话是这样说的,家族有精神病史是成为天才的基本条件,如果你的家族有精神病史,那么祝贺你,因为你很有可能就是个天才。

从那时候开始,他暗暗查找各种资料。他搜集证据。他要证明这句话是真的,还是在骗他。

"生物学博士弗拉基米尔·埃夫罗伊姆松教授曾说过:我一生中有60多年都很注意研究遗传学和历史学。读了好几千本历史书,几百本伟人传记,看过几十部百科全书,得出的结论是:人类文明史上一共有

孙　频　｜　相生

近 400 名在历史上起过重要作用的人。我还注意到，世界上的这些伟人比常人更容易得遗传病，而精神病占第一位。也不知道是什么原因，事情就这么怪：天才越是精神失常，他的成就就越大。"

"政治家中有 17% 的人患有严重的精神病理毛病，如希特勒、林肯、拿破仑等，他们中有嗜杀如狂的恶魔，也有美国历史上出类拔萃的总统。科学家中有 18%，如高尔登、门德耳、安培、牛顿、哥白尼、法拉第等。思想家中有 26%，如尼采、罗素、卢梭、叔本华等。作曲家中有 31%，如瓦格纳、柴可夫斯基、普契尼、舒曼、贝多芬、莫扎特等。画家中有 37%，如梵·高、毕加索等。小说家中有 46%，如陀思妥耶夫斯基、福克纳、海明威、普鲁斯特、劳伦斯、卡夫卡、司汤达、福楼拜、莫里哀、托马斯·曼等，不胜枚举。艺术家是精神病人的重灾区，在五十位最伟大的作家中，除莫泊桑以外都有轻重不同的精神病！"

"叔本华的父亲是精神病患者，在河中自杀。母亲死于疯癫，大叔四十岁自杀，三叔在疯狂状态中潦倒而亡，小叔天生是白痴。"

"尼采的最后十年是在疯人院度过的……"

"……"

他就像不小心闯进了一个时光隧道，在漆黑里艰难地穿行着，最后在尽头处看到的却是自己的脸。原来他就在这里，现在才找到了自己。怪不得，整个交城县从来都容不下他，容不下他一家人。原来是他走错地方了，他本来是另一个星球另一个部落里的人。那群人叫天才，天才根本就不是人。他却硬被逼着在人间过了三十年。他像一个潜伏已久的间谍忽然找到了自己的组织一样，抱着那些文字失声痛哭起来。

不对，他不是精神病人，他们家就他一个正常人，这又是怎么回事？如果他不是精神病人那就说明他只能做一个正常人了，那简直是噩耗。他捏着一把汗，继续寻找，一心要把自己的真身揪出来公布于众。

"身体中 15 号染色体异常的人容易患上精神疾病，自杀者与这个基因有着密不可分的关系。"

"精神遗传病有可能是 X 染色体显性遗传（也有可能是 X 染色体隐性遗传）。如果精神病妻子的基因型是 XAXa，精神病丈夫基因型是 XaY，所以他们生的孩子基因型可能是 XAXa,XAY,XaXa,XaY，即孩子患病率占 50%，且无论生男生女患病率都是 50%。没有精神病症的孩子并不等于没有精神病基因，很可能是隐性的，可能会在日后受刺激发病。"

他欣喜若狂，这么说，他只有 50% 的可能是个正常人，而另外有 50% 的可能是个精神病人。那就是说，他有 50% 的可能做天才。他做平凡人做怕了，兢兢业业胆战心惊地做了三十年，却连个女人都没有。现在他知道了，他根本就不是做凡人的料。走错路了，越走越远。他决定，立马回头，重新做人。他要回到自己那个部落去，那才是他应该栖身的地方，不，准确地说，是他们一家子应该栖身的地方。在那个部落里，栖息着兰波、海明威、伍尔夫、福楼拜、果戈理、海涅、

孙　频 | 相生

陀思妥耶夫斯基、狄更斯、叶赛宁、托尔斯泰、莱蒙托夫……世界上一切已经死去的和仍然活着的天才和超人都应该像候鸟一样栖息在那个神秘的部落里。他们全部患有精神病。或者说，他们无一例外全是疯子。

现在，他将去寻找他们，他要前去和他们相认，还要和他们抱头痛哭。

阎小健就是在这种隐秘的喜悦和期待中买下这架相机的。从此以后这架相机便成了长在他身上的一只器官，即使睡觉的时候，它也长在他身上。他在一夜之间真的具备了些疯子气质，见什么拍什么。以前就怕别人说他像疯子，断断不能让人家把他和他的父母姐妹们混同在一起，那时他是这个家里唯一正常的人。而现在，他唯恐别人说他正常，巴不得所有的人一看见他就说，这个疯子。这个疯子，这句话对他来说简直就是格外的褒扬了，这句话下面隐含的意思其实就成了，这个天才。

于是以前被迫装出来的循规蹈矩他一夜之间便扔掉了，他像脱一件衣服一样脱掉了它们，露出了里面另一个赤裸裸的自己。当然，这个赤裸裸的人也并不是他自己，不过是他想象出来的另一个替身而已。自从挂上相机之后，就像贴了一道鬼符一样，他浑身上下突然便长出了很多邪气。他见个人拍，见条狗也拍，见夫妻吵架也拍，见小孩子尿尿也拍。他突然顽固得像只苍蝇一样，别人怎么轰他都轰不走，才刚刚轰走他又回来了，继续啪啪啪啪地按着快门，像是要把万物的魂魄都摄了去。在交城人眼里看来,他简直像是阎王派来的无常鬼,专门负责勾魂摄魄,而且尽职尽责,认真到一丝不苟。

　　去玻璃厂干活的时候他也带着相机,一边干活一边偷着拍照,差点把火红的玻璃水全洒到地上去。他被开除了。他想,现在连工作都没了,他向着天才又靠近一步了。那些天才哪个不是终生饥寒交迫颠沛流离的,不是死在疯人院就是死于肺炎。他的前三十年是具行尸走肉,现在,他要给自己赚回这一口气来。有了这口气,他全家人都能跟着他活过来,全家人都能跟着他有了魂。他默默地背诵着那些烂熟于心的资料:"托尔斯泰,父亲家族中有好多精神病人,他本人患有歇斯底里症和癫痫症;莱蒙托夫,父亲患有精神分裂症,他本人也患有精神分裂症;舒曼,父亲是位文学天才,母亲死前精神反常,姐姐和她的儿子都患有精神病,他本人最后自杀身亡;陀思妥耶夫斯基,父亲的兄弟都嗜酒如命;姐姐患有精神病,她的儿子是白痴,他本人患有癫痫病,他只有在癫痫发作和苏醒中间的一个间歇的瞬间里,意识才能达到一个理想境界。"

　　他默默地念叨着,只有在癫痫发作和苏醒中间的一个间歇的瞬间里,意识才能达到一个理想境界。他忽然想哭,他想,原来世界上还有这么多受苦的人哪,原来,远远不是他一个人,不是他一家子在受苦。他一边疯狂摄影,一边从幻想中从虚空中寻找着这些天才的身影,他仰望着他们如同仰望着天上的星辰,虽遥不可及,心里却知道自己迟早也是那

孙　频 | 相生

些星宿中的一颗，倒也释然了。怎么活都不过是肉身在受苦，他的魂魄已经出离那种种苦难了，他决心要把真正的自己从那具沉重的肉身里析出来。像化学结晶一样让它析出来。让它变成真的。

他开始向各种杂志投稿，参加各种摄影比赛，只要是和摄影有关的事情他全部要参加。仿佛这是自家的事情一样，义不容辞才行。投出的照片绝大部分杳无音讯，后来总算有一张被采用了，杂志社给他寄来了稿费。他恨不得把那张照片复印上成千上万份，给交城县的每个人都发上一张。他想让他们看看，什么是摄影家，什么是天才。

因为不上班，他没有了经济收入，还要搞摄影，他只好依靠自己的父母亲和姐姐们活着。他们虽然是精神病人，却活得很诚实，只要在病情不严重的时候都在勤勤恳恳地干活。他父亲佝偻着腰仍然去掏粪去抬棺材，他母亲仍然给人家拿可怖的童男童女，还会帮人家倒垃圾砸煤糕做一切体力活。他二姐一直没有嫁人，就一直做着皮肉生意，倒也攒下了几个钱。他吃着他们的喝着他们的，不由得也会心生内疚，但是只要一转念他便原谅了自己，这是通往天才的路上必定要受的苦，这点苦算什么，离饥寒交迫地死去还差很远。而人类历史上哪个伟大的艺术家不是在饥寒交迫中死去的。

而他也只有成为一个天才才能帮这个家庭雪耻，才能告诉每一个人，知道一个家里为什么会有这么多疯子吗？因为只有这么多疯子才能孵出一个真正的天才。

后来，他在下关街上偶尔拍到的一张照片居然获了个小奖。这对于他来说，简直是一块通向艺术的砸门砖。他仔细研究着自己的那张照片，不过就是拍了一座老宅子的院门，为什么会获奖呢。后来他想到了查县志，一查才知道，原来他拍的这张照片是义泉泰的旧址。独一无二的。就这样，他开始一发不可收拾地专拍皮坊。

他把所有这些关于皮坊的照片都寄出去，但是从那次获小奖之后，再没有过任何获奖的迹象。他仍然一年到头才会有一两张照片被杂志采用。他绞尽脑汁地思考这是为什么，皮坊一定是别处没有的，别人根本拍不到的。那是为什么，一定是光线的问题。摄影的生命就是光线，于是他开始寻找一天中那些最特别的光线。他在早晨亮起第一缕天光的时候爬起来，跑出去拍照，在黄昏里寻找那些最具质感的光线，那些金色的或者是玫瑰色的罕见的光线。他经常几个月守株待兔地等一种光线，经常为了捕捉到一缕光线一站就是五六个小时，一动不动。在有月亮的晚上，他在交城县里游荡着，捕捉着那些流动在砖瓦之间的月光。他长长的影子像鬼魅一样游荡在大街小巷，大人们用他来哄小孩子，不敢出去，出去就被阎疯子抓住吃了。他们一家人，不管老少，都被统称为阎疯子。最早他没有被划进去，现在，他也顺理成章地被划进去了。

他真的快成为一个疯子了。

他有些窃喜。近了，更近了。

孙　频 | 相生

　　就这样三年居然就过去了，他再没得过一次奖。这次，这次他觉得一定可以了，拍这张照片的时候他有一种预感，是时候了。他快要破土而出了。因为他觉得他在一个瞬间里捉住那缕幽灵般的光线了。他信心满满地再次把照片寄出去，参加一年一度的摄影比赛。

　　因为这次抱的信心太大了些，所以当结果出来的时候，他迟迟不愿意相信。他没有得任何奖，连最小的奖都没有得到。这之后，阎小健很多天没有出门，他连同他的相机忽然从县城里消失了。而此时的阎小健正在屋子里苦苦思索症结所在。这几年里,他是怎样的孤注一掷，怎样的付出啊，他受的苦还不够多吗？不，他觉得已经够多了，他从小到大受的苦已经足够了。他不够勤奋吗，不，也不是，这不是症结。他苦苦地思索着，后来在某一天的某一个时刻，他忽然明白过来了。真正的症结其实是，他不是一个精神病人，他只是一个正常人。他所能做的所有事情都是一个正常人在做的事情，所以他就是使出九条命，就是插上翅膀，也赶不上那个部落里的艺术家们。原来，那安插在他身上 50% 的基因是，他是这个家庭里唯一的真正的正常人。他根本就没有隐性的精神疾病基因。他一辈子都只能像一个正常人一样活着，死去。

　　他把自己关在屋子里，死活不肯出去。因为，他真正地无处可去了。他去干什么？他再回去做个正常人吗？他们不会再要他了。他知道，他一旦出来，他们就不会再收留他了。他除了往前走，再没有半点后路。

他呆呆地坐在窗前，目光忽然落在了母亲和父亲吃药的瓶子上，都是治疗精神疾病的，一瓶是丙咪嗪，另一瓶是阿普唑仑。他恍惚地想，吃了这些药会不会离精神病就近了一些？于是，他毫不犹豫地拿起瓶子，一粒不剩地倒进了自己的嘴里。然后，像嚼馒头一样，把它们嚼碎了，再一口一口咽下去。

阎小健在屋子里呆了整整两个月。两个月之后，他终于又出现了。但是交城县的人们一眼就看出，他已经不是以前那个阎小健了。他胸前仍然挂着相机，但是目光呆滞，走起路来像一具僵尸。他见了谁都是一句话：站好，我要拍照。

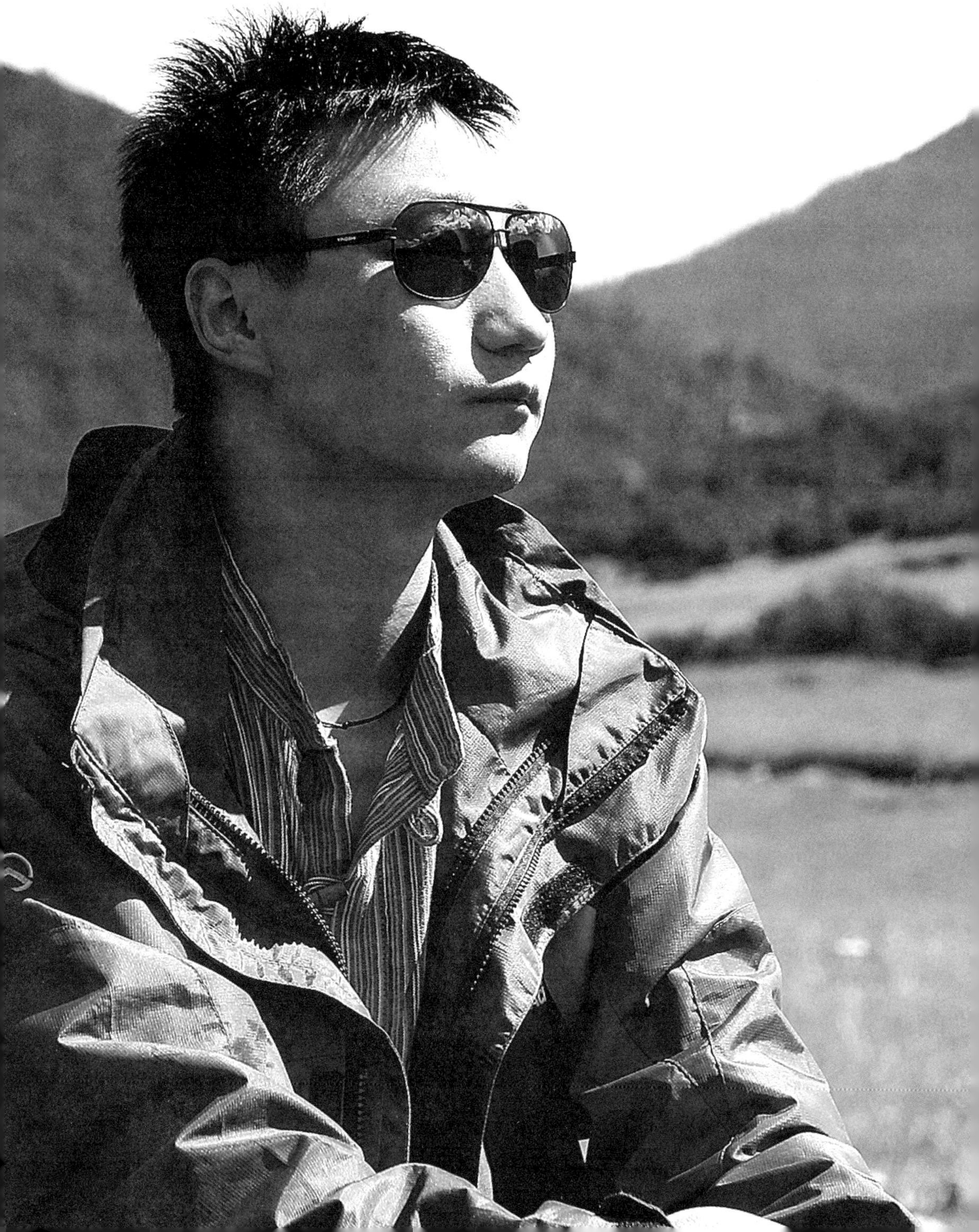

郑小驴

原名郑朋,1986年出生于湖南隆回。中国作家协会会员,北京市作协专职作家。著有小说集《1921年的童谣》《少儿不宜》,长篇小说《西洲曲》等。曾获湖南青年文学奖、希望杯·中国文学创作新人奖、上海文学新人佳作奖等。部分作品译介海外。

不存在的婴儿
——献给我那不存在的哥哥

一

一连两天，我都在此等候母亲。我曾向他们打听过母亲的消息，他们告诉我，再耐心等一等，她就要来了。我知道她迟早会来的，这是一个既定的结果。早一天晚一天来，都一样，总之我会在这儿等着她。这儿是她的必经之路，她哪也去不了，和我一样。

几天前，我就知道她快来了。这个命运多舛的女人，只会生女孩子，她给我生了四个姐姐：招弟、领弟、来弟、唤弟。她们满希望我能来，在那个露水密布的灰色黎明，我们的头顶是地窖的入口，被一块木板紧紧密封，上面掩盖着稻草和杂物。四月份，天气和煦，春风明媚的话，你会看到墙角的几树香樟，春芽将满目疮痍的老叶一簇一簇地挤落，它们急不可待地用一种娇嫩的绿色重新打扮树冠。轮回中的一年又要开始了。菖蒲花、迎春花、竹笋，这是春天中母亲最喜爱的三样东西，它们让死气沉沉了一冬天的院子焕然一新。地平线上铅灰色的云块被缓缓上升的朝阳穿破，黎明正酣。可我们的头顶依旧漆黑一团，依稀能听见的是舅妈歇斯底里的咒骂和抗拒声。那些嘈杂的声音从众多张嘴中冒出，汇成一道黑色的河流，粗野和凶蛮，是河流中的暗礁。他们说："你还啰嗦，再啰嗦把你关进去试试！"

　　舅妈唯一的武器是咒骂。她以大嗓门在石门出名，骂街的头把交椅，声音尖利而富有穿透力。他们乱糟糟地搜寻，地上的箩筐被踢得满地打滚。嘴中没一句干净话。母亲痛苦地屏息凝神，黑暗的出口随时都有被一把撬开的危险。我坚信会看到雾色的黎明以及呼吸到清新的空气。后者现在显得弥足珍贵。地窖里满是肮脏的秽气，腐烂的红薯和蜈蚣、蛐蛐。没死去的常冷不丁蹦跳到母亲脸和手上，吓得她直打冷战。这样的混浊空气中，一般待不过一两个小时。可是他们折腾了差不多一宿，黎明时分也没走的意思。看来不搜到我们，此次是誓不罢休了。

　　母亲的呻吟声在沉闷而潮湿的地窖里回旋。她咬着牙，额头上密布着冷汗。她只能拼命地忍着，手指深深地抠在一堆烂红薯里。尖锐的疼痛与日渐稀薄的空气，折磨得她奄奄一息。我也快要窒息了。我希望她能快点，再快点。我看见自己小小的身躯正置身在黑暗的海洋中，一浪高过一浪的冰冷的水花，无情地吞噬着我。母亲的呻吟越来越大，她努力克制，乃至咬破了自己的嘴唇，流出了血，也没能镇压住那发自肺腑的剧痛。

　　"……"

　　他们累了，坐满了一院子，抽烟，疲惫而愤怒。母亲痛苦的呻吟声频繁地冒出地窖,像受伤的母兽伏在草原低低地吼叫。他们面面相觑后,手忙脚乱地兴奋起来。被血和冷汗浸泡的母亲瘫软在一堆腐烂的红薯上,她的脚下是鲜血淋漓的一团儿,已经不能再称为生命的东西。它们将为数不多的尚未腐烂的红薯全染红了。红薯上沾满了我的生命气息,在地窖门被撬开的一刹那,顺着通道涌来的气流,我轻飘飘地升了上去。外边果然是朝气蓬勃的黎明时的春天,空气清新,有些发甜。那一张张兴奋得变形的脸朝着地窖大声地喊话:

"找到没,找到没——"

"找到了,找到了!"下面传来同样兴奋和激动的口气。

"看你往哪躲!"

中午,那位陌生的庄稼汉舅舅,他将我用一床破毯子包裹起来,放在竹篮里,扛着锄头,一声不吭地走向春天的旷野。骂街好手舅妈垂头丧气、脚步迟缓地跟在他背后。我的母亲脸色苍白,她像死了一样,躺在木床上。已经过了一个冬天,床上依旧挂着满是破洞的脏蚊帐,一百年未洗过似的。

舅舅临走的时候,母亲像是预感到了什么。她的脸抽搐了一下,发出一声微弱的呼喊。

"哥……"

舅舅的脚步停顿了一下,他侧身望了她一眼。

"别起来，不要紧的——"

母亲的眼泪这时从眼角滚落了下来。

"不要紧的，身体养好才有希望呢……"

舅舅用粗糙的手揩了揩母亲的泪痕，他额头上的纹路拧了下，映现出一个悲苦的"王"字。

"不要哭了，保重身体要紧，下次再来嘛，反正是个女娃！"舅妈快言快语地说道。

"给我看看吧……"母亲挣扎着想坐起来。这个请求被舅舅坚决否定掉了，"还是不要看了，这东西……有什么好看的。"

春天的旷野多美啊，金黄的油菜花上嘤嘤地飞扑着采蜜的蝴蝶和蜜蜂。它们毛茸茸的触角贪婪地采集着花粉；青草还以河岸绿色的原貌。我无限留恋的四月，的确是人间最美好的季节，万物花开，生机勃勃。舅舅咬着一锅烟，沉默寡言地埋头往前走，前方是越来越荒凉的野地。我的母亲躺在那张至少有三十年历史的木床上，她已离我越来越远，越来越远……

舅舅选好了地方，用八斤多重的新打的锄头开始刨地。几锄头下去，就刨出来一个土穴。他小心将我安放在这处陌生而潮湿的土穴里，填埋一只病死的家禽一样。舅妈想揭开毯子最后瞄上一眼，半空中那只伸出的手被另一只更粗糙的手打掉了。舅舅阴沉着脸，几锄头黄土劈头盖脑地向我迎了过来。舅妈指挥他挖深点，再深点，以防野狗抛刨开吃掉。

郑小驴 | 不存在的婴儿

四周又重归于黑暗,我本从黑暗中来,又将回归于黑暗中去。这个世界再也没有声音,没有语言和色彩,我是黑暗中的精灵。

"你说要是个男孩,赵德贵那该……"

舅舅很不耐烦从鼻孔中哼了一声,扛着锄头头也不回地返身走。竹篮也被扔掉了,若不是锄头春天还得翻地,估计也会落得和竹篮一样的下场。他们甚至没有将这个地方做一番小小的标记,春天万物复苏,用不得多久,新翻的黄土上面将长满青苔和灌丛,这儿将变得和其他地方没有任何的区别,没人再找得到我。

我在等待我的母亲,我相信她一定会来看我。哪怕只看一眼。不过半月,我将从舅舅刨出的土穴中消失。我等着母亲来看我,哪怕一次。

二

我来到青花滩的原因是有人告诉我,我的父亲在那儿。那位生了五个女孩如今被现实击垮的老男人,白天晃悠一圈累了后,夜里他会回到祖传下来的危房里去。这是一栋民国三十年间建的木结构房子,已经往东南方倾斜,靠一根木柱撑住,暂且没有倒塌。今天早晨,母亲见到我时,泣不成声地抓着我的小手,满是愧疚之情地说:"你的父亲还在青花滩,你去看看他吧。"她紧紧地捏住我的小手,祈求得到我的谅解。并不是她表露出来的哀苦打动了我,有一瞬间,我真想去刻毒地埋怨她——但是当她说起父亲，我一下想起了他常年在河岸遭人耻笑的时候，我决定满足她的所有愿望。

父亲是唯一一个曾满世界疯狂寻找我的人，从他来到石门舅舅家那一刻起，确切地讲，是他得知我的消息那刻起。那时他正远在五百里地的外面做工，得知消息后他兴冲冲地来到舅舅家，第一件事就是打听我的下落。他们起先缄口不言，最后冷嘲热讽地望着这个男人说："你不是说她不能生男孩的吗，她偏就生了，而且是你的种！"

我的父亲激动地说："哪呢，在哪呢！"

"死了。"他们冷冷地回答道。

"怎么死的？他在哪！"他发疯地叫着，眼中满是愤怒之火。

"你不是嫌她不能生男娃吗，现在给你生了，可是你离婚了，还有你屁事啊！"舅妈在一旁煽风点火地说道。

"我要看看他。"父亲嗫嚅着说。为了确认这个消息，他严肃地视察着他们脸上的表情的变化。舅妈给了他一个大白眼。他们对父亲这几年来施加给母亲的暴力义愤填膺，发誓要加倍给他惩罚。要不是舅舅常年饱受着风湿折磨，早跑青花滩找他理论去了。事实上，第二个女儿生下来的时候，父亲就有些坐不住了。他用完了最后的一个名额。所以领弟并不像招弟那样得宠，他甚至动不动就给她施加一些惩罚，惹得她嗷嗷大哭。母亲一一看在眼中，她晓得赵德贵的不满——他嫌她给他连生了俩女娃，以至于用完了最后的指标。来弟出生的时候，母亲在家中，甚

郑小驴 | 不存在的婴儿

至是在青花滩的地位一落千丈。她不得不招来丈夫更多的白眼,还有责骂。他开始动不动就发火,无名大火在深夜伴随女人的哀号熊熊燃烧。没过多久,计生组的人浩浩荡荡地来到我家,撬开粮仓,又牵走了畜栏中两头猪和春耕时的顶梁柱——家中那头老黄牛。他们临走时还不忘奚落一番赵德贵:"别什么事都赖在女人头上,这事情光靠女人是弄不来的,你命里就是一只铁公鸡了!"

　　自此,只能生女娃的铁公鸡赵德贵这一绰号开始在青花滩广为流传。甚至他们将这一绰号传染病似的扩散开来。起先大家还只敢背地里取笑赵德贵,当第四个女孩唤弟出生时,铁公鸡俨然披上了合法的外衣。他们当面笑嘻嘻地说:"铁公鸡,第五个怎么取名啊?"喝醉酒的赵德贵为此和人大干了一架。

　　"铁公鸡!"对方一句戏谑彻底惹怒了父亲,他们滚在离青花滩五百里之遥的建筑工地中,气喘吁吁相互扬言要打死对方狗日的。被拉开的赵德贵涨红着一张恐怖的脸,眼中布满着蜘蛛网状似的血丝。

　　计生组的人再次前来,他们没能从家中带走任何值钱的东西。家徒四壁,空空荡荡。他们怨怒地用竹竿揭掉了屋顶上的瓦片,又用锄头往窗户砸开一个个巨大的窟窿,最后拆掉大门,"还敢生,下回就拆了你家的房!"他们恼怒不堪,扬长而去。

　　四个脸蛋肮脏的女孩嗷嗷大哭,如一首悠长的奏鸣曲。母亲手忙脚乱地逐一安抚她们,最后也忍不住失声痛哭起来。

父亲已经失去了痛揍母亲的兴趣。恶毒的嘲讽令这个可怜的中年农民没多久开始白发丛生。他提出了离婚的请求。起先母亲死活也不肯,"要死也要死在这个家里!"母亲哭号着说。

"让你死!"他满身酒气抡起火钳劈头盖脑地揍。吓得孩子们声声尖叫。

舅舅看到妹妹身上伤痕累累的青痕时,提出了严重的交涉。

"赵德贵你还算不算是个男人!这又不是一个人的事,你埋怨她有什么用?你有本事让她生个男娃试试?"

父亲的离婚请求最后不了了之。他扮演法官,单方面宣判了离婚的结果:"我再也不会回来了!我们已经离婚了!我也没脸再回来了!"

他背着一只牛仔大包,在一个大雾天的清晨,不管不顾地一头钻进了晨雾中。背后是母亲和四个孩子撕心裂肺的哀求,五个女人守着那座老屋,悲苦的哭泣越过那株上百年的银杏树,在雾色清晨的青花滩飘荡。

大家都为这个消息而震怒了。

赵德贵只身一人在五百里外的工地上又开始了建筑工人的生活。他仿佛已经忘了自己还曾有过这个家。他从不寄钱回来,也不写信。不懂他底细的人,还以为他孤身一人没有成家呢!有天从青花滩来的一个工友揭穿了他:"这是一只冷漠无情的铁公鸡……"

赵德贵很快面临窒息般的指责声。工友们一致认为,主要责任方是他。更多的时候,他们拿铁公鸡和他开涮。他失去了赵德贵这个名字,别人叫他只唤"铁公鸡"。

几个月间,他换了好几个工地。总会有人在适当的时候拆穿他的身份:"他就是那个青花滩过来的抛妻弃子的铁公鸡!"

三

母亲第五次怀孕,赵德贵是最后一个获知消息的人。一个老乡捎来口信,"据说你老婆给你生了个男娃。"

赵德贵一把揪住那人的衣领,怒气冲冲骂了一句他认为最脏最恶毒的话:"你妈妈操我!"

"是真的!"那人并没有生气,反而拍了拍他的肩膀开始祝贺。

"真的?"

"当然啊,这么远,还给你带假信?"

"你听谁说的?"

"昨天另一个工地从石门刚返回的老乡说的,不过具体的我也不晓得,我也是听他说的。"

赵德贵顿时激动起来。他摘掉头上的安全帽,抹了一把汗水,重重地扔到地上,捏着拳头,喉咙中发出几声低低的吼叫,欣喜若狂当天就请了假回家去了。

父亲赶回石门舅舅家的时候,那会儿母亲依然还不能下床,虚弱地躺在那儿。她怒不可遏地面对着这个满怀期许的男人。

"生了？人呢？"

舅舅比母亲显得还要愤怒，他伸手就给了他一巴掌，抽得他晕头转向。但是父亲并没有生气，他捂着半边脸依旧激动地等待着奇迹的出现。

他们刻意不提孩子的事，向他发来接二连三的诘问，这个已失去道德感的丈夫在狂风暴雨的埋怨声中开始感到深深的愧疚。

"男孩女孩？怎么没见到孩子？"

舅舅咬了咬牙关，吐了一口唾液狠狠地说："你这没天良的也配！"

父亲惊愕地预感了什么，他转向床上的母亲："孩子呢？"

舅舅冷冷地说出了结果。

"男孩？死了？"

他瞪着大白眼，断了气似的瘫坐在院子里。

"活该惩罚你，你这抛妻弃子的混蛋！"

父亲一把揪着自己凌乱的头发："真的是男孩？"

"是啊！要不是在地窖里闷得太久了……"

"你们把他放哪了？"

"早埋了。"

"埋哪了？"

"凭什么告诉你？"

父亲发狂似的一跃而起，舅舅早做好了准备，站好桩，两人在院子

郑小驴 | 不存在的婴儿

里公牛式的抵着头,手臂交错搭在对方肩上,恨不得将对方撕成碎片。他们一会儿团团移到东角,一会儿又徐徐往南挪,院子地面留下一行行凌乱的脚印。他们谁也没法战胜谁,累得坐在地上大口大口地狂喘粗气。

他们恨这个负心汉到了极致,任凭他怎么恳求,也不肯告诉他。他们常将男孩的字眼挂在嘴边,报复性地刺激他。

"是个男孩……他被闷死了……"

"是个男孩……他被闷死了……"

"是个男孩……他被闷死了……"

有一天,趁庄稼汉外出,他前来试图向舅妈问出答案,被骂街好手一顿油煎火燎的臭骂,弄得怒火中烧,他抡起拳头将这个被打倒在地依然喋喋不休的女人一番狠揍。临走又掀翻了桌子,将家中能砸的东西砸了个遍。后来,舅舅领人去青花滩寻仇,未果后将支撑老屋的那根木柱锯了。天晓得,老屋后来竟然也没倒。

我躺在那儿,那个平凡无奇的角落里,上面是一望无际的旷野,野风拂来,会飘来蒲公英和蝴蝶,在九百六十万平方公里的土地上,平凡无奇的我就那样永远消失了,除了父亲常将我挂在嘴边,他们早已将我遗忘,包括我的母亲,她自始至终都没前来看过我半眼。我的父亲赵德贵后来逢人必说的一件事就是:"我生了一个男孩你知道吗?谁他妈说我不能生男孩的?可他不见了!"若是有人胆敢说是女的,他就立马翻脸和人家大干一场。他从河边捡来一个肮脏不堪的布娃娃,紧紧地抱在怀里。他们说,你抱个这玩意干啥呀?他一脸认真地说:"我抱着我儿子!"他们后来就习惯了。我的父亲头发胡子越来越长,衣服越来越脏,有关他的笑料当然也越来越多,不过后来他们已经不再说他是一只铁公鸡了。他抱着他的布娃娃儿子,成天在青花滩、石门一带游荡,"我生了一个男孩你知道吗?"时间久了,他们会替他说出下半句,"可他不见了!"

这时,父亲惊愕的脸上会露出一丝酒逢知己千杯少似的迷醉般的笑意,伸出一只满是老茧的大手,紧紧地和对方握住。

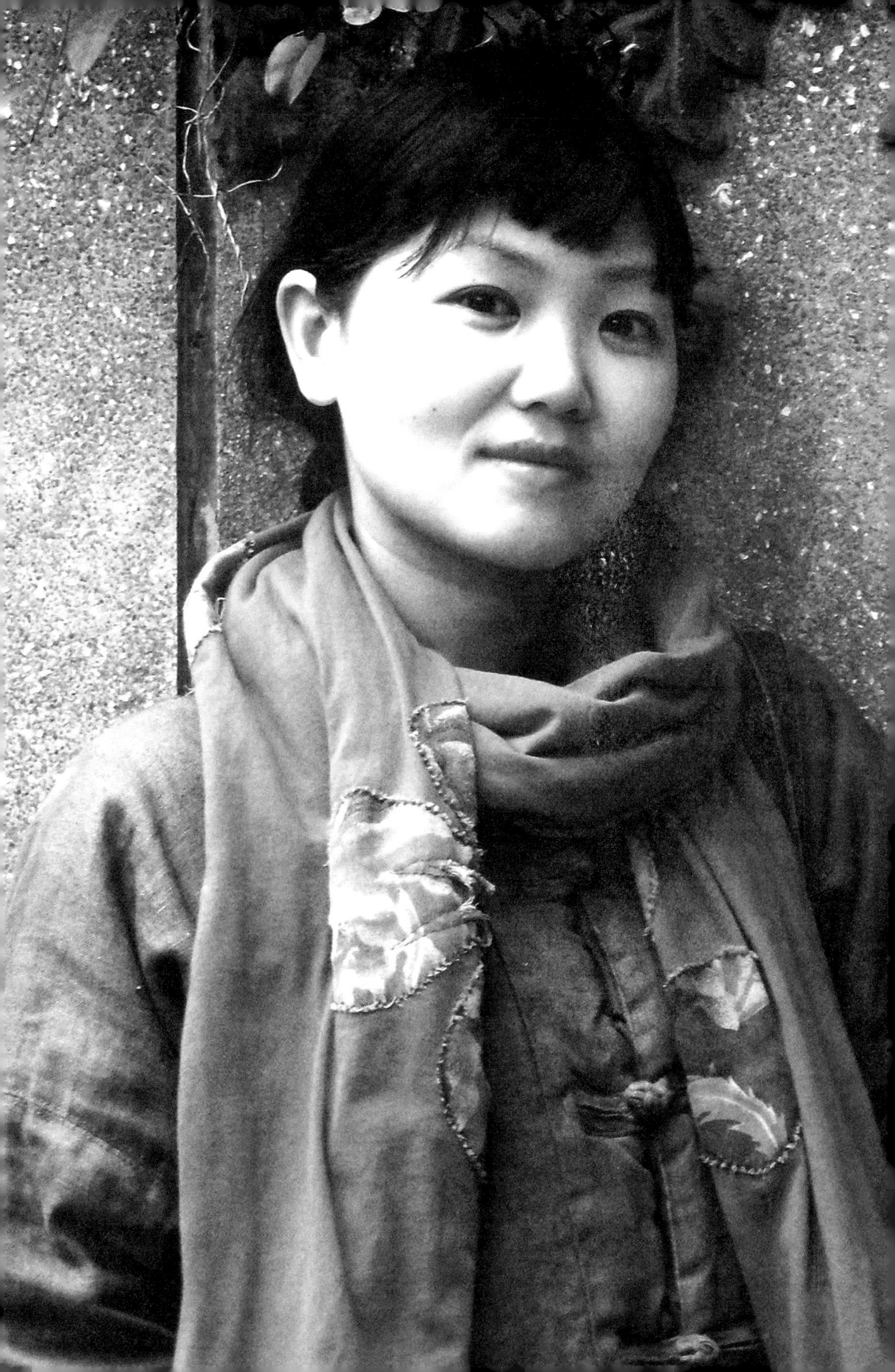

1981年8月生,处女座,已婚。

喜欢阅读、写点东西,还喜欢穿衣打扮。理想状态是想写便写,想玩便玩。在写作上,目前为止最美好的事情是曾获第25届联合文学新人奖短篇小说首奖。现居浙江嘉兴。

木　器

　　爷爷老了，大概快一百岁了，一个人不是皇帝，却活那么久，这简直自取其辱。当爷爷眯着眼坐在院子里晒太阳时，落在身上的阳光就带了点混沌的意味，此刻画它在一张纸上，便是一滴生锈的水珠，或一块暗黄的斑点。太阳和爷爷一起变老了。忽然，爷爷问我："我是不是活得太久了……"我看了看太阳，连连摇头："不，比起太阳，您活得一点也不久……"爷爷忙说："当真？"我说："那还有假？"

　　这么一来，爷爷就笑了，牙床上仅剩的两颗大黄牙暴露无遗。阳光照不到他嘴里。那些牙齿在好好的时候，也没有被阳光照耀过，这真是一件悲哀的事。

　　在死亡这件事上，爷爷的态度太不认真了。有一次，他摔了一跤，跌断了股骨，躺在床上不能动弹，对奶奶说："我快要死了，赶紧去把孩子们叫来见最后一面。"我奶奶也是久经考验的人，根本不信他的话，相反还顶撞他："你好吃好喝在床上躺着吧，等真的死了自然会有人来把你抬出去，不抬也不行啊，太臭了。"奶奶边说这话，边装模作样皱起了眉，似乎那尸臭味正源源不断地释放出来，在她的鼻子底下直打转儿。爷爷继续使用苦肉计，动不动就哼哼唧唧，奶奶除了一日三餐，别的从不搭理他。他躺在床上大骂，说自己昨天还有翅膀，怎么今天就没了呢？或者埋怨被墙压得喘不过气来，哎哟哎哟，像个女人般哭哭啼啼。如此过了三个月，爷爷拄着拐杖能在村街上行走自如了。奶奶看他优哉游哉的样子，问他："怎么还没死啊？"爷爷嘿嘿地笑着，不怒也不恼："要我死啊，没那么容易啊。"

　　还有一次，爷爷从外面回到家，突然一脸悲伤地躺到床上，奶奶叫他起来吃饭，他两眼一闭，说："我要死了。"奶奶说："拜托你吃完饭再死吧。"爷爷说："死都要死了，还吃什么饭啊。"奶奶就不管他了，稀里哗啦把自己的那份吃完了，看见爷爷还躺在那里，有点大义凛然的味道，才觉得事情有点蹊跷。她自己也不多问，叫来我大姑。大姑比奶奶脾气好多了："爸，你这是怎么了？赶紧起来吃饭吧！"爷爷忽然老泪纵横："我就要死了，一个要死的人，他怎么吃得下去啊。"大姑一怔，忙说："好好的，怎么说起这些话？"爷爷起先不肯说，而且一说就哭，根本无法说清楚，大姑费了很大劲才弄明白事情的原委。原来，爷爷在村口遇见一个穿皮鞋，挎背包的男人。那人见爷爷在垂头丧气地锄地，就上前与他搭讪，问他去哪里哪里的路怎么走。爷爷往前胡乱一指，根本就没理他的意思。那人见状，吞吞吐吐地说："有句话不知当说不当说……"爷爷一怔，那人压低了嗓音说："这位大叔您印堂发黑，很快就有麻烦上门了。"爷爷没好气地说："你哪里看出我印堂发黑，你才发黑呢。"那人若无其事地走了，临走时不忘丢下一句："不相信就算

草　白 ｜ 木器

了……"爷爷这才有些急了，想叫住那人又搁不下这个脸，急得直掉泪，回家一照镜子，果然整张脸像是描了炭笔，一片黑焦焦。大姑听说这事，忙安慰道："原来是这事，那还不简单，我去找那人来问问不就结了。"爷爷一听，不哭了，叹了口气说："哪有那么容易啊，这既不知道名字又不知道来历的……"大姑说："你先吃饭，吃完饭长力气了，我们一起去找。"没想到爷爷哭得更凶了："我不去找，我不去找……要找你们自己去。"大姑哭笑不得："好好，我们去找，那你快起来吃饭吧。"爷爷压低嗓音对我大姑说："我不能去吃饭，我一吃了饭，你们就不去找了，我不上这个当。"大姑没办法，回头寻我奶奶，奶奶早就躲出去了。大姑问："真的不吃了？"爷爷说："真不吃了。"大姑叹了口气说："好吧。"大姑走了，也不知道有没有去找那个骗子，总之，过了几天，爷爷看自己还没死，就偷偷摸摸地起来吃饭了。

奶奶看到爷爷狼吞虎咽的样子，毫不客气地说："你不是死了么？死人怎么还要吃饭啊？"

爷爷支支吾吾说不上来，过了很久，才梗着脖子，冒出一句："我这不是还没死么？"

村里有些人睡着睡着就没了；有些人洗洗衣服就栽倒在河埠头；也有得病的，脸渐渐黑了，是疼死的。死亡到底是怎么来的？它就像影子似的，不声不响地跟过来，一会儿带走这个人，一会儿那个人没了。除了意外，很多死亡肯定是从体内出发的吧？它是疾病么？还仅仅是血液的流动,或意识的堵塞?

爷爷没想那么多,或许他想了,但他也说不出这些。他只觉得跟了他多年的身体,越来越不听他的话了。如果有一天,那个身体什么也动不了,他也不会感到奇怪,似乎那是迟早的事,可是这和死亡有什么关系啊?一旦他把身体的不能动弹与死亡联系在一起,他就有些不知所措,明明那个身体的事与自己无关,可只要它不能动了,那他就是死了。怎么能这样啊?爷爷感到很气愤,也很无奈。

有一天,爷爷眯着眼睛想着想着,忽然想到身体的事了,他就一阵战栗。怎么才能知道那个身体的处境呢?从外面看什么也看不出来,在它的里面呢?在那个黑漆漆的世界里,它们都还好么?这么多年了,对那个世界,他一无所知。

说来奇怪,那年冬天,爷爷全身皮肤忽然出现严重的裂缝。起先是漫不经心的细瓷纹,起了泡,有皲裂的细节,以为是干燥季节特有的征象,不想那瓷纹样的缝隙一日日增大,先从手足开始,慢慢延至四肢、躯干,到最后,全身所有的皮肤都出现了轻轻一剥就能撕开的现象。爷爷每天都要撕扯身上碎裂的老皮,他是个急性子,常扯得血肉模糊,明明有些皮还未达到撕开的程度,他就迫不及待地撕上了。我抢着帮爷爷撕皮,就像给新土豆剥衣,这种感觉真好。在这件事情上,爷爷可不喜欢我帮忙。他要像在太阳底下给自己更换新衣般,慢慢地一层层地剥开自己,好奇地打量着新出现的更嫩、更粉的另一层,有跳动的毛细血管,蓝色的地

草　白 | 木器

图样弥漫的经络，还可以涌出血来，只需拿针来轻盈地一挑。看着爷爷那褪毛鸡一样的嫩肉，我常有这样的念头闪现。爷爷每天起床的第一件事，便是查看身上有哪些地方可以撕掉了，每发现一处，他就惊喜地大叫。我不知道，爷爷要撕开这些皮肤的目的何在，他是不是要打开自己的身体，看看那些工作了一辈子的器官都长什么样？说实话，我对自己的身体也很好奇，为什么跌跤的时候，有时候是流出血来的，有时候却是乌青。后来，他们告诉我，乌青不是不流血，而是血流在里面出不来。既然流的都是血，为什么看上去却不同？就像我很想知道，为什么天空有时是蓝的，有时是灰的，更多的时候却是不灰不蓝的？难道天色只是宇宙透明的皮肤，那它的身体里到底藏着什么？

爷爷很想知道那些白饭进了嘴巴，怎么就变成黄灿灿、臭烘烘的粪便排出了体外。它们又多么宝贵，被运到庄稼地里，滋养着蔬菜瓜果。那些蔬菜瓜果又通过人嘴，进入那个黑暗的人体的洞穴里，进行着化学分解，好的存留，坏的排泄，如此循环往复，一个人的身体就会慢慢地变老、变迟钝、走下坡路，直到自己也不认识自己。

爷爷当然很想认识自己，他想认识住在自己身体里的那个神灵。爷爷相信每个人的身体里都住着一个神灵，这开裂的皮肤或许是个预兆，难道神灵要显形了？

还是奶奶英明，她手持梭子掷向爷爷："什么神灵显形，你是毒气太重了！而且，你不是蛇怎么能蜕那么多皮？"说完，奶奶察看了自己的手掌，那里好好的。她一脸茫然。

奶奶请人把爷爷的手反绑着，把他的衣服脱个精光，在他全身上下涂满软膏，那像鼻涕一样微黄的胶状物黏附在爷爷身体的表面，就像打了一层蜡釉，闪烁着莹亮的色泽。这让爷爷看起来像一个长成丝瓜样的变异的南瓜。涂满软膏的爷爷一脸痛苦，似乎那些黏稠的胶质样的东西，把他的神灵之路给堵死了。

爷爷哭哭啼啼地向奶奶求饶："把我放了吧，我再也不剥自己的皮了。"奶奶笑了，说："狗改不了吃屎，等你的皮不能剥了，再放了你。"

奶奶给爷爷喂饭，爷爷把一口饭喷在奶奶脸上，奶奶气得把整碗饭扣在地上喂了狗。她气呼呼地走了，撂下一句话："如果我再给你喂饭，我要拗断一颗牙给你看！"发了毒誓的奶奶一阵风似的跑了。饿了好几天的爷爷已经不知道什么是饥饿了。到最后，他只喝水，不吃饭。爷爷越来越瘦，皮下组织越来越薄，经络分明，血管依稀，隐隐可见里面的脏器，特别是那颗拳头大小的心脏，它比往常跳得更欢了。爷爷让自己的手掌贴近那里，他要让它在自己的掌握之下跳动，就好像自己的生命能完全握在自己的手心里。

在奶奶的干扰下，爷爷那裂纹一样的皮肤终于完全封死了，不再有缝隙，连风也吹不进去，慢慢地，它们变得和从前一样了，甚至更为密实了。爷爷觉得自己的身体成了一个黑漆漆的房子，是个牢房，那些脏器就是暗无天日的犯人。这让他感到别扭。只要他一躺下来，就会出现

草　白 | 木器

幻觉,好似那些脏器在喊叫,弄疼我了,弄疼我了。那叫声在耳边嗡嗡地响着,他在房间里走来走去,一会儿打开窗户,一会儿拿着锤子东敲敲西捶捶,他的睡眠越来越糟,锤不离手,嘴里叽里咕噜说着谁也听不懂的话。有一次,奶奶起来夜尿,看见一个人影站在窗前,她吓了一跳,大喝一声:"谁?"爷爷回过头来,举着锤子向她走去。奶奶吓得拔脚就跑,一边跑,一边喊:"我的妈啊……快来人啊……"

奶奶怕爷爷会捶打自己。那些锤子啊,铁棒啊什么的,总是很容易找到。有一天,爷爷不知从哪里找出一把锈迹斑斑的锯子。锯子的样子有点可怖,那齿痕已经被锈痕填满了,粉末一样的铁锈黄一点点苏醒过来,在爷爷把它拿到阳光下时,它似乎被惊醒了,带着恼怒,又有不知该如何的茫然。

爷爷说:"给我一段木头。"他好像在对着空气说话。过了一会儿,他自己去柴房里抱出那根樟木,木头的一端已经腐烂了,另一端却还新鲜,一些树的汁液在汩汩地冒出。爷爷发上缀着蛛网,白乎乎的,有些可笑。

他一刻也离不开太阳,太阳走到哪里,他就追到哪里。他抱着那根樟木,满院子地追赶太阳。樟木很沉,被去了皮,裸露着,在阳光中,像一截亮闪闪的骨头。谁也不知道,他要拿那根木头派什么用场,一开始他只是抱着它,他怕冷似的抱着它,似乎那是他的另一个身体。

当阳光长足而安静地撒落在院子里时,爷爷就拿出锯子在那根木头上装模作样地拉来拉去，那些生锈的锯齿如大提琴灵活而倨傲的弦。一开始，它们只停留在木头表面，它们擦破了木头的一点点皮，发出悲怆的呜呜声，再也舍不得深入下去……这是爷爷的意愿，还是锯子的？锯子显然想要锯断那根木头，而爷爷却显得模棱两可，他的动作有些迟疑，锯着锯着，就停下了，丢开它，坐下来发呆。过了很久，他忽然想起了什么，又抖擞着精神上来了，继续刚才的拉锯战。

　　成了段状的木头还是横陈在院子里，他要拿它们来做什么？是像往常那样扔进炉火里烧成灰烬，还是制出一两样家具来？我记得爷爷曾给我做过一个书架，那书架可真丑，四根木段，两横两竖，硬生生组合在一起，连树皮也未褪干净，摸上去还扎手。

　　有一天，院子里沉寂了很久的拉锯声又响起来了。爷爷找来了更多的木头，它们是杉木、柳木和松木，那些木头真好啊，粗壮，结实，充满了暴力过后的宁静。爷爷打量着它们，好似打量着一生未竟的事业。

　　爷爷找来了更多的工具，什么凿子啊、刨子啊、墨斗啊、木锉啊，满满放了一地。他不满足于这些，还在屋子里寻寻觅觅。爷爷终于开工了。谁也猜不透他要做一样什么东西出来。他做出裁缝给人做衣服的架势，让那些木段规规矩矩地躺在地上，等候他的灵光一闪。他磨磨蹭蹭地摆弄它们，最先拼出的竟是一个北斗七星的形状。马上他又把北斗星变成一张回形的床。他东看看西瞧瞧，忽然又不满了，把床给"拆"了，让那些木头重新变得孤单。

草　白 | 木器

爷爷开始使用刨子。他略略俯下身，围着木料推赶着什么，他的样子有些严肃，又滑稽得很。他似乎在对木料施法，拿着刨子念念有词，很快它们就变得光滑，纹理干净，宛如新生。爷爷显然不知道他要拿这些木料干什么。刨子所经之处，刨花像波浪一样翻卷着，坠落在地，宛如木头美妙的魂灵。

奶奶也在偷偷地观察爷爷的举动。有一天，她在看过爷爷的工作后，惊喜地对我说："你看着吧，他马上就要帮我变出一张木头桌子来。"我撇撇嘴，什么也没说，心想，谁知道呢。在这件事情上，奶奶表现出了足够的耐心。她甚至觉得奇迹马上就要发生了，既然已经等了一辈子，她不在乎再多等一会儿。

有一次，吃早饭时，奶奶实在忍不住了，用筷子敲着瓷碗，念念叨叨："老头子，这张桌子就像你一样，快要散架啦。"爷爷站起身，对奶奶的话置若罔闻。

他像往常那样返回工作现场，一看到那些横七竖八的木料，马上恭恭敬敬地蹲下来，用干枯的手指抚弄着它们。那些木头在得到这个干瘦、微凉手掌的抚慰后，渐渐安静下来。爷爷激动得一阵干咳。

全家人都在静静地等待着这个奄奄一息的老人如何把一根根木头，变成它最终的样子。我以为爷爷会做一扇窗，这个想法没有任何依据，简直可笑。要一扇多余的窗户来干什么？可我就是以期待一扇窗的心情来关注爷爷的工作进展。如果多了一扇窗，我们家的很多事情就会大变样。或许，爸爸就不会老是出去赌博，我妈就不会和他吵架，我奶奶也不会半夜三更起来骂人。

时间一天天过去，爷爷在木料前敲敲打打，每天都会出现新情况，每当我以为他最终完工的是一扇窗户时，他随之添加的细节，就会打破我的妄想。

奶奶也在留意爷爷工作的进程，她经常躲在门后偷看。她的眼神一刻也没有离开过爷爷的工作台。那些木头已经变得无比光滑了，似乎经过了无数眼神的抚摸。爷爷用所有的力量使这些陈年的木头散发出圣洁的气息。它们得到了妥善的安置，正在等待着爷爷或者说是命运最后的裁定，是让它们成为桌子的一条腿还是窗户的框架，或是某样神圣物质的组成部分。

随着最后时刻的来临，爷爷越发镇定自若，他花在木料上的时间也越来越多，白天的时候，他一刻也不离开它们，似乎他不能确定在离开的时候，它们会发生什么改变，他对它们的存在越来越不放心。

那一天终于来到了，当爷爷把最后一个榫头钉进木料内部时，我们看见一个长方体，底部有凹槽，两头削尖的物体赫然立在院子的泥地上，那分明像就是一艘船，它是多么笨拙，多么害羞地立在那没有水的地方。

不仅奶奶，连我也惊呆了，都忘了自己的私欲，对那艘船发出了由衷的赞叹。似乎这才是我们真正盼望的东西。我还从没有目睹过一艘船的诞生。整个过程是如此激动人心。现在，爷爷正在给船身涂抹桐油，

草　白 | 木器

他手中的刷子不厌其烦地进入船体的每一处缝隙，每刷一次，那艘船就亮一下，最后它拥有了耀眼的金黄色，通体散发出大地成熟的气息。它简直要飞起来。那些木料在桐油的帮助下，再次摆脱了时光在它身上的掩覆，与生俱来的黯淡已经像光阴一样隐匿了。

爷爷充满了惊奇，似乎他也不能确定自己要做的原来是一艘船，而不是别的什么东西。直到这一刻，他才知道自己想要得到的是一艘船，一艘古老的可以在水上行走的小木船。

等着桐油晒干的日子，爷爷无事可做，这艘涂满桐油的船把他拒斥在外。他再也无法对它施加影响。我和奶奶对着那艘船指指点点。奶奶说，用它来放稻谷不错。过一会儿，她又说，或许还可以用来腌制咸菜。我则想躲在里面睡觉，有太阳的日子，又没有风，肯定很舒服。我们都不知道爷爷要拿这艘船派什么用场，在我们村庄，早就没有人坐船出门了。

桐油一天天干尽，那院子中央立着的物什，逐日接近水中运载物的体态。我能想象它被水的浮力托举时，那一往无前、晃晃悠悠的样子，可是这世上哪条河才是它的归宿？

又过了几天，爷爷愉快地对我说："来，我们一起把它放到河里去吧。"奶奶在一边吃惊地看着我们，都忘了说话。

我们祖孙俩抬着木船，去寻找河流。我知道村子前面有一条小河，不久前我还去过那里，现在，我们要寻找的就是这样一条河。

可眼前的景象让我们大吃一惊。河水马上就要干了，只有东一个西一个的小水坑,像世界毁灭前最后的征象,几条小鱼在水坑里跳啊跳,一不小心就会跳进旁边的淤泥里,挣扎着死去或重新跳回水坑。

我哭着对爷爷说:"那些水呢,它们怎么不见了?"爷爷显然没有听见我的话,他还没来得及对此作出反应。他托着船的手悬置在半空,嘴巴微张着,阳光照在他的嘴角,金灿灿的。我们把船放在河岸边,爷爷沉思了片刻,忽然对我挥了挥手,蹲下身,抬起那船头,简直是拖着它走进了那条荒凉的河床里。就这样,我们一前一后踏进河床,我的脚陷进淤泥里,复又拔了出来,深一脚浅一脚地跟在爷爷身后。我像被一样神秘的事物操纵着停不下来。我们抬着那艘船,力气耗尽也没有找到一条满满当当的河。我们在离村庄很远的河流上游的沙滩上坐了下来。那条干巴巴的船就停靠在我们身边。当我再次打量它时,忽然觉得它已陈旧不堪,似乎经过了若干年的水中行走,并且对自己的命运已经厌倦。

我们全家很快就把那艘船忘记了。它成了容纳杂物和灰尘的器皿。爷爷越来越老,在茅厕上一蹲就是半天,我们以为他掉了进去,过去一看,他正坐在那里打盹呢。我们以为爷爷再也不会制作什么木器了,哪怕一条站不稳的凳子,他都做不出来了。那艘闲置的木船或许是他留给我们最后的礼物,而这样的礼物除了占地方,一点用处也没有。

有一次,我们全家去邻镇亲戚家喝喜酒,要过一夜,奶奶给爷爷留了饭菜,叫他热着吃。可当我们回来的时候,爷爷还躺在床上,屋子里还是出门时的场景。爷爷居然什么也没吃。他好不容易才睁开了眼睛,

草　白　｜　木器

眼角处的眼屎妨碍他进一步打量这个世界，他背对着我们，嘀咕了一句，现在几点啦？这声音不像是他的，好像有另外的活物住进他身体里，在替他发声。

谁也想不到，爷爷竟然重操旧业了。他拖着虚无而摇晃的身体，把那个废弃的木船搬到黑咕隆咚的房间里，他坐在木船里东看看西瞧瞧，他的眼神有些慌张，迟迟不能决定该干点什么。家里人早已习惯爷爷神神叨叨的举止，谁也不去理他，也没人和他说话，只要他上厕所的时间不要太长，每天按时吃饭，我们就心满意足了。可是那天清晨，当我看见爷爷把整个身体都贴在船舱底部时，我的眼角忽然有点潮润。我假装没看见，就推门出去了。

这回谁也不知道爷爷要把它改编成什么，这种两头翘起，底下空空，腹部凹陷，有储物欲望的木器，除了适合在水上行走，我真想象不出它还能在地面上前进。我认为这不过是爷爷的另一样恶作剧罢了。难道他要造一架飞机出来？一艘会飞的船？

我们全家观戏似的期待一艘飞船的诞生，与此同时，我们发现爷爷在制造木器方面有无穷的聪明才智。如果真的成形了，他总不能让我带着飞船试飞吧，这可太好玩了。与上次不同的是，这一次，爷爷更加投入，手艺也大有长进，不知是不是因为经验积累的结果，总之，他对摆弄刨子啊、墨斗啊、木锉啊之类逐渐有了自己的心得。他一样一样有条不紊地添加新木料，把它们削弄成他想要的模样，一点也没有反悔的意思。他越来越进入状态，在黑咕隆咚的房间里启灯，晕黄的灯光照在木器上，阴影处似乎活动着无数只手，它们一起来帮助他完成这件浩大的工程。陈年木料的清香充盈着房间，它们一定是从爷爷年迈的身体里弥散出来。

　　终于有一天，当我们把那件木器从房间抬到院子里的时候，我久不习惯光亮的眼睛忽然一阵眩晕。爷爷高高兴兴地围绕在木器周围，东摸摸，西瞅瞅，还拍得那样东西丁冬作响。他孩子似的手脚舞动起来。我一点也不知道这是什么东西，不是飞船啊，因为没有翅膀。正当我疑惑万分之时，爷爷忽然跨出右腿，一脚踏进那件木器的腹部，旋即左腿跟上，稳稳当当地躺了进去，不大也不小。天啊，我吓了一跳，这不是棺材么？这件木器的确就是棺材，它虽然看上去怪了些，可是作为一件棺材，它已经够标准的了。

　　从此之后，爷爷再也没有从那件木器里爬出来。谁也不知道，他要在那里躺上多久，才能活着出来见我们。或许，再也没有这样一天了。因为谁也说不准，等他出来的那一天，我们还在不在这个人世。

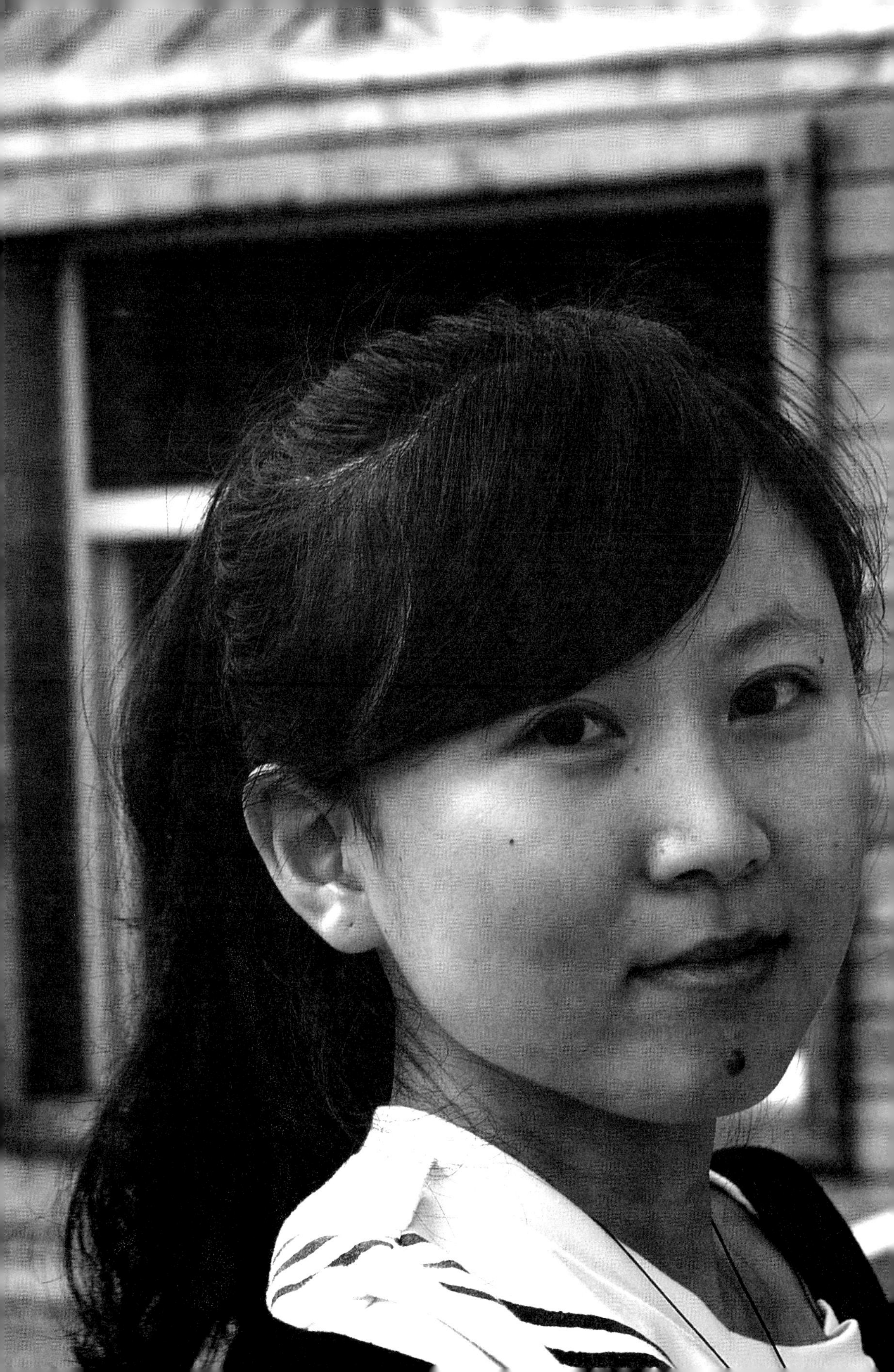

文珍

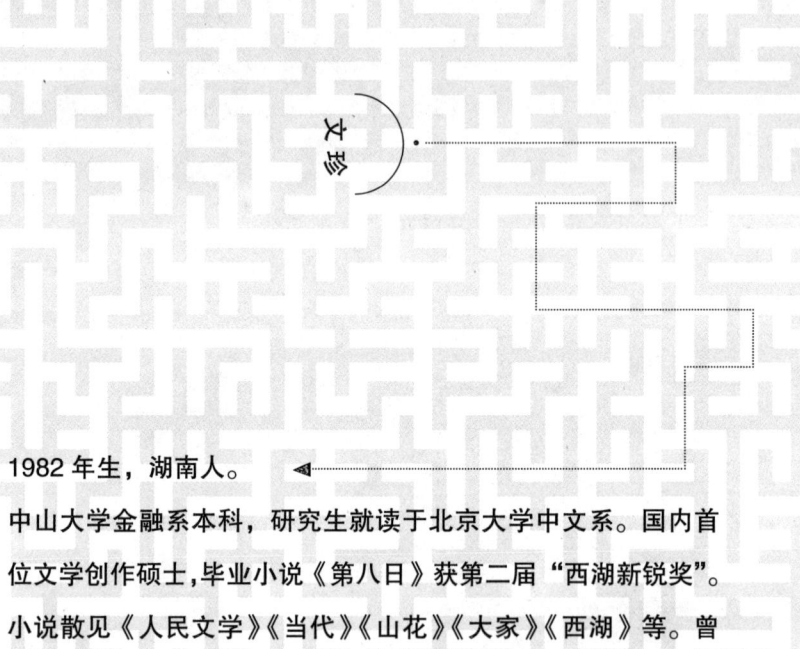

1982年生，湖南人。

中山大学金融系本科，研究生就读于北京大学中文系。国内首位文学创作硕士，毕业小说《第八日》获第二届"西湖新锐奖"。小说散见《人民文学》《当代》《山花》《大家》《西湖》等。曾在广西师范大学出版社出版中短篇小说集《十一味爱》。现居北京，为出版社编辑。

我们夜里在美术馆谈恋爱

你不懂得。你们不懂得。那是一种很有趣的体验,深夜在空荡的美术馆,只开一半的灯,剩下灯光下被隐约照亮的两个人,互相辨认着轮廓,就好像第一天认识彼此般乍惊又喜,那种感觉多么奇妙。这时候,就连平素最面目模糊的人此刻神情都变得意味深长起来,眼睛闪亮,嘴角轻挑,情意绵绵。

我们都不说话,因为没什么话可以说,更怕一开口就破坏了这种完美的氛围,此时,此刻,两个和平日状态截然不同的两个人,好像被命运钦点了的两个悲剧演员,在灯光下彼此相认。

过了很久很久。其实大概也就是三四分钟的样子。你终于忍不住亲吻了我,嘴唇干燥脱皮,口腔里略微有一点晚饭姜葱的余味,和很久没有说话必然会有的口气。可是这一刻实在是太好了,好到就连口腔异味也没有办法破坏这种完美,这种恬静与和谐。求求你,只要你不说话。

然而你正准备开口。

我几乎有一点愁苦地,向你摇摇头。请你不要。求你,不要。而你仿佛被我吓住了,没开口。我长松了一口气。

接下来该怎么办呢？这很简单，既然我们是在美术馆里，那么最简单也最自然的事情莫过于看画展了。所有布置得好好的那些画作都没有撤，只在夜晚的灯光和过于空旷的大厅里，呈现出一种和白天截然不同的光线和姿态。那张油画上对我微笑的藏族女人表情如此冷淡，就好像对我们说：你们如此很好，但这事情必然不会久长。

为什么，为什么，为什么？

我转头的一瞬流下眼泪。你没有看我，继续往前看着别的画作，似乎全神贯注。我真想一把抓住你，请你不要看她们，他们，以及它们。请看着我，看着我一个人就好，在这个过于美好的夜里，我将是你面前唯一的画作，唯一的女人，唯一的世界。

可是你听不到我的声音。你只是往前走着。边走边看。

没有人山人海相隔。我却仍然觉得你远在天边。

我们只有半个小时，半小时后就必须关门离开。你是这里的工作人员，按理说不该对这些日日看惯的画作如此着迷。你见过那个女人，以及那个牧羊人，那个抱着穿羊皮棉袄的女孩的藏族男子，还有那个表情凝重的矿工。你见过他们所有人，在白天匆匆经过的展馆里，对他们所有人都曾经无数次惊鸿一瞥，走马观花。现在终于好了，终于有机会了。你尽情地，无拘束地，畅快地看着。说好是带我过来看画展的，结果自己看得格外起劲。我看到一个跳天鹅湖或别的什么曲目的芭蕾姑娘孤零

文　珍　｜　我们夜里在美术馆谈恋爱

零地在一旁的练习杆上压腿，她的其余三个同伴在另一边窃窃私语着什么。她的面目并不比她们的更美，至少在德加这副著名的经过数百年的油画上看不出来。她只是有着那样一种孤绝的哀戚，令她无法容于她们的群，以至于无法容于所有人的世。而我也是。我如此孤单，和我所爱的男人一起呆在夜晚空无他人的美术馆里，可是我仍然无法靠近你，并告知你我的无助。

你还在走。离我越来越远。

我却逐渐平静下来。同样认真地开始看画。是蒙克的《呐喊》吧，我好像在梦里就见过这样一幅画，一个男人张大黑洞洞的嘴巴绝望而无声地呐喊着。那喊声像水光，一层层涟漪荡漾开去。波提切利的圣母美得好像邻家女子，因为距离和陌生而显得分外圣洁，可是一开口就暴露小家碧玉的出身。这是一个不知名的俄罗斯画家的油画，很大，一个贵族女子安静地站在一把椅子前，把盛大的拖地裙裾轻轻地整理好，就在她低头的那一瞬间，画家开始作画。油画上她的白裙子重重叠叠，呈现出一种光亮轻盈的洁白，比现实生活中的所有白都要更白，几乎是天堂的白，白得透体发亮。你同时也在这幅画面前停下步来：这幅好吗？

我还没有回答你就已经自问自答了：很好。

这时候你才好像突然第一次注意到身后的我，一把把我的手牵住。

再有不到十分钟我就必须离开了；而你这时才突然明白过来。我很快就要上飞机了，离开你，去往一个很遥远很遥远的，有更多油画、版画和西洋水粉的地方。那个地方到处都是教堂的尖顶，明亮颜色的粉墙，高高低低的阳台，和操着我所不熟悉口音的人们。他们中的有一些人会说法语、西班牙语、德语，更多的人则说着美式俚语，而把口语熟练的我轻而易举地接纳为同类，就好像我从一出生就在那个地方似的；因为他们什么观念都不真正接受，所以什么异乡人也都不排斥。在那个大城市里，每个人都是孤单的个体，每个人都低头扬眉想着自己的心事，每个人都不真正认识另外一个人，每个人又都好像认识全世界。他们中间也许会有个把对我感兴趣的男人，会和我打招呼，说 hi，然后问我有没有男友或者情人。这时我该回答什么呢，告诉他们关于你吗？那些外国人不会明白我们之间的感情，更加不会明白，我们的最后一夜，竟然是以这样的方式，在这样一个岑寂无人的美术馆里度过。

最后十分钟。

我们一起手拉手上了二楼。二楼的大厅灯光是黑的，管理员想必以为半小时看完楼下五个大厅已经足够，并没有为我们打开楼上的灯。而这样也好，我们因此得以在大厅外走廊长椅的黑暗里沉默以对，头顶的大窗户透出不远处写字楼射过来的光，很遥远，因而遥远得超离了真实。再有九分钟，那个与你相熟的管理员就会过来叫我们出去了。他今天的

文　珍　｜　我们夜里在美术馆谈恋爱

操作绝对是违规行为，我不知道你私底下是如何和他达成协议，或者就像四川人说的，勾兑。而关于为什么会有这样一场勾兑，事情的起因其实还是在我。因为我说，在离开之前，真想再来一次美术馆，再看看和你一起曾逛过无数遍的这座熟悉的建筑，和它所有那些大大小小的房间。可是手续办得很急，等到一切尘埃落定，我发觉我竟然没有一个完整的白天可以用于逛美术馆。而那些白天你也另有你自己的事情。直到最后一天，你请我吃晚饭，然后告诉我这最后一个送别仪式。这始料未及的安排令我感激；然而事到临头，感激仿佛并不足够。我什么都说不出来，除了茫然地微笑。

远处的高楼灯光似乎灭了。走廊里渐渐伸手不见五指。黑暗里我感觉到你那双富有力量的双手缠绕过来，放在我的脖颈上。那么热暖，那么粗粝，那么温柔。我低头亲吻那些手指，它们一动不动。这让我难免失望，我原本以为你会抱紧我，再度吻我的嘴的。可是就连那个有一点饭菜味的吻也消失了，只有一双手，一双我曾经无限熟悉，也曾经奋力挣脱过的手。我曾经属于过的男人的手，轻轻合拢在我纤细的脖颈之上。这样的情境只要稍微一用力，我便可以香消玉殒，如果我勉强可以称得上是香玉的话。

但是他没有。他只是轻轻地搁在那里，握一会，就拿开了。

最后的五分钟。

真奇怪，我们好像失去了彼此亲吻依依不舍的欲望。时间开始变得缓慢而潮湿，五分钟在这样盲目的黑中变得迢远，漫长，遥遥无期。我要走了，你什么都不再愿意说。该说的话也许都已经说完了，可是既然我仍然还坚持要去看一眼，真正的大都会，纽约。

半年前最后一次你问我：可不可以不去？

我态度坚决：事情都已经进行到这一步了，我没办法不去。这时候我已经开始成天地往美国大使馆跑排队申领签证了，大洋彼岸温暖的海洋性气候仿佛已经吹拂到我脸上，我闭上眼就看到自由女神脚底下那熙熙攘攘的人群，黑白棕黄，林林总总，笑语欢颜。无论如何离开总是好的：生活在别处。我只是想离开当下让人崩溃的日常秩序。

你这样和抛弃我没有任何区别。你以为你逃离了生活，事实上你只离开了我。

你几乎是平静地说出这句所有话中最为沉重的控诉。我无法回答，只好泪眼模糊地，遗憾地望着你。过了很久很久之后才说：也许会回来的，我。

你笑笑，不再说话。

是因为我们俩都知道这是谎言吗？

文　珍 | 我们夜里在美术馆谈恋爱

最后两分钟。

你放下手后我们并排坐在一起，身体靠得很近然而没有一丝一毫的欲望。我在黑暗里看不清楚你的脸，但唯一可以确定的是你没有哭。一定没有。

我也没有哭。我只是突然之间非常之渴睡，渴望能够和你手牵着手，回到昔日那个我们熟悉的家中。你习惯性地一进门就打开电热水器的开关，然后我们并排坐在沙发上看电视。半个小时后我先去洗澡，出来后你再去洗，然后一起上床。在床上说一点今天各自单位发生的事情，说说都遇到了一些谁，诸如此类的每日新闻。有时候你遇到高兴的事，会拉着我说很久，或者告诉我你今天见到了什么奇怪的有趣的人。大多数时候我只听不说，并且听着听着，就昏睡过去。

你知道的，我时常嫌你温吞。嫌你胸无大志，凡俗庸常。你所甘心陷落的平凡生活正一点一点把我也吞噬掉。最让我恐惧的则是你不断问我，什么时候结婚，我们要个小孩？

我已经二十九岁了，即将面临生命的分水岭。你看，我这样一个平凡的公司文员，一个并不多么特异的女子，早早有了固定对象，往后的数十年都可以想象规划。和你继续在一起腻着，结局必然是结婚，生子，在各自的单位干到老死，得到一切世人所谓完满的幸福。很久以前就商量过的，等我满三十岁我们就结婚。从我二十三岁那年我们开始在一起，恋爱已经快满七年。你总笑着说：等七年之痒提前过去了，我们也就真成一家人了。

然而七年未满，二十八岁那一年我突然决定开始准备英语考试，整理留学材料。所有一切努力都曲折而隐晦地指向同一个目标：离开。

离开你。以及关于过去的整个世界。

准备英语考试的那些日子不知为何，总是阴冷居多。夏天夜晚冰凉，秋天寒气袭人，等到冬天来了，我们租住的楼房暖气供应总是不足，我抱着两个热水袋，一个护手，一个护脚，仍是觉得冷意刺骨。待春天终于百般不情愿地来了，却照样潮湿阴冷。你看我哆嗦着复习，有一次突然说：你都要出国了，仍然没住上属于我们自己的房子。

那是你第一次明白无误地指出我即将离开的事实，声音有点迷茫，并且沉痛。之前我们俩都装作对满屋子的英语复习资料视若无睹，尤其是你。其实你当然知道我不是因为房子离开你，虽然我们的确一直都买不起属于自己的房屋。你说公务员总有一天会分房子；可这福利待遇必须等待，必须按资排辈，必须依靠长久的缓慢的耐心。而以我从公司每月支取的工资，以及你的收入，我们将永远也无法买得起一套北京的五环以内的商品房。我当然也知道分房子在你而言，其实也是迫在眉睫之事：你去年就和领导打了申请结婚分房的报告，而且分数资历也早够了。

所以并不是等不及；只不过是，不想等了。这更让人感觉寂寞。更让你感觉寂寞。

文　珍　|　我们夜里在美术馆谈恋爱

等到小房子门口的连翘花绽开了第六枝笑颜时，纽约大学的 offer 终于姗姗来迟。紧接着还有俄亥俄州立大学的，以及西雅图的一个学校。其实只要有纽约大学的那一个就够了，我就是想去看看纽约所代表的美国，而俄亥俄或者西雅图所代表的美国，对我而言其实和中国任何一个城市并无太大差异：

请原谅我是如此耽溺虚华，追逐物质生活的幻象。

很长一段时间，你都只是把我的复习当成是小女孩子式的闹别扭和任性。你微笑着，任由我闹，只是时不时提醒我：最近得回家一趟。和你的父母或者我的父母一起吃饭。

和他们吃饭时我们都分外默契地不提英语考试的事情。你母亲或者我妈妈偶尔会问到什么时候结婚生子，我们也都不答。我这时总不敢看你隐约流露失望的眼睛；可是我闷。真的闷。我在这座城里迎来了二十九岁，然而我生命中只有五年与这座城息息相关。它是我过于沉重的宿命，是我所不能割断的往生，是我脚踝上系紧的大石，稍一动弹，旋即跌倒。因为这城的缘故，你也变得陌生起来。你在这城里的姿态，就好像和它长在一起的寄生植物，却是如此心安理得，花繁叶茂。

这让我如何能够相信，你当真参加过那次著名的事件？你从来不告诉我关于那个时候的事情，可是你妈妈告诉我说，你也曾经在游行队伍之中。那很正常，因为那个时候你刚满十八。就在那所全国最著名的大学里，读大一。

我曾经无数次追问过你关于那事件的种种，流血和呐喊，军队和坦克。那些被遗忘了的工人和学生们。我问，你那时在做什么？和什么人在一起？

你全都默然。你所做的最多的事，不过只是微笑地垂下眼睛：别问了，你当时还小。

你不过只是比我大九岁。这九岁却变成一道年代的鸿沟，中间绝无可以沟通的可能。你总是笑着说：这事你们八零后不能够了解。而你呢，这方面你是骄傲的，经历过十年浩劫、七六年以及八九年夏天的七零后北京男人。

因此你有没有想过，我飘过大洋彼岸，其实只是为了寻找关于生命的一个真实？

你在游行的时候，我正好九岁。那年我爷爷去世了，我对家中一个最重要的亲人离开的印象，远远大于对遥远城市倾覆的所知。那个夏天我们的小城到处都在游行，因为爷爷是中学校长的缘故，我们家是在一个中学里面。六月的某日，我正在操场边玩耍，头顶的大喇叭突然之间发出震耳欲聋的声响：同志们请注意，同志们请注意……这是一场史无前例的恶性事件……只有九岁的我对后面的话语一无印象。我所住的小城离北京很远——对于当时的我而言，几乎和美国一样远。

文　珍 | 我们夜里在美术馆谈恋爱

而当时你在哪里，正在做什么，我的爱？

最后一分钟。

表盘上秒针纤细如昆虫触须般颤抖着：一，二，三，四。

你手上的CUGGI腕表是我送你的，有一次去香港专门给你买的礼物。我原本以为你会喜欢，可你只看了一眼就随便地放在一边。我在一旁急急问：你不喜欢？

你说，喜欢。

喜欢你为什么不戴？

你的眼神我至今无法忘记。那是一种对于奢侈品毫无感觉、对于物质生活漫不经心的姿态，一种切·格瓦拉式的眼神。七年来唯一的一次，我终于相信你曾经也是一个渴望改变世界的热血青年。

那表我让你戴你便戴上。一直戴到如今。

我没有想到的是：它的使命之一，便是计算我们最后的时间。

后来我们渐渐便无法沟通。你嘲笑我的天真和使命感，种种不切实际的愤怒。你说我之所以愤怒，只是因为无知和廉价的正义感。真正的正义是并不存在的，你微笑地说：而所谓的民族，家国，信仰，更是一种虚幻。人只有在很年轻的时候，才会为革命和恋爱迷狂。这证明你还很年轻。

那么你呢，你已经不再为诸如革命之类的语词迷狂了吗？我问。

如果你从小到大最好的朋友在监狱里呆了十年，你会明白青春期迷狂其实是一种必将付出代价的虚妄。

那么爱呢？你也不再为爱迷狂了吗？我幼稚地继续追问。

当回到儿女情长的话题上来时，你陡然感到安全。你轻松地说：爱，当然爱得发狂。只是这种迷狂比前一种更有价值。

因此每当我和那些来自法国，美国，或者台湾的朋友争论得面红耳赤时，你只在一旁作壁上观，带着一种让我深恶痛绝的微笑，然后事后漫不经心地说，这个法国人 too simple，那个美国 too naive。意识形态就是意识形态，每一个国家都有其国绝对而且必然运行的轨道。这就像一个人生而注定的命运，他们只不过是在对着不了解的事情夸夸其谈。

那我们呢？我们不夸夸其谈又有什么可做？

你气定神闲：可做的很多。比如说，生活。

我说，网上有一个人说得好，不要只怪责体制……

嗯。

他说，不要只怪责体制，因为我们每个人，都是这体制的一部分。

你莞尔：我们？不，我们不是体制的一部分，我们只是大体制下无足轻重的个体。类似沧海一粟，或者当你俯视时看到的地面上的蚂蚁，就是那种感觉。

一谈论起政治来你便莫测高深。然而你对权力却有着天生的向往。

文　珍 ｜ 我们夜里在美术馆谈恋爱

你渴望控制而非被控制，你迷信某种力量一定生来比其他力量更为强大。在你二十八岁那年一切都仿佛开始步入正轨，你跳级当上了你们馆人事处的处长。你时常轻描淡写地给我拿来一两张图书馆的电影卡，或者博物馆的邀请函，并任由我分送给感兴趣的友人。你说那些不过是同在一个系统内的举手之劳。

　　因为我喜欢演出的缘故，你也常常陪我去看。海淀剧院，长安大戏院，人艺小剧场，朝阳剧院，保利剧院，或者人民大会堂，国家大剧院。在所有这些剧院里面，我最喜欢的就是人艺和海剧，因为多的是话剧。读书的时候，我曾经还在北兵马司看过女版的《切·格瓦拉》。后来大红大紫的汤唯在里面演一个士兵甲。我那时并不认得她，却从她锐利的眼神里，照镜子般照出和自身相同的灼热和追寻。但是即使是那次演出对你来说也和所有其他演出一样催眠。你坐在黑暗里的椅背上，昏昏欲睡，似醒非醒。

　　只有偶尔，夜里从人民大会堂里看戏出来，经过天安门广场时，你的神情会流露出一丝不易让人发觉的荒凉。

　　然而更可能的是什么都没有。

　　只是我太渴望看到，因而产生错觉。

　　说实话我总是在观察你。我只是无法相信一个经历过那一切的人，会对一切都心如止水。你是再正常不过的正常人，并且爱我，并且"自身前途无可限量"。可是不知道为什么我却总觉得心慌，觉得无法接近你的内核。就好像你的自身早已丢失在某处，而后来恋爱工作的统不过只是躯壳。

不是没有梦想过和你一起远走高飞，从这些官僚主义的事业单位、公务员岗位上一走了之。但你只笑我天真不切实际。

在国内有很多事情可以做。游戏规则早已安排好，你所能做的就是你自己努力坐上某个位置，然后掌控一定权力，做更多事情。

那你还想改变这个世界吗？我问。

只有傻瓜才相信自己能够改变这个世界。你说。你只能选择被或不被这个世界改变。

我看着你。因你的高深莫测，我始终不知道你，现状究竟是"改变"还是已"被改变"，还是更坏一点的，替这个世界去"改变他人"，以及去"适应社会"。

"当浪漫主义（romanticism）进化或者退化到现实主义（realism）。"

"这不仅仅是一个词根学问题。"

打个不恰当的比方好吧。好比是隔年春天的脐橙，看上去仍然新鲜饱满，橙黄美艳，可是打开来才发现内里早已枯干，水分尽失。我抱紧你的皮囊却无法触摸到内里，用尽全力仍探触不得分毫。后来我便索性

文　珍　｜　我们夜里在美术馆谈恋爱

放弃，开始学着不把自己和你捆绑在一起去想象未来。开始渴望有一段崭新的生活，明亮的，干脆的，确定的，在异国他乡悦目可爱的红砖房子里，读书，上课，学习一些也许永远都和我没有关系的东方文学史，练习用英文写小说，和陌生的欧洲小国来的人聊天，hi, where are you from？ Nice to meet you——当他们知道我是来自中国大陆的女生时也许会很好奇，但更可能的是见怪不怪——既然华人在张爱玲母亲的时代就已遍布世界任何一个古怪的偏僻小镇。他们中有人还会问起我是来自那个发生过"六四"的北京么？然而更有可能的则是：是来自那个举办过奥运会，有鸟巢和水立方的北京么？是的，北京。北京欢迎你。从来没有过这么夸张的一首歌，足足用了七十三个两岸三地一线明星一人一句欣然接受万国来朝。可是即使成千上万个人一起热烈欢迎，我也仍然无法向任何一个外人解释这城市以及这城市背后更巨大的，国家机器。

　　这时候我将会多么渴望你在我身边。

　　什么是北京？当然不只是百花深处。也不只是广受国外媒体关注的798和宋庄。不只是红楼和北京大学。不只是人民代表大会和报纸上房地产商的高调言论。不只是中国美术馆和故宫，也不只是唐家湾的蚁族。我城由万千符号组合而来，一二三四五六环围作"首堵"，二零一零年底终于发布限车令，却只引发了新一轮通宵购车狂潮。新中关村是全中国人口密度最高的农村，可是二环边上就有真正的马车和骡子。民谣歌手周云蓬歌里面唱的，房地产商们兴高采烈地请我们都住到树上去。我爱北京天安门，天安门上主席亲——黄子华说过中国最值钱的标本不是老虎狮子大笨象，中国最值钱的标本在前门。

这里是奥巴马曾经登临过的无人的长城。是连战慷慨激昂发表过言论的北大大厅。是许多国际航班的中转站。是一个国际著名符号。是一个意义无限缩减又无限丰富得以变幻无穷的点，线，面，距离。

是我此时即将离开的地方。

等到我们都老了的时候，而你还愿意要我的话，我也许终于看够了风景明晓了世事，从大洋彼岸归来，到时候我们俩大概都已经有一点钱了，也许可以住在我城一个有院子的四合院里——最高级别理想，当然——你每天提笼遛鸟，而我每天侍弄花草。我要种一棵很高大的桂花树，栀子，还有腊梅花。夏天的时候可以养一缸睡莲，冬天时一枝腊梅花静静伸到纸糊上的窗棂外，暗香浮动，月影疏横。而我斜倚着枕头坐在屋里的宁式大床上，微笑着看窗边梅影，床底下微微暗红的木炭火烤着被新雪打湿了的藕荷色绣花鞋。你以一口流利的京腔，每日响亮地和我们的邻居——假如有邻居的话——打招呼：吃了么？好，好，回见吧您哪！

那日子就好比是一九零零年前后的北京。一百年之前宣统在位时的平静生活。贫穷，然而国门未开，谈不上海晏河清，倒也风波不兴。

又或者干脆穿越回一九一九年前后的北京，那么多矮墙和人力车夫，

文　珍　｜　我们夜里在美术馆谈恋爱

尘土飞扬的街道，突然有人急急奔走：号外，号外，宣统皇帝下台，冯玉祥逼宫紫禁城，民国政府成立！一辆人力车疾驰而去，扬起天样高海样宽的灰沙，天桥上小贩售卖的冰糖葫芦瞬间沾上一层薄灰，而那辆车上也许就坐着郁达夫或者鲁迅。这时你若是进步的大学生，而我则是邻家倾慕进步青年的大姑娘，接头暗号：一本当月的新青年。尽管那个时候相爱也远远不一定结得了婚，如果我刚好不幸是个表姐梅。

再不济，回到一九七零年前后的北京也好哪。文革正进行到如火如荼阶段，大街小巷见不到任何资本主义尾巴，从朝阳门一直走到西直门都百般寻觅不着一个卖鸡蛋的大妈。我应着母亲的使唤提了篮出门买菜，一出门便看见仰面走来的你。你若搁在那时，多半是牛鬼蛇神，再好些也是摘帽右派。我暗地里同情你，你被关在学习班学习我便扒在窗户上看你写字。你沿街游行我便远远在围观的人群后忧心忡忡地跟着，只苦等你一摘帽就好嫁给你。

再有，就是一九八五年的北京。那年我才三岁，在南方小城里正悄无声息地长大，而你十二，已是个风度翩翩的少年。那时秀水街刚成立五年，大街小巷的外国人很少，"不得围观外国友人"甚至被专门写入了小学思想政治课本。你上初中的时候我才学会走路不久，你在班上高声地给同学们读诗：高尚是高尚者的墓志铭，卑鄙是卑鄙者的通行证！那是北岛的诗，那是年轻的被愚弄者们第一次发出自己的声音，可使用的语法和词汇全是压迫者的语词。那个年代的大学生中学生，谁又不会写一两首诗呢。万千热血青年的诗歌飘荡在首都颜色过于晦暗的城墙内外。我隔得天长地久，却仿佛听见你的声音也细小微弱地夹杂在其中。要民主。要和平。大而无当的口号，无所安放的青春，烈火烧着的心。

最终就来到了那一年。那一年跳过去的时候我九岁，而你十八。最关键的那一夜全校师生倾巢而出而你不在最前也不在最后，只盲目地混迹于热情的民众中，他们喊什么你也跟着喊什么，只是左眼皮一直跳个不休。黄昏绚烂，旋即黑夜沉沉。那么多人低声的耳语交汇成力量的海洋，即使他们一动不动也够让人恐惧的了，导致二十年之后大广场仍然成为夜晚的禁地。不必要灌满液体的透明七喜瓶子，不需要任何口号，更不必高唱国际歌，只需要低头不语。默默本身也是一种罪，而当时你也确曾发出过某种声音，最终一切却石沉大海。

就是这石沉大海让我感觉深不见底的寂寞。我们其实当真不是一个时代的人，尽管我们只相差九岁。

时间如过山车转眼就到了一九九九，二零零八。一九九九年抗洪抢险时我正如火如荼地高考，年底在大学参加澳门回归征文比赛得了二等奖。二零零八年八月八日之前，地铁整整修了八年。整个北京堵了整整八年的车只为了那举世瞩目的十六天。八月十八日飞人刘翔弃赛，八月十九日邱健从埃蒙斯手里白捡了一个冠军，而十天之内菲尔普斯从一个人变成一条飞鱼。连续十六天不落幕的悲喜大戏，戏梦人生，整个民族粉墨登场但愿一洗前耻忘却前尘换骨脱胎。

文　珍　｜　我们夜里在美术馆谈恋爱

这也是北京，这也在北京。

二零零八年八月的你朝九晚五，下班回家和我一起在公交车上用3G手机看中国小将如何险胜韩国射箭队。血液贲张不为民主自由公正只为体育精神。偶尔唱一次歌也不是国际歌而是周杰伦的青花瓷；路过天安门也不过低低垂下眼睛，王顾左右而言他。

这就是我们的北京，而我现在即将离开。离她而去。离你而去。去三万里之外寻找你的旧精魂并将它拼凑带回，与你此刻的躯壳归总，灵肉合一。

你说我太天真。你笑着对我说那是一个 nightmare，可我已不可回头。

幻觉如此之大甚至超过了事物本身。我其实明知道我追逐的不过是一个幻影，一个幽魂，一个亡灵。

但我不知道追逐本身是为了什么。也许只是为了自身。也许只是因为我自身。

五十五、五十六、五十七、五十八、五十九。

六十。

一分钟之后。走廊的灯突然尽数亮起，如同一场戏谢幕的尾声。我在突如其来的光明里被刺得睁不开眼，这才发现不知何时你已站起身来开了所有的灯，我的眼瞬间变成盛大光明里唯一的盲区。泪眼模糊里我看不清楚你的轮廓，也无从辨别你的表情。

走吧。到时间了。

你叹息着，以一个中年人稳妥的姿态，神情肃穆地目送我离开。我想你大概已经放弃我了，同时与我的年轻、浅薄、孟浪划清界限。可是你究竟还能如何呢既然所有热情都已渐灭，所有牺牲已成遗迹？

那些迢远的，迢远的号角与歌吹在召唤。

我如梦游一般起身走开。只微笑地对你说：我不愿意孩子长大以后上议价幼儿园，议价小学，议价初中，议价高中，甚至议价大学。我不愿意工作一辈子，甚至买不起一套安身立命的住房。在这个什么事情都可以议价的国度里，生命的意义似乎也变得游移不定，可堪商榷。你猜那些唐家湾的大学生们在读公费小学时会知道自己十年之后将得到一个名称叫蚁族吗？十三亿人之中我们其实都是蚁族。因为变幻莫测的大时代里无从掌握自己的命运。

此时你眼睛低垂，而笑容散淡。对于一个一定要离你而去远赴异国他乡的情人，你的姿态比起这些历史的过气者而言堪称极尽优雅和风度翩翩。我看了你一眼，忽然之间就心软了。

何必要给离开一个如此慷慨激昂的理由？明明是我喜新厌旧地离开

你,又何必要强加你一个子虚乌有的罪名?好吧,我承认我的虚妄:这一切也许和民族、革命、公正以及理想主义统统无关。有关的只是那个在别处静静等待着我的,美丽新世界。

你不知道我看到别人在耶鲁、斯坦福、哈佛的相片时有多么艳羡和嫉妒。那里有我所不知道的知识和秩序,那里的空气里飘浮着我所从未呼吸过的自由与多重选择。冯内古特在《囚鸟》里说即使在监狱里,哈佛大学的毕业生也没有什么了不起。可是我猜想那只是因为他毕业于此。我也可以说,即使在监狱里,北京大学的毕业生也没有什么了不起。因为我毕业于北大,所以我曾经见过整整一个学校的北大人,因此我同样见怪不怪。

好吧,我最好再次承认和哈佛或者耶鲁无关,和民主与自由也无关。只是一个女人在青春的尾巴梢的最后狂想。我不是不知道美丽新世界的幻想背后,也许是另一场更让人绝望的虚幻。可是如果我不走过去,如何能够知道别处也和此处一样,五光十色的本质底下空空荡荡?

基督说,信,望,爱。要爱,首先要信仰和希望。而我从小就在一个没有信仰的国度长大。因为没有信仰,所以也就无从希望与热爱。除此之外我无法解释我的离乡背井。

整整二十九年里我辗转反侧。上下求索。妄图凭一己之力,手创一个幻象的天堂。

我曾以为爱足以成为信仰本身,后来才发现爱情是建立于空中楼阁之上的沙堡。因为本身就无从立足，所以是虚空之虚空，海市蜃楼里面的水月镜花。

事实证明这样的顺序是错的：爱，望，信。

信不能建立在爱之上。所以我们不能说：因为我爱你。所以我满怀希望，将和你在一起变成信仰本身。

同样我不能说：因为我爱国。因此我便满怀希望，无条件接受发生在这家这国这民族的一切。

哪怕唐福珍在她自家的屋顶上点燃自己。哪怕钟局长说这是一个法盲的悲剧。

然而不信便不能够爱。命题变成循环往复的死结，陷阱，假命题。

这一刻，我恨自己是个钻牛角尖的人。

我们终于在美术馆的门口告别。

你最后写给我的诗里说：在大师与欺世盗名者之间玛格丽特雏菊生长／在结构人类学和西方马克思主义的书本里／美杜莎与卡珊德拉恋了一场没结果的爱。

诗歌感伤而高贵，不及物的同时也并无丝毫挽留之意。你看，你看，以诗歌终结现实的爱情，这是一个何其理想的结局。

很奇怪的，我在起身离开美术馆的那一刹那，心里面沉重如铅，仿佛知道此去瀛台，必然铩羽而归。作态的作态，沉没的沉没。你叹息一

文　珍　｜　我们夜里在美术馆谈恋爱

声说：尽管走吧，追你的梦去吧。说的时候脸上甚至有盈盈笑意。我打赌你一定知道我心所想，尽管我们已经许久不曾心心相印。我伸手与你再会，没有热吻，也没有拥抱；而另一只伸手拦了一辆的士，就此作别。

夜晚里的美术馆蛰伏如一个巨大的兽。我看见你的影子在台阶上越来越小，直至完全消失。在这个城市的阴影里藏着一个我深爱的男人。他被我遗留在一个我所深爱的国度。

再会，吾爱。我深深爱着的，不只是你。还有你身后的一切。

就是因为太爱了，所以才来不及地踉跄跑开。你看，今晚我最后一个梦想，就是在波音737大飞机带我穿越太平洋的时候，突然之间坠落沉没。用整整一飞机的人，殉我一个人的国。这念头有点太自私了，对不对？

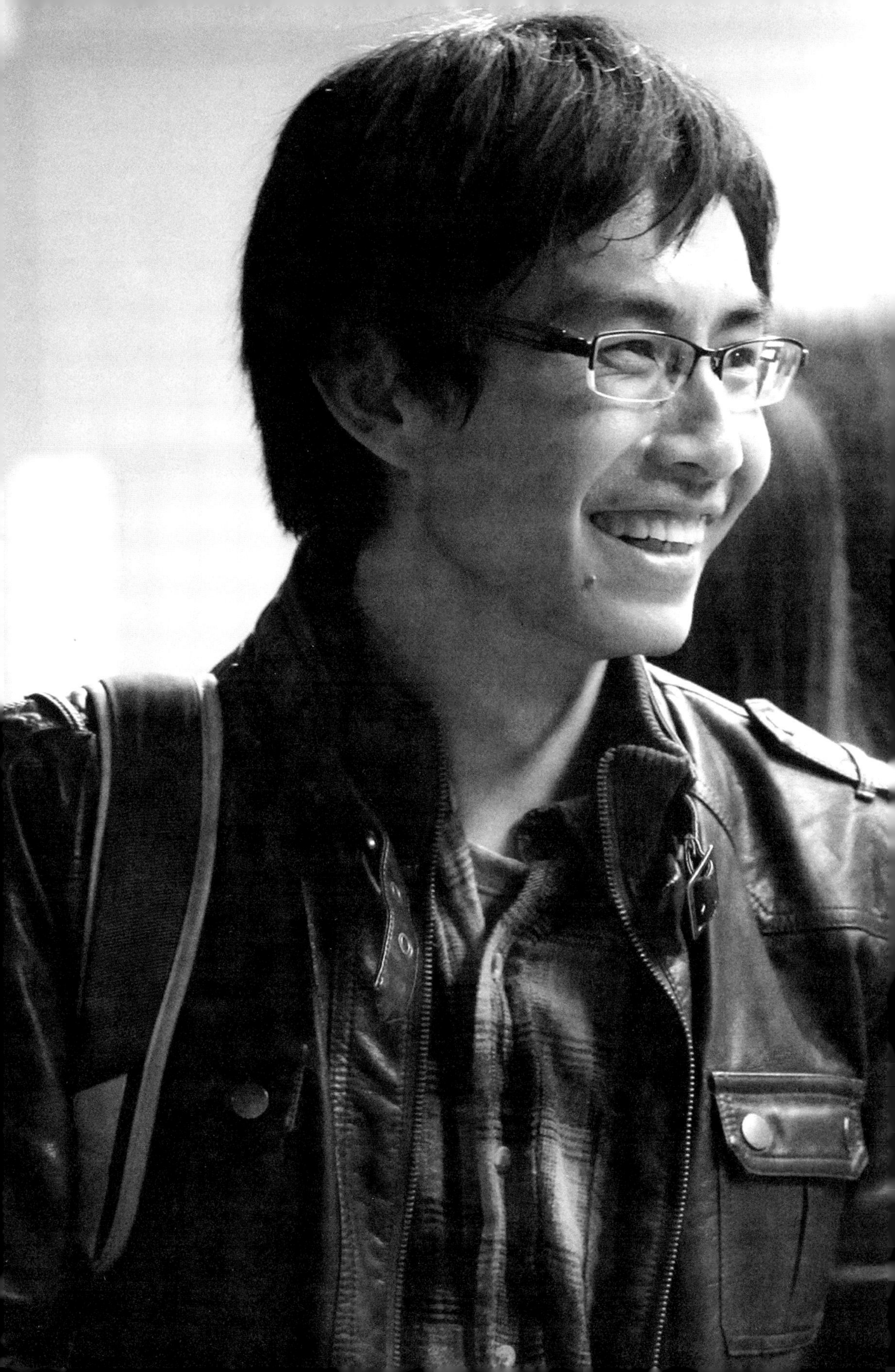

甫跃辉

1984年生，云南保山人，复旦大学首届文学写作专业研究生。中短篇小说见《人民文学》《上海文学》《十月》《山花》《大家》《花城》《中国作家》《青年文学》《长城》《江南》等文学期刊。作品入选多种年选和选本。小说集《少年游》入选2011年度中国作协"21世纪文学之星丛书"。获得2009年度《上海文学》短篇小说新人奖、第十届华语传媒大奖年度新人提名奖。

苏 州 夜

肉体使我们寡廉鲜耻。
　　　　　——卢梭《爱弥儿》

没去那种地方前,他一直存着些幻想。在不少书中看过对那种地方的描写,在不少朋友口中,也听过对那种地方的叙述。这些描写和叙述,充满诱惑、欲望、刺激、叛逆、颓靡,可以玩味的忧伤和绝望,当然,还有时尚、先锋、酷。好像全世界的青年都去过那种地方,都喜欢去那种地方。他也就一直想着,什么时候去呢?按理说,在这样的年代,去那种地方简直太平常了嘛,但他就是迟迟没去。有好几次,一些朋友说要带他去,都因为种种原因,没去成。他有些失落,过后,又总是庆幸——终于没丢失什么东西似的庆幸。但久而久之,对那种地方的好奇在他心里翻腾得更厉害了。但他终究不敢一个人去,一来怕那儿的人瞧出他是个菜鸟,被嘲笑,被坑蒙拐骗;二来,他虽听很多人说,那种地方哪儿哪儿都是,简直是随便扔一块石头都能砸中的,可他并不能确认,具体哪儿才是。他总不能直接跑过去问人家是不是吧。他这么怀揣着幻想,天天上班下班,混着。直到一次很偶然的机会,他毫无预想的,去了那种地方。

——不知不觉就写了这么一大段,如果有一天,他看到我写的这个小说开头,没准会觉得,如此啰嗦、纠结的叙述,正与他没去那种地方前的心态相谋合。

还是直说吧。

那种地方,就是人们常说的"色情场所"。如果觉得这词儿太文雅,那也可以说成红灯区。随便吧,总之,就是那种地方。

那天,他和朋友王弗去苏州参观一个画展。王弗是画家,他不是画家,只是喜欢看画,偶尔到王弗的画室,谈谈绘画,喝喝茶。他所知并不多,说来说去,无非是徐悲鸿齐白石林风眠等,难以理解王弗在巨大的画布上涂抹的那些可怕的图景,王弗并不鄙薄他的谫陋,反倒常常让他说说对自己的绘画的看法。他也就说了。他明白,全是外行话,但王弗总是微笑地听着,还说他的见解非常"天纯"。这是王弗喜欢用的词,他也不大能理解,究竟是什么意思。时间一久,他和王弗就有了些知音的味道。王弗渐渐和他说一些私人的事儿,多半是关于女人的。比如,王弗曾告诉他,在苏州有个情人。王弗向他形容了那个女孩的美貌,"就是在她身上投个几十万,也是值得的",还讲了怎样一步一步把那女孩搞到手,甚至讲了他们在宾馆如何欢会,这时,王弗说了一句给他印象极深的话。王弗说,他把那女孩儿的上衣脱光后,"把她的奶子吃了吃"。然而,王弗接着就恼怒了,说那女孩儿还装纯,竟然不让他再往下弄:"他妈的,

甫跃辉 | 苏州夜

我在她身上花了多少心思啊，有一次她到我画室来，我一高兴说让她随便挑两张画，结果，她竟然挑走了十几张。老子那个心疼啊！"王弗说，自此以后，就和那女孩儿断了。这次到苏州，在车上，他还半开玩笑半认真地问王弗："去不去找你那个几十万的情人？"王弗说："那屄女人！想想我那十几张画就心疼，老子不跟她玩儿了。今天另有安排，兄弟跟着我就行。"

他们把行李放在南木宾馆后，直奔画展现场而去。展厅里人不多，曲曲折折，也空空荡荡。两边墙上都挂了画，有些画尺寸惊人，怪兽一般，寂静的冷白的瓷砖地面上，仿佛回荡着它们的嘶喊。先前，他看到的只是王弗一个人的画，如今一下子看到这么多跟王弗所画的大同小异的画作，他几乎喘不过气来，只是麻木地挪动着脚步，麻木地在每一幅画前停留一阵。王弗也不说话，一幅幅画看过去，有时微笑，有时摇头。摇头的时候明显比微笑的时候多。大概过了一个小时，他就被王弗拽出了展览中心。"怎么就出来了？"他问王弗。王弗摇着头说："还不出来？看上几张就腻了，一点儿意思没有，全是跟风之作。"他张了张嘴，想说什么，又没说。王弗告诉他，下午有安排，跟几位苏州的画家约好了一块儿聚聚。

进到包厢，桌边已坐了一圈面色很冷的人，有个像王弗，剃了锃亮的光头，还有两个留着披肩长发，另外三四个，是中规中矩的短发。他也是短发，遂有了很放心的感觉。王弗向众人介绍了他，他站起来，和他们交换了名片，但他注意到，并没人认真看他的名片。喝的是黄酒，他向来是不胜酒力的，单独要了一罐王老吉，对他的这一举动，所有画家都吁声不断，王弗只能赶紧帮他打圆场，说："拜托各位，我这哥们真是不胜酒力，今天就饶了他吧。"他们也不紧逼，随他了，但也愈发不再注意他。

他们开始谈论起这次画展，普遍露出了鄙夷的神色。他默默坐在座位上，看看这个，看看那个，他们的嘴巴动着，不时塞进菜喝进酒，更多的时候发出声音。他几乎插不上话。起初还觉得尴尬，不一会儿就坦然了，反正过了今天，他们肯定会忘了他是谁。他就完全抱定了局外人的身份，颇有兴致地一个一个观察他们。

上第二趟厕所时，看到饭店外弥漫了黑而光亮的夜色，他下意识地朝饭店门口走去，眼前是一条两车道，车来车往，开得都很快。街两旁种着悬铃木，地上散着一些黄叶，一阵风过，有两片便忽悠悠悠着，荡下来，悄无声息地伏在水泥路面。这情形，不能不让他浮想起对苏州的种种印象。那些印象，很小就从古诗词里得来了，无非是小桥流水，吴侬软语。他从农村考到上海读大学后的第二年，才第一次来到苏州，和同学去了拙政园，去了寒山寺，去了虎丘。后来同学常常笑他，说他在虎丘山脚一个小湖边的凉亭里，竟然靠着柱子睡着了。他至今记得那短暂的睡梦里，满是红艳艳的光，在他眼前一直晃啊晃，直到他醒来，看到夕阳照亮了小小的湖面，有几尾锦鲤旁若无人地游弋着。那真是个温煦的梦，他有时想着，再做做那个梦吧，但再也没能够。

　　想着这些，他的嘴角不由得浮上了很淡的笑意。和忙碌的上海比起来，苏州实在是个悠闲诗意的地方。这么多年了，他竟再没到过苏州，实在是说不过去。这次来之前，王弗跟他说过，要带他去太湖看看，好好吃上几只螃蟹。他心里不禁跃动着。

　　他听到身后的门被推开，笑声接着涌出来。

　　"原来你在这儿啊！"王弗使劲儿在他肩头拍了一掌。

　　"兄弟，不厚道啊，你都不喝酒！"另一个光头晃着脑袋，也在他肩头拍了一掌。

　　这伙人显然醉了，勾肩搭背，脚步趔趄。刚刚还生冷着的一张张脸，这会儿都涨红着，表情生动。他淡淡笑着，应和着他们的热情。在岔路口，他们依依不舍地分了手，走了没几步，听到那伙人在身后喊王弗，哥们，下次到苏州，再给我们电话啊。王弗回身抱了抱拳，哥们，那还用说！他搀了醉醺醺的王弗，朝南木宾馆方向走去。路上车少了一些，但开得更快。他拽着王弗在人行道上走，悬铃木宽大的落叶不时敲在他身上，空空地响。他心里忽地涌起一阵感动。这就是苏州啊。多么美妙的夜晚。他觉得，刚在酒桌上那些他不认识的人，也一个个变得可爱了。

　　拐过一个路口，王弗甩开了他的手。

　　"我没醉。"王弗笑道。

　　"搞半天你装醉啊？"他愣了一下。

"那班孙子，一个个自我感觉良好得不得了，老子才不愿跟他们喝醉。"王弗愤愤道。

"哈！我还以为你们很哥们。"他再次愣了一下。

王弗没说话，大步走到了他前面。他紧紧跟着。回到旅馆后，王弗洗了一把脸，上了个厕所，出来后对他说："哥们，你要洗把脸吧？我们去下一场。"

"下一场？"

"老谢约了个做生意的朋友，他跟我买过画，哦，老谢就是刚才拍你肩膀那光头。"

他们沿着刚才走过街道再走回去。王弗告诉他，地点是一家叫做"滥觞"的酒吧。他嗯了一声，紧跟着王弗。王弗的光头在路灯下闪着光，给人一种所向披靡的感觉。他觉着心头莫名地跳了一下，说不上兴奋，但确实不一般地跳了一下。

——作为一个旁观的叙述者，我就这么看着他沿着夜色一路走下去，一点办法没有。他丝毫不知道接下来会发生什么，我是知道的，但我没办法告诉他。而且，我不能确定，在那个时候，那个地点，他即便知道了接下去会发生什么，就会转身往回走吗？没准儿，他仍旧会沿着夜色走下去。

走出约莫三四百米，一个站在路边的穿粉红短袖T恤粉红短裙的女人问王弗："你是王弗吗？"

甫跃辉 ｜ 苏州夜

"是。"王弗说。

"哎呀，就等你了！"女人欢喜着，拥了王弗，挤进窄窄的门洞。

"兄弟，进来吧。"王弗回头喊他。

"他是你带来的？"不等王弗回答，女人笑着脸喊他，"进来啊，这就是滥觞酒吧了。你们想要走到哪里去？"

酒吧里光线很暗，空间很小，一条通道直对着门，尽头是上楼的阶梯。几把高脚椅和桌子摆在窄窄的通道上，旁边就是吧台，吧台后的架子上摆了很多酒。一个化了浓妆的中年女人站在吧台里，另有四五个穿着短裙、半露着胸的年轻女人围绕着老谢和另一个西装革履的四十来岁的男人。两人站起来跟王弗打招呼："这会儿才来！罚酒三杯！"

他看到老谢光溜溜的脑袋通红通红，比王弗的还大一号，心想，原来你也装醉啊。

王弗呵呵笑着，被粉红短裙的女人拽到高脚椅子上，三个男人围了一张小小的桌子，桌子上竖着十来个酒瓶，大半空了。他靠吧台站着。西装男人问王弗，这就是你带来的兄弟？他朝那人嘿嘿笑了两声，接过递来的一瓶啤酒，对着瓶嘴喝了两口。老谢对那人说："这兄弟不错，懂画。"他不好意思地笑笑，那人也客气地笑笑，显然并未当回事儿。这时，两只略带冰凉的手从身后搂住了他的脖子。他扭头看了一眼，是一个二十来岁、稚气未脱的女孩儿，瓜子脸，皮肤微黑。他对她笑了笑，她也对他淡淡一笑，搂得他更紧了，他再次举起酒瓶喝了两口啤酒，酒真凉啊，瓶身凝结的水沾湿了手。

　　西装男人身材矮粗，小平头，戴眼镜，怀抱着一个身材苗条、穿黑色超短裙和黑色皮靴的女人，女人手上夹着烟，不时抽一口，烟头便不时地一红，照亮她表情淡漠的脸。老谢不时兴奋地点着头，身边偎着个脸色干枯的女人——如果不化妆，他简直要怀疑她有四十岁了——而这么"苍老"的女人，竟然穿了一身粉红。老谢的一只手罩在她的屁股上，不停地摩挲着。王弗呢，仍旧搂着迎他进门的穿粉红短裙的女人。女人胸很大，一副呼之欲出的样子，王弗的两只手叉开，抓小鸡似的抓着它们。

　　他有些兴奋——或者也说不上兴奋，只是，装出一副很随意的样子——不能让他们笑话了，他抓住了搂着自己脖子的手。就这时候，他听身后有人说："你干吗？"

　　他回头看，一个三十六七岁的男人瞪着他。他一直没发现吧台边还坐着这么个人。起初他有点儿惴惴的，但心里有种东西在涌动，忽地就斜睨了那人，壮了声音说："我干吗关你什么事？！"

　　"兄弟，算了算了，我来陪你。"一个女人揽过他的肩膀，把他拉向一边。

　　"这人怎么回事儿？"他坐到对过一张小桌边的高脚椅上。

　　"别管他，他神经病。"女人嗔道，随即一笑，说，"你请我喝酒好么？"

　　"好啊，"他想，这是你们的店，怎么让我请你喝酒？很快明白了，酒钱定然是要算我头上的。很快，两瓶啤酒搁在了桌上，他握住了一瓶，凉浸浸的。

女人抓住了另一瓶，跟他手中的瓶子碰了一下，仰头喝了一大口。

他打量着女人，女人穿一件黑色竖条纹棉布衬衫，最上面的两个纽扣都开着，一眼可以瞄见里面的黑色胸罩，下身是一条蓝色的牛仔短裙，黑丝袜，高跟鞋，俗常的所谓性感打扮。一看那张脸，他的心愈加冷了。女人大概有四十来岁了吧，脸很方正，浓眉大眼，张口两句话，就知道是东北人。他对东北人没什么偏见，但总觉得，再好看的女人，说一口很爷们的东北话是败兴的事儿。

女人两只手圈住了他的脖子，一只手暖乎乎的，抚摸着他的脖子。

他有些痒，但没有动。

他就那么坐着，一副若无其事的样子，抓过啤酒瓶，又喝了一口。他远远看了一眼刚才还搂着自己脖子不放的女孩儿，这会儿，已经搂住了呵斥他的男人的脖子。那男人只是埋头喝酒，并不多理会。他心里有些不自在，又举起酒瓶灌了一大口，扭头问身边的女人："那男人究竟怎么回事？"

"他神经病。"女人撇了撇嘴，重复道，"他跟我们老板关系不错，老到酒吧里来，但从来不付钱，还常说他的皮夹子给人偷了，今晚又演戏了。"

在女人的指点下，他才注意到吧台后的老板。那老板也是三十六七岁的样子，短发，圆脸，低着头，听那"神经病"男人说着什么。两个人都是一般的神情落寞。而这时候，和小姐们一样穿着短裙、靴子的老板娘正站在门口拉客，老板娘看上去要比老板大上两三岁，眉宇之间，透出一股精干之气。

"我们老板和他一样神经病，"女人咕哝了一声，"也不知道我们老板娘怎么喜欢上这么个老板。不管了，我们玩我们的。"

女人的手又在他的脖子上抚弄着，弄得他有些痒痒。

他瞥了一眼站在门外昏黄的路灯下、攥着一只手机的老板娘，感觉她也是神色郁郁的。

又坐了一会儿，黏糊在老谢和另一个男人身边的女人一起催促，到楼上去吧，到楼上去吧。他身边的女人也开始对他说，到楼上去吧。他说，为什么非要到楼上去？这儿就挺好了。女人凑在他的耳边说：楼上宽敞呀。女人的气息热烘烘的，让他心里也有些痒。他不得不抓住冰凉的啤酒瓶又灌了一大口。这时王弗拍了一把身边女人的屁股，说："宝贝，到楼上去！"

楼上竟还有好几间房间。他们进了靠近楼梯的一个，灯亮着，空落落的摆着几张沙发和两台电视，比楼下宽敞很多。王弗和另一个男人靠门边坐了，女人拽着他的手到了靠里的鹅绒沙发上坐下。女人问他，要不要看电视？他摇了摇头。又问他，要不要吃点东西？他又摇了摇头。说，就这么坐会儿吧。忽然，屋里的灯灭了。——事后，他想起这段时光，只觉得混沌中透不出一丝丝光亮。昏暗中，他扭头看到老谢和另一个男

甫跃辉 | 苏州夜

人各自抱着女人,在胡乱动着。他明白是怎么回事儿,但心里只是木木的,心想,就这样啊?手也捏弄着女人。不一时,见王弗拽着女人进来,让老谢到另一个地方,老谢说了句什么,拉着女人出门去了。不一会儿,老谢那女人又进门来,对他身边的女人说了句什么,女人便跟他说,我们到另一个房间去吧。他不明所以,问道:为什么?女人说:那儿更好。他便跟着去了。他觉得自己像一个被人牵着线的木偶,但他心里又是那么不可否认地跃动着。

是一个五六平米的小房间,靠墙有个电视,电视正对着沙发。再没别的东西。女人没再征求他的意见,关了灯,小小的房间里一片黢黑,他听得见自己呼哧呼哧的喘息。女人沉甸甸的肉体揉在他身上,压得他更大声地喘息着,呼哧,呼哧。他一只手伸进内衣里握住了女人的一只乳房,另一只手揉捏着女人的屁股,女人像一只巨大而笨拙的花瓶,完全倾靠在他身上,有些夸张地呻吟着。他脑子里装了一袋热汤水似的,晃晃荡荡的,热,而且亮。他的手不知不觉地伸到了女人的裙子里,左手的食指伸了进去……他几乎想不起来怎么把女人压在身下的。这时反倒是女人惊醒了一般,说要去拿安全套。他机械地放开了她,坐在沙发上,呆呆盯着黑的哑的电视,等着。他想过逃离么?好像没有。他只是,等着。然后,女人进屋后没脱裙子直接脱了内裤塞进裙子兜里,他再次把女人压在了身下。他看到女人一张蠢笨的脸夸张地扭曲着,吐出一些绿丝丝儿的气息,蛛网一样缠住了她。他仿佛站在一个很高的位置,看到自己蠢笨地动作着。快乐么？好像没有。他只是，继续着，没有消停的意思。女人好像不耐烦了，说："我给你讲个笑话吧？说啊……大姐夫啊趁着啊……老婆不在家啊……把小姨子堵在了房里啊……啊小姨子啊和大姐夫啊……大姐夫啊说你刷牙啊……啊小姨子说大姐夫这牙刷太大了呀……"他丝毫听不出这有什么好笑的。她的夸张的东北口音在他听来蠢笨无比，他简直想要扇她两个耳光，想要捂住她的嘴巴，想要掐死她……但他竟然射了。女人推了他一把，说："完了？"他故作惊讶："啊？没有啊。"他试图继续下去，却感到自己是那么软弱，绝望。他伏在女人身上，喘息了一小会儿，低声问："老实说，你几岁了？"

"我七六年的，今年三十五了。你呢？"

"我八二的，你比我大六岁哪。"

他们再不说话。她轻轻地拍着他的后背。

他很快便感到了厌恶，整理衣服，坐了起来。女人也坐起来，从裙子兜里掏出内裤穿上。

"你是现在付钱呢，还是待会儿付？"女人冷静地说。

"什么付钱？"他愕然道。

"你朋友只负责酒水和坐台的钱，可不负责这个。"

"他们知道吗？不要付重了。"

"我可不会讹你，不信你去问他们。"

他走出昏暗的房间，往楼下走，楼下一个人没有，他又走回来。

甫跃辉 ｜ 苏州夜

"怎么样？现在付还是待会儿付？"

"多少？"

"七百。"

"七百？"

"是啊，都这个价。你来之前我跟个老外干，我还要了他两千。七百算便宜你了。你就现在付了吧。"

他瞥了一眼她的脸，啊，这真是一张蠢笨的脸啊。他有一瞬间几乎要干呕。

一张，两张，他数着钱。

三张，四张，他停了一下。

五张，六张，七张。

他把钱捏在手里，又停了一下，递给她。

她卷了钱，数也没数，塞裙子兜里了。

"下楼坐会儿吧？"她淡淡地招呼道。

他石雕似的坐在楼下刚刚坐过的椅子上。刚刚拥挤着的一堆人都不见了，只剩下老板和那个有些怪的男人相对喝酒。他们不说话，就那么神情忧郁地面对面一杯一杯喝酒。他下意识地注视着他们，他们为什么如此忧郁，又如此沉默呢？

好一阵子，人陆陆续续下来了。

"这么快下来了？"王弗笑道，挂在他身上的那女人也笑眯眯的。

他想他的脸一定红了一下，幸好光线暗淡，谁也看不见。

老谢和西装男人各自拥着一个女人也下楼来了。老谢在楼梯口的桌子那儿坐了，抱着一身粉红的女人坐在大腿上。西装男人到店外去了，王弗坐到他这桌，说："老王去取钱。我们再坐会儿。"

"我钱已经付给她了。"他看了一眼站在自己身边的女人。

"你怎么给她钱？"王弗看着他，继而转向那女人，"前台的钱是我们付的，你怎么能要我兄弟的钱？"

"不是前台的钱啊……"女人拖长了声音，"做的钱不是各自什么？"

"你做了？……"王弗圆睁了眼睛对着他。

他想，他的脸一定红得发烫了吧，即便光线暗淡，王弗也该看到了吧。有一瞬间，他看到王弗光光的脑袋在黯淡的屋里发出奇异的光。

"是啊……"他有些不知怎么回答，还是装作很坦然地回答了。

王弗又看了他一眼，他生怕王弗再询问什么，幸好王弗终究没再说什么，只盯了那女人说："那你也没必要跟我兄弟要钱啊，我们不会一起付啊？再说，七百也高了吧？都是五百。"

他有点后悔了，竟然不知道讲讲价。七百块钱啊，是他一个月基本工资的一半了。

"哪里高了？我今天跟个老外，他还给了我两千……"

"有你这样比的吗？我兄弟初来乍到，你不能骗他啊。"

"唉……不说了吧。"他有些厌烦地打断了王弗，低头喝了一口啤酒，

甫跃辉 | 苏州夜

仍为那七百块钱心疼。又觉得，松了一口气。

"老谢要带那女人出去过夜。"王弗岔开话。

他朝老谢和那一身粉红的女人看去，无意中，却看到进门时搂过他的那女孩儿拽着一个帅气年轻人的胳膊正走下楼来。他望着他们。他们亲密无间的样子那么自然，那么天衣无缝。他们刚刚也到楼上去了，他想。他们从他桌边穿过，他看到她的一双眼睛始终盯着身边的男人，微黑的鹅蛋脸透着淡淡的光彩。他微微拧了眉，又舒展开，木然地看着他们相拥着开门出去，站在路边的悬铃木下说着什么。老板娘还站在门外，和他俩说了一句什么，就避让开了。他有些紧张，她不会也要跟着那男人出去过夜吧？忽而又想，他紧张个什么啊？

他转过身来，拧着眉，思考着什么似的瞅着吧台，忽然，他看到了刚刚差点和他吵起来的那个男人。那男人……怎么形容呢，这时候像一只待宰的鹅，伸着长长的脖颈，两只眼睛似乎鼓突着，死盯着门外的女孩儿。他看到男人一只手攥着酒杯，不时送到嘴边，沾一下嘴唇，又沾一下嘴唇。像个玩偶，他想。

他心里隐隐对这男人，有了一种莫名的同情。

不一时，离开的西装男回来付了钱，四个人鱼贯而出。他走在最后，风迎面吹来，凉飕飕的，已经是秋天了。

他回头朝酒吧里看了一眼，虽有灯光，却觉得黑漆漆的，俨然是一个深不可测的洞穴。洞穴深处，那个落魄的男人枯木雕像般，一脸愁苦地坐在吧台前，攥着酒杯，机械地沾了一下嘴唇。同样一脸愁苦的老板直挺挺地站在吧台后，垂着头，不知在想什么。

西装男道了别，走了。他、王弗、老谢和酒吧里的女人朝另一个方向走。这是和宾馆相反的方向。他并未多问，只是木木地跟着走，风有些凉，他竖起了衣领。走了一段，王弗支吾着对老谢说："哥们，上次借你的……"老谢打断王弗道："下次下次，啊，下次再说啊，不会赖你的……"

转回宾馆的路上，王弗才向他抱怨，老谢借了他两万块钱，说好三个月还，现在半年多了还没动静。他木木地听着，心里却想着，自己算是白白扔了七百块钱了。七百块啊。他感到自己从来没这么心疼过钱。

在宾馆里洗澡时，他忘了钱的事，仿佛才明白过来刚刚发生了什么事。

他反反复复地搓洗着下身，搓洗着左手食指。他竟然将手指伸进了那儿……用了香皂，用了沐浴液，闻了闻，仍旧洗不掉那一股怪味。他将水温调高，再调高，滚烫的水噗噗响着砸在他身上，他近乎绝望地想，再也洗不掉那股怪味儿了。会不会得艾滋呢？他想起曾经在网上看到过的各种感染上艾滋的例子，心里一激灵，再次搓洗起身子，忽然又停住了，他心里有一块石头落了地似的，要是感染上艾滋或许还好些……他有那么一会儿，用右手撑着贴了瓷砖的墙，将左手对准了喷头，呆呆地瞅着那根已经被搓洗得如同肥胖的红萝卜的食指。王弗在屋外喊了他几声，他才答应。

王弗喊他再出门一趟，他惊讶地瞅了王弗一眼，王弗说，是出去吃点儿东西。他想了想，还是跟着出了门。他一直默不作声，也不看王弗。在等电梯的漫长时间里，王弗拍了拍他的肩头，说："老弟啊，男人都一样，都经不住诱惑啊。"

他嘿了一声，不知道自己的脸是不是又红了。

路上人很少了。他们再次走到刚刚去过的那家酒吧门口，他意外地发现，那个脸蛋微黑的女孩儿仍旧站在门口，似乎张望着什么，另外几个女人则在门口跟流动小贩买水果，但没看到跟他做过的那女人，他莫名地松了一口气。走近了，他听到嗓子眼里对那女孩儿打了一声招呼，女孩儿眼望着空荡荡的街道，没看他一眼，也没回答一声。他张了张嘴，嗓子眼里的招呼都没了。他们走过去了好一段路，他仍不住回头，那女孩儿始终呆呆地望着前方。

"哥们，下次再来吧，这店里就这妞正点，但听说要价太高了。"王弗嬉笑着说了一句。

他们进了一家专营夜宵的餐馆，要了一大锅螃蟹。空旷的餐厅里只有他们和服务员在进餐。没什么由头的，他第一次向王弗讲起了自己怎么从农村老家来到上海，第一次讲起了自己这么多年在城市生活中遭遇的种种难堪，第一次怀着温柔的情感，对王弗讲起了老家冬天开满花的油菜田……王弗认真地听着，不时说上一两句宽慰的话。他感觉到，因为酒吧这件事，他和王弗之间，似乎有了什么不同。忽而，他又感觉到，他不该跟王弗说这些的，王弗，怎么能理解这些呢？这是他第一次对王弗生出了蔑视。可他禁止不了自己，他越来越沉溺在自己的叙述中，越来越需要王弗的倾听。就在这种近乎彼此理解、支撑的情感中，一小片螃蟹壳卡进了他的齿缝间，他一边说话，一边用舌头舔、挑、顶，全然不管用。他甚至趁着王弗移开视线的一瞬间，伸进筷子戳了戳——不能用手，他的手在酒吧里弄脏了——仍旧不管用。一直到吃完了整锅螃蟹，那刺儿仍粗大地梗在那儿，直如一根木棒横亘在他的脑袋里。

走出餐馆时，已近十二点了。他低头看了看手表，趁着黑暗，下意识地将手指伸进口中试图抠出刺儿，突然，他意识到了什么。

他伸进嘴里的是左手食指。

刹那间，他就吐了。

他扶着一棵悬铃木，狂吐不止。

淡绿、青紫、酱黑，各种颜色。

盘旋在他的脑袋里，纠缠着，轰鸣着，尖叫着。

一齐，吐了。

啊！他一次一次弓着身子，发出动物临死时的声音。

王弗被吓坏了，不停地拍打着他的后背，重复着："不会是吃坏了吧？不会是螃蟹变质了吧？不会是……"如果不是一次次的呕吐让他越来越虚弱，他想，他一定会转身给王弗一拳，好让他闭嘴。

没等他挥拳,一个电话进来,王弗就闭嘴了。

他听到王弗走到一边去,低声说了几句什么,又回到他身边,停了一会儿,王弗才说:"哥们,没事吧?"

"没事,没事……"他虚弱地说,"你是不是有什么事?"

"那女人来电话说,她这会儿在宾馆大堂等我……这屌女人!"

他迟钝的脑子转了好一会,才想起王弗说的是那个"几十万女人",心想,你不是说再不跟她玩儿了吗?怎么还把住什么宾馆告诉她?现在又……但他什么也没说,他扶着树干,又吐了一口,淡淡地说:"那你先回吧,我没事。"

他浑身酸软,坐到了树边的马路牙子上。

"哥们,那你差不多了自己回啊。"王弗拍了拍他的肩膀才离去。

他勾着沉甸甸的脑袋,瞅着王弗大踏步远去的背影,骂了一句:"真是牲口啊!"还没骂完,嘴巴又被接踵而来的呕吐占据了。他一口一口吐着,像是要把今晚全部的遭遇吐净,好让身体重新变得干净。确实,在身体越来越虚弱的同时,他奇怪地感觉到身体随之变得越来越干净。空洞、轻飘而干净,像是初生的婴儿。他今晚是没地儿可去了,他想。在这陌生的城市,陌生的夜晚,他再次感受到了许多年前刚到城市时的那种孤凄。转而,又释然了,且有一种微微的轻松感。原来,他竟这样一无所有。他近乎愉悦地想道。

——这时候,不记得是什么原因了,我正经过这条街。这时候的我,刚刚离开老家来到城市，刚刚开始学着写小说。我是多么踌躇满志，相信和追寻着许多自认为美好的东西。走到一家仍旧亮着灯火的餐馆前，看到一个陌生的三十来岁的男人坐在马路边，垂着头，在吐。并不是什么稀奇的事儿，但我还是停下了脚步，好奇地瞅着他，他感觉到我站在面前，也抬起了头，目光虚虚地瞅着我。

"唉……"我说。一个奇怪的念头飞速闪现在脑海，我很想对他说："你很像我的兄弟。"但我什么也没说，他跟前的呕吐物散发出的强烈气味促使我很快走开了，心头的不快直到在一家酒吧前看见一位年轻的女孩儿才消除。

她站在街对面，背后酒吧映出的灯光将她的身影投在马路上。隔着一条马路，加之夜色弥漫，我并不能看清她的面容，但我能感觉得到她哀愁的表情和诗意的怅惘。我刚刚培养起来的虚构的冲动让我对她产生了莫名的好感，我站在她斜对面的一棵悬铃木下，揣想着，在小桥流水的苏州，在旖旎温柔的夜晚，她这样一个女孩儿，翘首以盼的是什么呢？她从哪儿来呢？又会到哪儿去？这样无边的想象自然很容易勾起对往事的回想。

啊，那是初中时候，那时候我面对女孩子比现在还要害羞。记得有一次，我骑着自行车往学校去，猛然发现，前面不远处走着的正是我暗恋的女孩儿，我不由得将骑车速度慢下来，慢下来，再慢下来。我不敢超过她——如果超过她，要不要跟她说话呢？这实在是个天大的问题。

甫跃辉 | 苏州夜

那么尾随在她身后,便是我能想到的最快乐的事儿。我慢慢地走着,注视着她脑后跃动的马尾(阳光打在上面,它便成了一束阳光),注视着她淡绿的外套(让我想起五代词人的句子:"记得绿罗裙,处处怜芳草。")……我越来越慢,她似乎也走得越来越慢。这就不那么快乐了。我努力控制着心跳的同时,更加努力地控制着自行车。可不能让车倒了。然而车子还是歪歪扭扭、扭扭歪歪——倒了!

她忽然立住了,转过身,定定地瞅着我,忽而抿嘴笑了:"我就想,你能这样跟着到几时……"

那会儿,天空那么蓝,阳光那么耀眼,油菜花那么肆无忌惮地在我们周围泛滥。春天正小心翼翼地、静悄悄地藏着即将到来的夏天的热闹。

然而,不容我回忆太多,街对面的女孩儿转身进了酒吧。

门关上了,在她身后。

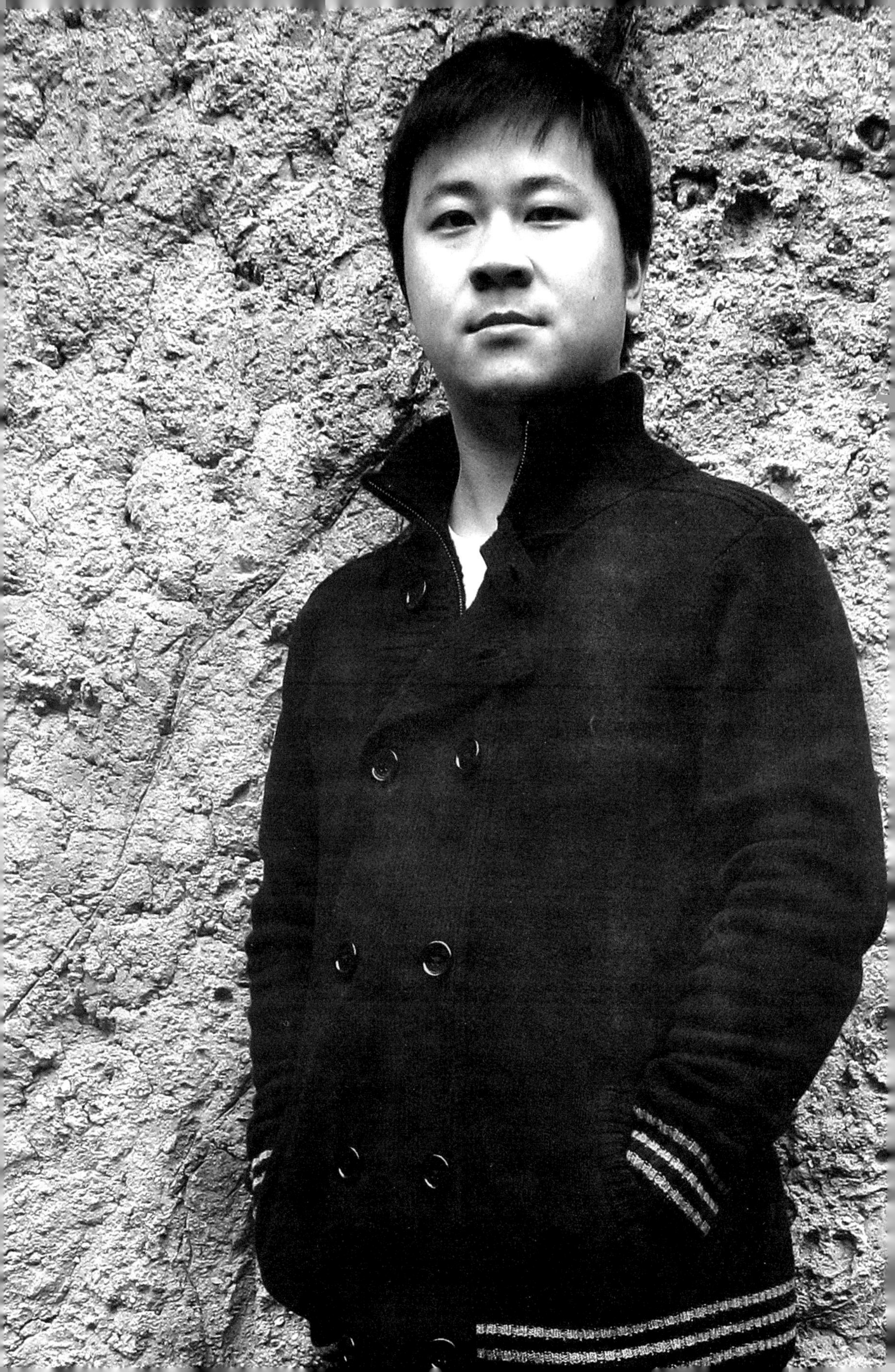

骆烨

1986年生，原名骆烨波，浙江诸暨人，现居杭州。小说、文学评论见于《山花》《钟山》《满族文学》《北京文学》《作品》《芒种》《青春》等，部分作品被选刊及年度选本选用，著有小说集《天堂里的贫民窟》、长篇小说《问题学生》等。《人民日报》《浙江日报》曾报道其文学创作成就。编剧作品有《武则天秘史》《隋唐英雄》《武松》《天堂不相信眼泪》等。现为《作品与争鸣》杂志社编辑、长城影视传媒集团编剧。

在西湖奔跑

虎跑曾经花了两个半小时的时间绕着西湖奔跑了一圈。那是他第一天到杭州来，下午四点钟下的火车，表哥玉泉接到他后带他去兰州拉面馆吃了一大碗拉面，虎跑把面汤一股脑儿喝进肚子，擦了擦嘴巴道，哥，带我去看西湖吧？

玉泉还在稀里哗啦吃着，头也没抬说，明天，明天带你去。

虎跑说，哥，你骗我，你不是说，我一到杭州就带我去西湖吗，你把西湖说得这么好，是不是骗我的？

玉泉有些不耐烦地说，妈的，我什么时候把西湖说得很好了，这西湖啊，就跟咱们村那个长塘差不多，也就是一个烂泥塘而已。

虎跑大声道，你骗我，你肯定在骗我，你以为我不知道你的目的啊，就是不想带我去西湖，你不带我去，我自己问一下路也能找到。虎跑说着就站了起来，顾自走了。

玉泉一看不对头，急忙付了钱，追上了这个不懂事的表弟。虎跑那年十五岁，第一次到杭州，他是来投靠这个在大城市里混得不错的表哥的。玉泉和虎跑到西湖边的时候，天色已黑了下来，湖边的灯都亮开了，西湖的水面上倒映着昏黄的灯光。玉泉说，这就是西湖，和咱们村的长塘没多少差别吧？

虎跑出神地望着西湖，他问玉泉，哥，西湖有多大？

玉泉拍了一下虎跑的脑袋，骂道，妈的，我怎么知道西湖有多大，我又不是杭州人，就算是杭州人也不知道西湖有多大，你他妈的吃饱撑着，西湖有多大管你屁事。

虎跑摸了摸被玉泉拍打的脑袋，继续望着西湖，他突然松了口气说，我想绕着西湖跑一圈。

玉泉一听表弟这话，足足愣了半分钟，然后又是重重地拍打了一下虎跑的脑袋，说，你脑稀没搭牢吧，绕着西湖跑一圈，全世界就你这一个傻子了。

虎跑说，哥，我已经决定了，我要好好看看西湖，你跟我一起跑吗？

操，我才不跟你一起当神经病呢！要跑你自己跑，我在这里等你，哎，绕着西湖边跑，别跑岔了道回不来。

虎跑笑笑说，不会的，不会的，那哥你在这里等我。虎跑说着提提腿，立马开始奔跑起来。玉泉在背后还大声骂着，神经病，我怎么把你这个神经病带到杭州来。

虎跑开始在西湖奔跑。虎跑的个子很小，但是跑起来却非常灵活，他在学校里的时候，每次运动会只要他参加的田径项目，第一名从未旁落。不过西湖边的人有些多，虎跑施展不开脚步，跑几步就要绕开一个行人，尽管这样，西湖的凉风还是在他的耳边呼呼叫着，西湖的夜景在

骆 烨 | 在西湖奔跑

虎跑的眼睛里像是按了快进键的录像，一幅一幅刷刷闪过。虎跑知道只要绕着西湖边跑肯定能够绕回去。

这一晚，虎跑足足用了两个半小时绕着西湖奔跑了一圈，当他回到原点的时候，玉泉已经躺在长凳上睡着了。虎跑气喘吁吁一屁股坐在地上感叹道，西湖真大啊，我就知道哥在骗我，咱们村十个长塘也比不过一个西湖大啊！西湖，名不虚传哪！

玉泉迷迷糊糊地在背后说，神经病，你跑回来了，西湖怎么样啊？

虎跑回过头说，漂亮。大。

妈的，你还知道什么是漂亮啊，延安路的美女那才叫漂亮呢！玉泉揉揉眼睛说，神经病，跟我回去吧！

玉泉并没有虎跑爸妈说的那样，在杭州混得很好。这位表哥，只是在这座城市里以捡易拉罐为生，一个月捡一万个易拉罐才换得了一千块钱。那时易拉罐的收购价还算高，要是到现在就只能是一半的价格，这样平摊下来玉泉平均每天也要捡三百三十多个瓶子，当然要是捡点别的破烂也能换些钱。

在虎跑来杭州之前，玉泉跟表弟说自己住在望湖大酒店那里，地段不错，咱们既然到杭州来了，那也要住得好一点嘛，不能亏待了自个儿兄弟。

玉泉带着虎跑到自己住处去时经过望湖大酒店，虎跑拉住表哥的手说，哥，你不是住这里吗？

玉泉说，哥最近手头紧，不住酒店了，刚搬出来，住在酒店后面的那条巷子里。

两人前后走着，走过一条只容一个人走得过去的小巷子，玉泉还回过头笑着说，杭州的土地寸土寸金啊，所以这里的巷子就这么窄。

后来玉泉终于把虎跑带到自己的住处。虎跑一看表哥住的地方，都快哭出来了，原来在大城市里混得不错的表哥竟然住在楼与楼之间，两边只有五十厘米宽的地方。和玉泉住一起的还有一人，蜷缩在角落里，他们在两堵墙之间盖了一个棚子，地上铺满了报纸，铺盖凌乱得很，也肮脏得很。

玉泉指指虎跑，对蜷缩在角落里的人说，这是我表弟，虎跑，刚从老家出来，嘿嘿，还未成年，以后还请德胜哥多多照顾哩！

这个叫德胜的人有些傲慢，虎跑是这样认为的，因为德胜只瞟了他一眼，嘴里唔唔了几声就闭上眼不说话了。

玉泉说，虎跑，这是德胜哥，他可厉害呢，整个西湖区都是他的地盘，呵呵，当然我说的是西湖区捡易拉罐的地盘。快，你快叫德胜哥啊。

虎跑也只是唔唔地叫了声，连他自己都不知道是不是在叫德胜哥。这一晚上虎跑几乎没有睡着，不知是因为见到西湖的兴奋劲还没过，还是睡在表哥这个和狗窝差不多的窝里不习惯，反正这一整晚上虎跑都没睡着，他听着德胜如同雷鸣般震撼的呼噜和外面时不时汽车飞驰而过的

骆　烨　|　在西湖奔跑

呼啸声，这种不协调的节奏像是一个臭虫在他头顶上缓缓地爬行，他想去拍打，这臭虫又立刻消失了。虎跑瞪大着眼睛，外面透射进来的光线把这个狗窝完整地展现在他眼里，这哪里是人住的地方啊！虎跑的兴奋感已完全没了，心里猛然间像是失去了什么。大概在东方出现鱼肚白之际，虎跑迷迷糊糊合了一会儿眼，其实他并没有睡着，德胜的呼噜声还在此起彼伏，真他妈想一拳头揍烂他的鼻子和嘴巴。

　　外面的吵闹声和天亮成正比，上班族们都赶着去上班了。德胜已经起来，对着光线在看一份报纸，虎跑打了一个长长的哈欠，感觉浑身一阵酸胀，他见玉泉还在睡，就问德胜，你们的早饭到哪里去吃？

　　德胜别过头来说，我们很少吃早饭，你要吃的话，出去就能看到很多吃早饭的地摊。

　　虎跑哦了一声，拍拍玉泉的身子道，哥，起来了，你带我去走走吧！

　　玉泉懊恼地说，走个屁啊，我困死了，再睡一会儿。

　　这时，德胜爬过来说，玉泉这人懒得要命，要不是跟我在一块儿怕是早就饿死了。

　　虎跑不理德胜，他对这个人从见到第一眼起就没好感。

　　玉泉起来后也没洗漱，对德胜说，德胜哥，今天去哪里？

　　还是延安路那里。德胜说。

　　带上我弟没问题吧？玉泉问。

　　随便随便，也带他去开开眼界吧。

那天，虎跑提着一个脏不拉几的蛇皮袋子跟在德胜和玉泉身后，他们从西湖边一直走完整条延安路，捡了一整袋易拉罐。虎跑叹道，到底是城里人啊，能喝掉这么多饮料，我的天！

德胜朝虎跑笑，轻轻摇头说，小鬼，没见识过吧，杭州的感觉不错吧？

虎跑也勉强朝德胜笑笑，又把目光抬高到延安路的高楼大厦上，极为惊喜地把每一幢楼房都看一遍。

德胜对玉泉说，你弟真是个傻子，这些房子有什么好看的，唉，应该去看这些美女的腿和屁股，这是最值得看的，嘿嘿。

玉泉附和道，对对，嘿，虎跑，别看这些楼了，看美女的腿和屁股。

虎跑听见了德胜刚才在说什么，他的脸变得微红，瞥了一眼从眼前走过的一个女人的细腿，咽了口口水说，哥，我饿了，我们什么时候去吃饭啊？

吃吃吃，你他妈就知道吃。玉泉拍了一下虎跑的后脑勺骂道。

虎跑在一个星期后搬离了望湖大酒店后面的那个狗窝，他始终不能和德胜融合在一块儿，他不喜欢这个人。这几天来虎跑跟着德胜和玉泉在延安路一带捡易拉罐基本上已经把这里摸熟了，当然最主要的原因是他碰见了另一帮也以捡易拉罐为生的城市游民，有两个还是老乡，华丰和七堡，他们对虎跑可要热情多了，一来二去，虎跑决定跟他们住一块儿去。虎跑对玉泉说，哥，你那儿地方太小了，这几天我都没睡好，还

骆　烨　|　在西湖奔跑

是让我跟华丰他们住一块儿吧，大家都是老乡，不会欺负我的，你放心吧。

玉泉也懒得多搭理，好好好，随你的便，反正你照顾好自己就行了。

虎跑终于换了一个新地方，终于不用忍受德胜的呼噜声了。新地方在东坡路法拉利跑车专卖店门口那儿，这里有一块巨幅的塑料广告布，几乎是从楼顶挂到了地面上，虎跑的几个新朋友就住在巨幅广告布的后面。白天这里都是高档人进出的场所，晚上却成了华丰他们的安乐窝。

在新朋友中间，虎跑认识了六和。六和戴着一副大镜框的眼镜，遇人总是投以一个微笑，看上已经快四十岁了，很多人都叫他六和老师。他同华丰等人最大的区别就是他从来不捡易拉罐，但只要他出去一个小时，绝对比捡易拉罐一天的收入多。

虎跑起初的时候也不知道六和是干吗的，后来从华丰嘴里得知，六和原来是个"三只手"，而且还是一个神偷，他只要看中你身上的一件东西，不出半分钟就能搞到手里。华丰说，简直他妈的神了。虎跑能感觉到这里的人并不嫌弃六和是个偷儿，反而对他很尊敬。于是，虎跑对六和抱着一种敬而远之的态度，见了面会打个招呼，点头微笑或是叫声六和老师。

自从那天夜晚绕着西湖奔跑了一圈后，虎跑像是吃了鸦片一样有了一股奔跑的瘾头，白天捡完易拉罐后，他喜欢把黑夜的时光留给西湖，他觉得西湖就是那么美，欲把西湖比西子，虎跑还知道这句诗，西湖是绝对比延安路上的美女要好看的,在西湖奔跑,这种感觉就像在天堂里睡觉。当然除了这些,虎跑还义无反顾地爱上了西湖的音乐喷泉,他简直不敢相信喷出来的泉水竟然能够和美妙的音乐一起跳舞,虎跑最喜欢的曲子就是那首《梁祝》,凄美中有着反抗,反抗中又显无奈,在起伏的喷泉里生发出一个个跳动的音符。

虎跑有很长一段时间没和表哥碰过面了,因为玉泉跟随着德胜换了一个地方去捡易拉罐,白天大伙儿都要干活儿,到了晚上虎跑又要跑到西湖边去发神经。玉泉出事的那天,虎跑正在进行着他的奔跑,天越来越黑,黑到伸手不见五指,似乎西湖边的那些路灯都一下子关掉了。突然,虎跑裤袋里的手机响了起来,这手机是玉泉用过的,玉泉买来时也是个二手货。虎跑的手机很少有电话打进来,这几声铃声几乎让西湖里的鱼儿都吓得跳了起来。虎跑一边奔跑,一边按了接通键,喂了一声。

那头是德胜的声音,明显透着急躁和恐惧,话都说不清了,虎……虎跑,你哥出……出事了,他被车撞,撞……你,你快点来啊……

虎跑张大着嘴巴,任由夜晚冷冷的风吹进他的肚子里,他已放慢脚步,那边德胜一个劲地叫着,虎跑,虎跑……你在听我说话吗,你……倒是哼一声啊,你快点来啊,你哥出事了,被车,车撞了。

虎跑好不容易吐出一句话来,在哪儿?

德胜报出了地点。虎跑道,好,我……我现在就过来。

玉泉是在过文二西路的爱心斑马线时被一辆跑车撞的,撞出了十多

骆 烨 | 在西湖奔跑

米远,据目击者说,玉泉被撞了五六米高,呈抛物线形落了地。其实德胜给虎跑打电话时,玉泉已断了气。虎跑赶到事发现场时,玉泉刚被抬上救护车,虎跑想冲上去,但被一个警察拦住了。虎跑撕心裂肺地叫喊,可是身边人都像是没有听到似的,虎跑的耳朵里一片寂静,像西湖的水一样寂静。他看见不远处有个白白净净的年轻人靠在一辆红色跑车边若无其事地微笑着,虎跑不清楚这鸟人是不是肇事司机,但就算不是肇事司机,面对一场车祸你也不能幸灾乐祸啊,他妈的,虎跑想冲上去扇他两个耳光,但他感觉自己的脚迈不开步子,摇摇晃晃了一下,竟然跪倒在地。那个白净的年轻人捂着嘴乐呵呵笑了起来,笑他像条丧家犬一样没用。

  玉泉的父母和虎跑的妈闻讯连夜赶来,第二天中午到杭州。虎跑妈扶着她那伤心欲绝的姐姐也是一个劲地哭,玉泉的车祸后来只是按照普通交通事故处理的,玉泉的父母当然不同意,拿自己的鸡蛋去撞那肇事方的石头,但结果是非常显然的。那个肇事司机就是笑话虎跑的白净年轻人。在法庭上他还是一脸释然,似乎他撞死的不是一个人,而是一条狗,一条没人要的狗。最后法院让肇事方给了玉泉父母五万块钱,算是安抚费。玉泉的爸爸拿到钱,拿出打火机就烧了起来,幸亏当时有很多人在场,夺下了那些幸存的红色老人头。

  虎跑妈在离开杭州前劝虎跑跟她们一起回老家去,但被虎跑一口拒绝了。自从玉泉出车祸后,虎跑开始变得不爱说话,每天都是沉默,也很少去捡易拉罐,捡几个易拉罐只是为了买几个馒头填饱肚子。他仍旧去西湖边奔跑,有时候一跑就是一个晚上,直到黎明前的黑暗将他整个人都吞下去。

虎跑不再捡易拉罐过日子了,他跟了六和学做三只手,是虎跑自己提出来要干这行的。虎跑自从做了三只手后,也戴起了一副黑色镜框的眼镜,但是他的手段比六和还要高明,每次行动的时候手里还拿本书,乍一看别人还以为他是个学生。而他也像六和一样,对路人都投以一个浅浅的微笑。

今天虎跑是单独行动的。六和早就说过,虎跑这人脑子灵活,手脚也快,跟了三个月就出师了。虎跑在延安路的公交站牌干了两单生意,收获并不是很大,第二次得手时,虎跑以为会是一个大钱包,因为被偷的那个妇女打扮得很时髦,看上去是个富婆。虎跑得手后就晃到了一条小弄堂里,打开钱包一看,气得快要吐血身亡,里面竟然只有两张十块和几个硬币,硬币中还有好几个是一毛的,真是他妈的。虎跑把钱包扔在地上,吐了一口唾沫,用脚狠狠地踩了几脚。他本想再回延安路干一笔,又想起六和的教导,一天内不要在同一个路段上出手两次以上。

没事干了,虎跑觉得还是去西湖边看音乐喷泉。在西湖边等了一个多小时还不见动静,他躺在长凳上慢慢睡去,昏黄的阳光照在他的脸上,这是一张苍瘦的脸。虎跑昏昏沉沉回到广告布后面的那个窝,华丰他们

骆　烨　|　在西湖奔跑

几个家伙蹲在地上打牌,见虎跑回来,华丰站起身来笑着问,今天怎么样?

别提了,挣点饭钱。虎跑懒懒地说,又对站在一旁的六和吐了一下舌头。

呵,没事,来,喝酒。华丰说着就把半瓶二锅头递给虎跑。虎跑也不客气,仰起脖子就喝了一大口。

这时,七堡说,虎跑,能不能借我点钱?

还没等虎跑回应,华丰就对七堡骂道,你他妈的输光还要来啊,起来起来,让虎跑和我们一起打。来,虎跑你来。

他妈的华丰,你太不讲情面了,不就是输点小钱吗,我一百个易拉罐就能捡回来。七堡嘟着嘴很不服气。

华丰在七堡屁股后面踹了一脚,那你他妈现在就去捡啊,走开。华丰死硬地把七堡拉了起来,然后把位置让给虎跑。

晚上虎跑的运气还是不错的,打了两个多小时的牌竟然赢了三十多块钱,操。打完牌后,他跑出去买了一箱啤酒和两大包花生米。这一晚,法拉利跑车广告布后的欢笑声和酒瓶的撞击声一直响到凌晨。

偷,只是为了活着,为了能够有饭吃,有酒喝,有钱打牌;能够躺在西湖边的凳子上晒一下午太阳,无忧无虑地听西湖的音乐喷泉;到了黑夜,闭着眼睛在西湖奔跑。虎跑现在干这行几乎没有别的目的,自从第一次偷别人的东西得手后，他就没捡过一个易拉罐。他自己也时常喝饮料，喝完后扔在地上，一脚把它踢得老远。小的时候，虎跑梦想过当一名科学家，造原子弹或是氢弹，他还知道钱学森的故事，钱学森为了报效祖国，冲破美帝国主义的重重艰险回国造原子弹。他听六和老师说过钱学森就是杭州人，而且还住在杭州哩！那时，虎跑兴奋得不得了，恨不得跑去看看这个造原子弹的人是不是长了两颗脑袋。当然，虎跑还只能是虎跑，除了可以在西湖免费奔跑，钱学森是看不成的。不过虎跑觉得杭州这个城市除了车子多了一点，人拥挤了一点，整体感觉还是不错的。要是表哥玉泉能够活着，虎跑会义无反顾把杭州当作人间天堂。

　　中午时分，虎跑在延安路的公交站牌那儿干了一票，钱包里有四百多现金。随后他去肯德基买了个汉堡和一杯百事可乐，来到西湖边享用午餐，可能不是周末的缘故，西湖边的游客并不多，零零散散的，虎跑懒得去看他们，今天的收入还不错，那下午就休息吧！

　　吃完午餐后，虎跑在苏堤来回走了一趟，感觉有点倦了，便找了一根长椅子躺了下来，很快就睡了过去。他不清楚自己睡了多长时间，似乎刚睡着就醒来了，又感觉是睡了一辈子。在这不知不觉的睡梦里，虎跑看见了表哥玉泉，已是很久没有梦见他了，但玉泉的脸是如此清晰，以至于让虎跑认为表哥就在他身边，还活着。但虎跑清楚地记得，玉泉早在两年前就被一辆红色跑车撞死了，骨灰都带回老家去了。可是玉泉就在眼前啊，他还微笑着，虎跑有些不敢相信，他叫了声，哥，哥是你

骆　烨 | 在西湖奔跑

吗？你还活着啊？玉泉不理睬虎跑，但是他的脸色突然变了样，变得极度苍白，又由苍白变成猪肝红。虎跑惊慌了，他大喊道，哥，哥，你怎么了？玉泉的整张脸突然间冒出血来，他冲到虎跑面前惊恐地叫，虎跑，快跑！快跑啊，虎跑。

　　虎跑猛地惊醒过来，吓出一身冷汗，他慢慢清醒，发现自己的泪水流满了脸颊。虎跑眺望了西湖一眼，西湖一片寂静。虎跑靠在椅子上回忆刚才那个莫名其妙的梦，大白天做这样的梦，真是见了鬼，他已经对表哥的样子有了模糊的感觉，但是在梦里却是这样清晰，就像是真的一样。

　　天色慢慢地拉下帷幕，虎跑一直傻愣愣地坐在那里，当他抬起头时，西湖已是灰蒙蒙一片。他转身要回去，就在这时，他看见一对男女从一辆红色跑车里钻出来。这本不关他的事情，有太多有钱人到西湖边来浪漫了，可是虎跑猛然间发现那男的竟然是那个撞死表哥的白净年轻人。

　　像是有一根无形的绳子牵引着虎跑一样，让他跟在了这对狗男女的身后。这对狗男女边走边亲热，完全不把周边的游客放在眼里。虎跑知道，对这种人你要是动粗是绝对占不到便宜的，但自己现在是个"三只手"啊，他决定从这狗娘养的身上偷点东西来。虎跑跟了他们有二十多分钟，终于在一段水上走廊上，虎跑超了上去，他下手极快，只撞了一下那男的，便从他的口袋里摸走了手机。但令虎跑没有想到的是，还没走出五米，那女人便尖叫道，啊，有小偷，他偷了你的手机啊，抓小偷啊！

虎跑回头瞥了一眼那个女人，女人瞪大眼睛盯着他。虎跑撒腿就跑。白净的年轻人边追边大声叫着，抓小偷啊，抓小偷。

虎跑跑出了水上走廊，沿着西湖奔跑，此时夜色已黑，附近的人听到"抓小偷"的呼声，似乎都像是吃了春药一样，跟随着喊叫声也奔跑起来。虎跑沿着西湖一直跑了大半圈，要是在以前他跑上一圈半都不会感觉吃力，但是今天他的脚却越跑越沉重，快跑到断桥的时候，他实在跑不动了，他回头看了一眼，后面竟然黑压压一片人群，虎跑不知道这些像蚂蚁一样的人群是怎么冒出来的。

跑上断桥的时候，虎跑脑子里突然间闪出一个念头来，跳到西湖里他们总追不上我了吧，就是这一刹那的工夫，虎跑身子一跃，直接从断桥上跳进了西湖里，湖水冰冷冰冷的，虎跑抬头看见自己吹出了一个一个泡泡，他睁大眼睛望着水上面，断桥上挤满了人，人影在兴奋地晃动，无声喧哗，他还看见那个白净的年轻人又在对他笑了，笑得很轻蔑、很快乐。

虎跑闭上了眼，任由身子漂浮，他感觉到自己仍然在奔跑，但是眼前很黑很黑，整个人的重量变得很轻很轻。他又看见了西湖，他不再沿着西湖奔跑，而是直接在西湖的水面上跑，西湖的水像是海绵一样。在这上面奔跑，人就能够飞起来。西湖里的音乐喷泉响起，还是那首《梁祝》，恍惚间，虎跑听见玉泉在他耳边叫喊，虎跑，你这个神经病，你他妈的怎么还在西湖奔跑啊。

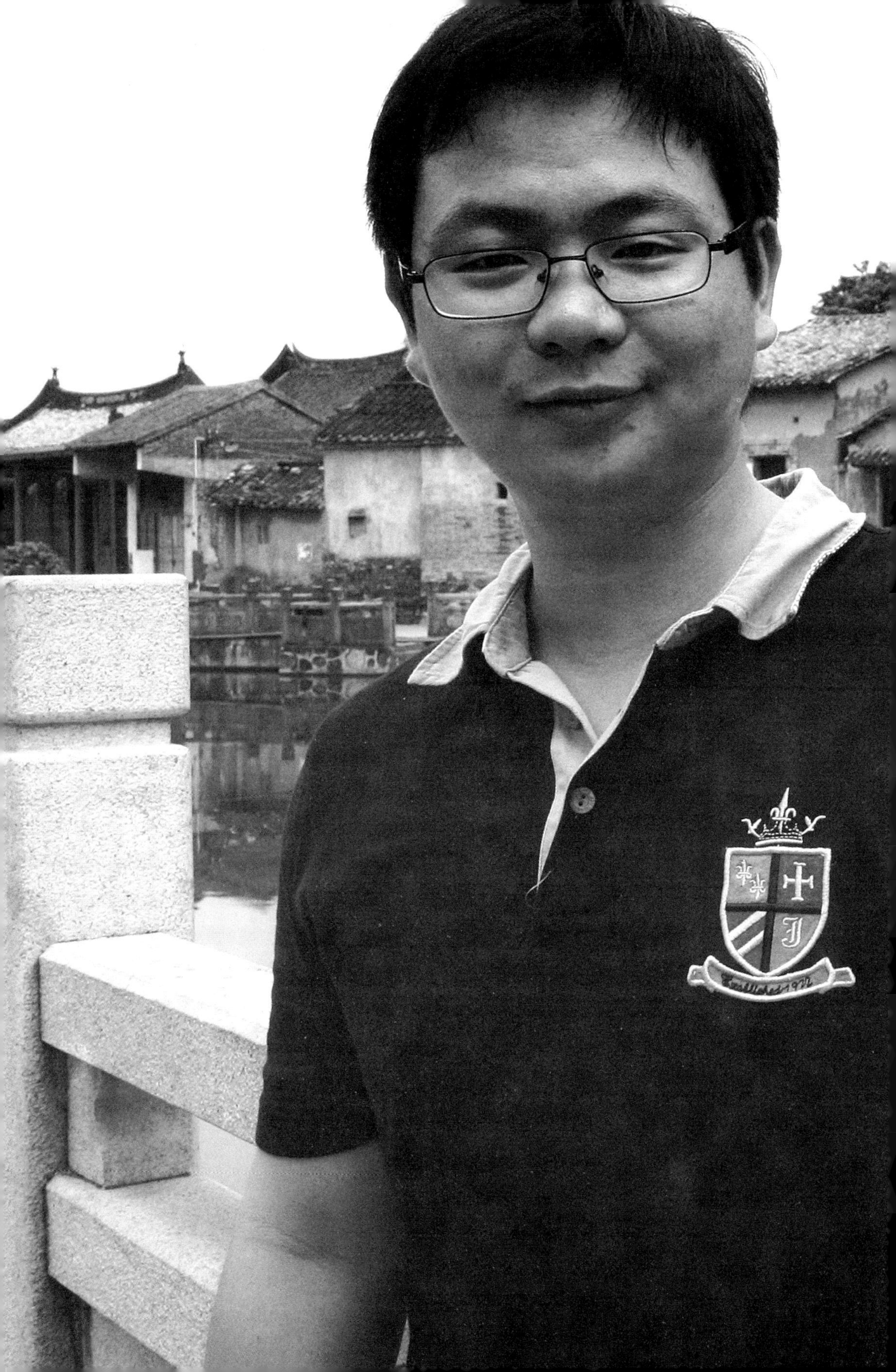

原名陈崇正,1983年生于广东潮州。
在《山花》《北京文学》《百花洲》等刊物发表作品。出版小说集《宿命飘摇的裙摆》《此外无他》,诗集《只能如此》。曾获东莞年度文学传媒大奖、梁斌小说奖。作品曾入围台湾联合文学小说新人奖、联合报文学奖终审。广东省作家协会会员,韩山诗歌创研中心理事,《领悟》杂志执行主编。

空 间 密 码

1. 芭比的离开

小个子姑娘张淼给我发信息让我一个星期后注意查收一封邮件。那时候我正在狮子寺陪妻子嫣红烧香拜佛求子，也没多留意。等我跟所有的佛像都说过了好话之后，重新打开那条信息，才发现张淼这条信息里面每一个句子都用了标点。

认识张淼八年了，她发信息从来都是用空格替代标点，有时候连空格都省了。除了我们分手的那次，她说："阿施，我说，要不，我们还是分开吧。"每一个标点的棱角都非常锋利，把我的心都扎破了。我想问分手的理由，但她始终没有说。

分手之后，她留在东州，我去了西宠。她给我打过几次电话，都是高兴的事情，比如找到新的男朋友了，比如买了一个新手机一件新衣服，或者老板给她发了双倍奖金。我几乎每次都告诉她别打扮得太花哨，不然就更像芭比娃娃了。她大学时候个子小，又爱打扮，穿着裙子，许多人都说她像芭比娃娃。但同一个玩笑说过太多遍，我自己也觉得很没创意，但对于没有交集的生活来说，开个玩笑是多么困难的一件事。所以后来有一些电话，我只能选择不接，然后回头发信息说，我在洗澡，我在厕所，我在开会，我在开车，总之，我刚才在忙，没接电话，改由信息回复。她每次都只回复两个字：没事。后面没加句号。

这次，居然在信息里使用了分号，她说："阿施，我给你发了一个邮件，设置了定时发送，一周后你会收到；阿施，有空多给麦克打电话，他一个人在外面跑，挺难的。"我当时正准备给弥勒佛行跪拜大礼，希望他老人家可怜我们结婚三年都还没有孩子，务必送个考试不考零分的孩子给我们，居然没心没肺地回复了一个"好"，没加标点。

妻子睡了之后，我在台灯下把信息看了两遍，决定给麦克打个电话。一看时间，已经接近午夜，犹豫了下还是躲到厕所里拨通了他的电话。即使麦克睡了吵醒他应该也不碍事——总有一类朋友打电话是可以不讲究时间的。响了很多声之后，麦克接了电话，我先道歉说不好意思把你吵醒了。麦克骂了一声操，说："我这里太阳刚下山呢！我在新疆呢！"

麦克的原名叫什么，我已经记不清楚了。这家伙毕业后一直在西部活动，勾结动物保护站的不法分子贩卖一些动物皮毛，做成粗糙的皮衣让藏民穿上带到尼泊尔。日本发生核泄漏事故后，人们疯狂抢购食盐。他打电话给我，说他刚好在青海湖，踢开沙土，地底下全是盐。"来青海湖吧，这里的盐够你小子吃一百亿年。"他边抽着烟斗边说，让我想起他的大胡子。

这一次，他在电话里反问我："张淼下个星期结婚，你不知道？"

我尴尬地笑着，说不出话来。麦克很识相地告诉我他刚到手一批好皮:"是好货,整张羊皮卷起来能穿过你手上的婚戒,不信你把戒指寄过来试试。"我们都大笑,然后他问我,最近听什么音乐。我说好久没听音乐。他说最近发现左小祖咒那一首《爱情的枪》和他的心境挺吻合,让我有空听听。我说好,但自己可能不会去听的。

2. 每次都猜错

张淼要结婚了,她没告诉我。麦克说她找了一个踏实的山里人,家境殷实,用麦克的话说,她要去当压寨夫人了。张淼跟麦克说,进山了她就把手机号码换了,家里也不弄网络,与世隔绝,好好帮山大王生一堆娃。

我想起来,分手的时候我似乎告诉过她,她结婚的时候别邀请我,也不要告诉我。她大概记住了,牢牢记住了。

本来故事到了这里也没什么好说的。一个已婚男人的前女友结婚了,他的忧伤纯属一种闷骚。这样的故事太多了,大学恋爱,毕业分手,各奔前程。已婚男人都容易把自己当成故事的主角,总觉得前女友还是他们的,所有有过故事的女人都应该是他们的,非常典型的一厢情愿的想法。他也许会带着一些哥们去喝几瓶啤酒,或者去KTV吼一吼,最后骄傲地宣布,我的前女友结婚了。紧接着就会跟一群老男人吹嘘起当年庸常的故事,如何跌宕,如何断肠——老男人的把戏无非如此。

但这一次不同了。

全世界每天都有几十万人死去，又有几十万人出生，每年有几十万人死于车祸。但我第一次听说有人能将婚车从盘山公路上开进深渊。

张淼死了。第二天麦克给我打电话，平时爽直的麦克在电话里呜咽。我正陪妻子在沙发上看《非诚勿扰》。闻讯后，我冲进厕所，关上门，扭开水龙头让水哗哗地流，然后号啕大哭起来。我发现自己很久没有这么伤心地哭过了，在这样的悲伤里没有男人与女人，没有贫富，没有性，没有算计和诉求，只有永恒之死，只有干净的悲伤。我仿佛看见张淼提着一个小皮包出现在我的门口。这个小个子女生，将自己打扮得像一个玩具，站在那里，脚尖并着脚尖，还没有说话就开始嘻嘻地笑起来，等我迎着她走过去。她说她喜欢等着我走过去，喜欢等着我凑上去吻她。

穿什么衣服，戴什么发饰，收藏什么小物品，她都有自己的主张。她对自己需要怎么活，似乎有一种天生的主见。而在我面前，她说她收起了所有的光芒。问她中午吃什么，听你的；吃完饭去哪里，听你的；下次什么时候见面，听你的。

麦克警告我说，这种百依百顺的女生，你要小心点，以后结了婚，就什么都反过来了，她将成为你生命的主宰，你小子就完蛋了；要是分手呢，你夜里小心鸡鸡别给剁了。

后来证实，结婚是没有机会了。果然不出所料，这女生一旦分手就翻脸不认人了。一旦分手她就对我决绝起来，以前她所有的密码对我都是公开的，分手以后改得一个也不剩。就连她写生活日志的网络空间，也在一夜之间加了密码，我试了好几次，所有的生日、关键字都用了，每次都猜错了。

谈恋爱的时候，张淼就喜欢让我猜猜猜。比如我问张淼，你喜欢我以后去考研呢还是去考公务员？她说你猜，我说你应该比较喜欢我去考公务员吧，能比较快娶你。她说你猜对了，真聪明！但其实后来我发现自己一直猜错了——我既没有考上研究生，也没有考上公务员。而张淼，她最终也没有选择研究生和公务员，而是山里的暴发户。

3. 我给你写信

麦克躲到我家的阳台上去抽烟，因为怕影响我妻子受孕。他昨晚风尘仆仆从火车站出来，就拉着我去酒吧。到了酒吧，我说最近计划造人，不能喝酒。他很不高兴。我陪他喝了一小杯啤酒，他开始讲述他在可可西里有一次险些被棕熊拍掉脑袋，还问我什么时候到西藏去，他带我开车追野牛。

"藏羚羊是保护动物，你还是别乱来吧？"

他摇摇头："现在藏羚羊保护过了头，牧民都帮我们借枪，让我们去打猎！"他诡异一笑，"原来是个平衡的生态，过度的杀戮和过度的保护都是破坏。"

我边聊天边看手表，惹得麦克很不高兴。他把烟斗装进袋子："我说阿施，怎么回事？麦克坐了三天两夜的火车来找你，你怎么回事？"

我尴尬一笑："不是，麦克，今晚我老婆排卵期。"

麦克愣住了，半天才回过神来："还没生呢？那走吧走吧，你去播种吧。"

我开着车慢悠悠穿过西宠市区，这座在灯光中浮动的城市显得特别神秘。麦克一上车就把座椅放平，说了两句话之后便鼾声四起。身边躺着多年不见的铁哥们，而我居然是将车开往一个四四方方的空间，目的是要在一个女人的子宫里播种一颗精子。

在一个红灯路口急刹车的时候，麦克醒了。他坐起来，对着车里的小镜子照了照说："还是那么帅，麦克的胡子还是那么有型！"他的臭美又一次把我逗笑了。

在笑声中麦克忽然严肃地说："我说阿施，咱都三十岁了，你应该好好想想，该怎么生活，该怎么爱。"

该怎么生活，该怎么爱。我没有回答麦克的话。我回答不了。

麦克是赶过来参加张淼的葬礼的。他问我，你去吗？

我摇摇头："我以什么名义去？"

"朋友。"

"我不够格。"

"那你在家陪老婆吧。"

麦克在我九楼的家里住了两个晚上，就坐大巴离开了。对高楼，他很不习惯。临走的时候他问我，毕业后真的没找过张淼？我说没有。张淼也没找过你？我说没有。

你小子撒谎。

我的脸红了。是的，我撒谎。我快结婚的时候，张淼来找过我一次。

我说，一起过了一夜，但什么都没做。

恰当地说，应该是除了做爱，什么都做了。张淼说，转眼我就是别人的了，她要来陪陪我。她很懂我，衣服都没脱，就把我整服帖了。对于我身体的密码，她一个不漏地记住了。我像被熨斗熨过一样舒服，很快就睡着了。半夜醒来，张淼坐在床头看着我，把我吓了一跳。

她说："没事，睡吧，我看着你睡。别担心，我没带剪刀，不会咔嚓你的。"

黑暗中，我伸手摸她的脸，却摸到了泪。第二天一早醒来，她已经走了，我找了一圈，没有发现任何纸条。我给她打电话，她嘻嘻地笑着，说大巴车早上才有，看我睡得沉，就没叫醒我。我突然想起她晕车，问她不会晕车吧？她说没事，不吃东西就没事。"我回头给你写信吧。"最后她说了这么一句，就挂掉了电话。

4. 你能猜得到

麦克离开西宠，我才有勇气打开那封邮件。这封道别的信，竟然成了张淼对我说的最后的话。我不忍心说遗言,对于青春尾巴上的我们,遗言是多么残忍。邮件应该不是一次完成的,而是在不同的时间断断续续写完的,所以看起来有点像日记:

  阿施,我能想象得到你以一种十分不屑的表情打开这封邮件,然后对着屏幕说,切,又玩这种小把戏,都什么年代了,还写邮件?但我确实想写信,想写长长的信。我甚至考虑过用笔和纸写下来,然后走路到邮局去,贴上精美的邮票,给你寄过去。没有这么做是因为电子邮件可以设定发送时间,你收到这封信的时候,我大概正被我的丈夫接进山里举行婚礼。
  写长长的信,走长长的路,想念一个人,这些仅仅是习惯的渴望。就像爱着,也许仅仅是一种习惯,养成这个习惯只需要三秒,但改掉这个习惯我不止用了三年。我也想过,一些年过去,我想象中的那个阿施也许早已经不是阿施了。这样想起来,我大概只是爱上了一种想象,就像每一次看到你,凝望着你,也许这个你,早已经不是一秒之前那个你,至少不及那一刻那么纯粹。
  一些东西在那里,它就是在那里,山崩地裂它也永远改变不了。就像我第一次见到你,它就是永远的第一次。我听到你的名字,然后恶狠狠地朝你摔东西,瞪你,不是我不喜欢你这个到图书馆勤工俭学的搭档,而是因为你的名字跟我生父是一样的。他的寡薄让我们母女俩陷入一种不堪的境况之中,他的离开让我母亲成为一个吝啬鬼和守财奴,他的疏远让我的母亲总要在我这里取得一些回报。就比如这桩婚事,它多么像一桩交易,好像是为了为数不少的礼金,我母亲将我卖到了山里。我一直很抵制这样做,你看你都结婚三年了,我还是大龄剩女。但现在,我想通了,生活就是各取所需,比如我那个矮个子老公,他仅仅需要一个身高和他般配的高学历女生去改善他家族后代的智商,而我,一个不知所谓的存在,嫁到哪里不是嫁呢?跟谁睡觉不是睡呢?我这样说不是自暴自弃,我算是看清楚了,婚姻不过是另一种形式的性交易。而所谓的幸福,其实还是要靠想象力——你觉得它有了,它就真的有了。比如可以这么想,结婚了我有一个质朴老实的丈夫,有家境殷实的婆家,有车有房,将来会有一大堆孩子,父母满意,闺蜜美慕,我什么都不缺。婚姻不过是找个人一起生活,只要不坏,就是好的。我相信我是好的。

……

今天去取婚纱照,每一个笑脸都是灿烂的。我和我的矮丈夫,站在花丛里,倚在栏杆上,我不能不相信我是好的。亲爱的阿施,你知道吗?那些我们希望看到和不希望看到的事物,正在神奇地发生着。人的一生,所处的社会关系,大概也是一个生态环境,它会随着时空的转换而新陈代谢。但总之,我们必须活在关系里,或者一些热的或者冷的关系里,那些流动的人与人的关系,构成了我们的记忆的全部。随着关系生态的新陈代谢，我们的记忆也在不断流失，你还记得你十五岁时干过什么吗？你不记得了，对吧？而今天，我在建立各种新的关系，有一天，我也会将你忘光光。当我分娩的时候，我痛苦地抽搐，而你在哪里呢？当我逗我的孩子玩的时候，我的快乐，你也是不知道的。

所以，没有能够穿越时空的爱，故事里书里的那些爱情只不过是一个谎言。

我这样给你写信，会不会成为一个坏女人呢？会不会是一个没有信仰的人呢？而这些年在内心默默坚持的究竟又是什么呢？是不是我们只是在重复前辈们思考过的人生？有谁能告诉我，当我穿着婚纱站在花丛里笑的时候，我心里却想起了你，这究竟是不是一种罪？

……

写了这么多，我也不知道你到底有没有耐心看完。我知道你最想问我的是，大学毕业时候我为什么要提出分手，我的答案都写在空间日志里，空间密码我想你应该能猜得到。

这一秒还可以想你的森儿

看完邮件，我伸手盖上笔记本的屏幕。我轻轻地呼吸，并看到自己，自己的脸和手，自己的胡子和咽喉。

5. 我不这么看

　　麦克从东州回来，他没有直奔西藏，而是在西宠站下车，说要来找我。我要去接他，他说不用，他认路。两小时后门铃响了，我去开门，没看到人，却看到一个大屁股。麦克拖着一只沉重的拉杆箱，屁股向后高高翘起，在我错愕的眼光中倒退着进了门。

　　然后他站起来，用左手的食指和拇指捏起嘴巴上的烟，放到身后去，然后朝我身后张望："嫂子不在家吧？"

　　我说不在。他说那我就放心了，重新将烟放到嘴里皱着眉头扑哧扑哧抽起来。

　　麦克带来了一箱贝壳。张淼生前喜欢到海边收集各种各样的贝壳，堆放在房间里。葬礼的时候张淼的母亲想让麦克帮忙把贝壳搬出去扔掉，但麦克不舍得，全装在箱子里带走了。为了装这些贝壳，他把拉杆箱里的衣服全都给扔掉了。

　　他闻了闻腋下，对我笑："在高原一个月不洗澡都没这么臭。借套衣服来换换，我两三天没洗澡了，浑身难受。"

　　麦克洗了澡，我打开电脑让他看邮件。他坐在电脑椅子上，半分钟变换一下坐姿——盘腿、跷腿、侧身、抖动着身体，半个小时才把邮件看完，然后啧啧地说："张淼真能写，一口气写这么多字！"然后摇摇头，

"我不这么看，这不是张淼的真心话。"

"什么意思？"

"看起来说得挺真诚，但其实也不真诚。她对感情，是看得很重的，至少看得比我重。我是粗人，我的感觉是，她啰啰嗦嗦讲这么多，其实无非想说她快结婚了，放不下你，她心里很难受。你小子要是懂事，就应该……唉，不说了，人都死了，怎么可以这样就死了呢？"

麦克在书房的沙发上睡着了，我在旁边继续对着电脑发呆。我又一次打开张淼的空间，空间依然是锁着的，首页上显示了一个问题："我最喜欢去的地方是哪里？"

我尝试了无数答案，但答案都是错误的。张淼说我能猜得到，但我真的猜不出来。

答案一：灵光寺。理由：我们在开元寺中第一次牵手。

答案二：江边。理由：在江边我们第一次接吻了。

答案三：古城墙上。理由：我们在暗角里热烈地拥抱。

答案四：海边。理由：我们在帐篷里，在蚊子的包围中热烈战斗。

答案五：心字小屋。理由：分手的前一天晚上，她边跟我做爱，边哭泣。

……

我在心里默默地问，张淼，你究竟最喜欢去哪里？

我们去过那么多地方，一起拥有过那么多回忆，快乐的，悲伤的，平淡的，争吵的，但哪一个地方才是你最喜欢去的？我沿着记忆之轴一点一点地回溯，希望能找到一些蛛丝马迹。难道她喜欢到山里去？难道她还想跟她儿时一样蹲在路边等她的生父用自行车带她去市集？难道她想去麦克的可可西里？难道是鼎湖山、南台山、丹霞山？

你能猜到你爱着或爱过的人究竟最想去哪里吗？

这是不是一个永远都打不开的锁头？锁，封住了一个人的记忆，它的唯一的意义就是让另一个人对这份记忆进行检阅扫描，在自己的心里遍历一次。

张淼，我猜不到。

6. 我就特开心

麦克突然从沙发上弹跳起来，往门外冲："快跑！快跑！"

我吓得脸色发青，站起来。但四下安静并无异样。麦克从客厅垂头丧气回到书房："妈的，又做噩梦了。"

"你怕啥？"

"怕他们开枪打死我。"

我沉默了，良久才说："麦克，要不……"

但麦克打断我的话："我还是想待在那里。每年大迁徙的季节，可可西里的藏羚羊就会成群结队迁徙到卓乃湖去生产，它们像圣徒一样勇往直前，无论多远，无论路上有多少变故，无论有多少猎枪，它们都只往一个方向进发。在这个季节，我通常不会带上猎枪，我只会安静地跟着，看着，内心为这些生灵的虔诚而感动。我不知道我这么说，你懂不懂，也许你根本不懂。"

"我当然不懂，别说去理解一群羊，就是理解一个曾热恋过的人，都那么难。张淼最喜欢去哪里，我都不知道。"

"什么意思？"

我指着电脑屏幕："喏，打不开她的空间。"

麦克用疑惑的眼神看着我："邮件里不是已经说了密码了吗？"

我摇摇头："张淼让我猜，她以为我应该能猜到。但我已经猜了三四天了，所有能想到的地方，我都想了，就是猜不到。"

麦克哈哈大笑起来："这调皮的张淼，她死了还想整你……她死了还整你……"说着麦克突然呜咽起来。我也转过头去，想起当年在大学校园里，我们三个互相搭着肩膀在阳光细碎的林荫道上穿行，骂着社会，说着笑话，不禁也泪水暗涌。

麦克哭了一会儿，找来纸巾，把眼泪和鼻涕都擦干净："两个老男人，我们干吗呢？我们干吗呢？"

麦克挪动鼠标，指着屏幕，念着："空间密码我想你应该能猜得到，她说了，空间密码就是：我想你应该能猜得到。她省略了一个冒号，她在整你呢！"

我破涕为笑。

果然打开了，照片里的张淼迎着我们笑着，那么灿烂，那么干净纯粹不含杂质。

她最新的一则日志是在那天给我发完信息之后写的，标题叫"猪头，你终于打开了"，内容也只有一句话："以你的智商，真不容易。想着你绞尽脑汁回忆我们一起度过的时光，我就特开心，我就特别特别得意。"

隔着永恒之死，张淼的时间停止在网络上，停止在空间里。她的每一丝触动，都在提醒着我她是完整的、不可替代的存在。

麦克打开他的拉杆箱，满满一箱贝壳，琳琅满目。麦克说："看在你哭鼻子的分上，这贝壳本来是我的宝贝，现在，你挑吧，要多少你挑吧！"他摊开手掌，很慷慨的样子。

就在这个时候，大门传来钥匙插入锁孔的声音，我妻子从外面回来了。麦克将拉杆箱一盖，一跃躺倒在沙发上，扭头低声对我说："嘘——我睡着了，别叫醒我。"

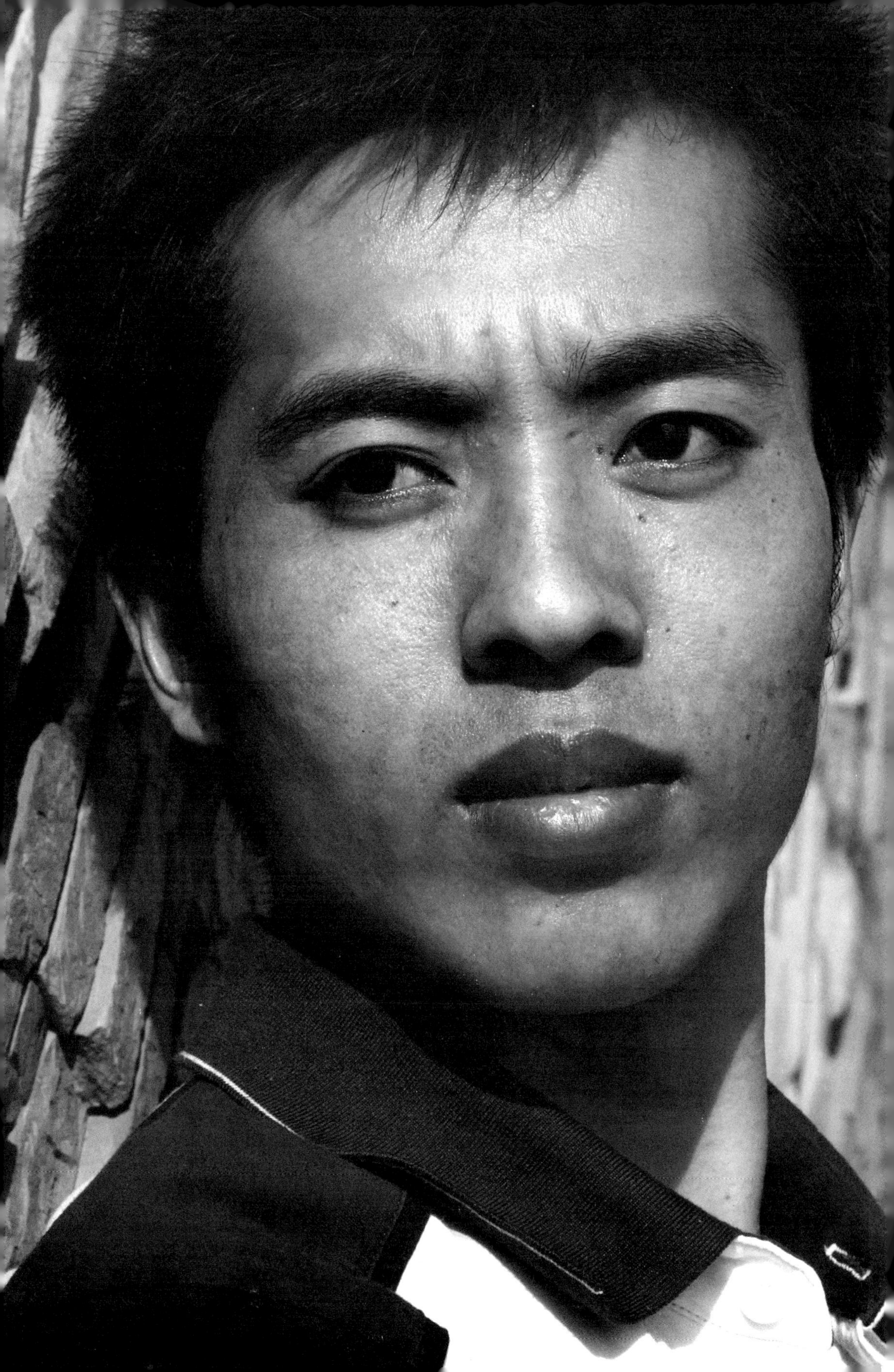

曹永

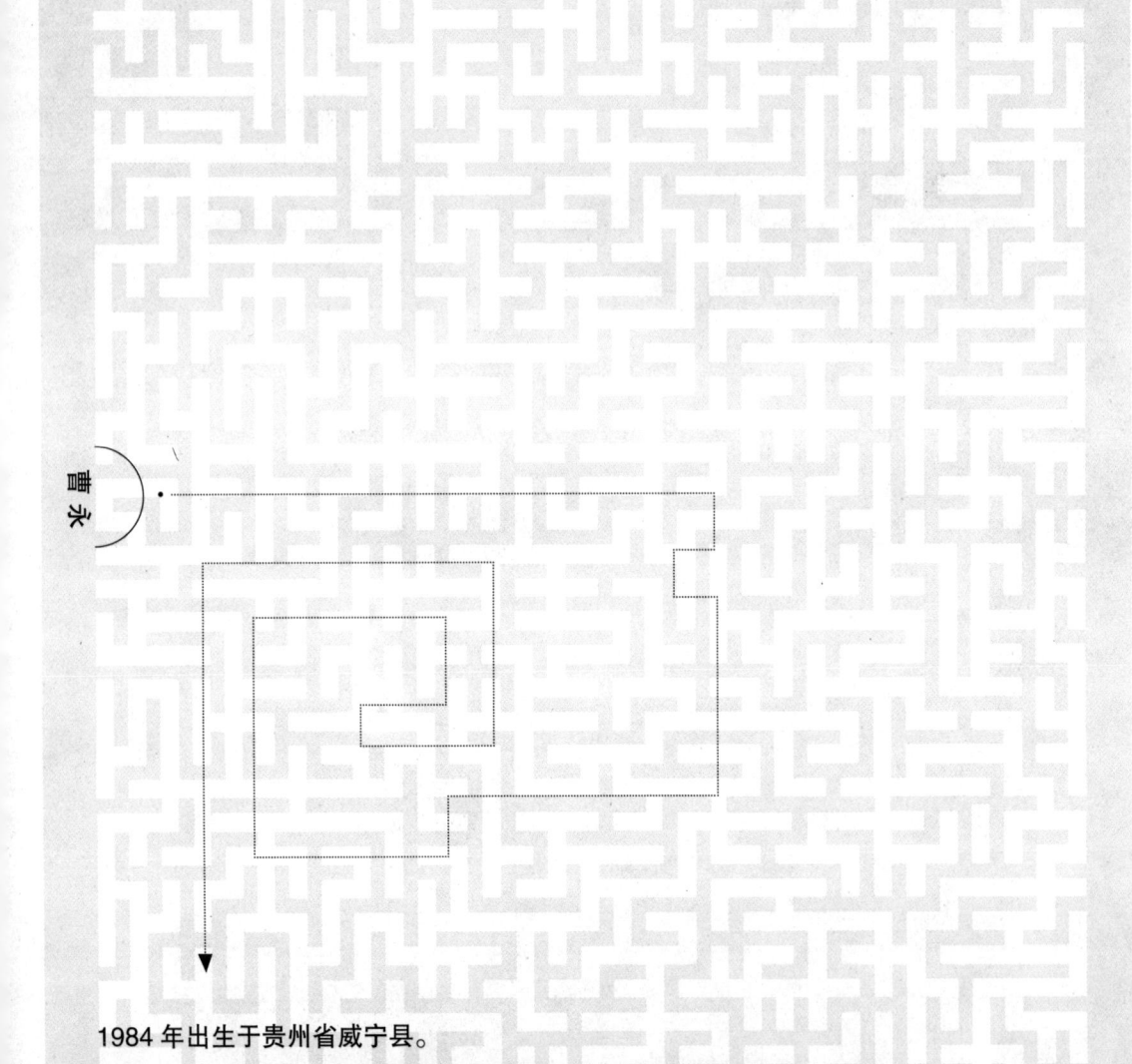

1984年出生于贵州省威宁县。
发表小说若干，有作品被转载并翻译到国外。贵州省作协理事，
鲁迅文学院第十五届高研班学员。

屠　夫

　　我认识曹毛狗许多年了，具体多少年，记不清了。反正从记事开始，他就经常和我在一起。那时候，我们年幼无知，分不清香臭，阴天蹲在屋檐下和稀泥，晴天就在山坡上捡羊屎疙瘩，玩了一天，身上又脏又臭，仿佛刚刚被人从厕所里打捞出来。后来年龄稍大，我们又同时进了学校，甚至还成为了同桌。曹毛狗话少，走路总低着头，就像掉了重要的东西，在地上寻找一般。曹毛狗还有一个特点，就是脸长得比较黑。因为脸黑，又很少笑，所以看起来总是阴沉沉的，班上的同学通常不敢惹他，看到他就远远避开。

　　其实，不仅学生怕他，老师对他也有些心虚。我和曹毛狗家离学校较远，有十多里路。一个下雨天的早晨，路上全是泥浆，走在上面不稳，稍不注意就会摔倒。尽管我和曹毛狗走得很快，但当我们一步一个脚印赶到学校时，还是晚了一步，老师已经上课了。那天是班主任的课，这个班主任喜欢处罚学生，而且只用一招，就是让受罚者下跪。背不出课文下跪，写错生字下跪，完不成作业下跪……毫无疑问，那天他也对我们下达了跪在地上的命令。

我两腿一弯,扑通一声就跪下去了。但曹毛狗没跪,他不但拒绝下跪,甚至还冷冷地看着班主任。班主任见他像个树桩似的立在那里,火冒三丈,抬脚就朝他踢去。曹毛狗轻轻哼了一声,被踢倒在地,但他还是没有下跪,只是半跪半爬地趴在地上。班主任本来还想再踢,但看到曹毛狗的目光像两把尖锐的刀子,狠狠戳来,不由心里一凛,把抬到半空的脚又缩了回来。

那天放学,我背着书包正打算回家。曹毛狗忽然神秘兮兮地拉着我往学校后面的树林走去。我问他搞什么鬼,他没有说话,只是拉着我的袖子往前走。钻进树林,我发现里面拴着一只猫。我知道那是班主任养的猫。班主任很喜欢这只猫,在学校里捉到耗子,他总是兴奋地用棍子夹着往家跑。一边跑还一边笑着说,狗日的今晚日子好过了。大家都晓得,"狗日的"是指他家那只猫。

眼下,曹毛狗走过去把猫抓了起来。我看到他的手紧紧掐住猫脖子,猫随即发出凄厉的怪叫,几只脚不停地往下蹬。曹毛狗很专心地折磨那只猫,最后,看到猫的挣扎愈来愈弱了,他忽然抓住猫的脑袋往上扭,扭了一下,又扭一下,直到把猫的脖子扭断。我吓了一跳,身上汗毛像钢针似的一根根竖立起来,如果不是两腿发软,我一定转身就跑。也许,班主任猜出是曹毛狗杀害了那只猫,但他没有找曹毛狗的麻烦,甚至后来再也没让曹毛狗跪过了。

曹　永 | 屠夫

　　这次事后，我一看到曹毛狗心里就发慌，脊梁直冒冷汗。虽然我们是朋友，但我还是有些害怕。后来，我有意地和他疏远了。那时候我在班上年纪最小，离开曹毛狗就经常被别的学生欺负，但不管怎样，我都不愿再接近他了。

　　初中毕业后，我在野马冲租了一个小门面卖水果。而曹毛狗跟着一个屠夫学杀猪。同时跟那个屠夫学手艺的还有几个小伙子，但他们似乎都没有杀猪的天分，痛得那挨了刀的猪求生不得求死不能，只有放声嚎叫。有一次闹出了笑话，一个小伙子在师傅的指使下把刀子插进猪脖子，然后回到屋里端起杯子喝茶。几个帮忙的一边往死猪身上淋开水，一边剃猪毛，没想到剃到一半的时候，那猪竟活了过来，爬起来就跑。一干人足足追了两里路，才把那头光着半边身子的猪捉回来，重新补了一刀。当时补刀的是曹毛狗，红刀子进白刀子出，干净利落，那猪挣扎几下就彻底咽气了。

　　曹毛狗杀猪的手艺在野马冲很出名，通常他杀猪不需要帮手。只见他左手抓住猪的耳朵，右手轻轻就把刀子刺进去了。那猪挨了刀子，嘴里发出几声凄厉的惨叫，然后就躺在地上不动了。也许曹毛狗最合适的就是杀猪，他下手又准又狠，无论多么肥壮的猪，总能一刀致命，从来不捅第二刀。

　　曹毛狗先是走村串寨地替人杀猪，后来娶了媳妇，干脆自己在野马冲街头卖起肉来。有时候卖完肉，就来我的店铺坐坐，喝杯热茶，顺便买几斤水果。曹毛狗告诉过我，他媳妇喜欢吃水果，特别是云南运来的红苹果。曹毛狗说这话的时候，已经结婚几年了，孩子都有了。

　　出事那天，就是一个赶场天。曹毛狗卖完肉就埋着头往家走。院落里，几只鸡在寻找地上的食物，其中一只公鸡展开翅膀，在一只母鸡旁边蹭来蹭去，可以看出，它在示爱。母鸡躲躲闪闪，明确拒绝。公鸡有些霸道，忽然跳到母鸡背上硬来。曹毛狗站在院子里看那两只鸡弄完好事，然后才走进屋去。他把从我店铺里买的水果递给媳妇王西凤，然后开始蹲在地上数钱。每次卖完肉，曹毛狗总要清点一下，看看赚了多少，然后把大面值的钞票存起来。那些钞票和曹毛狗一样油腻，还皱巴巴的，每次清点都要费些力气。当曹毛狗把钱点完后，腿都酸了。他站起来，一边捶打着大腿，一边往厢房走去。

　　在厢房里，他抱出一个沾满灰尘的坛子，他杀猪赚来的钱，全都存在里面，对他来说，那个坛子就是一个银行。没想到曹毛狗往银行里一看，里面的钱竟然没了，他飞快地跑出来问王西凤拿钱没有。王西凤当时正在洗菜做饭，手上还湿淋淋的，她一边在围裙上擦手，一边说不晓得。曹毛狗手一哆嗦，坛子掉在地上砸成碎片，他盯着媳妇，说那钱咋不见了？王西凤看到他尖锐的目光，吓得手都忘记擦了，张了张嘴，却啥也没说出来。

曹　永｜屠夫

　　曹毛狗忽然冲上前去，把王西凤按在地上，提起油光闪亮的拳头就打，一边打，一边骂王西凤没好好看家，把钱丢了。他每一拳下去，都会打出一声怪叫，仿佛在擂鼓。正蹲在墙脚玩耍的孩子吓得哇哇地哭，曹毛狗就在孩子的哭泣声中狠狠地教训王西凤。他提起拳头一阵乱打之后，王西凤变得面目全非。曹毛狗喘气吁吁地说，居然连家都看不好，真该打死你。王西凤的嘴肿得像鸡屁股，她抹着眼泪，委屈地辩解。曹毛狗问她，今天谁来过家里？王西凤撅着肿胀的嘴，说曹构来过，来借斧子砍树，他说他要做几条板凳。

　　曹毛狗一听，抬腿就朝曹构家跑去。当时曹构正坐在屋檐下喝水，那个杯子涂满茶垢，脏兮兮的。曹毛狗说，你不是要砍树吗，咋还在家里？曹构喝了一口茶，说早砍回来了，一棵树嘛，用不了多少时间。曹毛狗问他树在哪里？曹构指着院墙下的两截木头，说放在那里的。曹构又说，妈的，这树太重了，我累死累活才背回来两截。曹构要给曹毛狗泡茶，曹毛狗不喝，说今天你去过我家？曹构说，去过，借斧子嘛，你是不是用斧子了，要用就先拿回去。曹毛狗说，我不用斧子，我的钱丢了。曹构问多少钱？曹毛狗紧紧地盯着他，说两千块。曹构让他看得不自在了，说咋不放好呢，这么多钱，丢了多可惜啊。

　　曹毛狗说，今天只有你去过我家。曹构不喝茶了，他问这话是啥意思？曹毛狗说你心里清楚。曹构有些生气了，说我不清楚。曹毛狗脸色十分难看，他说如果是你拿的，尽快还我。曹构重重地把茶杯放在地上，一些浑浊的茶水溅了出来，他提高嗓门，说你咋能怀疑我呢，我活了几十年，连别家的南瓜都没拿过，你咋能怀疑我呢？曹毛狗说，可是只有你到过我家，昨天钱还在的。曹构更生气了，说你家又不是皇帝住的金銮殿，去都不能去。在曹毛狗看来，对方一切都显得反常，他激动的样子无疑只是掩饰内心的恐慌，曹毛狗于是更加肯定曹构就是盗窃者。

　　曹毛狗瞪着曹构，让他把钱拿出来。曹构说我没偷，拿屁给你。曹毛狗说那笔钱昨天还在，今天只有你去过我家，不是你偷的是谁偷的？曹构说我不晓得是谁偷的，反正我没偷，你不要冤枉好人。曹毛狗说别想抵赖，就是你偷的，你最好早点把钱交出来。曹构说，我没有偷你的东西，我从来不偷别人的东西，你不要胡说八道！他们起先只是争吵，后来却像两只公鸡似的打起来了。

　　开始的时候，他们打得有礼有节，曹毛狗迎面揍了曹构一拳，曹构也还了他一拳。曹毛狗再打一拳，曹构再还一拳。几拳过后，曹毛狗觉得嘴里咸咸的，吐出来一看，居然全是血，他就像一头被激怒的狮子，张牙舞爪地扑上去，试图把曹构扑倒。曹构见对方来势凶猛，吓了一跳，赶紧用力抵上去。

　　他们就像两盘磨石，在地上滚来滚去地扭打。他们在院子里滚上几个来回后，都感到筋疲力尽了。他们紧紧地扭在一起，丝毫不能动弹，只有不停地喘气。曹毛狗让曹构把手放开，曹构两条胳膊发酸，快要抵

曹　永 | 屠夫

挡不住了，说你先放。曹毛狗觉得再这样僵持下去，就是累死也分不清输赢，于是说那一起放。曹构说等一下，如果有一个耍赖咋办？曹毛狗说谁不放是狗日的。曹构说要得，谁不放是狗日的。达成协议后，两个同时放手，然后躺在地上喘气。

曹构抹了一把额头上的汗珠子，然后爬起来喝茶，只听喉咙咕嘟几声，一杯茶就被他喝光了。曹毛狗渴得嘴唇都快裂了，他让曹构给自己倒一杯，曹构不理。曹毛狗于是自己跑到屋里找杯子泡了一杯，他喝了几口之后，感到喉咙舒服多了。他一边喝茶，一边说今天的事，总得有个了断。曹构斜眼看着他，说你嘴里还喝着我家的茶呢。曹毛狗说，把钱还我，以后你天天去我家喝。曹构又来气了，说我讲过几遍了，我没偷你的东西，我从来不偷东西。曹毛狗想了一下，说这事找族长去，如果他也说你没偷，我就再也不找你了。曹构说找就找，免得和你费口舌。

他们一前一后地端着茶水朝族长曹员外家走去。曹员外在家族里辈分高，有威望，七十多岁了，红光满面，看起来像要成仙了。曹员外的门牙掉了，讲话有些模糊不清。这个时候，曹员外正瘪着嘴和他们说话，因为他们已经走进屋子，鼻青脸肿地站在曹员外面前。曹员外让他们坐下，然后打算给他们倒茶，他们抬起手里杯子，说不要了，喝着哩。曹员外问他们有啥事？他们像两只母鸡似的争着把事情的来龙去脉告诉曹员外。

曹员外听了他们的叙述，说你们公说公有理，婆说婆有理，我也拿不准。曹毛狗急了，说族长，您老人家到底有没有办法判决这桩纠纷？曹员外想了一下，说我倒是有一个折中的办法，就是不晓得你们听不听。曹毛狗说只要能够把这件事解决掉，拿回我的钱，我啥都听您老人家的。曹构也表示服从调解。曹员外威严地咳嗽几声，说既然你们都愿意听我的，那我就说了。曹构等不及了，催促道，说吧，快点说吧。曹员外说，掉的是两千块，你们就各退一步，每人负责一半吧。

曹毛狗一下子跳了起来，说我丢的是两千，凭啥只还我一千？

曹构也跳起来，说我又没偷，咋让我拿一千呢？

曹毛狗说我要两千，不是一千。

曹员外看着曹毛狗，语重心长地说，你没亲眼看到曹构偷钱，能还你一千，已经不错了，再说都不是外人，不能闹矛盾。

曹毛狗想了一下，觉得这话有理，自己没是有亲眼看到他偷钱，能拿回一千已经不错了。这么一想，曹毛狗就点头表示同意，他说今天就看在您老的面子吧，那一千块，就当我买到了一头病猪。

曹构不接受这个处理意见，他说我没偷钱，我不认这笔账，如果我把钱拿出来，别人还以为是真是我偷的了。

曹员外再提起水壶给他把杯子添满，说我没说是你偷的，谁敢说是你偷的，我叫人撕烂他的嘴，这只是没有办法的办法，你们要是打起来，把谁打伤都不好，要是送去医院，住进去就要几千，到时候更冤枉。

曹　永｜屠夫

曹构看着曹毛狗凶狠的面孔，觉得再闹下去自己一定不会有好下场，他于是咬了一下牙关，说好吧，一千就一千，我当打麻将输掉。

曹员外家的茶是自己采摘的好茶，味道很足，他们一边谈判一边喝茶。离开的时候，曹毛狗的肚子已经装满了茶水。他端着茶杯，跟在曹构身后走，他们就像两个哑巴，谁也没有说话。这时候，夜色就像河水，正慢慢淹没大地，四周模糊不清，村子无比安静，只有路边的树，在晚风的吹拂下发出细微的响声。

曹毛狗跟着曹构回家，他拿了一千块钱，还顺便提回自己的斧子。他把茶杯还给曹构，曹构不要，说脏了，扔掉。曹毛狗说是你的东西，要扔自己扔。曹构接过杯子，真的扔了出去，外面一声脆响，杯子砸成碎片。曹毛狗有些生气，恨不得冲上前去狠狠揍曹构一顿，但他看了看手里的钱，终于放弃了打架的念头。他在往回走的途中，咬牙切齿地想，狗东西，最好不要落到我的手里！

曹构损失了一千块钱，仿佛损失了一块肉，半个多月过去，他心里还是感到不舒服。那些天，他一直在曹毛狗家附近徘徊。他不知道自己为啥要在曹毛狗家附近徘徊，他只是昏头昏脑地被两条腿带到那里的。那天赶场，曹毛狗到野马冲卖肉去了。曹构站在曹毛狗家侧面的山坡上，一支接一支地抽烟，有好几次，他都想划根火柴把曹毛家的草房点着算了，但放火烧房子是要蹲牢房的。曹构不想蹲牢房，他觉得自己缺少这个胆量。

曹构正想转身回去，忽然看到看到曹毛狗的孩子像只耗子似的在地上爬来爬去，曹毛狗的媳妇王西凤则蹲在院子里劈柴，她的屁股高高翘，看起来很饱满，很结实。曹构被那个屁股吸引住了，他重重地抽了几口烟，然后下了山坡。走下山坡之后，他没有回家，而是一直走进曹毛狗家的院子。王西凤看到他，放下手里的活儿，让他到屋里坐。曹构没有说话，他把烟蒂扔掉，然后跟着王西凤往屋子里走，在这个过程中，曹构一直盯着她的两瓣屁股，觉得那是两瓣充满诱惑的屁股。

  进屋之后，王西凤让他坐。他摇头，表示不坐。王西凤问他是不是有事？曹构点了点头，他的呼吸愈来愈重了。王西凤问他有啥事？曹构听到自己心跳如敲鼓，他忽然走上前去，抓住王西凤结实饱满的屁股，像揉面团似的搓揉起来。王西凤吃了一惊，说你放开我。曹构不放，他觉得那个屁股温暖柔和，简直太好了。王西凤试图把他推开，但推了几下，徒劳无功，仿佛在推一座大山。王西凤喘着粗气说，你再不放手，我就喊人了。曹构一把捏住王西凤那根细长的脖子，说如果你叫，我先把你捏死。

  曹构一只手捏住王西凤的脖子，一只手去解她的裤带。他把裤带解开后，手便泥鳅似的钻进去了。开始的时候，王西凤还不停地挣扎，后来曹构找到目标，手指往里面一按，王西凤的身体就如蛇一样软下来了，她的嘴里，还噢地发出一声低沉的呻吟。曹构扒掉王西凤的裤子，然后骑了上去。王西凤放弃了初步的抵抗，紧紧地搂住他的脖子，仿佛搂住

曹　永 | 屠夫

悬崖上的一棵树。他就像一头老黄牛，在土地上辛勤劳动，在这个过程中，他汗流浃背。

　　许久，曹构仰天叫了一声，像挨了枪子似的，蓦然扑倒在王西凤丰硕的乳房上。王西凤把曹构推开，一边穿衣裳，一边说你不怕曹毛狗吗，他横起来不要命呢。曹构说，我不能白白给他一千块钱，我要把它赚回来。王西凤有些不高兴了，嘟着嘴说，那是你们的事，咋把我扯进来了。曹构恨恨地说，我就要从你的身上赚回来，听说搞城里的女人，一次也就一百块左右，我也算你这个价，你们不亏了。王西凤踹了他一脚，让他滚远点。

　　曹构前前后后去了九回，他打算最后再去一回，弄了这回，他和曹毛狗的账也就算清了。然而，事情偏偏出在这最后一回。那天，曹毛狗生意好，政府食堂一下子买了他的半扇猪肉。曹毛狗卖完肉，在街上逛了两圈，觉得无趣，于是提前回家了。他回到家，发现院门敞开着，几只鸡正在里面跑来跑去。孩子抓着一团肮脏鸡屎，正往嘴里塞。曹毛狗急忙跑过去，从孩子嘴里把鸡屎抠出来。然后去驱赶那些鸡，鸡们受到惊吓，纷纷逃出院子。院子里飘扬着鸡毛和尘土，有一根枯草还落在了曹毛狗的头发上。

　　曹毛狗叫喊王西凤的名字，问她跑哪里去了，怎么不照顾孩子？曹毛狗没有听到回答，于是推门进屋，刚进去，就看到曹构提着裤子从耳房里蹿出来，显然想夺路而逃。曹毛狗眼明手快，抽出杀猪刀拦捅了过去。曹构捂着肚子，说你真狠。

曹毛狗看着随后钻出来的王西凤，说你更狠，居然敢搞我媳妇。曹构看到鲜血不停地从指缝里冒出来，痛苦地说，你打算咋办？曹毛狗说，你搞几回了？曹构皱着眉头，慢慢蹲了下去，他说你拿了我一千块钱，我就要搞你媳妇十回，这是最后一回，没想到却让你碰到了。曹毛狗说，我没有办法，是你逼我的。这么说着，他又是一刀捅了过去。曹毛狗面黑如泥，他一刀接一刀，连续捅了很多刀，当他停手的时候，曹构已经躺在血泊中了。他的身上，布满了刀口，仿佛无数张嘴巴，那些嘴巴在不停地吐血。

王西凤吓得脸色苍白，张大嘴，却一点声音也发不出来。她两腿一软，慢慢地靠着墙壁瘫坐在地上。曹毛狗看了她一眼，说今天我饶你狗命，你好好给我带孩子。王西凤把手指插进头发，然后愈抓愈紧，像野草一样撕扯着，差不多把头发都扯下来了。她看着地上血淋淋的尸体，忽然把头扭到一边，嘴里发出凄厉的尖叫。

这个时候，曹毛狗已经提着杀猪刀走出了院子。他慢慢朝野马冲走去，就像散步一样，走得非常平稳。远处，一山更比一山高。近处，是连绵的土地，里面的庄稼正在努力生长。冷风呼呼地吹来，泥土和粮食的香味弥漫了整个村庄。

曹毛狗翻过一座又一座的高山，最后终于走在野马冲狭窄的街道上。此时街上的行人渐渐散去，店铺生意冷清，就在我站起来准备关门的时

曹　永 | 屠夫

候，我看到了曹毛狗。他正低着头，提着血渍斑斑的杀猪刀从我的水果店门口经过。我叫喊了几声，曹毛狗才抬起头来。他停下脚步，问我有什么事？我让他过来坐坐，喝杯茶。曹毛狗说不喝了，还有事。我说那抽根烟再走。曹毛狗抬头朝天空看了一眼，天上飘浮着一团乌云，看起来黑压压的。

曹毛狗走过来，接过我递去的烟，点着，一声不响地抽了起来。他抽得很重，大口大口地吐着烟雾。我看到他身上沾满血，于是问他又帮哪家杀猪了。他淡淡地说，没有杀猪，天都快黑了，谁还杀猪啊。我说那你身上咋全是血？他低头看了一眼衣服上差不多干了的血，说杀了个人。我以为他在开玩笑，问他把谁杀了？

曹毛狗说，我把曹构杀了。我吓得猛地站了起来，说你没开玩笑吧？他看了看我，说没有，我真把这个狗东西杀了，连杀十刀，凑了个整数。我惊讶得下巴都快脱臼了，说你下手一般都不会有活口，这次咋杀了这么多刀？曹毛狗仿佛在叙述别人的故事，平静地说，他搞了我媳妇多少回，我就杀他多少刀，很公平。

我正打算打听一些详细经过，但他把烟蒂扔在地上，用脚重重碾成粉末，然后起身走了。我问他去哪里？他头也不回地说，去派出所。曹毛狗愈走愈远，愈走愈远，最后他的身影变成了一个小黑点。看着那个移动的黑点，我蓦然想到他一圈又一圈地把猫脖子扭断的情景，心里随即冒起一股寒意。

曹毛狗提着刀子一直往派出所走去，街上行人稀少，几条野狗正在撕咬，它们在争夺一块骨头。路边立着一棵枯死的树，树叶已经不知去向，只有光秃秃的树枝像绝望的手指一样伸向天空。当时派出所里有几个民警正在玩牌，他们忽然看到一个面部阴冷的家伙提着刀子走进来，吓得大惊失色，其中两个就想扔掉手里的扑克牌往外跑。曹毛狗却把手里寒光闪闪的杀猪刀往桌子上一扔，说我杀人了，我来自首！

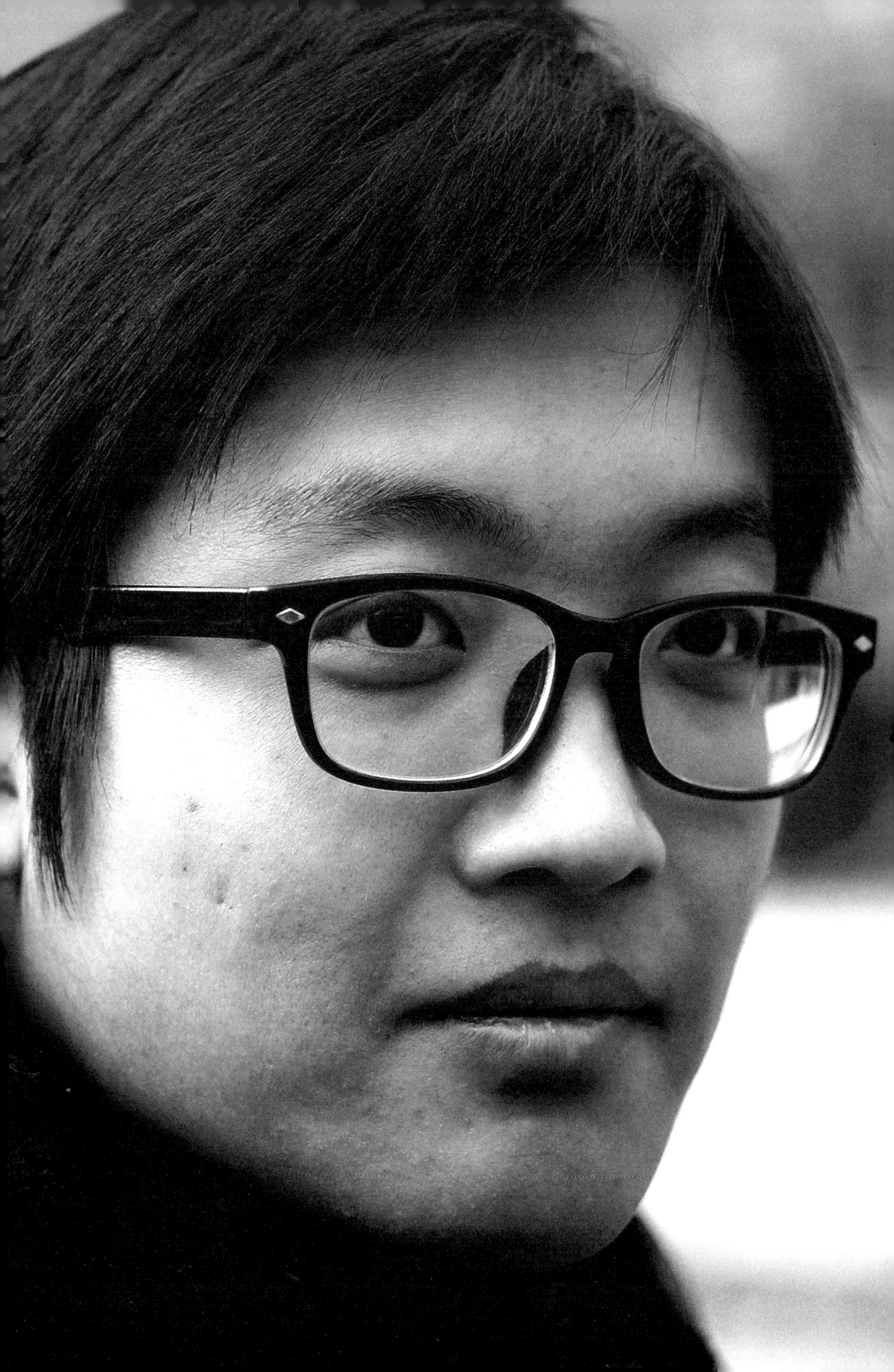

李唐

1992 年生。

14 岁开始创作诗歌和小说。作品见《人民文学》《诗刊》《上海文学》《芙蓉》《山花》《青年文学》等。

出版有作品集《逆风行走的人》。

仪式的继续

在那段日子里，我曾极度地厌恶书本。当我背着沉重的书包走在街上，那些从小和我一起长大的男孩们便在旁边对我挤眉弄眼。"真像是个好学生啊！"我忍受着他们的冷嘲热讽，直想把书包扔到地上，踩上两脚才算解恨。但是我并不敢这么做。母亲一直站在我身后，使我不敢回头。当她早晨把书包放在我肩上，对我例行嘱咐一些事情的时候，我可以感觉出那貌似平静的语言背后，有什么东西像一副铁板牢牢固定住我。在我的家庭中，母亲精心地经营着我的生活。经过这十几年不懈的努力，我就像一个生活在画中的人，无论如何也走不出她为我安置的画框。

母亲坚持让我上了高中，至今我都觉得这是一个真正的灾难。我无法融入高中的集体生活，无法理解老师们整天讲的东西究竟有什么用。每天我坐在课桌上，像是坐在针尖上一样不安。但我并不是一个真正意义上的坏学生，起码我不会干任何坏事，不会伤害任何人。我闭上眼睛的时候，脑海里常常会出现一把刀子，刀子的锋刃对着我自己。班主任把我安排在教室最后面的角落里，赏赐给我一个独立的王国。在这个王国里我可以干任何事情，只要不影响其他同学的学习。

但我仍感觉到极度的无聊。母亲每天晚上都会检查我的书包，对照着课程表检查我有没有遗落什么该带的东西。因此我的书包总是打理得整整齐齐，书本温顺地码放在书包里。它们都有着光滑的封面，我有时忍不住抚摸它们，感觉上面似乎还残存着母亲的体温。每当这时，我都会冒出想要好好学习的念头。我盯着黑板，想把老师讲的每一个字像钉钉子一样钉牢在脑子里。可是每次不出三分钟，我的注意力就会被其他事物吸引。窗外飞过的鸟儿，疾驶而过的警车，甚至是旁边同学新换的鞋子。慢慢地我发现，不光是听讲，我甚至无法集中精力干任何一件事。红梅老师——我的班主任，一个很有经验的老教师，曾经找我的母亲谈过一次。她怀疑我患有注意力无法集中的某种病症。

"你的意思是我的儿子有精神病？"母亲如是说。她把红梅老师这样的想法看成是一种侮辱。母亲气愤不已，但仍保留着风度。她的脸涨得通红，把手搭在一起，平放在紫色长裙上，姿势庄重而又不失攻击性。"我希望以后你不要再这样想你的学生。"母亲最后这样说道，"我们不会可笑到去看什么医生。"她伸手去拿包，"再见！"

红梅老师尴尬地送走了母亲，从此再也没有提过带我去看医生的事。

我的日子恢复平静。尽管我的成绩在班上永远是垫底，这样的成绩想要考入大学简直是天方夜谭。但母亲依然坚持每天检查我的书包，微笑着把小说从我书包里拿走。"看这样的东西纯属浪费时间。"她每天都给我穿新衣服，并把我一直送到车站。这个过程简直就像是在履行一个

李 唐 | 仪式的继续

仪式。我的母亲乐此不疲。

在那帮和我一起长大的胡同里的孩子中,我是唯一一个还在上学的。去小商店买铅笔或作业本时,我经常可以遇见他们中的某个或某几个。他们窃窃私语,怪异地看着我。这使我羞愧难当,像是被他们抓住了什么把柄。

在上课时,我干的最多的就是胡思乱想,看着窗外的景色。我想这样的日子似乎不会有尽头。会不会出现"天使"之类的人物把我带出苦海呢?每当我这么想时,都会情不自禁地傻笑起来。

没想到"天使"真的出现了。

那是一个沉闷的午后,正在上自习课,教室里除了写字和翻书的声音外,还有一种隐约的嗡嗡的响动。我不知道声音源自何处。所有的同学都在低头写作业,坐在最后一排的我可以看见他们每个人的笔都在颤动,像是蜜蜂落在了上面。而我无事可做,准备继续睡觉。我是被那种嗡嗡的声音吵醒的。我的脸上睡得汗津津的,十分难受。

我刚要睡下,就听见有谁喊了一声我的名字。我连忙抬起头,难道是幻听?这时,那人又叫了一遍我的名字。我知道这不是幻听了,因为几乎所有的同学都抬起头来。有的回头看我,有的看向窗外。

我趴在窗户上,看见楼下站着一个染着红头发的人,在阳光的照耀下像是一块晶莹的红宝石。他斜靠在一辆摩托车上,脸上挂着笑容。

是他向我挥手,并大喊着我的名字。

我想起了他的名字。他叫阿京。与我在一个胡同里长大，但是我们已经很久没见过面了，没想到这次他竟然来找我。

同学们看着我。一种自豪感在我心里油然而生，我为自己有这样的朋友而骄傲。你们有这样的朋友吗？我很想问问他们，但是最终还是没有问。我准备下楼去。

"你这可算是旷课啊……"班长小声提醒我。

我在门口站住，但半秒钟之后，我感到没有人可以阻拦我了。我像是一只鸟儿飞出了教室，飞下了楼梯。似乎有一双无形的翅膀让我的身体变得轻盈无比。半路遇到我的人都惊讶地站住看着我。好像他们真的看到有一根根羽毛从我的皮肤里长出来。我心里隐隐感到生活就要发生改变，那期待已久的转机就要到来。

来到门口的时候，我试着推了推学校的铁门。门被轻易地推开了。我向门卫室望了望。透过脏兮兮的窗子，那个守门的老头也在看着我，脸上带着似笑非笑的表情。我低下头，继续推动铁门。铁门发出刺耳尖锐的声音。我担心那个老头会突然冲出来，挡在我的前面，对我厉声说："没有老师开的证明你不能出去！"但他没有这样做，仿佛眼前的铁门与他并没有什么关系。

我感到这一天真的是充满了魔力。

阿京依旧站在那里，笑眯眯地看着我。他脸色苍白，身材瘦削，五官像是雕刻出来的塑像。我微微地喘着气，后背上冒出了汗。白色的校

李　唐 | 仪式的继续

服粘在我的脊背上，风一吹，感觉那里一片冰凉。

阿京发动了摩托，对我说："上来吧！"我犹豫了一下。自从很小的时候学骑车摔过后，我就再也不敢做四个轮子以下的车。更何况是我从未坐过的摩托车。

那是一个炎热的夏天，母亲不知为什么给我买了一辆崭新的自行车。我看见它的第一眼就喜欢上了它。它的车身在阳光下闪烁着银白色的金属的光芒，像是一件贵重的银制品。我跨上去，心里充满了新奇的感觉。我用手拨动车铃。铃铛轻快地鸣叫了两声，像是音乐课上动人的三角铁。这像是一个鼓励。我左脚踩着地，右脚慢慢地蹬着车。我听到母亲在我身后说："别怕，我会一直扶着你。"那时我的手掌已经紧张得一片湿润。

就这样，母亲在后面紧紧地扶住车保护着我，我的胆子渐渐大了起来，车越骑越快。起风了，几张碎纸片跟着我一起飞舞，像是在相互赛跑。一枚叶子突然盖住了我的右眼。我用手把它拂开。车身开始一阵剧烈的抖动，我感到一种强大的力量让车子发生了转向。我惊慌地回头，发现母亲站在原地，一手叉腰，一手搭在额头上做帽檐。一大片阴影覆盖在她脸上。

车轮卡在了一块石头上。我重重地摔了出去，在地上打了几个滚才停下。我的两个膝盖都被摔破了，鲜血顺着小腿流下来。我哇哇大哭起来。

"摔一次很正常，"在那之后母亲说，"怎么说不学就不学了呢？"

我低着头看着膝盖上缠着的纱布，只是一个劲地摇头。母亲看着我，叹了口气。"摔一次就不学了,以后你还能干什么?"而我的态度坚决,说不学就不学了。那辆车后来母亲送给了别人。以后我再也没听到过像它一样清脆的铃声。

阿京把一个硕大的头盔递给我。我把它捧在手里,感觉沉甸甸的。我抬起头,看见楼上的同学们都在往下看着这一幕。他们甚至有的手里还攥着笔。不一会他们纷纷离开了窗子。我看到红梅老师的身影在窗前一闪而过。

有一种莫名的力量掌控了我。我戴上了头盔。

阿京点点头,也戴上头盔,一步跨上摩托车。我坐在后面,紧紧地抱住他的腰。车子启动了,发出突突的声音。我们在马路上飞驰。好几次似乎就要与前面的车子相撞,而阿京总是能巧妙地避开。我们的衣服都灌满了风,像是两只飘荡在这城市上空的塑料袋。周围的景色变成了无数彩色的箭,从我们面前射出来。学校离我们越来越远了,很快它就变成了一个白色小点,消失在无限延长的公路上。

这一刻我真的愿意称阿京为天使——红头发的天使。

我们的车停在了一个酒吧旁边。阿京摘下头盔,吁了一口气。

这个时候天刚刚黑了下去。一轮明月从城市的楼宇中缓缓升起。这个时候城市像是一头刚刚苏醒的巨兽,绚丽多彩的霓虹灯广告牌和车灯闪烁着。阿京的眼睛被灯光反射得很明亮。

"走吧,进去吧。"阿京对我说,然后迈步走了进去。我随后跟上。

李　唐　|　仪式的继续

酒吧里面正演奏着迷幻的音乐，配合着不断变化的灯光。人们在喝酒或是玩各种桌面游戏。我们走过的时候里面的人们都有意无意地打量着我们。他们注意的并不是阿京，而是我。我知道这是因为我还穿着校服的缘故。纯白色的校服已经被染得五颜六色。它在这里显得如此不合时宜，让我羞愧。

我俩找到一处座位坐下。我环顾了一下四周。酒吧的中间有一个台子，现在上面没有人，只摆放着架子鼓和电子琴。音乐是从音箱里传出来的。我问阿京："你为什么带我来到这里？"阿京摇摇头，说："我也不知道。"他正在研究桌子上的酒单。我知道是同一种无名的力量分别驱动着我们，指引着我们来到这里。现在我好奇的是，这种力量的目的是什么？我可以感到它到现在并未消失。接下来它会做什么呢？我看到阿京修长的十根手指在桌面上不安地来回起落，仿佛在等待着什么。

一个人走到台子上，手拿话筒，对台下说道："各位朋友，我们今天请到了著名的'鲍家街43号'乐队来到这里演出，大家鼓掌欢迎！"

"'鲍家街43号'是什么乐队？"我抿了一口刚刚端上来的啤酒。之前我看到阿京往我的啤酒里放了一个什么东西，但我没有理会。那口酒从嗓子流进胃里，使我的胃有些微微发热。我喜欢这种感觉。阿京也打开一瓶，咕嘟咕嘟仰头喝完了。"是一个很好的乐队。"阿京说。他向后稍稍仰去，靠在椅背上。

几个人拿着乐器登台。站在中间的是一个留着长发，方块脸，戴着一个黑框眼镜的男子。酒吧里的灯光暗下来,集中在他身上。

"《晚安,北京》。"男子对着话筒说了一句,像是在嘀咕。音乐声响起。很凝重的节奏,像是一个木匠在往木头里钉钉子。我被这节奏打动了。黑暗中我的胆子似乎大了起来,拿起啤酒罐,对着阿京说:"干杯!"他愣了一下,然后笑着说:"干杯?好,干杯!"我们两个人的铝罐撞在了一起。几滴啤酒溅到我脸上。

阿京放下啤酒,重重地鼓了几下掌。我也跟着他拍了几下手掌。我对台上那个忧郁的男子很好奇,不仅仅是因为他们有一个奇怪的乐队名字。

"那人是谁?"我问。

"你是说那个主唱?我也忘记他叫什么了。"阿京说着突然像想起了一件什么值得高兴的事,在空中打了一个响指。

整个酒吧被凝重的音乐声笼罩。我想如果那个主唱再不开口的话,音乐所营造出的气氛将被瞬间打破。终于,他开口了。

"我将在今夜的雨中睡去……"他声音低沉,像是在念祷文。但是歌声却有着非凡的穿透力,好像每一个词都获得了重量。

我感觉酒吧里的世界像是一个漏斗一样突然被人翻了过来。我的人生从此开始重新计时。我从未听过这样的音乐,像是无意中走进了一条陌生的小巷。

我一直在不停地哆嗦。这可能与酒精有关。我第一次一口气喝那么多的酒，整个身子软绵绵的。我使劲抓住桌子，仿佛一不小心它就会随时溜走。阿京一直看着我，似乎对我的表现很是满意。

"感觉怎么样？"他的声音像是从遥远的黑暗中传来。

我不知道该怎样回答。我的牙齿在不听使唤地上下撞击着。

阿京笑呵呵地把刚才紧握在一起的五指张开。"还想再试试吗？"我看到他的手掌心里有一粒红色的药丸。

"这是什么？"我问。他露出了一种奇怪的微笑。我看到他发蓝的牙龈。

这时最后一个音符落下。歌手的声音立刻变得空空荡荡，回响在人们的耳膜上。

"晚安，北京。"他忧郁地扶着眼前的话筒，好像在抚摸一个受伤的小动物。

我突然恢复了正常，像是从天空落到大地，双脚踏在了坚实的地面上。

"我想要像他一样。"我指着台上的歌手。

阿京双眼发亮。"真的？"

我点点头。"我希望以后能像他一样歌唱。"

我跟着阿京回到了他的合租房。由于是晚上，阿京的摩托车骑得更快，隔着头盔也可以听见巨大的轰鸣声。只有月亮一直跟着我们。它不时会被高大的建筑挡住，但很快又露出头来。今晚的月亮看上去显得有些破碎。

我一进门就呆住了。阿京的客厅里摆满了乐器，墙上贴着各种乐队的海报。我回头看他。他正在不断地摁着电灯开关。"妈的，灯泡又坏了。"他无可奈何地说，"我的家很乱，是和哥们合租的。"

"你们也是乐队？"我兴奋地搓着手。

"当然！"阿京倚在角落里，目光炯炯。

吱呀一声，我面前的两扇门都打开了。几束光柱照到我身上。左边那扇门出来两个男子，右边出来的则是一个女孩。

"你是谁？"女孩警惕地问我。她穿着一件白色的睡衣，和我校服的颜色很像，我局促地站在一堆杂乱之中，有些后悔来这里。

"他是和我一起长大的邻居，"阿京笑着说，"他不想回家去，想和我们住一段时间。丽丽。"

"他付房租吗？"丽丽的手电筒射出的光柱在我身上扫来扫去，好像一双手摸来摸去。

"他还是个中学生呢。"稍瘦的男子提醒她道。他盯着我身上的校服。

"好吧，学生。"她关掉了手电筒，"阿京，你买苹果了吗？"

阿京"哦"了一声，迅速地说："抱歉，我忘记了。"丽丽冷笑了一声，双手交叉在胸前。"你答应给我买的。我都有多长时间没吃苹果啦？难道你忘了我最喜欢吃那东西吗？"阿京点点头，打了一个响指。"放心，

李　唐 | 仪式的继续

明天给你买。明天。"

"明天。"丽丽重复了一遍,转身走进房间,把门关上了。阿京对我说:"你就和瘦子还有小谢一起睡。"

我们三个挤在一张床上,空间很有限。我仰面看着天花板,感觉似乎来到了另外一个世界。学校生活似乎已经是上个世纪的事了。窗户没有窗帘,外面不时有车灯迅速地在屋里划过。我闭了会儿眼睛,但毫无睡意。母亲现在在做什么呢?她是不是也像我一样在黑暗中大睁着眼睛,双手紧紧抓着床单?想起这些我就害怕,她会不会报警?

一阵争吵声打断了我的思绪。是隔壁的声音,阿京和丽丽。瘦子和小谢都坐起来,听了一会,又重新躺下。"难道还是因为苹果?"我问。"是啊,苹果。"瘦子嘎嘎地笑了两声。"丽丽怕是要坚持不住了。"小谢略带沮丧地说。"为什么?"我问。隔壁传来了砸东西的声音,让人头皮发麻。"其实也没什么,"瘦子说,"感到未来遥遥无期,女孩的青春也就那么几年。"小谢翻了一个身,响起了鼾声。瘦子睡着后不久,开始磨牙。

第二天一早,我来到客厅,看见阿京正坐在沙发上,看一本音乐杂志。他的头发乱糟糟的,像是一蓬红色的稻草。桌几上放着一袋红彤彤的苹果。他勉强打起精神,对我说:"你把校服脱了吧,换上这个。"说着将一团红色T恤扔给我。

洁白的校服现在已经有些脏了。我把它脱下来。当它拂过皮肤的时候，我不禁冒起了鸡皮疙瘩。我颤抖地换上红色T恤，那上面印有一个巨大的拳头。我摸了摸这只拳头，打心眼里喜欢它。我看了一眼刚刚换下来的校服，此刻它如同刚刚死去的小狗，蜷缩成一团。

丽丽不在阿京的房间里。"她出去买早点了。"阿京头也不抬地说。我来到窗前，屋子变得静悄悄的，只有外面传来的几声鸟鸣。我倾听了一会，回过头来看到阿京还在沙发上坐着。我突然意识到其实我们根本不算熟悉，自从他离家出走以后，我就没有见过他。而昨天，他却在我最需要改变的时候出现，把我带到了这个世界里。我的目光落在了一只破旧的吉他上面。我的心突然动了动。

我指着它说："我可以弹弹吗？"阿京抬起头，看看我又看看吉他，点头说："当然可以。"我走过去，把它抱在怀里。我一点音乐知识都不懂，只好学着电视上的样子，随便拨动几下。阿京猛地抬起头，问："你以前学过吉他？"我摇头。"你再弹几下我听听。"我又跟着心中的旋律弹了几下。我感觉我的样子就像是在弹棉花。阿京站起来，大步走到我身旁，把我的右手举了起来。"我真的太惊讶了，真的。"他兴奋地说，"你在这上面一定有很高的天赋！"

我不好意思起来，不知他是鼓励我还是确实如此。这时丽丽从外面回来了，手里提着一袋热气腾腾的油条。"快吃吧，吃完赶快去排练！"丽丽面无表情地说。她浑身散发着一种幽冷的气息。当我以后再次回忆起她时，发现我几乎没有看她笑过。起初我以为她只是针对我，因为我

李　唐　|　仪式的继续

没有钱，纯属过来蹭吃蹭喝，什么忙也帮不上。后来我发现她对谁都一样冰冷。她的长发和阿京一样，染成红色，像是一株珊瑚。

我跟着他们来到排练室——一间地下室。以前是个小型仓库，后来被阿京租来做排练室。他们排练的时候我就坐在一张椅子上，练习着阿京教我的几个和弦。断断续续的音乐声从我手指间流出。当我停下来想要休息一会的时候，我发现已经过去两个小时了。也就是说，我坐在这张椅子上，全神贯注地一口气练了两个小时！我从来没有如此集中精力地干过一件事。

阿京会不时地过来拍拍我的肩膀。有一次他甚至说："等你练好了，我就正式邀请你参加我们的乐队！"在这间不透风的地下室里，我度过了一段最快乐的时光。我从他们的口中得知，一个月后，他们将有一场非常重要的演出。那天会有一个很有实力的唱片公司的老总参加。他们乐队的成败在此一举。为了那场演出他们没日没夜地排练。演出的地点就在上次阿京带我去的那个酒吧。

一个月很快就过去了。此时我正坐在昏暗的酒吧里，在一团烟雾缭绕中努力辨别台上阿京他们的表情。同时，我也在暗暗注意一个角落里并不起眼的胖子。他的戒指在黑暗中闪闪发光。他的手指短小而粗壮，仿佛是从戒指中直接长出来的。我似乎隐约间可以看见，在他的手上牵着一条隐秘的线，那是阿京他们的命运线。

台上的所有人都异常紧张，尤其是丽丽，这个乐队的女主唱，此刻脸色白如砒霜，而嘴唇却涂着鲜艳的唇彩，像是刚刚喝过血一样。阿京拍了拍她的肩膀，像是拍在了一座冰雕上。他在她耳边低声说了些什么。丽丽僵硬地点点头，脸色依然苍白。

　　那一晚的演出很成功。丽丽在唱响了第一句歌词后，仿佛终于找回了灵魂。全场慢慢都被她所带动起来。我看到角落里的那个胖子，他不时也会兴奋地拍几下手掌，甚至站起来，眼睛盯着台上光彩照人的丽丽。舞台上不断变幻的灯光打到他脸上，使他的表情飘浮不定。

　　听着一波又一波的欢呼声，我可以强烈地感受到，成功离他们越来越近了。我的手掌上全是汗，亮晶晶的，像是刚被水洗过。我抱着阿京送我的那只旧吉他，不禁热泪盈眶。而它似乎也在我怀里轻轻颤抖着。

　　那一晚的演出很成功。当丽丽走下台的时候，那个胖子举着肥厚的手掌迎了上去，给了丽丽一个大大的拥抱。这突如其来的举动让丽丽有些不知所措。她在胖子的怀里艰难地回过头，求助似的看着阿京，一缕头发耷了下来。阿京站在后面，傻呵呵的笑着，似乎还没有从巨大的喜悦中回过神来。

　　我和阿京走出酒吧的时候大地像船一样在摇晃。我们都喝了不少。阿京走到我面前，用他滚烫的手掌摸了摸我的脸。我转头看到丽丽。她盯着眼前川流不息的马路，两道泪痕刻在脸上。

　　我突然意识到我从未如此地接近过某件东西……那件东西如同圣物

般隐藏在黑匣子中,我之前从未一睹真容。而就在此时,它突然出现在我眼前。我与它是如此的接近,简直触手可及。

那件圣物在街道上缓缓升起,幻化成一道光环,盘旋在我们的头顶上。

我们焦急地等待着阿京。我们站在车站,看着一辆又一辆公交车在我们面前停下,走下来一大帮人。但我们看不到阿京。眼看到了中午,阿京瘦弱疲惫的身影终于从一辆很空的公交车上走了下来,仿佛浑身蒙上了一层尘土。他脸色惨白,朝我们走来。

我们嗅到了不祥的气息。瘦子走上去,小心翼翼地试探道:"是不是……没戏了?"

阿京摇摇头。小谢说:"这么说就是有戏?唱片公司究竟是怎么说的?"阿京舔了舔干裂的嘴唇,说:"唱片公司已经同意签约,但是……"他的话给我们留下了一个悬疑的尾巴,无数种可能性都可以镶嵌到这个"但是"后面。

"他们说……只签丽丽一人。"

阿京的话使空气像水泥一样瞬间凝固了起来。仿佛在我们中间垒起了一堵墙。丽丽半天说不上话来,瞳孔像猫一样缩小。阿京的舌头也不翼而飞,沉默地站在那里,看着一小撮碎纸片被风卷了起来,盘旋在公路上。

"恭喜啊……"瘦子打破沉默,"丽丽,你终于成了一个真正的歌手。"

"明天上午十点,"阿京的话像是一口袋碎玻璃,"他们让你亲自去公司一趟。"

那天晚上有一种世界末日的气氛。阿京想说一些笑话活跃空气,但他换来的是更为长久的沉默。我们都早早睡下,彼此间无话可说。

第二天,我们一起出门送丽丽去车站。阿京双手插兜,气色看起来比昨天要好多了。他说:"丽丽,我们真诚地祝贺你,你不会再过以前那样衣食无着的生活了,你的事业终于走上了正轨。"

丽丽微微一笑。这是我第一次看见她笑,也是最后一次。

我们几个默默地走了一会儿。小谢咳嗽了一声,说:"丽丽,等以后你火了,别忘了我们这些哥们啊。有一句话怎么说来着……什么苟富贵,什么的……"我们哈哈大笑起来。

"放心吧,我不会忘记你们的。"丽丽的长发温柔地搭在肩上,动情地说。

"等我一下!"阿京突然跑开。不一会气喘吁吁地跑了回来,手里捧着一大兜子苹果。他把苹果递给丽丽,说:"路上吃吧。"丽丽没有伸手去接。阿京愣了一下,说:"你不是最爱吃苹果吗?"

"现在不想吃啊,"丽丽面露难色,"拿一袋子苹果去公司算怎么回事啊?"阿京点点头,说:"也是。"就提着苹果跟在她后面。装着苹果的袋子不时击打着阿京的小腿。

李　唐　|　仪式的继续

"好了，你们不用送了。"丽丽自己跑到对面的车站，朝我们挥手。片刻后，一辆公交车停在我们和她之间，挡住了她的身影。车开走后，在我们眼前只剩下空空的站台。

往回走的时候阿京仿佛老了二十岁，弯着腰，如老年人那样漫无目的。我停下脚步，准备说出酝酿已久的话。我对阿京说："我想要加入你们的乐队。"阿京好像没有听清，问："你说什么？"我又重复了一遍，说："我想要成为一名歌手。"阿京往前走了几步，我无法确定他是否听清。他突然停了下来。

"回家去吧。"阿京像是在喃喃自语，"都这么长时间没回去了，你为什么不回家去？"

我惊讶地看着他，感觉自己受到了欺骗，差点委屈地掉下眼泪。而他们不再管我，径直向前走去。太阳给他们的身上镀上了一层无力的光辉。

我想，或许真的到了回家的时候。

这是我一个月后重新推开家门。我把脑袋伸了进去，吓了我一跳。

母亲端坐在客厅，对我报以微笑。她仿佛早已知道我要在今天回来。一切都准备好了。书包放在桌子上，旁边放着叠得整整齐齐的洁白校服。母亲走到我面前，轻轻地摸着我的头发。我懦懦地站在那里，等着她突然的暴跳如雷。然而她始终都没有表现出什么异常。她只是盯着我的红色T恤。

"这是什么？太难看了，快脱下来。"她皱了皱眉。

她拿起桌子上的校服，用力一抖，像是展开了一面旗帜。

"换上它。"

我穿好校服，母亲满意地打量了我一会儿，转身把那件红色T恤扔进了垃圾筒。她拿起书包，等待着什么。我走过去，把左胳膊伸进了书包带，又把右胳膊伸进了书包带。然后我感觉后背一坠，书包稳稳地趴在了我身上。母亲轻轻地拍了拍书包。

"上学去吧……"

► 1991年出生。

毕业于美国纽约州立大学宾汉姆顿分校。浙江省作家协会会员。曾任中国少年作家学会副主席、浙江分会主席。担任第一到第三届90后作家联谊会副主席。已出版图书9部。曾获冰心作文比赛一等奖、"中国少年作家杯"特等奖。

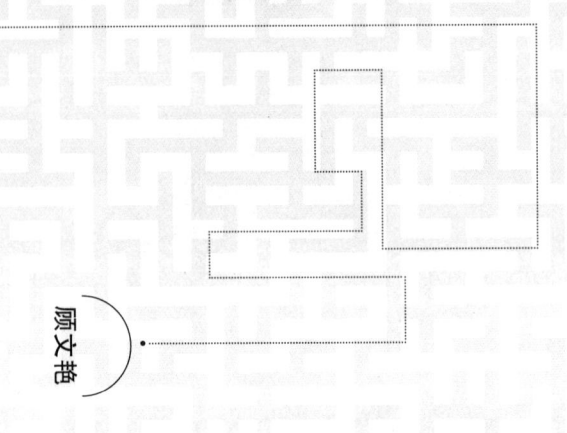

顾文艳

唤 笑 记

直到现在，我还清清楚楚地记得廖奕婷失去笑容的那个早晨。

那年，我以多于分数线两分的中考成绩顺利挤进了棕州最好的中学，棕州市第二中学。我妈兴奋地把所有亲朋好友都请到家里来庆祝。在餐桌上，她不无得意地宣布了这个消息，然后大谈特谈我是如何不用功地学习，却又是如何一不小心"轻松"地考上了重点中学。

其实我很想说说我自己是怎样每个晚上熬到十二点来准备这个对我来说简直就是一座跨不过的山峦的中考的。此外，我还想说说中考前期我妈是怎么心急火燎地帮我报补习班，请家教的。但是每次我一想开口，就被我妈那只兔子拖鞋狠狠地踢了一脚。

亲朋好友们纷纷恭喜我爸妈生了个聪明的儿子，同时也顺带着夸奖了廖奕婷。她那时红光满面，发亮的眼睛像宝石一样璀璨，最重要的是她的那副笑容，仿佛一泓在阳光下绚烂夺目的清泉，在嘴角甜美笑涡的映衬下显得尤为动人。

"虚伪。"我朝她灿烂的笑容和看似真诚的"恭喜"翻了个白眼，咕哝了一声。

"昊昊！"妈严厉地瞪了我一眼，然后满脸堆笑地感谢廖奕婷的祝贺。

廖奕婷大度地摆摆手，漂亮的眼睛形成月牙儿的弧线，笑容更加灿烂了，仿若盛开的玫瑰。大人们还在啧啧称赞廖奕婷是怎样一个优秀的、友善的、迷人的女孩，因为他们显然从她那动人的笑容里看到了真切的友好。而我，则从她嘴角的上扬中读出了一丝属于胜利者的自命不凡。

廖奕婷是我的表姐，比我大一岁。我妈只有一个哥哥，两人感情好得时常令我爸和廖奕婷妈嫉妒。由于这对兄妹实在不愿分开，我们两家就成了邻居，隔三差五地互相拜访。我和廖奕婷，两家人的孩子，也自然是从小玩到大的亲戚。本应是相亲相爱的姐弟，我们却似乎永远合不来。而我们合不来的原因，我一直坚定不移地相信是出在廖奕婷的身上——所有明确知道廖奕婷为人的人，都会这么坚定不移地相信。

"林成昊，你为什么为什么为什么要这么残忍地告诉我这个事实？"我高中最好的朋友李嘉就是其中之一，"我一直一直一直崇拜的学姐，不可能不可能不可能不可能是这个这个这个样子！"

他第一次来我家玩，被我告知了关于廖奕婷所有真实的为人情况之后，大声地说了这番话，然后跌跌撞撞地跑出了我们家门。他一激动就会重复他要说的句子里他所以为是的关键词。

尽管如此，无论是学校里还是大人圈子里，廖奕婷的口碑都好得足以让我们这样知道真相的人瞠目结舌——毕竟，真相总是没法为大多数人所知；毕竟，廖奕婷是有她令人惊叹的生存之道的。

廖奕婷是棕州二中十年来第一个学生会主席。她是那种世界上无论大小，每个学校都必然会有的完美型女生：成绩名列前茅、身材相貌出众、学校舞蹈队顶梁柱、运动会长跑冠军、钢琴比赛全市第一、待人友善而人缘极佳……在小说里读到这类女生的时候我总是会忍不住皱眉——因为每读到这样的女生，我的眼前就只能浮现出廖奕婷那张隐隐地满溢鄙夷的笑脸。

　　与小说里的这类女生不同，廖奕婷有真实的一面，并且这一面从小到大只会展露在我的面前。我曾多次真挚地建议她去看看心理医生，以防自己人格完全分裂的时候彻底精神崩溃，而每次都是被她凶神恶煞的表情给反驳了回去。廖奕婷是一个脾气暴躁、缺乏同情心、好胜心嫉妒心强，并且自私到一般人绝对无法忍耐的女生。最令人难以忍受的是，她是一个完全惺惺作态，滥用笑容的人——我这一生从来没有这么评价过其他任何一个人，我也相信我之后不会再这么评价任何人。

　　我五岁那年，廖奕婷因为她爸把本来打算给她的玩具熊给了我而把我从楼梯上推了下去，使我现在左边太阳穴上还有一道浅浅的疤痕；我和她上同一个小学时，她作为出色的学姐在学校里散播关于我的谣言，就因为我有一次在书法比赛中赢过了她，使我小学六年找不到一个朋友；初中有一次我爸妈去澳洲度假，我暂时住在她们家，她霸道地拉我陪她看恐怖片，结果半夜被吓哭的她怀恨在心（虽然我完全不懂她对我有什么好怀恨的），跑到我爸妈那里告状说我半夜吓她，使我被禁网整整三个月。

  这样的事情每天都在发生，而每次发生这种事情她都有能力将事情扭曲：她把我从楼梯上推下去之后立即泪流满面地扶我，令我爸妈大为感动；她毁坏我的名誉以后立即跑到我爸妈那里说别担心，她会在学校好好照顾我的；她对我爸妈告状后又真诚地请他们千万不要责骂我，结果使我招来了更重的惩罚。

  我曾花了一个下午的时间思考她这种严重分裂的性格，思考她这种将自己自如地从魔鬼转化为天使的能力，然后终于得出一个结论，那就是她的这种畸形人格的形成主要依靠她天生的笑容——她那没有人能够拒绝的笑容，没有人会怀疑其邪恶性的笑容。每一次，只要她咧开嘴一笑，她犯的所有错误都会在一瞬间灰飞烟灭，留下的只有她天使般可爱的模样。

  而我，就是唯一在她的笑容里看到邪恶的人。

  我曾经恶毒地想过某一天她会得一个绝症，然后再也不能用她那虚假的笑容来感染、欺骗别人，但我从来没有想到有一天，她会真的失去笑的能力。

  廖奕婷失去笑容的前一天，是我的生日。我爸妈和廖奕婷爸妈恰巧在这一天外出旅游了，留下我和她在家。走之前，廖奕婷爸妈万般叮嘱她要好好陪我过生日，廖奕婷用甜美的笑容点头表示回应，而我则自然的，满脸惊恐——我甚至听到了她笑声里诡异的骨头咯吱咯吱被掐断的声音。那天在学校里上课，我没有一刻不是在胆战心惊的情绪里度过的。

"林成昊。"课间，李嘉走到我的座位旁边。

"干吗？"我愁眉苦脸地答道。

"外面外面外面……"李嘉开始重复某个词语，他显然很激动。我抬头看他，他的眼睛朝教室门口斜了斜。我顺着他的目光往外看，只看到一圈金色光环。

我环顾四周，班里无论是男生还是女生都朝我投来羡慕的目光——她来了。

我尽量努力拖着身子走到门口，脚上好像被灌了沉重的冰水，代表一万吨的不情愿。

她站在那里，身穿香槟色的运动服，在阳光下熠熠生辉。我耷拉着眼皮看她的脸。白皙的脸上有自然的粉色胭脂般的色彩，眼睛含笑看着我。她一点一点地咧开嘴，洁白的牙齿整齐地被框在玫瑰色的嘴唇里。可以化解冰冻的笑靥仿佛是被什么可怕的东西召唤了，才在这醉人的阳光底下化装成圣女贞德的模样，淡入淡出。

"生日快乐，弟弟。"她温和地笑着说，把一个淡紫色纸袋递给我。

"谢谢。"我接过，注意到很多走廊上的人都偷偷在看我们。

她继续笑，有时候我真觉得她的笑容到底什么时候才能用完。

"没什么事我走了。"我感到脸颊有些发烫，便冷淡地说了这么一句话。我不是一个跟她一样擅长交际的人，因为我的笑容没有她那么泛滥。

"晚上记得来吃饭啊！"她银铃般动听的声音在身后回荡。

于是，我又在众人羡慕的眼光中回到了自己的位置，和李嘉交换了一个无奈的眼色。他拍了拍我的肩，同情地叹了一口气。

那天下午，我在街上游荡了好一会儿，以免廖奕婷把我抓回去折磨我。现在她很少跟小时候一样欺负我了，但是和她在一起无疑是一种精神上的折磨。我都可以想象她会怎样跟我巨细靡遗地抱怨那些在她看来"无知"的但是她会对他们投以最美的微笑的男生们，抱怨那些学生会里在她看来"无能"的各级部长们，甚至抱怨她唯一的好朋友杨雨纯，一个善解人意的女生，在语文考试中"通过不正当手段"超过她 0.5 分。

我漫无目的地走着，经过路边一个脏兮兮的算命先生的铺子。从我上高中开始，他就一直在这里，风雨无阻地维持着他的算命生意。

我正准备和平常一样若无其事地走过，他却突然用沙哑的声音说："你需算一卦。"

我停住了，看了看他，他那张满是皱纹的脸正朝着我。我感到心脏因为紧张而收缩了一下，他知道今天是我生日？我心里有个声音让我停下来，但双脚却继续往前走去。毕竟，从小到大，被家人教育灌输得多了，对这种神神鬼鬼的地方还是抱着敬而远之心理的。

"小弟，算一卦，今日你心之所愿皆为实！"他在后面用阴阳怪气的语调冲我喊道。听他那么一喊，我便更加确定自己的选择是正确的——不过是一个算命人的小伎俩，说什么我的愿望都会实现。我的愿望，可能实现么？

我很快就忘了这个算命先生，忘记了他所说的"心之所愿"。那天晚上，我很晚才回到家里，自己帮自己庆祝孤独的生日。隔壁的廖奕婷看来是已经来过多次了，所以她又回去练她的钢琴去了。连绵起伏而令人心醉的钢琴声里，我点起了蜡烛。我只买了三根蜡烛，一吹就灭，而我吹蜡烛的时候想的唯一的东西，就是廖奕婷，和她那该死的笑容。十六年来，我一直在她那窒人的笑容的阴影下生活，连我的灵魂都因其而千疮百孔，我实在无法这样生活下去了。

那天晚上，我躺在床上看着漆黑的天花板，静静地等待生日过去，对第二天早上将要发生的事，没有丝毫的预感。

第二天，我还在睡着，忽然听到一阵震耳欲聋的敲门声。我揉揉惺忪的睡眼，半梦半醒地走到门前。

门开了，外面已经有了阳光，但是眼前的人脸上没有丝毫光泽。

廖奕婷睁大双眼，噙满愤怒的泪水，但是乌黑的眼眸里充斥着令人发寒的恐惧。她穿着水蓝色与白色相间的校服，身体不住地颤抖着。她面色泛黄，嘴唇干裂，嘴角似乎还有点血渍——她没有笑。

"你……你怎么了？"我本来打算用凶一点的语气说话的，可是我实在没有反应时间。

"我……我不能笑了……"她带着哭腔，声音第一次那么无助柔弱。

"啊？"我眉毛上扬，有点惧怕地往后退，"你又在玩什么把戏？"

"我——不——能——笑——了——！"她张大嘴巴声嘶力竭地大

叫，眼泪像是冲破了水闸的洪水，汹涌而下。

我被吓得一动不能动。廖奕婷走了进来，关上房门，熟门熟路地走到我家客厅的沙发上，大声哭了起来。

我大脑顿时一片空白，一个从我喉咙下方的管道里慢慢溢出来的恐怖的声音轻轻地钻入我的脑子，我感到全身一阵入骨入髓的凉意，阻止我张嘴呼气。

不知过了多久，被石化了的我终于恢复意志，默默地走到无法抑制泪水的廖奕婷面前。

"今天早晨……我一起来……对着镜子……"廖奕婷哽咽着张开那无法向上扬的嘴唇，"练……练习……练习我的微笑……然后……然后就发现……我不能笑了……"

我张大嘴巴，心脏剧烈地跳动着。

"什么意思？不能笑？是嘴疼？还是一笑就痛？"我语无伦次。

"不是！"她狂怒地喊，"就是不能笑了！就是不能笑了！怎么样都不能笑了！我拿牙刷把嘴巴撑起来都不行！"

我诧异地看着她，她的嘴角还有牙刷硬撑开嘴巴留下的印痕，血迹现在还散发着腥味。

"你冷静一下不行吗？"我也提高了声音，实际上却是被吓坏了。昨天算命先生的那句话似乎一语成谶，我真的实现了愿望——廖奕婷不能笑了！这是怎么了？这，可能吗？

我平缓了一下自己狂跳的心,丝毫没有"梦想成真"的喜悦。

"廖奕婷,你先别说话,先别再哭了。"我第一次命令她,她也第一次听从了我的指令,乖乖地止住泪水,但是肩膀还是不住地抽动着。

"你看着我,然后试着想一些有趣的事。"我看着她的泪眼,认真地对她说,"想一些有趣的事,比如说,比如说昨天我一个人孤苦伶仃地在家里过生日……"

廖奕婷看着我,嘴角抽动了一下,我知道这对她来说是最好的事情——我太了解她这样的人了,别人的不幸对于他们来说就是最大的幸福。

她的嘴角又抽动了一下,接着,整张脸都狠狠地扭曲起来,缩成一团,鼻翼剧烈地龛动着,嘴巴痛苦地张合,好像正在跟一个什么可怕的毒药般的内在决斗。

"不……我不行……"她眼泪直流,"平时让我想这个场景我会笑死的……但我……"

我看她痛苦挣扎的样子,感到又是解气又有些同情,我看了看表,告诉她该去学校了。她转过来,用一种我一辈子都忘不掉的漫溢恐惧的神情看着我,狠命地摇头——我从此以后再也没有看到过一个人从内心深处爆发出的这么大的恐惧感。

"我宁可死也不要让别人看到我不能笑的样子!"她大吼,然后又安静了。我第一次觉得她不那么可怕,那么霸道了;相反,我无法理解地开始同情她。

　　我告诉她我会帮她请假的，也会帮她想办法，争取尽快让她恢复。我很不习惯地把一下子变得很安静很有依赖性的廖奕婷安顿好，急匆匆地上学。与前一天一样，这天老师上课我一个字都没有听进去。

　　一放学，我就冲到音像店买了一摞也许可以拯救廖奕婷的喜剧片急匆匆地跑回家。一边跑，一边想着这整件事，觉得自己快要崩溃。不管怎样，我是一个有善心的人，况且我知道廖奕婷的"失笑"有极大可能是因为我生日的那个"愿望"，我必须帮她恢复笑容——不管那笑容有多恐怖，有多虚假，有多令人生厌，我都必须帮助她重新召唤笑容——因为对于她这样的人来说，这笑容就相当于她生命的盔甲。

　　突然，我又看到了街边的算命先生。

　　我喘了口气，放慢脚步走向他，他正低着头看字符。

　　"对不起。"我清了清嗓子，他抬起头来看我，脸上皱纹满布，"我昨天的愿望实现了。"

　　他看了我几秒，狡黠的眼睛眨了眨，说："小弟，算一卦？"

　　我有些生气，但还是点点头。假如说廖奕婷失去笑的能力这件事情是真的话，他是唯一有办法的人。

　　算命先生在我的手掌上比比划划，然后问了我的姓氏，在宣纸上写了几个字，然后再涂抹了几笔，过了很久，他突然抬起头。

　　"左右上下,只有一个字。"他有点奇怪地摸摸短胡子,"你先付十元。"

我爽快地掏出十元放在他的桌前。

他满意地笑，然后在宣纸上写下一个字：唤。

"唤？"我瞪大眼睛，"什么意思？"

算命先生得意又神秘地笑笑，攥住我的十元纸钞，不再言语。我愤愤地看了他几秒，拿起那张宣纸就走，一面后悔自己竟然相信了这个爱财如命的骗子。

那时的我不明白这个字的意思，突然间想起这个字也是很久以后的事了。

我跑回家，廖奕婷乖乖地坐在沙发上一动不动。家里没有开一盏灯，黑洞洞的，光线被窗帘遮得严严实实的，像是在掩藏一个什么极其丢人的东西。

我没有和她说什么，只是打开DVD机，抱着一种使她丢了笑容的罪恶感和她一起看最经典的喜剧片，想要使她笑出来。看到《逃学威龙》里周星星和健忘的化学老师一起做试验的那段的时候，我注意到在电视微弱的荧光里她脸部的肌肉在不住地痉挛，嘴边已经化脓了的伤口似乎又要在一瞬间破裂开来——只是不管怎么样，她都没有办法笑，没有办法展开那她之前可以化解她一切邪恶的笑容。

一口气看了五部喜剧电影，廖奕婷说她要回去了。她眼神空洞，身上透着一种令人发颤的寒意。

"你……明天……会上学吗？"我跟着她走到门口，轻声问道。她虚弱地拿着钥匙开自己家的门，金属碰撞的声音刺耳极了。

她转头看我，脸上还是没有一点光。

"会的。"她努力想微笑，但是不能笑，于是痛苦地蹙眉，黯然失色地转了回去。

晚上，她只弹了一首钢琴曲。我从来听不出她弹的钢琴曲的名字，只是那天晚上的钢琴曲，充满了忧伤。我几乎可以看到她面无笑容地用力弹着黑白琴键的样子。那天晚上我失眠了。我躺在床上想了很多，从廖奕婷的童年开始回忆她现有的生命。我猛然觉得自己像是一个从天堂俯视下来审视廖奕婷一生的人——她从小就被完美的翅膀羁绊着。每天弹琴三小时，临近考级的时候五小时；她从幼儿园开始就有超出一般孩子的智力、能力、气质，也正因如此，她对完美的渴求愈来愈强烈。然而世上从未有过一扇能够让凡人触及完美的门，如果有，那也只能是通往炼狱的大门。廖奕婷选择了穿越那扇门，也必然需要忍受双重的自我，而她唯一能掩藏那不光彩的自我的，就是她那已经失去了的笑容。

那天以后，廖奕婷没有在学校里笑过。她甜美的笑容，天使般的标记，被擦得一干二净。尽管她还是学生会主席，成绩依然出众，却再也不是那个能够用笑容掩盖内心的完美无瑕的女生了。她暴躁的性格随着嘴角长时间的下垂而越来越突兀，她自私的本性随着嘴部肌肉的长时间不运动而越来越明显，她好胜的自我也随着笑容的长时间缺失而越来越鲜明。她失去了曾经因为她那不真实的友好而爱她的所有朋友。

所有朋友，除了杨雨纯。

廖奕婷不能笑之后的一个月，有一天下课的时候，杨雨纯来找我。班里的人这时候已经不再羡慕我了——因为我的姐姐不再是那个笑容如阳光般温暖的廖学姐，而只是铁血恐怖的学生会主席。

"廖奕婷怎么了？"杨雨纯长得没有廖奕婷那么漂亮，却在张口说这几句话的时候就让我感触到了她的真心——这是在廖奕婷失去笑容之前没有虚伪地微笑时我可以感受到的。

"她……不能笑了。"我简略地回答，在心里为廖奕婷感激她。

杨雨纯再问了我几个问题，就打算走了。

"你觉得廖奕婷，"我突然问了一句，"你觉得她这样很奇怪吧？"

杨雨纯愣了愣，然后展开笑容，很自然很宁静的笑容。

"我一直都知道她是什么样的人。"她说，停顿了一下，"她是我的朋友。"

那一秒是我记忆里闪光的几秒之一，因为就在那一瞬间，我在这个女生身上看到了廖奕婷一直在拼命寻找的东西。

廖奕婷带着不再能笑的痛苦度过了她的高中时代。爸妈他们回来之后发现廖奕婷的异常，就把她带到了棕州最好的医院，也没查出什么。之后我们又一起去上海最好的神经科，皮肤科医院请专家看，一个神经科的医生给廖奕婷照了神经X光片，然后用专业术语在片子上指指点点，告诉我们说廖奕婷嘴边的神经与大脑神经之间连接的肌肉神经组织破损了，是一种神经疾病，暂时没有办法处理。

廖奕婷爸妈属于乐天派，他们很快恢复了精神，并鼓励女儿好好地积极面对人生的未来；我爸妈也这么劝她。其他的亲朋好友都来看过她了，我不喜欢他们看廖奕婷的样子——好像在看一个陌路的天才，参观着他人的不幸。我突然觉得也许每一个人都有廖奕婷黑暗的那一面里的一点——把别人的不幸作为自己生活的快乐源泉，这是我认为属于人类最恶劣的行为。

李嘉从我口中知道了这一切，他也是唯一知道我曾经把"让廖奕婷失去笑容"作为愿望的人。他一直没有什么表示，直到廖奕婷毕业那天，也就是我们高二期末考试的那天，他很激动地冲到毕业典礼上，然后很激动地对一脸沉闷的廖奕婷说："廖廖廖廖学姐，我认为认为认为，你即使没有笑容笑容，也是世界上最出色出色的学姐学姐！"

因为过分激动，他重复了很多词。

廖奕婷看着他，鼻子抽了抽，左边脸颊上的肌肉狠狠地抽动了一下，脸上突然泛起了那种以前只有她笑的时候才会有的玫瑰色。那一瞬间我忽然有一种错觉——她似乎笑了。滚烫的泪水浸透了她的眼眶，但是她的嘴角没有上扬，现实是残酷的。

她真的没有笑，并且再也没有笑过。后来她考取了荷兰一所大学，但她显然对那里充满恐惧，一个没有笑容的人对一切新的东西都是带有恐惧的。她爸妈不放心女儿，便想办法全家移民荷兰，顺便在欧洲找医生治疗，找回她失去的笑容。

离开那天，廖奕婷穿了一件水仙色的裙子，在阳光中美丽动人。我们家一起去机场一把眼泪一把鼻涕地送他们，她一路上很安静。离别的时候，她拥抱了我，在我耳边轻轻地说："这些年，谢谢你。"

我怔怔地呆在原地，咀嚼着这句令我瞬间莫名其妙地洋溢幸福感的句子。然后，廖奕婷走了，并且再也没有回来。

我的生活继续着，只是少了廖奕婷，还有她的笑容。

偶尔的，我也会突然在某个晚上怀念起她的笑容，像她反复的钢琴声一般萦绕在我心头。

她是一个那么会笑的人，然而她的所有笑容，都是被内心的魔鬼召唤出来掩饰真实自我的笑容，她从来没有唤醒过自己真实的笑容——直到现在，她再也不能用自己的灵魂召唤笑容了。

那一刻，我突然记起算命先生说的那个字：唤。我突然有了某种信心，那不同于之前由愧疚而产生的谵妄，而是一种坚定不移。

廖奕婷会唤回她的笑容的。

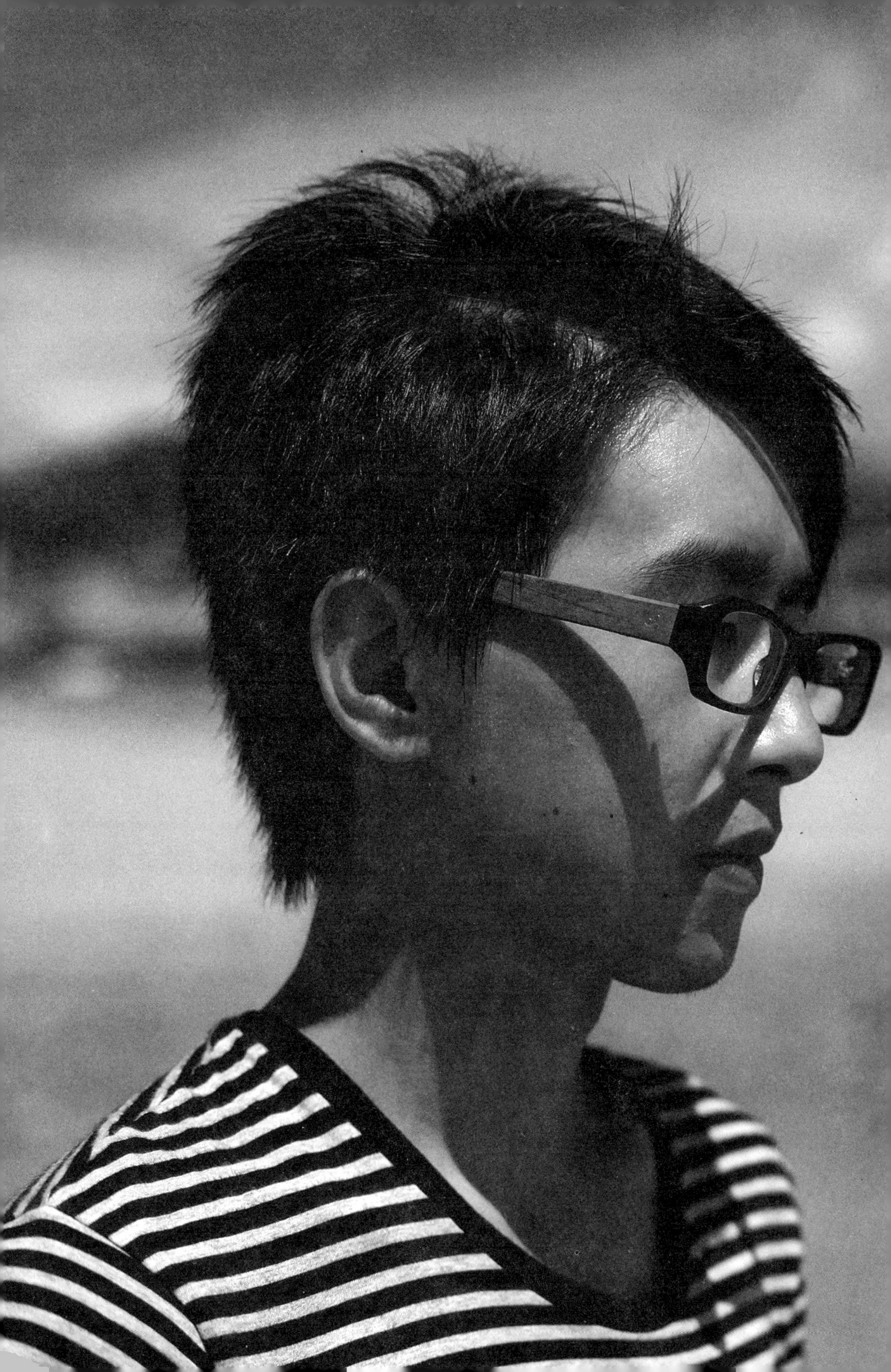

王雄州

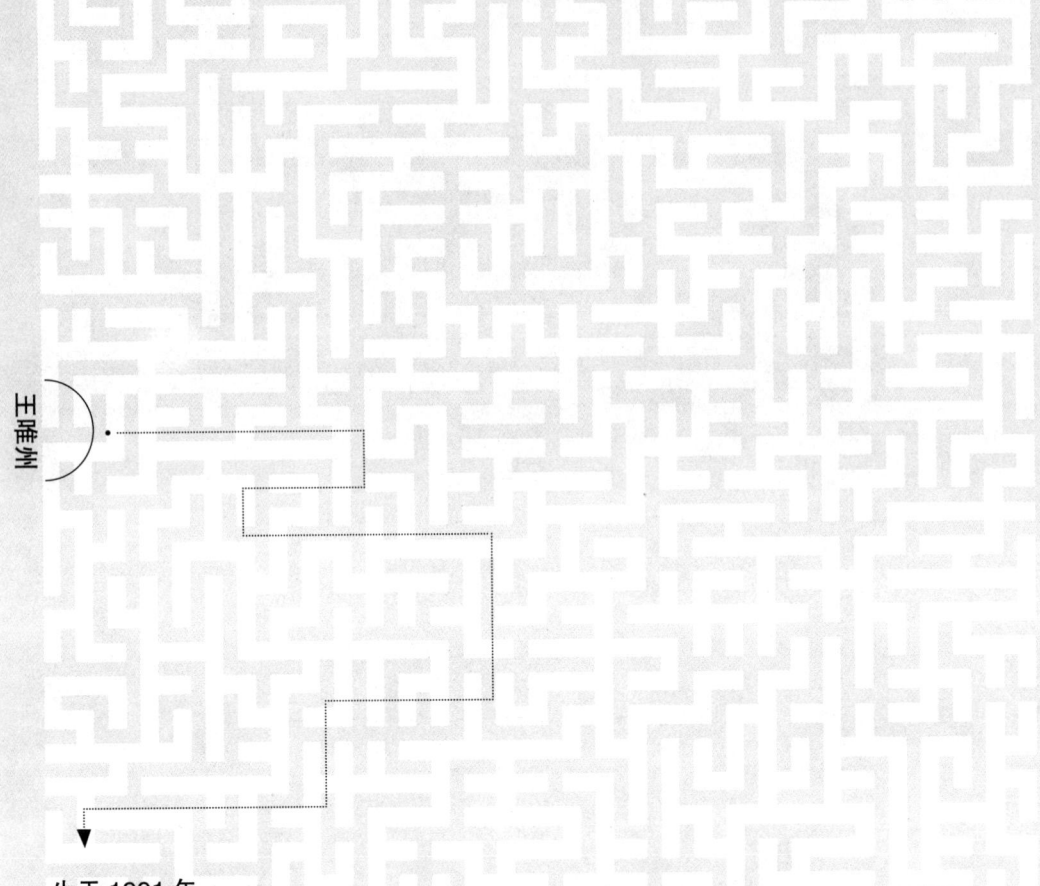

生于1991年。
现就读于重庆师范大学。重庆市作家协会会员，重庆市文学院第四届创作员，中国青少年文学艺术家协会、中国当代青少年作家协会重庆分会会长。出版小说集《形象》、长篇小说《假侦探》。《新作文》特约撰稿人。曾获第四届巴蜀青年文学新人奖。

阿　幸

　　刚接到通知的时候，我并没有觉得有什么不对劲。我不做记者已经十多年了，现在固定给几家杂志写专栏文章，勉强能养活自己。总的来说，日子过得还算滋润，但总像有什么东西卡在咽喉部位似的，让人坐立不安。写文章是我的理想，但我心目中生活的方式，却不是像现在这样，写点幽默讨巧的专栏文章。然而一谈到关于理想的问题，我便像回到了词汇贫乏的少儿时代，怎么都说不清楚。这次接到以前供职的报社的通知，因为人手不够，让我临时充当下记者，说是上头安排了个重大任务。报社的总编和我是好朋友，他在电话里带着歉意向我解释说，原本安排的记者突然生病，不能外出采访，社里实在是没人了，这才想到了我。没有多想，我在电话这头默默地点点头，然后坚定地说了声"好"。生病的记者本身就是我当初推荐给报社的，我们也是很好的朋友，就当是外出散散心吧，也帮助了朋友，再说，他们也是看中了我的经验和能力，答应就答应吧。我愉快地想。

　　我以为这次的任务会很困难，比如到一些受灾或者偏远的地方去采访，到了报社才知道，因为临近开学（现在是夏末，天气还很炎热），教育部门让市里有影响的几家报纸采访各个学校，特别是小学，了解一下他们对学生的教育情况和暑假期间对学生们安全知识的普及状况，顺便还要检查学校的硬件设施。我被安排到了市里一所最有名望的小学去进行采访。在我心里，我对小学还抱有一股亲切之情，虽然那时我不停在转学，上初中时才稳定下来，也许因为老师和同学们都很友善，我一直都很怀念断裂而破碎的小学时光。

走进学校时我才发觉之前的记忆出了差错。我穿过红绿相间的塑胶操场，沿着一条铺着沥青的坡道来到教学楼脚下。整个校园都很安静，夏末的微风弥漫在这里，几片不坚定的树叶被吹到了干净的路面上，一些白花花的碎石子仿佛在路上躺了整个夏天。学校领导在楼上等着我，出于一种职业道德和对他们的尊敬，我不应该让他们等得太久了。我急匆匆地上了楼，关于学校的记忆在逐渐复苏。

做记者的时候，我去过一次学校，而且也是一所小学。关于造访这所小学的原因，等会儿我再说。在校长办公室，我和校长一直在闲谈，他说的每一句话都无懈可击，让我感到为此专门写一篇报道都是多余的。我什么笔记也没做，录音笔也没打开。和校长道别之后，我很快便出了学校。漫无目的地走在路上，我从裤子口袋里掏出手机，拨通了那个很久都没有注意过的电话号码。我和这个号码的主人大概有五六年没联系了，但依然还是朋友。做了多年记者，出于一种职业习惯，我不打算在这里写出他的真名，又因为同样出于一种职业习性，如果我写了他的真名，他恐怕会不高兴的。在这里我就称呼他为 M 吧。

王唯州 | 阿幸

"老朋友，你好啊，我一直都在找机会和你联系呢，只是少了一些契机，我希望我们的友谊是纯粹的。"电话接通后，他那熟悉的充满逗乐意味的声音就在我耳边响起，而且语气十分亲热，毫不陌生，好像不久前才联系过似的。令我倍感欣慰的是，他的手机里也存着我的号码，不然他可能不会知道电话是我打来的。

"我也一直想联系你呢，只不过我比你先找到了一个合适的契机。"我们很快便恢复了朋友之间的热度。

"说说看，那个契机是什么，看看我们是不是想一块儿去了。"听他的声音，他好像有点惊讶，但更多的是高兴。

"说来话长啊，有什么回忆被唤醒似的。这样，今天有时间么，出来聊聊？"

"闲着呢，下午两点，老地方见。"说完，他挂断了电话。

我站在原地，手里握着手机发了一会儿呆，好像通话仍然在继续。过了一会儿，我才把手机放回口袋里，这时我也总算记起了 M 说的老地方指的是哪里了。如果没有这次通话，我还不一定能想起那个地方，我也记起，自从我和 M 断了联系以来，我就再也没有去过那里。那里是一个商业中心，许多名牌服装的专卖店分布在其中，还有不少大型商场，就算在工作日也是人来人往。以前，我和他常在那里的一家咖啡馆见面，然后聊聊天，谈谈最近的情况和见闻。这家咖啡馆没什么名气，因此顾客很少，也都是播放舒缓的古典乐，适合和朋友聊天，所以我们才选中这里作为小聚地点。我低头看看表，时间是一点二十，想了想去那里的路线，午饭也没吃，我就朝咖啡馆赶去了。

我准时到了咖啡馆。还好，有点冷清的咖啡馆仍在营业，熟悉的咖啡豆的味道让我顿时对以前和M亲密无间的谈天时光产生了怀念。我看见身材高大的M站了起来，笑着在向我招手，他选了个靠窗边的座位。落座后，我们各自随便要了杯咖啡，寒暄了一阵便直入正题。跟以前比起来，M变化不大，依然是容光焕发的样子，脸变得更圆润了，只是头发和以前相比短了不少。他穿着一件绿色的运动套头衫，显得很有活力。

忘了提了，M现在是职业小说家，他从二十多岁时开始写小说，至今已经写了二十多年。他并不高产，保持着每两年一部小说的速度，有几部还进入了全国的畅销排行榜，而且还是写纯文学的小说家，这很难得，有一段时间新闻媒体争相报道他。最近这几年，也许是写作遇上了瓶颈，写出来的小说受到很多批评，境遇也大不如以前了，只不过靠着以前挤入畅销榜的小说的版税和作品获奖得的奖金，他依然衣食无忧。

"我一直在想你说的那个契机是什么，但怎么也猜不出。"说着，他端起咖啡，喝下去大半。

"也没什么，只是去了所小学，触发了一些回忆。"

"小学？"

"对啊，临时充当记者去采访学校领导。还没开学，小学里面一个人都没有。"

王唯州 | 阿幸

"像我们现在这样,你写你的专栏,我写我的小说,根本就没机会去学校,特别是小学。小学这个地方都快被我们遗忘了。"M的语气有点无奈。

"有这方面原因。我从没见过这么安静的小学,一个人都没有。就像一个特别好的孩子突然没了,然后我们大家都一片沉寂的感觉。"

M沉默了一会儿。他低着头,饶有兴致地拨弄咖啡杯。

"想到阿幸了?"他突然说。

不知道为什么,我无法确认这个事实。既无法肯定,又不能否认,就像历史上遗留下来的悬而未决的数学难题似的。

很多年前,我已经记不起确切的日期了,之前我也提过,那大概是我记者生涯刚开始的时候。当时,我对报社和即将采访的一切都抱有新鲜感。从小学开始,我就喜欢上了写作,尤其是写小说,但我在这方面没有天赋,只凭蛮干是不能有所成就的,所以整个学生时代我只在几家不知名的杂志发表过几篇短篇小说。但是我喜欢写小说,什么困难都不能阻挡我对写作的热爱。大学快毕业时,我把握住了一个好机会,经过几位热心前辈的推荐,我加入了市里面的笔会。笔会里有很多写作高手,而且经常组织各种各样外出的活动,对写作能力帮助很大。我当上记者后,笔会就组织了十几位写作者前往一个名叫水江的镇,属于市里的南川区,听说那里发展很快。很幸运,我是这十几位写作者的其中之一,而M也在这个群体里面。他那时候已经小有成就了。也许是因为年龄相仿，我和 M 很快成为了朋友。行程的最后一天，听说山上有一所小学，我和他便提出去这所小学看看，因为是重要客人，水江政府也满足了我们的要求，把我们送到了这所好像嵌在山坳里的小学。

M 对这所小学的兴趣比我更大一点，他一进学校就开始忙活，和好几个老师攀谈起来，又找到了学校校长，最后还跑到远处，和一些低年级的学生说了说话。相反，我只是向校长问了问学生宿舍的相关情况，然后就伏在栏杆上看着水泥地的操场。M 好像很喜欢一个正在铲垃圾的小男孩，距离太远了，虽然我能看清他小巧可爱的模样，但辨认不出他的年龄，也不知道他在上几年级。他正独自把垃圾铲进身前水泥砌成的垃圾坑，水泥墙比男孩的个儿还高，所以他做得很费力。M 把手放在小男孩的肩膀上，不时拍拍他，还帮他铲了最后一点儿的垃圾。

返回政府大楼的时候，我们坐在车上，都不知道说什么好，也许是看到正处于纯真年代的小孩子生活学习如此艰苦，心里有点沉重吧。

过了一会儿，M 对坐在旁边的我轻声说："刚才那个孩子，看见了吧，他叫阿幸。"他的声音有点自豪，好像发现了什么宝物似的。

我没回应他，但他又补充说："我觉得他很特别。"

此后，M 又单独朝水江跑了几趟，就是为了看望那个孩子，阿幸。他一直在关注阿幸，但我从没问过他是否在资助那个孩子。当然，这些是我后来才知道的，也就是在现在这个咖啡馆，他告诉我的。

外面下着点小雨，几乎没有行人打伞。在这家咖啡馆里，他一改往

王唯州 | 阿幸

日两三口就喝完咖啡的性格，一点一点抿着咖啡，好像是在喝一副苦涩的中药。他一边抿着咖啡，一边告诉了我阿幸的故事。啊，是那个可爱的小男孩，我想，记忆竟然比我想象中的要更深刻。一提到阿幸这个名字，我的脑袋里就浮现出来了他那副漠然又有点可爱的样子。

上午第二节下课后，做完早操，排列成方队的孩子们井然有序地回到了教室，没过多久，他们便涌了出来，大部分跑到了操场上，还有一些生性安静的孩子站在走廊上，和同学说笑。一个小男孩默默地来到学校的垃圾坑旁边。他叫阿幸，身材有点瘦小，脸上还有几道不明显的黑色的划痕，可能是不小心碰了什么脏东西。他八岁多了，上四年级，这个年龄，是四年级孩子里面比较小的。可能也是因为这个原因，他很少会引起人们的注意吧。

阿幸有点吃力地从地上拾起发黑的铁铲，然后便开始把地上的石头和垃圾铲起来，抬高手臂，把它们送进垃圾坑。里面垃圾都快堆满了，散发出难闻的气味，但阿幸一点也不在意，只是默默地重复这几个机械的动作。其他孩子都在操场或者走廊上奔跑嬉戏，只有阿幸一个人背对着我们，颇为费力地把垃圾送入坑中，仿佛这就是他的工作。

铲垃圾的工作得一直持续到上课，如果动作慢了点，或是垃圾比平时多，可能要上课了才能干完。那时，阿幸便默默地站在教室的后门门口，趁着老师背过身写黑板时候，悄悄钻进教室。阿幸对此很放心，因为没有人会注意到他。

其实没有人心存恶意，老师和孩子们并不是故意让阿幸一个人去清扫垃圾的，只是这个垃圾坑和阿幸一样，被他们忽略了而已。阿幸做这项艰苦的工作已经做了三天，从这个星期开始，他每天就在这个时候铲垃圾，他不知道这项工作多久能结束。

学校最初的意思，是让每个孩子都参与进来，清扫垃圾坑周围的垃圾。这个决定，学校研究了很久，毕竟孩子们还太瘦弱，学校条件本来就不好，不应该让他们受太多苦了。这么做的原因有二。一是因为学校的经费不足，请不起多余清洁工了，作为水江镇里较为偏远的小学，资金不够也是理所当然的事。二是因为这样做可以培养孩子们的劳动意识，养成勤劳的好习惯，铲垃圾的活也不算太累。这个星期一，学校就下达了关于清扫垃圾的通知，清扫时间就是每天的这个时候。学校考虑到这是实施计划的最初阶段，要给大家适应的时间，所以遵从班级自愿的原则，并没有强制要求。

阿幸所在的班级成为了第一个清扫垃圾的班级。班主任在班上告诉大家这个消息的时候，大家的兴致都很高昂，觉得很新鲜，跃跃欲试。但真正到了那时间，却没有人愿意去了，因为那个地方太脏了，味道很难闻，地上的石头也硌脚。连老师好像都失去了兴致，只是在做操前对全班说："今天一组的同学记得去铲垃圾。"没有任何重音，就像和某人在交谈似的。阿幸就是一组的六名学生之一。操做完后，老师也没有督促一组的同学去铲垃圾，而是回到了办公室里，没再出来。

王唯州 | 阿幸

　　一组的组长召集组员来到了垃圾坑旁。孩子们围在旁边观望了一会儿，地上横躺着六七把铁铲，但谁都没有把它们捡起来。他们只是仰着头，看着里面蹿起来的一点火苗和冒出来的几缕青烟，好像在围观一堆篝火。过了一会儿，他们捂上了鼻子，垃圾燃烧的味道闻着有点难受。

　　每天下午，会有货车把垃圾坑的垃圾运出去，因此把一些不好处理的垃圾烧掉会更方便些。货车一走，垃圾坑就空了，第二天再由孩子们把新的垃圾铲进去，周而复始。孩子们——应该说是阿幸，也没想过货车准时来运垃圾的日子多久才能结束。那个坑，好像永远也填不满似的。

　　站了几分钟，同学们都不愿意先动手。阿幸什么话也没说，捡起脚下的铁铲，开始铲垃圾，一点一点把它们送入坑中，动作有点僵硬，但总算是能完成任务了。其他人盯着阿幸瞧了一会儿，好像他们什么都不会，是在学习阿幸清扫垃圾的动作似的。阿幸没太注意他们的目光，等他回过神来时，他发现周围的组员全都走光了，连组长都不见了。大概是跑去玩了，阿幸想，但他并没有因此而觉得心理不平衡。

　　大家似乎都把铲垃圾的事遗忘了。只有阿幸。他每天都准时去铲垃圾。铲垃圾的时候，他的表情看上去有点漠然，甚至有点呆板，凝视着脚下的垃圾和铁铲，散发出小孩子认真做事时的可爱。光看这副表情就知道，他什么也没多想，其他人不愿意做也好，他一个人做也好，都无所谓。他觉得这是他的任务，这是他应该做的。

　　学校好像把铲垃圾的事忘记了，没人去过问这件事。老师也不再提醒孩子们，阿幸也没有听说其他班级自愿承担了清扫垃圾的工作。他每天都弯着腰在坑旁边铲垃圾，这已经成了一天中固定的项目，梦里阿幸都在重复那几个动作：俯下身把垃圾铲进铁铲里，直起身子，仰头，使劲抬高手臂，把垃圾送进坑里。每天下午，货车把满坑的垃圾运走之后，阿幸会跑过去瞧瞧那里的情况。说实话，他看着空空的坑，觉得有点高兴，因为这是他的劳动成果。他还会靠着水泥墙的边缘，往里面瞧，如此这般，直到上课，仿佛这就是他的领地。

阿幸就这么铲了三个星期的垃圾。这本是该大家一起干的活，要是一个人没有怨言地干了这么久的话，这个人肯定有毛病，要不就是其中有什么不可告人的秘密。渐渐地，有孩子开始注意到阿幸了，因为他每天都像电视节目般那样准时，用余光一看，说不定这档节目就正在上演。越来越多的孩子开始注意起了这档奇怪的节目，因为他们总是看到阿幸在弯着腰铲垃圾，以及他凝神往垃圾坑里瞧的情景。

他们觉得阿幸可能在垃圾坑中发现了某个秘密，不然正常的孩子谁会愿意铲这么久的垃圾呢？而且他看上去也不笨，只是有点沉默罢了。孩子们渐渐改变了对垃圾坑的看法，虽然那个坑依然很脏，味道依然难闻。这天，开始有除了阿幸以外的孩子出现在垃圾坑旁边了。这个有点壮的男孩阿幸不认识，是其他班的。阿幸没有表现出惊讶的表情，他觉得这是理所当然的，但他不打算就此停手，因为他只看到了这一个男孩。

奇怪的是，男孩并没有动手，他只是看着阿幸，然后有点好奇地望

王唯州 | 阿幸

着那个坑,最后便跑开了。阿幸并没有觉得有什么奇怪的地方,这里确实有点脏,每次铲完垃圾,他的手掌都会黑一片。

每天来围观的孩子越来越多,大部分是其他班的孩子,还有少数是自己班上的,但他们就是不动手铲垃圾,只是和那个有点壮的男孩一样,看着阿幸和坑。后来,这种壮观的场面引起了老师的注意,他们这才想起了这个地方的存在。一个其他班上的老师走到孩子们身边,督促他们不要只是看,还要把铁铲捡起来,来铲垃圾。他没注意到阿幸在一旁默默地铲垃圾,就好像他是个隐形人一样。

开始的时候孩子们面面相觑,只不过在老师严厉目光的注视下,其中一个男孩自告奋勇拿起了铁铲,开始铲垃圾,接着,几乎所有孩子都在铲垃圾了。还有几个没拿到铁铲的孩子在帮其他孩子的忙,一时间肮脏的垃圾坑旁边人声鼎沸起来。垃圾消减得很快,坑里面的垃圾越来越多。老师满意地点了点头,随后便离开了。这天任务完成得很快,还没上课,垃圾就已经铲完了,阿幸觉得很开心,但他没有表露出来。

这天下午,阿幸像往常一样来到空荡荡的垃圾坑旁。虽说垃圾全都被运走了,但里面还残留着点残渣。阿幸朝里面望着,不知为什么,竟然生起了一股亲切之情。这一切,都被几个好奇心强的小孩子看在眼里,阿幸小组的组长也在其中。他们躲在不远处,秘密观察着阿幸的动静。

上课铃还没响,阿幸就回教室了。组长让其他几个好奇的孩子留在教室里给他打掩护,一个人来到垃圾坑旁边。他学着阿幸的样子,爬上水泥墙,战战兢兢地走了几步,然后站定,朝坑里看去,里面是一些垃圾的残渣,还有几块石头。组长不由得皱住了眉头,这么脏的地方有什么好看的,为什么阿幸每天都要往这儿看呢?他心中的疑惑越来越重,竟然忘了上课铃已经响过了。组长决心不能空手而归,一定要捞到什么秘密,树立起自己在同学中的威信。他屏住呼吸,纵身一跃,跳了进去。坑没有多深,组长在里面细细寻找着蛛丝马迹,但是坑就只有那么大,垃圾也全都被拉走了,他并未发现有什么奇怪的地方。组长仍不肯罢休,他看中了一块椭圆形的大石头,可能有下水道的井盖那么大。他用脚去踢那块石头,想移动它,踢了一会儿,石头没有动,他的脚倒是开始痛起来了。没有办法,他不顾那块石头沾满了脏兮兮的东西,散发出一股令人恶心的味道,用手去搬石头。石头终于动了,气喘吁吁的组长惊奇地发现,石头下面是一个洞,不大不小,刚好可以容一个人下去。

  这时组长已经被突如其来的自豪感冲昏了头脑,他双手撑在两旁,钻进了洞里。洞不高,他的脚能触着地。下来后,他发现这里是一个新天地,与其说是一个洞,不如说是一个迷宫。通道很宽,可以容三四个小孩并肩行走,墙壁由泥土砌成,很干净,摸上去有点细滑。不远处,主道分为了三条岔路。组长按捺不住好奇心,把这三条岔路都转了个遍,发现三条岔路在最后又汇集成了一条主道,循环了回来。一个迷宫,一个秘密基地,可以成为我们玩耍的地方,老师们都不知道这个地方,这是组长对这里的第一反应。迷宫里不时有凉风吹过,一时间,组长心里生出了一种如梦如幻的感觉。

组长回到教室,发现课才上了二十分钟,那几个同样好奇的同学帮他请了假,说是上厕所去了,老师也没有多问什么。回到座位上时,组长瞟了阿幸一眼,只见阿幸双手捧着课本,听得很认真,完全没注意到组长在看着他。

一下课,组长就把这个消息向全班宣扬了出去。除了老师,班上所有孩子都知道了垃圾坑下面有一个迷宫。阿幸呢,脸上依旧挂着漠然和平静,像是个不谙世事的隐士。大家猜测,阿幸早就知道了地下迷宫的秘密,所以才那么喜欢那里,只是这个时候,别人读不出他内心是快乐的,还是有一丝不愉快。

第二天,好像全校的孩子都知道了地下迷宫的存在,让人不得不感叹,某些信息在单纯的孩子们中传播,瞬间就吞噬了幼小的抵抗力。他们的保密工作做得很完备,老师和学校领导都没人知道地下迷宫的事。这天铲垃圾的时候,垃圾坑周围涌过来很多孩子,阿幸看见组长和几个同班的孩子也在。但他还是像往常那样,不论周围有多么嘈杂,依然是默默地铲垃圾,送入坑里。为了不引起老师们的注意,孩子们都捡起铁铲,心不在焉地铲起垃圾来,几个老师在走廊上对着这群孩子指指点点,似乎在夸他们越来越懂事了。其实,只要认真一看,就会发现阿幸铲垃圾的动作和其他人的完全不同,有一种态度上的本质的差别。

下午,货车又拉走了上午铲进去的垃圾。这节课下了之后,阿幸像往常一样来到了空荡荡的垃圾坑旁边。和上午没差,那里已经围满了孩子,阿幸扫了一眼人群,发现又多了几张新面孔。组长也没占到位置,他板着脸站在一旁。阿幸依然没有什么表情,他也站在一旁,看着一些同学上蹿下跳,有几个还跳到了坑里去。

上课铃响了,孩子们一窝蜂地往教室跑去。组长也撇着嘴跑开了。这才是属于阿幸的时间。他绕着坑走了一个半圆,也许他在这么想,上课迟到几分钟没关系,到时候跟老师说上厕所去了就好。不过,老师应该不会注意到他迟到了吧?他爬上水泥墙,朝里面望着,依旧是一些残渣,几块石头,还有……一个洞,阿幸记得原先的位置放的是一块体型硕大的石头。说不清是什么力量在指引,阿幸跳了下去,他瘦小的身躯在落地的一瞬间受到了点威力不小的冲击,在地上蹲了好一会儿才站起来。

洞里有声音,是孩子的嬉笑声,或许是他们玩的太开心了,没有听到上课铃声响。与此同时,他还感到洞穴旁边的地面在微微震动,好像地震了一般。因为贪玩耽误了上课可不好,阿幸决定去把同学叫回去,除此之外,他还感到有一丝的不对劲,但他又说不出来。在多种因素的促使下,他钻进了洞里。里面很暗,但通过从洞外面传进来的光线,他还是大概看清楚了里面的景象。迎着似有似无的凉风,他走到了一个岔路口,在最左边一个路口发现了两个年龄比他还小的同学,他们正追逐打闹着,其中一个块头稍微大点的把瘦小的压在迷宫的墙壁上。

阿幸强烈地感到迷宫在摇动,比刚才在上面的震动还要剧烈一点。

王唯州 | 阿幸

两个小孩大概玩得太忘我了，竟没有感受到如此强烈的震动。

这时候，块头稍微大点的突然放过了瘦小的，没有再捉弄他，他好像注意到了迷宫墙壁上有什么东西，于是便用手在上面敲，还拿手指去抠。

"这上面是什么东西？"

瘦小的也摸了摸墙壁，说："好湿呀，是水吧？"

震动越来越厉害，泥土墙壁上渗出来的水越来越多，好像要把这堵软化的墙推垮似的。原本坚硬的泥土在水的浸润之下变成了泥浆，像发生了化学反应一般，转化成了黏稠的泥块，一块一块往下掉。渗出来的水开始分散成几股水柱，朝迷宫里喷进来。

阿幸感到一阵慌张，但脸上还是保持着冷静，见那两个同学还不明白发生了什么事，他分别朝他们身上打了两拳，连踢带踹地把他们赶到了洞穴入口。

"已经上课啦！"阿幸朝他们喊道，自他拥有记忆以来，他还是第一次这么大声地和人说话。

两个同学已经离开了，至于阿幸，他想弄清楚到底发生了什么事，更重要的是，他的双脚已经陷入了黏稠的泥浆之中，很难做出移动了。

那两个根本不认识阿幸的同学爬了上去，在跑去教室的路上还回头看了一眼那个垃圾坑，听到好像从遥远的地方传来了轰鸣声，紧接着，他们看见坑中腾起了水花。

这就是关于阿幸的故事了，我不说出结果，你也一定知道发生了什么。算上我和你一起去的那次，我一共去了四次水江。说来也巧，我第一次见到他的时候，他才刚开始铲垃圾。第三次去水江的时候，是事情发生的前一星期。等再过了一个星期，我去那所小学时，得知了这个消息。那时候，好像所有人都恍然大悟，"原来我们学校有个孩子叫阿幸呀"。也没人去深究迷宫的事，倒是有几个学生时代地理比较好的老师经常坐在办公室里讨论，说是学校下面藏有泉水，或是地质构造不稳。

而我，一直想说的，就是阿幸这个孩子。其实他根本不知道有这个迷宫的存在，他一直都是想做好自己的本职工作，安安静静地清扫垃圾而已。

"多少年了？" M问，他的咖啡早已喝完。

"十年吧，大概。"

他长长地叹息了一声。

"你不准备写这个故事么？"我端起咖啡喝了一小口。

他摇了摇头："要是想写，我早就写了。"

我们之间经过了一段沉默，我没把凑在嘴边的咖啡杯放下来。

"老朋友，你来写吧。"

"我？"

"对啊，以此作为契机。我相信这也是阿幸希望看到的。"

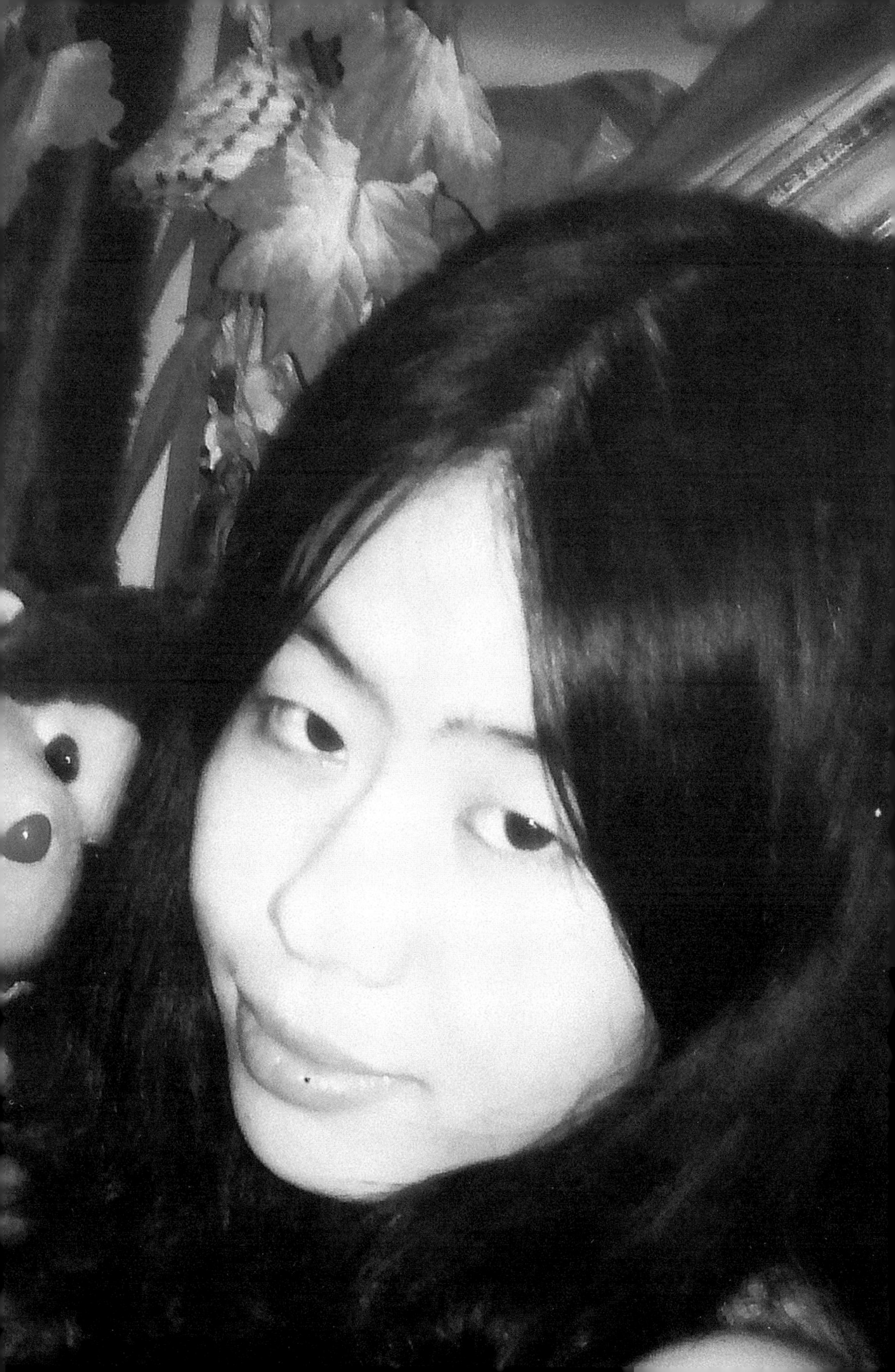

普鲁士蓝

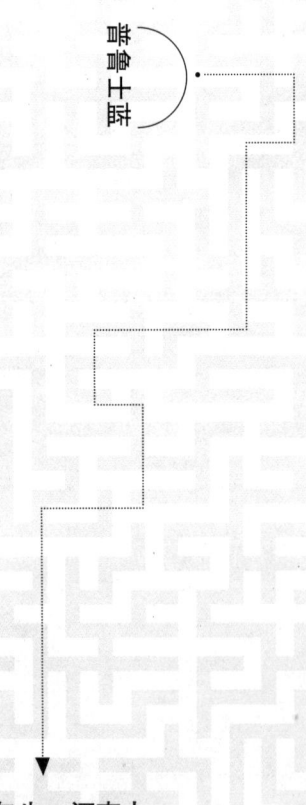

本名王苏辛。1991年生,河南人。
生性懒惰,只对写作热心。曾获全国新概念作文大赛C组二等奖。
梦想是写一本关于中原的小说,将它放在坟头。

小孩因此沉默了十年

两边的高山间,是一条窄窄的直通通的平原,干裂的河道在树林间若隐若现——只是渐渐显出宽广的趋势,太阳照过车窗的时候她注视着远方高山上的积雪,那里只有不多的白色,但她看见了,它们在她的视线里变成柠黄色的一片。

她下了火车,打了十五块的的士前往砍桑车站,从这里去往邛牟只有不远的距离,观光客们多半会乘船,可以在新建不久的雪白桥洞下穿梭一阵,沿途欣赏两岸间的烟波浩渺。当然也可以坐车,乘客多是邛牟人,车内设施不好,尤其是夏天,总是弥漫着一股汗水的气味,混合着当地土话,感觉所有人就像一只只匆忙赶路的灰老鼠。但她还是毫不犹豫地登上了巴士车,毕竟这是最快能到邛牟的工具,她的外地口音在车内显得尤为突兀。

在她座位的斜前方,是一个带着小女孩的沉默男人。他又瘦又高,阴沉着脸,像拎起某只脏兮兮的毛绒玩具般把女孩挂在了车后背上。女孩的一双大眼睛像两枚突兀的探照灯,而鼻子则是窄窄的塌陷的一条,如同缝合后的东西大裂谷。她不禁有些不适,这是需要怎样的勇气才能养大的孩子。她想着,并礼貌而心情复杂地看了一眼沉默男人。只是男人坐定之后始终没有再抬起头来,他像是不存在于这个世界的人,只有小女孩挂在他脖颈上的一条长胳膊不断拍打着他的肚皮时,他才会低低地吼一声,但很快又传出一阵鼾声。

在这鼾声与鼾声之间,她才发现除了身旁的一位年轻女士,车上的人都睡着了。他们像是约定好的,除了刚上车的时候跟她说过一句话的司机,其余都懒懒的,电视机上放着过时的古惑仔,可是没有人去看,人们更专注于睡觉,更专注于以这种方式把她抛在世界之外。

他们就是这样做的,很多年前也这样做。她低低地想着,仿佛这十年她不是浑然不觉,而是朝朝暮暮都感受到了这样的煎熬。

车子颠簸了一阵,短短三小时车程,如同整个白昼般漫长。她惊恐地望着盘山公路上的树木,再远些就是深深的崖壁。她不知道人们为何会睡得如此安详,没有人因颠簸醒来,就算醒了也很快又睡去。她希望有人能与她打个招呼,跟她说一说她想知道的故事,手心微微冒出的阵阵汗液早已打湿了那个写着地址的纸条。

"十年前我来过这里。"她高声道。

一片沉默,只有丑陋小女孩象征性地看了她一眼。而她只觉得那目光惊惧无比,就像是世界上所有的伤疤和历史凝结成的一坨。可她还是微笑着,轻轻地对女孩说道:"我的孩子应该像你一样大了。"

"你又不知道我几岁。"

女孩的声音异常成熟,甚至有些浑厚,就像她麻木的父亲。

普鲁士蓝 | 小孩因此沉默了十年

　　她的嘴唇干巴巴的，想掏出皮革包中的矿泉水来喝，才发现自己已经不知何时失手把它遗忘在某处。她总是忘记，很多年前也是这样忘记的。或许他十年都不会原谅我，她突然这样想到，感到有些害怕。她没有带很多东西，除了两件衣服，两件带给他的小礼物，和一张回程的车票。按照计划，她将和他在砍桑转车，去往一个新的城市。那是一个崭新的钢铁城市，外来人口远远大于本地人口，没有人会提及他们的过去。她已经想好了在那新的城市会发生的一切，她会努力工作，他会上最好的学校，他们最初会租房，但最终会有自己的房子，而且最主要的，是他绝不会像这个女孩一样没有礼貌，更不会像这个女孩一样面目凶恶。她目光和善地望着女孩，仿佛她是全世界孩子的缩影，而他则站在狭窄的光明中，唯一的光明中。她突然觉得志得意满，虽然这十年她什么都没有做，但她却像是所有伟大母亲一样付出了这艰辛的十年。现在就要迎来新的生活了，她想着，从她宽阔的口中传来呼呼恶臭，像是牙缝间彼此穿梭着的邻居。

　　"风挺大。"她突然不明所以地说道，并尴尬地合上了嘴。

　　她忘记了，在那停滞的十年中，她失去了习惯性的刷牙。当然还有别的清洁工作，比如整理房间。她从医院出来之后独自生活，条件十分简陋，并非因为她没有生活用品或者缺水断电，而是她根本忘记了如何使用它们，比如早霜晚霜总是搞混，甚至连洗面奶也经常挤在牙刷上。她的十年停滞了，他的十年却是在成长的。她想到这里，只觉得一阵难受，身体如同一只大腹便便的水袋，此刻只有倾泻的欲望。

"有人吐了！"她身边的年轻女士突然叫道。

周围的人这才如梦初醒，慌乱了起来。有人给她递来像旗帜一般的垃圾袋。她不忘点头表示谢意，随即把腹中的杂物全部倒了出来。

"前边有垃圾箱。"年轻女士说普通话，戴着一顶棕色帽子，身穿质地清凉的落地长裙，手里捧着一本小说。

"喔？你不是这里人吧？"

"这里？哪里？邛牟吗？"年轻女士抬起头，"这里难道还有土生土长的邛牟人吗？"

在隐而不发的错愕里，她的视线漫过整个车厢，从丑陋的女孩，到大汗淋漓的司机，甚至是前方摇晃的电风扇，这又和任何一个这样的西南小镇有什么不同吗？连同外面土地上荡起的红黄灰尘和国产手机中传来的巨大无比的铃声，这里也早已涌入了另一批的外地人，只是他们已然活成了本地人的模样——这车上的人没有什么不同，他们和任何一个城乡结合部居民毫无区别，甚至和刚才火车上鱼龙混杂的人们别无二致。唯一的不同是脚上套着的编织凉鞋，和他们背后——低矮的古城老屋。

邛牟到了。她踉踉跄跄地从车上下来，险些摔倒。车上的人们很快就散去，甚至没有一个热情的"野的"或者三轮车夫上前来揽生意。人们若无其事地做着自己的事，丝毫没有注意到她。她的口腔一阵阵发干，摇摇晃晃地往前走了几步，上了一辆机动三轮车。

普鲁士蓝 ｜ 小孩因此沉默了十年

　　这不是去往他家的位置，而是离车站最近的一家星级酒店。但虽然号称是星级，看起来也和不远处的潮湿小旅馆没什么不同，不过是大些，明亮些，都是一个世界的产物。她想着，感到有些眩晕，仿佛眼前的城镇是颠倒过来的一张脸，而不远处雪山上的积雪又带着炽烈的光芒几乎震盲了她。积雪是她十年前记忆的最后一幕，接着，她就连同当时还在她怀抱中睡着的那张脸，一起埋入了漫无边际的梦乡。她醒来之后看到的第一桩事物，就是病房前经过的盖着白布的担架车，白布下面的人小小的，也短短的。一瞬间她惊叫起来，鞋子也没有穿就跑过去掀开了白布。一个不认识的医生很快赶来。那是一个矮胖的中年男人，看起来没有什么过人之处，不过她明显意识到，在他看到她的那一刻，他的人生会从此改变，至少不会是一事无成了。

　　"医学奇迹。"男医生赞叹道。

　　她迎着一波又一波崭新的注目礼回到自己的病床上，一时间忘记了刚才错误的悲痛。她木然地搜寻着自己的BB机，没有找到，这是必然的。但很快在一片喧哗与骚动之后，一个托盘递到了她手上，那上面放着她记忆线中的物品——没电的BB机、手套、钱包、戒指，还有半打毛线衣——是她织给他的。

　　大脑电波一阵凝固，又急速流转起来，记忆像一把打碎的镜子，在一地的玻璃渣中，她一点点将它们连结起来——那应该是车轮急速滚动的声音。她快速地踩下油门，再之后，便是一阵撞击，以及一整片空白。

"你睡了十年。"男医生宣布道，在她的声音里，她听不到感慨的悲伤，只有大脑中一阵阵回旋的傲气，她的身体突然像一只吹爆了气的轮胎，瘫软在床上。

客房服务员把她从梦中叫醒，她艰难地吐出几个字让来人离去。接着，她坐在抽水马桶上，开始思考如何把他带走这件事。三个月前她是打过电话的，那大概是她苏醒的第三周。她没有与已经被她遗忘的前夫联系，她的母亲，也于三年前过世。在她的记忆线开始孤独之后，她的人生也开始孤独了。她艰难地拨通那个电话，男医生告诉她，男孩在四年前看过她一次。"是一个很漂亮的男孩子。"他和蔼地说。

"他在怎样的家庭长大？"她急切地问道。

"很好的家庭，虽然不是很富裕，但他们都是很踏实的人。"

她不再说话。这是个中规中矩的答案，如果真是如此，也不过是稍许失望那么简单了，可万一不是如此，甚至……她不愿意让自己往下想。她盯着镜子中的自己，和十年前并无太大差别，肤色甚至比当时还要圆润透亮。她得知是自己的母亲照顾了她沉睡之后的前几年，后几年则由医院一个老实憨厚的护工接手。她看到过那个人，是一个高大魁梧的女人，笑起来露出两排洁白的牙齿，不过指甲缝中却有着些许灰尘，她感到一阵嫌恶，但还是报以感谢。过去的事情就不想了，她毕竟醒来了。

而醒来的目的,也只能是寻找他。

她没有忘记他,她对他是爱之深的。

男医生拿来了当年的寻人启事。是十年前男孩的模样。男孩当时先是找到了自己的父亲,也就是她的前夫。他对男孩的到来不悲也不喜,不过也不介意他跟自己生活在一起。但男孩的养父母是不愿意的,养母是个很安静的人,养父就粗暴许多,他们和男孩看起来相处得并不和谐。但即使如此,他们当时也不愿意把男孩拱手相让。生父因为现任妻子的缘故,自然也没有再强烈争取,他们在事故发生前就已经离异。在男医生的记忆中,男孩是木讷的。他始终板着一张脸,像他粗暴的养父平时的样子。他在与自己的亲生母亲对峙了三分钟后主动起身,跟随养父母上了一辆黑黢黢的卡车。

男医生没有把这些告诉她,他唯一可以确信的,是如果她再去找他,男孩是可以认出她的。

"去吧,你应该也没有什么别的事可做了。"男医生善意地说。

她居住的酒店位于这座城的中心,走出酒店就是一条笔直的南北大街,立着清一色的老式青砖房,屋檐下挂着长方形的灯笼。这里很早之前就不允许建造高楼大厦,那座相对高大一些的酒店也没有城中历史最悠久的鼓楼高。城里一百年以上树龄的树随处可见,还有一些老街蜿蜒向着山的方向去了,视线很开阔,可是再开阔,远方除了山还是山,她像是在淙淙幻影之中，寻找自己记忆的重叠。

凉粉比她想象中的辣，她记得自己是在这些摊位远处的高速路口出的事故，可是却是在家乡的医院醒来的，她捉摸不定这个缘由，或许是因为身份证，或许是别的什么？她只是很关心他，这种关心让她觉得可以跨越十个一万里来寻找他，即便三个月前她联系不到他现在的家人，她也会发了疯一样去找他。而那个电话也的确给了她希望，他的家人没有对她表示出敌意，甚至欢迎她带他跟自己居住。可这样一说，她又觉得浑身不自在起来，仿佛他受到了不公正的对待，仿佛他们没有好好关照他。她突然想到自己没能看到的他的童年，那或许是和肮脏的石子、沙粒和拖着长长的鼻涕一起度过的。这个地方很偏远，会有好的中学供他读吗？他已经十六岁了，怎么能在一个没有前途的学校读书呢？她越想越复杂，甚至忘记了自己银行里其实根本没有什么存款了。

她决心去他的家了，那很快也将不是他的家。即便他对她是仇恨的，她也打算接受这一切，并且尽可能补偿，无论如何，她是他的母亲。她想着，突然觉得热泪盈眶，仿佛此行是一个比想象中更艰巨的任务。她上了一辆崭新的三轮车，在她轻吐出那个地址之后，车夫把她稳稳地送到了那户人家的门口。

这是一栋临街二层楼房，一楼的红色铁门落满灰尘，门前停着一辆二八凤凰自行车，是城市里已经很少出现的样式。她试图轻轻敲门，却发现门是虚掩着的。她走进去，里面是一条楼梯，二楼传来一阵阵打击乐器般的声音，一楼看起来空荡荡的，她张开口喊了一声。

一个颤巍巍的老太太走出来，看起来是孩子的奶奶。她乜斜着一双鼠眼，上下打量了她一下，叫出了一个中年女人，女人很瘦，但看起来并不羸弱。

"他在楼上，我们已经尽力了。"中年女人的声音像是躲在一只葫芦里发出的，仿佛无论怎么摇晃，都是孤立无援的一束声音。

楼梯道很窄，窄得甚至让她觉得放不下一对乳房。他房间里咚咚的声音持续不断地落入她的耳朵，像是在演奏，又像只是为了敲击而敲击。

"余庆。"她叫了他的名字，但很快觉察到自己这样叫并不适合，那已经是他十年前的名字了。

他没有回头。在没有关严的房门内，她看见他把杯子扣在家具上敲击起来，有时候动作幅度大一些，有时候则小一些。他看起来全神贯注，又仿佛茫然无神。但动作无疑是认真的。

"他这十年都没有开口说过一句话。"中年女人的声音又蔓延开来，"我们以为找到了亲生父母会好一些，但发现还是这样，他的身体却又一切正常，生理和心理应该都没有毛病。"

"余庆。"她张张嘴，还是再次叫出了这个名字。

男孩依然在敲击着，丝毫不理会房间内早已多出了一个人。

她静静走近他，这张脸没有因为她阻挡了光线而投射过一丝的注目礼。她感到一阵战栗，好像那与他相关的身体开始不断掉落着皮肤，她觉得自己越来越轻盈了，甚至开始渐渐上升，升到了雪山一样的高度。她从他的窗口望过去，是漫无边际的一片树林，而在树林外面，是一条笔直的马路，或许是通往高速路口的。她持续凝视着那条崭新的畅通无阻的路，仿佛在以此来平复此刻复杂的心情。而男孩依然在敲击着，他的书桌上堆放着很多本未做的习题册，还有干净的课本，唯一一本翻开的英语书上，已经被打上了大大的粗黑的"X"。她好奇地拿过来，那一本上每一页都被打上了这样的符号，她一页页翻过去，从头至尾，一页不落。她感觉血液有些涌动的迹象，只是面色看起来还算平和——她的脸没有涨得通红，眼睛也没有睁得很大，仿佛觉得这样的结局并不完全在意料之外，但这是结局吗，她分明是要来改变他的。她这样想着，便更平静了。

"这些书本你都翻过了吗？"她试图打开他的话匣，"为什么只有英语课本被划上这样的符号？"

男孩没有看她，但也停止了敲击，他不再站着，而是呆呆地坐在床沿，像一个被囚禁在自家门内的罪徒。他的头和身体保持笔直状，看起来像折断的筷子，他的目光是凝聚的，像是军训一样，只是并未从他脸上看到丝毫不满——他仿佛是乐意保持这样艰辛的坐姿的。

她把他停止敲击这件事当做某种示好："告诉我，'X'是什么意思？"她微笑着，仿佛在扮演一个循循善诱的老师。

男孩终于看向了她。只是目光很陌生，甚至也没有了刚才的凝聚。而在窗外投射进来的光线中，在那些穿透树影的柠黄色碎片中，她感觉他正在她面前一点点碎裂。这碎裂是清澈的，不像那件十年前未织好的毛衣，但也不像玻璃硬生生的碎掉，而像是一张干瘪的，苍黄的素描纸，啪，在她面前洒下了一朵朵自己已变成米白的身躯。

她突然后退了一小步，接着是一大步，再后来她直接退出了门外。但她没有走，因为她看到男孩正定定地望着她。

那是一种略带审判的眼光，那是她醒来后多次想象到的表情。她随即站得笔直，像一个离队很久的女兵，站在那树影背后，站在他目光的背后。在他碎裂的身躯前，她开始觉察出一种别样的重合，他们正在彼此走近，以这样一种姿态。可他们都没有走近对方一步，只是这样看着，她不知道他们会这样默默对视多久，这将是漫长的，如同利用光线和距离展开的攀谈。他们在这样无声的静默中走近彼此，成为彼此。她再次感到一阵眩晕，仿佛这摇晃不止的，是她身体里那另一个人——是他在她体内摇晃，她依然试图保持身体的平衡，不让自己跌落，她觉得自己的身体是他身体的片段拼接出来的，稍有不慎就会重新碎裂。她多么担心，多么担心会发生这样的事。她站着，但她已经感觉到了自己涨红的脸，还有血脉贲张的模样，她觉得自己再这样站下去，身体的血液就将和树影融为一体了，她将看到他碎裂的身体混合着鲜红被光芒晒干，然后空余这一束注目。她突然想到那个眼睛如探照灯一样的小女孩，此刻这眼神如此相似，一如她背后的，这个低矮古城商店中放出的十年前的过时音乐。

都没什么不同。她突然讪讪的，但又不是失落甚至绝望，她只是看清楚了一个事实。都没什么不同，她重复着。并且在与他的对视中，她觉察到他看透了她心里的这一点。

都没什么不同。在那对面碎裂着的他的脸开始渐渐变形成她自己的脸时，她感觉他们同时说出了这句话。

她又开始后退，而他的脸却开始模糊。她后退的速度越来越大，直到摔倒在地上，后脑勺流出了一点血，不过并不多，但她还是觉察到了这一点，这让她更加慌张，看着右手心的鲜红，那像是一张长在手心里的嘴，把她咬成了一片一片的。

都没什么不同。当她觉察到一楼已经没有人，外面大路上也没有人，她再次重复起这句话。十年前，十年后，都没什么不同。

她突然不再关心她是如何丢失他的，也突然不再关心她是如何在事故后回到故乡的。因为现在，连那个故乡都开始遥远起来，她的记忆线依旧是孤独的，不过这孤独开始带着真实感，这本来就是它真实的样子。她突然露出了一丝微笑，这微笑中看不出别的成分，好像只是单纯想明白了一个问题绽放的笑容。她已经四十四岁，两颊的酒窝也显得干瘪了，当她在破旧理发店前看到镜子中的自己时，看到那像是皱纹的酒窝时，她突然觉得自己迅速老了十岁。可是身后的房屋，依然是十年前的样子，或许有改变，或许没有，但无论有还是没有，在沉默的那一刻，它们都变成静止的了。没有言语见证的事物是单薄的。她突然想到这句难过的话。她的双腿疾驰在男孩窗外那片树林间，她投身于此，她踏向马路。

——这已经是黄昏，偶尔穿过田野的人们也显得有些倦怠，直到一辆破败的巴士车停在了她的面前。

"你不上车？"司机皱着眉不耐烦地注视着她。

她迟疑了一下，激动的心情因此平复了一些。她不知道树林后是不是还有男孩注视的目光。但她不需要再想这个了，她逃跑了，如同是要逃离某个事发现场那样跳上了巴士。

在她逃跑的这条路上，车也开得飞快。她将不会再回来，更不会继续沉睡，一切都结束了。一阵剧烈的颠簸中，车厢里的乘客听到一声尖利的嚎叫。他们看到车后座趴下去一个女人，她的后脑勺满是鲜血，眼睛向上翻着，身躯渐渐瘫软了下来。而在中间的过道上，是一条细细的，血液连成的红线，它从车门一直绵延到了女人的座位上。

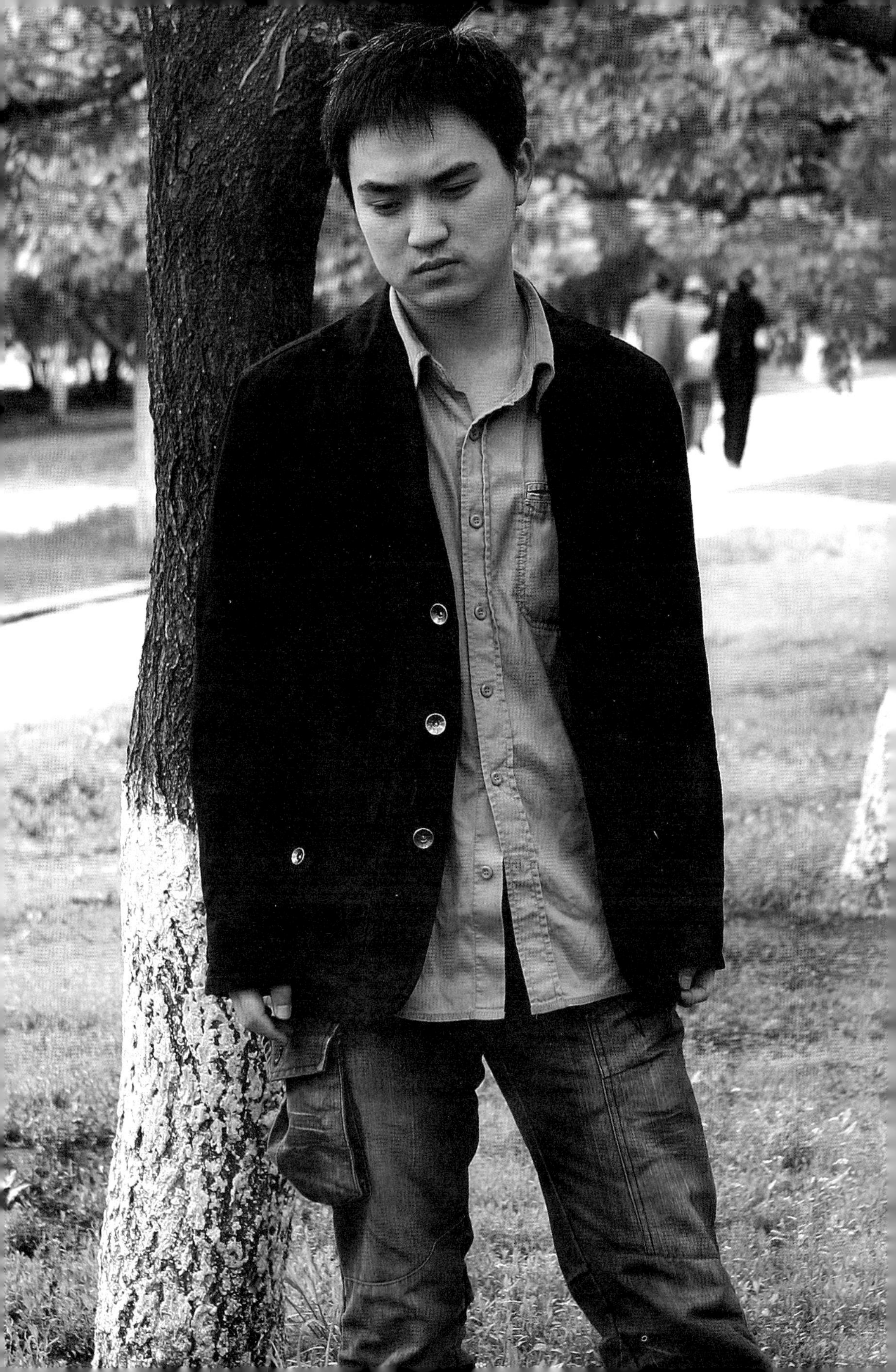

本名白云飞，1990年生。

黑龙江省作家协会会员。现就读于黑龙江大学文学院。

性格乖戾，不善言谈。曾有幻想，现已平淡。在失语的年代里，只是悠然的一声叹息。

出版作品：《像浮云般飘散》《青春无用》《小西天》。

虚　构

　　我徒步穿行过碾子山西南部的无人区，在干裂的公路旁遇见了一个背着行囊的青年。那天正在下雨，远天外有一大片黑云被风赶着向西逃窜，像是放逐的躲避饥饿的羊群。诚然我已经很久没见到绿洲了，在这片荒芜的地方，漫眼都是高低起伏的土黄，吹着粗糙的风沙，连天也是浑浊的。我一路追寻着那片雨云，却一直都没有见到一丝湿润过的踪迹，只是那雨的确在我眼前下着，我甚至能清楚地听见它淅淅沥沥的声音，偶尔响过几声低沉的闷雷，像隔壁胖女人午睡的鼾声。

　　不知道这时候她是否睡醒了，趿着拖鞋在房间里走来走去。这种行为一般要持续很久，有时我觉得厌烦了就会用力地敲墙抗议。但她从不理会，甚至扯开破锣般的嗓子骂起街来，内容和她身上穿的睡衣一样污秽。

　　那还是许多年前的一个夏天，知了在树上没命地叫。我睡不着便出门上街去买西瓜，恰好在摊前碰到了她，依旧穿着那件多年没换洗的褪色的大红睡裙，半蹲在地上啃食西瓜。她的吃相很难看，脑袋恨不得全部钻进瓜里，就那么不停气地吃着，嘴里发出呼噜噜的声音，鲜红的残渣和汁液从她嘴角流出，弄得满处都是。我顿时没了吃的心情，转身头也不回地走了，穿过马路时却看见了一条大黄狗在嗅一只小白猫的屁股。

这都让我觉得不舒服。

连我自己都不知道为什么会突然想起这些，或许只是觉得干渴。我望着远处的云，脑子里尽是些红和绿的颜色。我的嘴唇裂开了，可身上的衣服却湿漉漉被雨淋湿。我是在公路的转弯处见到那青年的，他从北边而来，看起来又不像是旅行的学生。他从怀里掏出一张照片，问我见没见过上面的女人。我接过照片，里面是一个极普通的小镇：红砖的矮墙，参差不平的石阶，一扇半掩的窗。只是照片上没有一个人影，更别说是什么女人。我觉得他是在戏弄我，却没心情理会，摇了摇头便把照片还给了他。

他说，我在找这个女人，她对我很重要。

是么。我随口应和道。

是的。你可能没见过她，她有着很长的头发。说着他抬起手举过胸口：有这么长，从这到地面——或许更长。他又把手举向脖颈。她走起路来的时候头发几乎可以贴到地，像一条黑色的瀑布，和照片里你见到的一样。

可我的确没有在照片里见到任何人，除了那个红墙青瓦的小镇。可我没有打断他，并不完全是出于礼貌，而是在他的眼里看到了另一种真诚。我很想听他讲下去，关于那个不存在的女人，还有那个半掩着窗的小镇。

我们是在那个小镇里遇见的。他说，就在那扇窗下，我从那里路过，偶然抬起头看见半掩的窗里有一个女人在梳头，眼角不经意地瞟向窗外，恰好看到了楼下的我。我觉得这一幕熟悉极了，好像在此之前已经反复演练了许多遍。她发现了我在看她，便转身离开了窗前——这也和我之前设想的一样。我甚至忘了自己究竟是为什么而来，可能是躲避喧嚣，或者是其他的什么，但我从没想过自己其实是为她而来的，你知道，爱情这种东西不需要什么理由。

我抬眼看了看远处的天，雨还在下，而我的脚下却还是一如既往的干渴。我迎着风坐下，就想起了一些东西。我点燃了一根烟，长长地吐出一嘴腥涩。

然后呢。

然后？然后我们就在一起了。后来她突然消失了，我就出来找她，再然后就遇见了你。

遇见我？这也是你预先设定好的么。

也不算是，这些东西谁都说不清楚。

我又抽了一口烟，想了想，对他说，我也认识一个女人。

我也认识一个女人，她有着全世界最好听的脚步声。那时候你刚刚从我这里搬走，因为忍受不了平淡的寂寞。我没有挽留，只是陪着你一起把凌乱的屋子搬空，变成我们刚来时的样子。在你走后的第三天，隔壁的那个胖女人还没有醒,我却被她的鼾声扰得难以入睡。我躺在床上盯着空荡的天花板,想着一些和你无关的事情,突然有一粒灰尘从上面的缝隙中落下,伴着楼上短促的关门声。那粒灰尘恰好落进了我的眼中,我连忙抬手去揉,却被泪水模糊得什么都瞧不见了。清脆的脚步声就是从这时候响起的,高跟鞋哒哒地踏过每一级台阶,由远及近地向我而来,路过我的门前有过那么几秒钟的停顿,然后又哒哒地走远。在一个转身的时间,我仿佛被带到另一处地方,那种感觉很难表达,像是一些东西出走又归来,又像是什么都没有发生过。

可是没发生过的事情是否真的从未存在过。在你来到之前,我一直都在想念着你。可当你离开以后,我却从来都不会想你。我起身拉开窗帘去看,但没有发现一个从楼里走出的穿着高跟鞋的身影。然而我并不觉得奇怪,因为她本身就不该被瞧见。也许她应该穿着紧致的短裙,把身体的曲线暴露得很好,是曼妙的水一样的形状。在那样的季节里,谁都不忍心拒绝任何一种形状的诱惑。我厌倦所有的声音,无论是窗外的蝉鸣还是隔壁胖女人沉闷的响动,那些都让我觉得烦躁,想要喊叫。可现实是一个聋子,听不到任何发聩的迷茫,只能堵上耳朵忍受无言的栓塞。偏偏又正是这样一种声音让我死水一样的心变得动荡。

我知道她在每天早上七点钟的时候关上门,踏着清脆的声音路过我的门口,然后又在每天晚上七点钟的时候踏着同样的节奏回来,同样在我的门外停留。转身般短暂的时间,世界在她带上门的瞬间重回安静,隔壁女人的鼾声和外面纷乱的蝉鸣一齐奏响。

那是你走后的第九天，我们的小镇无端地吹起了东南风。

我一直都没能见到楼上的女人，只是她的脚步声徘徊在我的生命里，划分十二个小时的节奏。有许多次，我几乎冲到楼上敲她的门，可是手抬起来又都放下了。

你也许不会知道，在你的幻想破灭后的夏天，雪缤纷而下，一层层覆盖在我们的屋顶，融化成透明的晶莹。

那天突然有一群奇怪的人冲进了我们家，说是例行公事查抄不合时宜的想法。隔壁的胖女人家也有动静，好像是吵了起来。我能清楚地听见胖女人喊叫的声音，然后他们扭打在了一起。在那些人走了之后，我听见胖女人在哭，也许是闯入者弄坏了她的饼干。我也有一些动容，想安慰她却只能抬手拍了拍墙壁。不一会门外出现了敲门声，我打开门，看见胖女人散乱着头发站在我的面前。她的眼睛很红，还在哭着，可是因为太胖了所以眼泪只能横着流下。她说你知道么，我很饿。

我连忙翻找出家里所有的泡面，放在一起满满地煮了一大锅。胖女人呼噜呼噜地全部吃了，连汤都不剩。她长长地打了一个饱嗝对我说谢谢。我摆摆手说这没什么。

我的心里仍在想着楼上的那个女人和出走的你，所以没能听清胖女人对我讲的话。事实上她一直在试图向我阐释一些东西，关于欲望和饥饿的辩证。我不知那些物化的想象是否也同眼前的虚无一样没有意义，这本身就是一种没有缘由的事情，让人完全摸不着头绪。在这个理性被践踏的年代，人们似乎只能凭借着本能的感受去生存。被解构的体验最终都是难以拼凑的谎言，无法自圆其说，却又不能停止地自语。

自说自话。自问自答。

终于，我还是打断了胖女人的话，问她那些人为什么要打她。

胖女人抬手看了看胳膊上的抓痕，想了想说，也许是因为我吃不饱，所以总是向他们索要。他们觉得厌烦了，就冲进来打我，还抢走了我的饼干——其实连我也不知道究竟是为什么，我总是很饿，可他们却根本填不饱我的饥饿。那种感觉真的很难受，你根本无法停止，也没办法控制，食物到了肚子里就像凭空消失了一样，你能清晰地感觉到胃壁摩擦带来的疼痛。我发誓，那里什么都没有，可他们却偏偏不让我讲出来，因为这个时代是不允许有饥饿的，它必须充盈。

我的确有些没听懂她的话，但是能够大体了解到事情应该远远比我想象中的复杂。在你离开的前一晚，我们两人有过一次很严肃的谈话。你说这生活的形态已偏离了理想太远，日复一日的重复使你愈发地感到饥饿。可这些粮食已经不能再满足你，你甚至想把自己拿来吃。或许谁都想不明白，为什么我们最讨厌的东西才是最高级的营养，而你分明感觉到我们住的地方越来越使你头脑发胖。那天晚上，我听见厨房里有铁器碰撞的响动，起身去看，发现了手中拿刀的你。我费了好大力气才把刀夺下，你却哭着钻进我的怀里告诉我你很饿。

一　啼｜虚构

我相信那种饥饿是真实的，因为我清晰地听到了来自你胃里那种挣扎的嘶吼。我尝试着抱紧你来给你安慰，你却张开嘴狠狠地咬向我的胸膛。

透过你的泪水，我看见倒映在里面的我们生活的小镇，被装在泪水包裹的窗子里，单薄得像剪纸的布景，都是那样的不真实。那晚我看到了许多双鞋子排着队在月色下出逃，但我却隐约地记得这个小镇里是没有任何人的。

我顿了顿，对眼前的胖女人说，或许那些东西都是你想象出来的，它可能跟你的某种情绪有关——我只是说可能，因为我也不是十分确定，但至少应该保持应有的冷静。

胖女人看着我，对我说可是我很饿。

我知道你很饿。

你根本不知道。有很多时候，我甚至想过把自己拿来吃掉。

你也想吃掉我，是么？

是的，我想把所有能看到的东西都统统塞进肚子里。即便是这也无法满足我，因为它们也同样是虚假的。

虚假的？

显然她没有理会我的疑问，只是自顾自地继续说着：我厌倦了这样的生活，但是却又无法逃脱。这种饥饿一直胁迫着我，虽然它们都是吃不饱的，但是离开便一定会饿死。我很难抉择，而抉择使我感到更加饥饿。我紧张到不行，那种滋味让我头昏眼花，无法遏制，便冲出家门啃咬街角尽头的那座楼房。你也许不会相信，在我吃掉房子的半个墙角时，我竟然发现那东西是用纸糊成的，只有一个木制的框架，除了我们能看到的正面，其余的地方全是空空的。不光是那栋楼房，还有其他的几座也都是同样的情况。我害怕极了，连忙向家跑去，却不小心被路边的石头绊倒，把马路也掀开——那路也是粘上去的。就在那一晚，我想着所有的东西，怎么都无法睡着，然后就看到窗外有许多双鞋子排着队在月色下出逃。

　　我怔怔地望着她。

　　胖女人说，我知道你一定不会相信我，可我真的无法控制自己，饥饿使我丧失了全部的理智，渐渐也记不清自己原来的样子了。我以前应该很瘦，头发很长，长到几乎贴近地面。直到有一天，有一个男人突然闯入我的房间里，将我强暴。我拼命在他身下反抗，可都是徒劳。他疯狂地啃咬我的身体，让我感到越发地想吃东西。我正是从那个时候开始饥饿的，或许是更早，在我八岁的时候——但这些东西都不重要了。

　　因为我不相信？

　　不，是连我自己都不相信。

　　我仍然想着窗子里的女人。那青年说，她真美，美到让人丧失幻想的能力，随时都有可能窒息。直到有一天——似乎是有一天吧，我不是

一 唏 | 虚构

很确定自己是否真的那样做了,但事实上我终于按捺不住压抑冲上楼去强暴了她。她见到我时有些惊慌,我狠狠地将她按到墙上疯狂地亲吻,而她并没有抵抗,只是迎合着我的节奏用脚在地上踏出哒哒的响声。那声音很好听,像是不停滴落进池子里的露水,慢慢地化开一圈又一圈的涟漪。事后我们捡起散落在地上的衣服,一件件地穿在身上,就好像什么都没有发生过一样。我站在她的窗前,看着外面我曾无数次徘徊的街,突然恍惚地觉得眼前这个洒满黄昏的小镇竟是如此地不真实。你一定也有过类似的感觉,就是会在突然的某一天,发觉自己生活的地方其实是一处虚构的布景,楼房和街道都是木制的模型。我们无法把这个世界看清,因为自己就身处在虚构的真实之中,在形式的虚构和内容的虚构里幻想,在物质的虚构和精神的虚构里绝望。而我们自始至终都是空虚的,这使得我们所做出的任何行为都是毫无目的的,更不存有意义。这种感觉使我恐慌,一下子就忘了自己是怎样进入到她的窗内。她倚靠在门前妩媚地看着我,既而转身到厨房给我冲了杯咖啡——我是从不喝咖啡的,但那天我还是喝了,而且喝了个精光。然后我脱她的衣服,将她赤裸地放在床上。她的头发散开,像四处蔓延的水,一直垂到地上。我就那么站在床边看着床上的她,肌肤如同牛奶一样润滑,在黄昏的风里泛着浅棕色的光晕。

　　那青年闭上眼,似乎完全沉溺在了他回忆的里面。他告诉我说她真的好美,如果你也见过她。她的样子像是一场守望,像是在等待什么事情发生，又或者是期许什么事情的结束。只不过那什么都没有发生，也什么都没结束。

　　我喜欢这个设定，如同不曾迎接的开始却莫名其妙地死亡。这些都是不可预知的，同样也不可阻挡。我抬眼望见远天的雨云突然间变得无限辽远，然后感觉到一阵干渴。我仍然能够看见身后的碾子山，沉沉地隐藏在土黄色的风里，单调得没有任何颜色。诚然我真的很久没见到绿洲了，对水的渴望使我身上的衣服愈加地潮湿。而我却分外讨厌这种感觉，皮肤被撕扯，裂开了无数条口子，似乎随时都可能碎成饥饿的粉末。

　　雨越下越大，在我越发思念你的时候开始在远天外毫无节制地泼洒。

　　远远地，我听见，一个曼妙的身影正款款地向我走近。

　　而你，却离我越来越远，远得像我永远无法抵达的墨色的雨云。

　　你穿着淡蓝色的裙子，光着脚赶去视线的对岸做一场盛大的告白，为了十二朵火红的花开。

　　我看着照片里的小镇，红砖的矮墙，参差不平的石阶，像是刚刚淋了一场雨。只是那扇半掩的窗，不知什么时候完全打开了，却仍是不见一个人影。可是青年望着照片的眼神又是那样沉溺，教人不忍怀疑，只好相信一切设定的芥蒂。青年告诉我他很爱她，将会永远地爱下去。

　　我说我相信你的一切痛苦，因为我也同样爱着她。

　　我们徒步穿行过碾子山西南部的无人区，踏着干裂的公路，追逐远天外一团向西逃窜的雨云。青年说那里正是他的女人出走的方向，沿着

一 唏 | 虚构

雨带遮盖太阳的地方，有繁华的自由和微笑——那里不存有幻想。

一如你离开的那个夏天，在一场纷纷扬扬的雪后，我们的小镇也在一夜间变得空无一人。没有你的城镇便是不存在的假象，而那些故事也渐渐变得虚伪而荒诞。直到我们路经了一个青灰色的干燥小镇，小镇里没有人，却有着红砖的矮墙和参差不平的石阶小路。我们到达的时候太阳刚刚西落，褪去它耀眼的金黄变得昏暗，为这个无人的小镇涂抹上一层不真实的光芒。

小镇里安静得喧嚣，所有的声音都可以在死一样的静止里被无限延展。我饶有兴趣地打量着这个地方，从一处坍塌的墙前，到一排排敞开门窗的小屋。当我再次听到自己遗落在镇口的脚步声时，我才发现这里原来是如此地小，小到到处都是相同的重复。可那些路又分明笔直地延伸，没有尽头，让人很难意识到自己的行走。

所有的意义都是被消解的，包括那些找寻和遗失。

在我的脚步声终于停止了它的回荡后，青年从行囊里拿出了一张手绘的地图寻找雨云不可及的方向。他对我说，你有没有发现，这小镇里其实只有这几样东西：一幢低矮的楼房，一座破旧的商店，一座坍塌的红砖墙，一条崎岖不平的石板路，还有楼前一棵憔悴的杨树。除此之外，其他的所有东西都是它们无限繁衍出的后代。

这能说明些什么？

什么都说明不了。

我们在街角遇到了一条生满癫疤的狗，正一瘸一拐地追赶一个被风卷走的白色塑料袋，然后渐渐消失在街角的尽头。我猛然发现那栋街角的房子，角落生生地破了一个大洞。洞的边缘粗糙不平整，像是被什么东西撕咬过，使得它与周围复制的景象完全不同，显得异常格格不入。

我曾记得，在你还没有离开的时候，那时我们还刚刚在一起——又似乎在一起了很久。你喜欢站在窗前看外面没有尽头的风景发呆，有时也会拿起画笔把窗外布景般的小镇画了又画。时间的齿轮碾过，晴空的幕布换成了夜色，把太阳摘下挂起月亮，你会对着月亮回忆一些从前的事情。从前的事情，连我也记不清了，似乎打出生起我们就在一起了，就生活在这里，过着重复而单调的生活。你说又好像不是这样，你总能想起我站在你窗下的样子。那时候你的头发很长，可以从二楼一直顺延到我的手掌。我望着你的时候眼睛里有大片大片的水气升起，你就这样融化在我的目光里，将那些游离脱得一件都不剩下。

还有什么呢，我记不起了。记不起自己为什么来到那里，也记不起自己为什么要出来找寻。我在很久很久以前就一直行走在干裂的无人区，路过了一个又一个相同的风景，相同的小镇，还有相同的你。

而你还是离开了，和之前设定好的一样。你饥饿，在你虚构的幻想里。我不断地行走不断地在小镇里生活，在夏日的暖阳里堆一个雪人，做成了你的模样。我迷恋着关于你的记忆，却爱上了另一个不属于你的脚步声——这些都是不可触及的，我始终都还是一个人。

一　唏　|　虚构

  青年指着二楼那扇敞开的窗对我说，当时我就是这样来到那个小镇的，就是站在这个位置，抬眼就瞧见了窗子里的她。
  我看着照片里的小镇，一幅复制的影像。只不过那不是青年的小镇，也不是我们的小镇，因为它们都少了你，一切便都没有了意义。
  尽管所有的东西都还是那样的熟悉。
  我拒绝相信。

  我们在这个没有名字的小镇里住下，把淋湿的衣服挂在窗前，遮住了阳光，于是小镇就这样迎来了它的黑夜。青年把照片放在了桌角，方便随时起身都可以拿到。就在那时我突然间仿佛又嗅到你存在过的气息，恍惚般一闪而过，但又很快消失了踪迹。
  而我仍然觉得干渴，可我又是这样的寂寞。
  寂寞的夜里恰好响起了如雷的鼾声伴着凌乱的脚步，像是一头困顿的野兽。青年觉得奇怪，我说那只是隔壁的胖女人刚刚睡醒，起来发泄她无处放逐的想法——她很饥饿。青年说我这里还有一些干粮，可以送给她吃。我摇了摇头说没用的，她的饥饿是永恒的，因为她告诉过我，这虚假的世界无法填饱她的渴望。她不满足，想要绝对的自由，却最终被物化的饥饿给牵绊。她永远都走不出她不可名状的想法，所以被永远地困顿。
  那些想法着实诡异，因为她告诉过我，她曾亲眼见过一团墨黑色的雨云向远天外未知的地方逃窜，只是从不远离。她说这生活其实本就是个圆圈，我们不停地在平行的时空里重复着相同的事情。没有人来过，也没有离开，不曾有过生命，也终究无法堕入死亡。

说得再明白些，我们都只是为了存在而存在，为了反抗从而最终消解存在。

到头来，都还是不存在的，是么？青年问我。

也许吧，这个谁都说不好。

你相信不可抗力的存在么，比如一些设定好的假象。

不，我拒绝相信——但我绝非无神论者。

那你一定相信荒诞了。

这是生命本质的东西，不需要去相信，只是许多人都不愿意承认。就好像你上街去买东西，在超市货架的转角处邂逅了一个漂亮的女人，正是自己中意的类型。你拿了一卷卫生纸想上前去打招呼，却在这时候突然有了屎意。你知道这种感觉也许并不诗意，但的确又都是我们不得不做的。至于我为什么要给你举这样一个蹩脚的例子，是因为我想给你证明荒诞。而证明荒诞的过程本身就是荒诞的，它存在却不需要被感知。

你在讽刺我。

没，我只是觉得你很像另一个我。还是和我说说那个女人的故事吧，我指了指放在桌角的照片：我很想知道那里的生活是什么形状的。

其实很多东西我已经记不清了，我没办法用足够的语言去阐释。那

一　唏 | 虚构

样的生活是平淡的，没有波澜，她每天早上起来都要站在窗前发呆，有时也会光身子穿着我的衬衫。我望着她的背影，以为自己会有许多想法，可是到头来脑子空空没有任何除了欲望以外的冲动。连我自己也不知道那些想法到哪去了——你知道的，我从前有许多的想法，一些转念而过的红的还有绿的颜色。在无聊的时候，我会下楼出去走走，沿着马路顺延的方向，看那些重复的景色，走累了就会径直上楼，这时她一定还在窗前站着。我曾认真思考过我们之间的关系，算不上是暧昧，或许用冷漠来定义会更好些。有一段时间，我一度坚持地认为自己彻底迷失了，也只有在我们做爱的时候才会感觉到自己的存在。她的需求渐渐大了起来，每到兴起的时候都会撕咬我的身体，像野兽一样，用饥饿的方式为自己带来更大的刺激。那并不是她平时安静的样子了，她会疯狂地喊叫——是我唯一可以听到的她的声音。你也许很难相信，我们之间是从没有过一句对白的，我甚至没能听她讲过任何一句话，虽然她并不是一个哑巴。可我发誓我是绝对爱她的，在任何时候都没有动摇过。

　　我问他，除了这些，你还记得些什么，关于你自己的。

　　彻底忘了，没有来由。但我好像是一个作家。

　　青年是一个作家，流浪在一些无处流浪的边缘，带着许多无端的情绪和虚无。那些东西让他觉得抵触，在很多时候，他甚至忘记了怀疑。他说这很像他正在写的一个故事，故事讲一个人徒步穿行过碾子山西南部的无人区，追逐一片墨黑色的雨云。在路上他会邂逅一个背着行囊的青年，青年去寻找一个不存在的女人，于是也勾起了他一段不存在的回忆。那里有无限多的交集，是许多可能的以及不可能的幻想抑或正在沉溺着的莫名的情绪——从无关任何悲伤。

　　而这也着实让我悲伤。我想起了我们的小镇，正躲藏在别处的此刻的地方，我路过你的窗口，看见窗前你的头发从二楼一直触摸到我的手掌。我叫唤你的名字，听你用高跟鞋在地板上踏出爱情的节奏。那些都是不存在的东西，包括我幻想中的你，那样的影子像小镇里重复的风景一样被无限地延长，一如你光亮的头发。

　　它该像我望着你的视线那么长，也应该像我思念你的时候那么重。

　　我问青年，故事里的女人为什么而离开？

　　青年笑了笑，说她其实从来没有离开过。

　　和你之前设定好的一样？

　　不，是和你之前设定好的一样。

　　可这没有任何缘由，也没有结果。

　　故事本身就是一个虚构的事实，不需要缘由，也不需要结果。

　　你爱她？

　　她是谁？

　　我不知道。

　　谁知道呢。

一 唏 | 虚构

    我在早上醒来,发现青年已经离开了。我拉开窗帘,远天外那片雨云仍然还在,只是小镇里无端地下起了淡粉色的雪。雪落在地上,开起无数朵紫红色的花,然后很快融化,不留有任何湿润的痕迹。

    那刚好是早上的七点,我竖起耳朵,却没能听到楼上的脚步声。隔壁的胖女人下了楼,依旧穿着她那件褪了色的大红睡裙,提一个篮子,抬起手接无根的雪花。

    我不知道这样的设定有着怎样的寓意,只是突然想起自己在很久之前,还没有遇见你的时候,也曾写过一个奇怪的故事。这时我发现青年的照片遗落在桌上:红墙青瓦的小镇,里面站着一个穿白裙的姑娘。她的头发很长,就这么在风中飘着,飘向照片以外看不见的地方荡漾。

    我知道那个青年一定会再回来。因为照片还在我的手上。

    而这个不存在的姑娘,她曾站在不属于我的窗外,用高跟鞋踏出世上最美妙的节奏。如你翩翩而来,又悄无声息地离开。我看着你从美丽变作憔悴,被那些无端的想法不停地强暴变得臃肿而狂躁。

    可那些东西,却一直都还没有来到。

    而我是如此地想念。

「青春文学」